Knaur.

*Über die Autorin:*

Kimberly Killion wurde für ihren Debütroman »Im Kerker der Sehnsucht« mit mehreren Preisen ausgezeichnet und erhielt u.a. eine Nominierung für den RITA, den wichtigsten Preis für Liebesromane in den USA. Sie hat fünfzehn Jahre lang als Grafikdesignerin gearbeitet, bevor sie ihre Liebe zur Kunst dem geschriebenen Wort zuwandte. Inzwischen nimmt das Schreiben ihre meiste Zeit ein, sie unterrichtet aber auch halbtags an einem College. Die Autorin lebt mit ihrem Mann, zwei Kindern und mehreren Haustieren in Illinois.

KIMBERLY KILLION

# *Im Kerker der Sehnsucht*

Roman

Aus dem Amerikanischen
von Sabine Schilasky

KNAUR TASCHENBUCH VERLAG

Die amerikanische Originalausgabe erschien 2008
unter dem Titel *Her One Desire* bei Zebra Books, New York.

Wenn Ihnen dieser Roman gefallen hat, empfehlen wir Ihnen gerne
ausgewählte Liebesromane aus unserem Programm –
schreiben Sie einfach eine E-Mail mit dem Stichwort »Kerker der
Sehnsucht« an: historische-liebesromane@droemer-knaur.de



Deutsche Erstausgabe Juni 2010

Ein Unternehmen der Droemerschen Verlagsanstalt
Th. Knaur Nachf. GmbH & Co. KG, München.
Published by Arrangement with Kensington Publishing Corp.,
New York, USA.

Redaktion: Kathrin Stachora
Umschlaggestaltung: ZERO Werbeagentur, München
Umschlagabbildung: Vittorio Dangelico via Agentur Schlück GmbH
Satz: Adobe InDesign im Verlag
Druck und Bindung: CPI – Clausen & Bosse, Leck
Printed in Germany
ISBN 978-3-426-50648-6

2 4 5 3 1

*Für Tim –*
*du wirst stets das Herzass*
*in meinem Royal Flush sein*

# Kapitel 1

*London, Ostern 1483*

*Vater muss mich schützen, oder ich bin tot.*

In ihrer Eile stolperte Lizbeth Ives auf der letzten Treppenstufe und fiel hart auf die Knie. In der Ferne hallten die Schritte der Wachen wider. Als sie sich umsah, tanzten Schatten über die fackelerleuchteten Mauern, die ihr Herz noch wilder klopfen ließen.

Lizzy rappelte sich auf und hielt ihren Umhang oben zusammen, um das Dokument zu schützen, das sie im Mieder ihres Kleides verbarg. Im Geiste sah sie ihren Kopf schon auf dem Henkersblock. Bei jedem Schritt brannte es in ihrer Kehle. Der Kellergang erschien ihr länger, enger und dunkler, als sie ihn aus ihren Kindertagen in Erinnerung hatte. Sie bog um eine Ecke und wäre beinahe umgekippt, weil ihr plötzlich schwindlig wurde. Unwillkürlich kniff sie die Augen für einen kurzen Moment zu, um ihre schreckliche Angst zu bändigen, und schluckte. An den säuerlichen Gestank der Kerker würde sie sich niemals gewöhnen, obgleich sie Jahre im Tower verbracht hatte.

Zwei Kerkerwachen, die Lizzy bereits von Kindesbeinen an kannte, richteten sich vor dem bogenförmigen Durchgang auf, als sie näher kam. Sie zwang sich, ruhig und fest aufzutreten.

»Guten Tag, Lady Ives.« Der eine Wächter neigte seinen Kopf zum Gruß.

»Sirs.« Sie machte einen kleinen Knicks. »Ich möchte bitte mit meinem Vater sprechen.«

»Er ist bei der Arbeit«, erwiderte der größere der beiden. »Lord Ives missfällt es, gestört zu werden, Mylady.«

»Seinen Groll werde ich hinnehmen müssen. Wenn ihr jetzt bitte zur Seite treten und mich durchlassen wollt.« Ihre Strenge erschreckte sie selbst, doch für Freundlichkeiten fehlte ihr die Zeit. Lord Hollisters Verräter waren ihr dicht auf den Fersen.

»Wie du wünschst.« Beide Wachen gingen beiseite, um ihr Einlass zu gewähren.

Sie betrat das Vorzimmer und schob von innen den Riegel vor die Tür. Ein einzelnes Binsenlicht erhellte den kurzen Korridor vor ihr.

Nur noch zehn Schritte.

Sie umklammerte den Rosenkranz ihrer Mutter, an dessen Perlen sie die Schritte abzählte, bis sie die nächste Tür erreichte.

*Knall!*

Das Geräusch von Vaters Peitsche dröhnte in ihren Ohren und ließ sie innerlich erzittern, während ihre Hand auf dem Türriegel verharrte. Sie verfluchte ihren Mangel an Mut und wünschte sich zum tausendsten Mal, sie wäre als Tochter eines Schmieds oder Müllers auf die Welt gekommen. Dann wickelte sie sich den Rosenkranz um ihr Handgelenk, schüttelte die Hände und ballte sie zu Fäusten, damit das Zittern aufhörte.

Sollte sie sich feige zeigen, hätte ihr Vater kein Mitgefühl mit ihr.

Also nahm sie all ihren Mut zusammen und öffnete die schwere Tür. Der beißende Geruch versengten Fleisches brannte ihr in der Nase, so dass sie sich eine Hand vor das Gesicht schlug. Sie schloss die Tür hinter sich und wandte sich zu ihrem Vater.

Er bemerkte sie nicht. Nicht einmal einen umfallenden Baum hinter sich würde er bemerken.

*Knall!*

Er schwang seine Peitsche, die einen blutroten Striemen in

den Rücken eines Mannes schlug. »Gestehe, und schwöre dem Herrscher Englands Treue, oder stirb an deiner Halsstarrigkeit!«, befahl ihr Vater, dessen Stimme böse, kalt und grausam klang. Sie hasste den Mann, der er unter der schwarzen Kapuze war.

»Ich gestehe nichts.« Der Gefangene klammerte sich mit beiden Händen an die Ringe, die ihn an die Steinmauer fesselten. Blaue Adern traten an seinen Unterarmen hervor, in demselben Blau wie das alte Symbol, das ihm oberhalb des Ellbogens eintätowiert war. Sein schwarzes Haar klebte in seinem verschwitzten Nacken. Weder schrie er, noch flehte er um Gnade, obgleich die vielen roten Linien auf seiner bronzenen Haut bedeuteten, dass er bereits lange genug bei ihrem Vater war, um aufzugeben. Trotzdem hielt der Narr den Mund.

Als Lizzy ihren Kopf von der schrecklichen Szene abwandte, fiel ihr Blick auf einen blutverschmierten Mann, der in der Ecke lag. Er trug ein ähnliches Mal an seinem Arm wie der Ausgepeitschte, folglich musste es eine Verbindung zwischen den beiden geben. Ihn hatten die Methoden ihres Vaters offenbar zur Strecke gebracht, denn die blasse Farbe seiner Haut verriet Lizzy, dass sein Blut schon seit einer Weile nicht mehr floss.

Das metallische Schaben, als ihr Vater den Gefangenen aus den Ringen befreite, jagte Lizzy eisige Schauer über den Rücken. Leider atmete der Mann vorzeitig erleichtert auf, als er vor seinem Peiniger zusammensackte. Lizzy indessen wusste, in welcher Reihenfolge ihr Vater vorging. Nach dem Auspeitschen würde das Verbrennen folgen. Die Verbrechen des Gefolterten bestimmten, was danach kam.

Sie richtete sich kerzengerade auf. »Lord Ives.« Ihre Stimme nahm sich klein und schwach aus, und sogleich verachtete sie sich dafür, dass sie Angst vor ihrem eigenen Vater hatte. Sie räusperte sich und packte die Enden ihrer Ärmel, die sie in ihren Händen knüllte. »Lord Ives!«, rief sie lauter. »Ich muss dich dringend sprechen.«

Ihr Vater drehte sich zu ihr, ein irres Funkeln in den hellbraunen Augen. »Hinfort!«

Er holte mit seiner Peitsche nach ihr aus, und erfolglos suchte sie nach einer Spur des sanften Mannes, den sie einst gekannt hatte. Ihr Herz drohte auszusetzen. Rasch zog sie die Kapuze ihres Umhangs zurück. »Nein, Vater! Ich bin es, Lizzy!« Gleichzeitig hielt sie sich einen Arm vor das Gesicht, gewappnet für den schneidenden Hieb, der jeden Moment kommen konnte, und betend, er möge nicht erfolgen.

Er ließ seine Knute im selben Moment sinken, in dem ein rauhes Heulen durch die Kammer hallte.

Der Gefangene sprang vom Boden auf, zerschunden und blutig, aber sämtliche Muskeln sichtlich angespannt. Die Finger zu einer gigantischen Faust geballt, rammte er Lizbeth' Vater seine Eisenhandschellen an die Schläfe, so dass dieser seitlich gegen einen aufgebockten Tisch fiel. Holz splitterte, und metallene Instrumente schepperten über den Boden. Ihr Vater torkelte, hielt sich jedoch auf den Beinen.

»Nein!« Sie stürzte zu den beiden und packte den Arm des Gefangenen, dessen kräftige Faust die Nase ihres Vaters traf. Osborn Ives war fürwahr ein großer kräftiger Mann, doch unter der Wucht dieses Hiebs kippte er nach hinten gegen die Wand.

Der dumpfe Knall, mit dem sein Körper gegen die Steine schlug, fuhr Lizzy bis ins Mark.

Ihr Vater torkelte. Die schwarze Peitsche glitt ihm aus der Hand und kringelte sich einer toten Schlange gleich zu seinen Füßen. Ein dicker Kloß bildete sich in Lizzys Hals, als sie ihn zu Boden sacken und damit ihre einzige Hoffnung auf Schutz dahinschwinden sah. Verzweiflung und Wut tobten in ihr.

»Geh weg von ihm!« Sie stieß mit beiden Händen nach dem Gefangenen.

Er stöhnte, rührte sich jedoch nicht vom Fleck. Stattdessen packte er ihren Arm. »Schrei und du hörst auf zu atmen!«

»Ich schreie nicht. Ich schwöre es bei meiner Seele!« Sie versuchte, sich von ihm zu befreien, während ihr Blick auf dem einzigen Menschen verharrte, der ihr noch geblieben war. »Bitte, er ist mein Vater!«

Der Grobian ließ sie los und zögerte kurz, ehe er zu dem anderen Gefangenen ging. Lizzy sank neben ihrem Vater auf die Knie und prüfte, ob er noch atmete. Der Puls an seinem Hals flatterte, doch er regte sich nicht. Sie fürchtete, Lord Hollister würde ihren Kopf im Korb sehen, bevor ihr Vater wieder bei sich war. Andererseits zog sie ein solches Schicksal bei weitem jenem vor, das Lord Hollister für sie vorgesehen hatte. Sie würde keines Mannes Konkubine. Als oberster Wärter mochte er in der Gunst des königlichen Rates stehen, doch sobald sie seine Verbindung zu den Männern enthüllte, die sich gegen die Krone verschworen, wären ihr Vater und sie endlich keine Opfer von Lord Hollisters persönlichem Rachefeldzug mehr.

»… möge Gott dich schützen, und mögen die himmlischen Heerscharen dich geleiten, mein Bruder«, flüsterte der Gefangene auf Latein.

*Auf dass du in Gemeinschaft aller Gläubigen in Frieden ruhen mögest,* beendete Lizzy im Geiste das vertraute Gebet und schaute auf. Der Gefangene kniete in derselben Haltung wie sie am Boden. Mit seinen großen Händen umfing er den Kopf des Toten. Und sosehr Lizzy sich bemühte, kein Mitleid mit diesem Fremden zu empfinden, kannte sie den Verlust doch zu gut, als dass ihr Herz nicht mit ihm litte.

Ein Krachen ertönte vor der Kammer, bei dem ihr der Atem stockte. Sekunden später wurde heftig an der Tür gerüttelt.

»Auf Befehl von Lord Hollister: Öffnet!« Das Schaben mehrerer Stiefelpaare untermalte die Stimme des Wärters.

Lizzy erstarrte, bevor sie die Schultern ihres Vaters schüttelte. »Bitte, wach auf! Du musst mir helfen!« Tränen, die sie seit Jahren zurückgehalten hatte, liefen ihr über die Wangen und tropften von ihrem Kinn.

Der Gefangene stand auf und schwankte so stark, dass er gegen die Mauer sank. Er griff sich an den Bauch, holte angestrengt Luft und wandte sich dann zu ihr. Als seine blauen Augen ihren Blick einfingen, war sie wie gelähmt. Sie sprachen kein einziges Wort, was auch nicht nötig war, denn sie wussten beide, in welch aussichtsloser Lage sie sich befanden.

Wieder donnerte es von draußen an die Tür, und nun erwachten sie gleichzeitig aus ihrer Schockstarre.

Lizzy sprang auf.

Der Gefangene sammelte zwei Dolche vom Boden, die er sich in den Bund seines hellen Beinkleids steckte. Unterdessen knurrte er Lizzy buchstäblich an: »Wo sind die Schlüssel?«

Sie war empört. Der Mann war ein Narr, falls er glaubte, sie würde ihm die Handschellen abnehmen, so dass sie ihm wehrlos ausgeliefert wäre. Sie hatte bereits hinreichend Sorgen, denn sie wusste zu viel und brauchte dringend jemanden, der ihr beistand. Lord Hollister war ein Gegner, dem sie sich unmöglich allein stellen konnte.

»Die Schlüssel, Mädchen!« Er hielt ihr die aneinandergeketteten Fäuste hin.

»Du bist ein Gefangener der Krone. Ich kann dir nicht helfen.«

Als Antwort erhielt sie ein zorniges Funkeln und ein Schnauben. Lizzy strafte beides mit Nichtachtung, lief zur gegenüberliegenden Wand und bohrte ihre Finger unten in die Mauerkante. Die Geheimtür öffnete sich schleifend. Dies war ihr Fluchtweg in die dunklen Tunnel unterhalb der Stadt. Ein Schwall stickig-modriger Luft wehte ihr entgegen. Die Finsternis, aus der er kam, versprach Freiheit, doch leider war sie schrecklich feige und fürchtete sich, in die vollkommene Schwärze zu laufen. Mit dreiundzwanzig war sie viel zu alt, um sich noch vor der Dunkelheit zu ängstigen, wie sie sich einredete. Dennoch konnte sie nichts dagegen tun, dass sie am ganzen Leib zu zittern begann und nach Atem rang.

Sie tastete nach der Wandfackel, als es abermals gegen die Tür hinter ihr donnerte, deren lautes Knarzen verriet, dass sie den Angreifern nachgab.

»Geh!« Der Gefangene stieß sie in den engen Tunnel.

Sie erreichte die Fackel nicht mehr, ehe die dicke Steintür sich hinter ihnen schloss und alles schwarz war. Mit weit aufgerissenen Augen versuchte sie, irgendein noch so winziges Licht zu erkennen, aber da war nichts.

Sie stemmte beide Arme gegen die Mauern zu ihren Seiten, die sie einzuklemmen schienen. Auf einmal wurde sie an die Brust des Gefangenen gedrückt. Sie hielt hörbar die Luft an, ehe sich auch schon eine Hand auf ihren Mund legte, die ihren Schrei erstickte. Wild fuchtelnd mühte sie sich, den Arm wegzuziehen, der sie festhielt. *O Gott, hilf mir!*

Sie musste zurück auf die andere Seite der Mauer.

Zurück ins Licht.

Sie konnte nicht atmen, und ihre Beine knickten unter ihr ein. Eine zweite Hand legte sich flach auf ihren Bauch, so dass die Kette, mit der die Handschellen verbunden waren, sich zwischen ihren Brüsten spannte – auf dem Dokument, das sie mit hergebracht hatte. Auf jenem Pergament, dem gemäß die Krone in Gefahr war und das nun ihre einzige Hoffnung auf Freiheit darstellte.

»Hör auf zu zappeln!« Broderick Maxwell hielt die Frau fest, die zitterte wie ein frisch geschorenes Schaf in den Highlands. Hatte sie ihn noch vor kurzem kühn attackiert, um den niederträchtigen Kerl zu schützen, der ihn brutal auspeitschte, war sie nun ein Bündel aus Angst.

Nach sieben Tagen und sieben Nächten in diesem verlausten Kerker war sein Entkommen endlich zum Greifen nah. Kein lächerliches Weibsbild würde ihn davon abhalten, in die Grenzgebiete zurückzukehren. Leider müsste er dort seine Niederlage gestehen. Verflucht! Sein Bruder und er hatten beinahe den Anführer der Rebellion entdeckt, der die Krone Englands an sich reißen wollte. Broc kannte die Namen von einem Dutzend Verschwörer, hatte jedoch keine Beweise, die er seinem König übergeben könnte.

Die junge Frau grub ihre Fingernägel in seinen Unterarm. Eigentlich hätte es sich zumindest wie das Stechen einer Distel anfühlen müssen, doch er spürte lediglich einen dumpfen Druck, weil sein Körper von der vielen Folter wie taub war. Er beugte sich dicht an ihr Ohr. »Wenn du schreist, breche ich dir dein zartes Genick! Hast du mich verstanden?«

Sie nickte unter seiner Hand.

»Wissen die Wachen von diesem Tunnel?«

An seiner Brust bewegte ihr Kopf sich von einer Seite zur anderen, wobei ein fremder Duft in seine Nase aufstieg. Schwindelerregend. Exotisch. Unmissverständlich weiblich. Zweifellos war sie jenes Geschöpf, von dem die Gefangenen gesprochen hatten, das sie »Feuerengel« nannten. Er hatte sie für mall gehalten, glaubte, sie würden in einem Fieberwahn sprechen, den die Folter hervorgerufen hatte. Niemals hätte er gedacht, dass eine solche Kreatur existieren könnte, bis er selbst das Feuer gesehen hatte, das in ihren goldenen Augen loderte. Nun, gewiss weinten die Armen im Kerker ihr keine Träne nach, wüssten sie, dass ihr Engel Lady Ives war, die Tochter des obersten Scharfrichters.

Er wandte den Kopf ab, um Abstand zwischen seiner Nase und ihrem Haar zu schaffen, was sich als vergeblich erwies. Angestrengt lauschte er auf den Tumult in der Folterkammer jenseits der Mauer. Tiefe Stimmen drangen durch den dicken Stein. Ein Teil von ihm, der sich nach der Anerkennung seiner Mutter sehnte, wollte Aidens Leichnam holen, damit er anständig begraben würde, aber der Krieger in ihm verwarf diesen Gedanken als überaus närrisch. Er war nun der älteste Sohn des Oberhaupts vom Maxwell-Clan, womit zu seinen Pflichten zählte, sein eigenes Leben zu schützen. Die Schuld, die er trug, weil er seines Bruders Titel begehrt hatte, lastete ebenso schwer auf seiner Seele wie die Tode seiner Schwestern.

Die englische Maid schlug ziellos nach seinem Kopf. Er schüttelte sie leicht, um ihr begreiflich zu machen, dass sie ihm zu gehorchen hätte. »Kennst du den Weg nach draußen?« Vorsichtig nahm er seine Hand von Lady Ives' Mund, wenn auch nur ein winziges Stück, damit er sie gleich wieder daraufpressen könnte, falls sie doch schrie.

»Acht Schritte nach vorn, sechsundzwanzig nach rechts, siebzehn um den …«

»Wohin führt der Tunnel?«

»Zu einer Geheimtür hinter dem Goldschmied, nördlich von Cheapside«, flüsterte sie gegen seine Handfläche, so dass ihm Hitze den Arm hinaufschoss und ein Summen durch seinen Leib ging. Was geschah mit ihm? Da er sicher war, dass es sich bei Lady Ives keineswegs um einen Engel handelte, sollte Broc nicht voreilig die Möglichkeit abtun, dass sie eine Hexe sein konnte.

»Geh voraus!« Er schubste sie leicht, doch ihre Füße schienen fest am Boden zu haften.

»Ich kann nicht. Ich muss zurück.«

»Das zu tun kann ich dir nicht gestatten.« Er schubste sie erneut, worauf sie sich in seinem Arm umdrehte und seine Ellbogen gegen die seitlichen Mauern stieß. Ihre eiskalten Hände stemmten sich an seine nackte Brust. Wieder fühlte er, wie er eine Gänsehaut bekam. Sie war zweifelsohne eine Hexe.

»Wir müssen warten, bis sie fort sind, und uns die Fackel holen.«

Ohne ihrem Einwand die geringste Beachtung zu schenken, bewegte Broc sich nach vorn. Prompt trat sie ihm auf die Zehen und klammerte sich noch fester an seine geschundenen Rippen. »Ah, Mädchen! Denkst du, du könntest mich etwas weniger schmerzlich umschlingen?«

Erst jetzt wurde er gewahr, dass ihre Angst eventuell keine List darstellte. Sie war ebenso erpicht darauf gewesen, aus der Folterkammer zu fliehen, wie er. Jetzt hingegen schien sie von einem schwerer wiegenden Hindernis geplagt.

»Ich kann nicht durch den Tunnel gehen«, beharrte sie.

Unterdessen drückte sie sich so fest an seine Brust, dass er glaubte, sie wollte durch ihn hindurch in die Kammer zurückwandern. Er blickte über ihren Kopf, doch hier war alles so schwarz wie das Herz des Teufels. »Fürchtest du dich vor der Dunkelheit?«

Ihr Nicken fühlte er als ein Streifen unter seinem Kinn, und aufs Neue schlug ihm ihr Duft entgegen. *Beim Gekreuzigten!* Als hätte er Zeit, den Beschützer für einen angstgebeutelten Engel zu spielen, der duftete wie eine in Honig getunkte Wiese voller Wildblumen! Für einen Moment geriet er ins Schwanken, und ein Schweißtropfen rann ihm den Hals hinab. Er erschauderte.

Sogleich wurde sie starr in seinen Armen. Dann wich sie zurück und betastete seinen Hals, sein Kinn und schließlich seine Wange mit ihrer kleinen Hand. »Dir bleibt wenig Zeit. Du musst gehen, ehe deine Leibeskräfte schwinden.«

Broc fand den plötzlichen Wandel in ihrer Haltung seltsam, mehr noch jedoch die Art, wie sein Leib sich bei ihrer schlichten Berührung gebärdete. »Erkläre, was du meinst!«

»Die Peitsche war mit einem betäubenden Tonikum überzogen, damit dein Fleisch die Folter erträgt.«

»Ein Gift?«

»Nein, ein Gnadentrunk.«

Broc schnaubte. »Der Scharfrichter verabreichte meinem Bruder zwanzig Hiebe, versengte ihm dann Hände und Füße ohne jegliche Gnade! Hältst du mich für einen Tölpel, dass ich glaube, er scherte sich auch nur im Geringsten um das Wohl seiner Eingekerkerten?«

»Mein Vater hat die Peitsche nicht mit dem Trunk versehen. Ich tat es.« Ihr Kopf sackte gegen seine Brust. »Du wirst den Schmerz der Hiebe nicht spüren, bis der Mond hoch am Himmel steht. Bis dahin aber ist es nur noch eine Stunde, und dann werden deine Beine dich nicht mehr tragen können.«

Broc hatte nicht die letzten sechs Monate darauf verwandt, sich mit den verfluchten Engländern anzufreunden, um nun in den Tunneln Londons zu verrotten. »Dann bleibt uns weniger Zeit, als ich dachte.« Er hob seine zusammengeketteten Hände über ihren Kopf, drehte Lady Ives herum und versuchte, sie weiter in den Tunnel zu schieben. Ihre Samtröcke streiften seine Knie, und wieder einmal kitzelte ein Hauch ihres Duftes seine Nase. Noch dazu drängte sie sich zwischen seinen Arm und seine Seite und klammerte sich allerliebst an seinen Rücken.

Auch wenn er ihre Finger auf seiner zerpeitschten Haut kaum spürte, fühlte er sehr wohl, wie die Scharfrichterstochter sich an seinen Hintern schmiegte. In seinen neunundzwanzig

Lenzen hatte er sich erst nach einer einzigen Maid verzehrt, aber dieser englische Engel schien sein Blut allein mit seinem Duft zu erhitzen.

Das Gift musste schuld sein.

Kopfschüttelnd vertrieb er die unerwünschte Lust aus seinen Gedanken und fing an, die ersten acht Schritte abzuzählen. Beim vierten rammte sein Zeh gegen eine Steinmauer. »Autsch! Sagtest du nicht, acht Schritte nach vorn?«

»Acht kleine Schritte. Ich war ein Kind, als ich sie zuletzt zählte.«

Zu seiner Rechten nahm er das Geräusch von vorbeihuschenden Pfoten wahr. Er folgte ihm durch die pechschwarze Finsternis. Gewiss war er besser beraten, dem Ungeziefer zu folgen, denn auf Lady Ives' Wegweisung zu hören!

»Vierzehn, fünfzehn, sechzehn …«, flüsterte sie wirr Zahlen vor sich hin. »Acht, neun, zehn …« Sie zählte sie in Dreiergruppen und nicht mehr im Rhythmus ihrer Schritte. Broc fragte sich, ob sie überhaupt wusste, was sie zählte.

Der Tunnel erreichte eine Verzweigung, von der zu beiden Seiten weitere Gänge abgingen, während nach vorn ein Abgrund zu sein schien, denn Brocs Zehen tasteten ins Nichts. »Wohin?«

»Nach rechts und hinab. Wir müssen durch einen Abwassergraben waten und auf der anderen Seite wieder hinauf. Wir befinden uns unter der Kanalisation.«

Er ging die glitschigen Stufen hinunter und blieb stehen. Sie war dort. Er konnte sie atmen hören, aber sie hielt sich nicht mehr an ihm fest. »Lady Ives, du gehst entweder voraus oder folgst mir. Wähle!«

Leise Schritte kamen langsam auf ihn zu. Ihre Fingerspitzen berührten seinen Ellbogen, dann wickelten ihre Arme sich mit beachtlicher Stärke um ihn. Er zog sie ins wadentiefe Wasser, während sie ihr Gesicht an seiner Schulter vergrub. Unbeirrt schritt er weiter. Er wusste nicht, ob sie ganz an ihm hing oder auch noch selbst ging, aber er tastete sich entschlossen über die rutschigen Steine voran, um den Weg zu erfühlen.

»Es geht geradeaus, mindestens weitere dreißig Schritt. Eile dich! Bald wird mir unwohl.«

Er verdrehte die Augen, denn diese Bemerkung ruinierte das Bild des nackten Engels, das sich gerade in seinem Kopf formte. Nun, es war gewiss besser so, denn er sollte sich ohnehin keine nackten Engel vorstellen.

Einen Arm weit nach vorn gestreckt, den anderen um ihre Taille gewunden, trottete Broc durch die Abwässer, bis er zu einer Steigung gelangte. Drei Stufen führten ihn aus dem Wasser heraus. Lady Ives schöpfte offenbar hinreichend Mut, um sich aufzurichten, ließ aber seinen Arm nicht los, als sie weitergingen. Er vergaß, die Schritte zu zählen, weil er zu sehr auf ihren unregelmäßigen Atem konzentriert war. Das Mädchen wurde ihm noch ohnmächtig, bevor sie einen Ausgang aus dem Tunnel erreichten. Er hätte ihr aufmunternd zugeredet, glaubte er, dass dies helfen könnte. Wieder zwang ihn eine vermaledeite Mauer dazu, anzuhalten, und ein gedämpftes Trommeln drang an sein Ohr. War das sein Pulsschlag? Oder ihrer? Dann hörte er eine Laute und eine Viole. Ja, Festmusik brach in die hohle Stille ein.

»Hier entlang.« Ein Zupfen an seinem Arm zog ihn nach links.

Mehrere andere unsichtbare Stufen brachten sie zum nächsten Hindernis. Er hörte, wie sie die Wand abtastete und nach etwas suchte, von dem er inständig hoffte, dass es der Ausgang wäre. Anstelle der gemurmelten Zahlen vernahm er nun Flüstern, Stöhnen und schweres Atmen. Das wiederum trug dazu bei, dass sein ganzer Leib sich anspannte. Dann hörte er das

Geräusch von schabendem Stein, und gleich darauf wurde er von grellen Lichtpunkten geblendet. Dünne goldene Strahlen schossen ihm durch dichtes Weinlaub entgegen und machten ihn blinzeln.

Lady Ives stieß ihre Faust durch das Grün. Im selben Moment explodierten fröhliche Klänge in der Stille. Broc packte ihren Arm, bevor sie zur anderen Seite durchtauchen konnte. »Warte! Die Stadt feiert Ostern. In dem Getümmel fallen wir auf. Leih mir deinen Umhang!« Er drehte sie herum, damit sie ihn ansah.

Ihre bezaubernden Augen lugten unter der hermelingesäumten Kapuze hervor und musterten ihn. »Du bringst mein Leben in Gefahr, indem du mich um Hilfe bittest.«

»Ich vermute, dein Leben ist bereits in Gefahr, Lady Ives. Und ich bitte dich nicht um Hilfe, sondern lediglich um eines deiner Kleidungsstücke.« Er konnte sich unmöglich halbnackt und zerschunden unter die Feiernden mischen. Fraglos würde irgendjemand ihn wiedererkennen.

Lady Ives neigte ihren Kopf zur Seite und zog die dünnen Brauen zusammen. »Wenn ich dir eine Hilfe sein soll, würde ich vorher gern wissen, welches Verbrechens du dich schuldig gemacht hast.«

Er konnte ihr wohl kaum erzählen, er wäre ein Spion, der Informationen suchte, mittels derer er den König von Schottland überzeugen konnte, sich mit den Franzosen zu verbünden. Sie wartete zweifellos auf ein gemeines Verbrechen, das er gestände. Und keines wäre schrecklicher, als ein Schotte zu sein. »Ich bin Broderick Maxwell, Erbe von Lord Magnus Maxwell, dem Lehnsherrn der West Marches.«

»Du bist Schotte?«

»Ja.« Es schien sie erstaunlich wenig zu schrecken.

»Gibst du mir die Schuld an deines Bruders Tod?«

Wie viele lasteten ihr den Beruf ihres Vaters an? Broc konnte ihr schlecht die Schuld an Aidens unangebrachtem Lüstern nach einem englischen Rock geben. Er trat einen Schritt vor, und zu seinem Erstaunen wich Lady Ives nicht zurück, sondern richtete sich zu ihrer vollen Größe auf. Ihre goldenen Augen forderten Ehrlichkeit. »Der Scharfrichter erhält seine Anweisungen von den Herrschenden seines Landes. Was er tun muss, bestimmt er nicht.«

Ihre Finger wanden die Bänder an ihrem Hals auf, und die schwarze Kapuze rutschte ihr vom Kopf. Das Licht hinter ihr zauberte feurig rote Strahlen in ihr glänzendes dunkles Haar, das sich in weichen Wellen bis zu ihren Hüften ergoss. Die Kunstfertigkeit und Gewagtheit ihres sandfarbenen Gewands sprach für Qualität, Reichtum und Adel, vor allem aber für Verführung.

Er ballte die Hände zu Fäusten, was die Kette zwischen seinen Gelenken straffte. Diese Frau zählte zu Gottes edelsten Schöpfungen. Die Mönche in Dryburgh wären enorm enttäuscht, sähen sie, wozu ihr Schöpfer sich bisweilen hinreißen ließ. Sie hatten Broc gut erzogen, und dennoch konnte er seine Augen nicht von dem Feuerengel abwenden.

»Wenn ich dir bei deiner Flucht aus der Stadt helfe«, begann sie, während seine Aufmerksamkeit von ihrem Dekolleté auf ihr Gesicht zurückgelenkt wurde, »und mich um deine Wunden kümmere, würdest du mich im Gegenzuge eskortieren?«

»Eskortieren?«, fragte er und konnte nicht umhin, amüsiert zu klingen. »Du meinst, du wünschst meinen Schutz?« Er musste mall sein, einen Pakt mit diesem Weib auch bloß in Erwägung zu ziehen! Fraglos war der Teufel selbst im Spiel gewesen, dass sie seine Wege kreuzte! Ihre großen Augen drückten eine solche Verzweiflung aus, dass er sich unweigerlich fragte, vor wem sie floh. Was sollte er tun? Sie verlassen?

Wer immer sie jagte, würde sie wahrscheinlich ihrem Vater übergeben, auf dass er sie bestrafte.

Sie senkte die Lider, und beinahe war er froh, denn ihre Augen hielten ihn gleichsam gefangen. Aber gleichzeitig knetete sie die Ärmelenden ihres Kleides. »Ich suche Zuflucht.«

»Vor wem suchst du Schutz, Lady Ives? Welches Verbrechen begingst du?«

Sie sah zu ihm auf, und er erkannte ihre ungeweinten Tränen. »Ich hatte das Unglück, dem Henker des Königs zur Tochter geboren zu werden.«

Wahrscheinlich hätte sie gestehen können, den König getötet zu haben, und er hätte ihr trotzdem geholfen. Und gewiss kam der Tag, an dem er seine nächsten Worte bereute. »Ich begleite dich.«

Ihre Lippen bogen sich nur sachte zu einem angedeuteten Lächeln, aber in seinem Bauch flatterte es seltsam.

Warum fühlte er sich plötzlich, als würde er die holde Lady Juliana hintergehen?

# Kapitel 2

Inmitten der Lichtstrahlen, die durch das Weinlaub drangen, beobachtete Lizzy, wie Lord Maxwell sich ihren Umhang überhängte und mit den Bändern vorn kämpfte. Die Wirkung der Tinktur ließ nach, so dass der Schmerz in seinen Fingern bereits zugenommen hatte. »Erlaubst du?« Sie beugte sich vor und übernahm es, die Bänder zu einer Schleife zu binden. Sein Haar kribbelte an ihren Händen, und sie ließ ihren Blick von der auf und ab tanzenden Wölbung an seinem Hals zu seinen Augen wandern, weil sie sehen wollte, ob er bemerkte, dass sie erschauderte.

Betrüblicherweise schloss er die Augen, holte zischend Atem und warf dann den Kopf von einer Seite zur anderen, bevor er wortlos an ihr vorbei auf den Ausgang zuschritt. Ein Benehmen wie ein … ein … ein Schotte! Sie musste von Sinnen gewesen sein, einem Mann seiner Herkunft ihre Hilfe anzubieten!

»Halte den Kopf geneigt! Wir gehen die Watling Street in nördlicher Richtung zum Skinners hinauf. Mit ein wenig Glück sind die meisten Londoner bereits bei der Kathedrale.« Zweimal holte er mit seinen Armen aus, um die Efeuranken zu zerreißen, und stieg durch die Öffnung.

Vielleicht sollte sie ihm besser nicht folgen. Ihr Vater konnte sie immer noch retten. Sie blickte sich zu dem schwarzen Tunnel um, und ihr Magen schien ihr auf die Zehen zu plumpsen.

»Lady Ives?«

Sie wandte sich rasch um und fand sich Lord Maxwells gefesselten Händen gegenüber, die sich nach ihr ausstreckten.

»Wir müssen uns eilen.«

Nickend nahm sie seine Hände, die ihre sehr fest griffen. Sie fühlte, dass sie innen rauh und heiß waren. Wie von selbst legten ihre Finger sich um seine, während er sie durch das Gebüsch führte. Und sie legte das Kinn an ihre Brust, ganz wie er befahl, drückte sich möglichst dicht an ihn und passte ihre Schritte den seinen an. Seine Statur erinnerte sie an Kamden – groß und kräftig gebaut, wie es einem Beschützer wohl anstand. Es tat gut, sich wieder sicher zu fühlen, ungeachtet dessen, dass diese Sicherheit trügerisch war, wurde sie doch unter fragwürdigen Umständen erlangt.

Ihr zu Boden geneigter Blick wanderte ein wenig zur Seite. *Heilige Maria!* Der Mann trug keine Stiefel! Verstohlen schaute sie sich nach möglichen Verfolgern um. Aber es waren keine Wachen auszumachen. Erneut tauchten die Zahlen in ihrem Kopf auf, als sie ihre Schritte zählte, was beruhigend und tröstend war, während sie über das Kopfsteinpflaster der Watling Street neben ihm hereilte. Sie blieben nahe an den verlassenen Marktständen, wo hier und da fein gekleidete Herren auf dem Weg zum Hochamt in der St. Paul's Church waren.

Eine Matrone reckte ihren Hals, wobei die hastige Bewegung die weißen Bänder ihrer steilen Haartracht flattern ließ. Ihre Kinder starrten zu Lizzy, aber das war etwas, woran sie sich seit langem gewöhnt hatte.

Lord Maxwell geleitete sie zu einem schwarzen Hengst, dessen Mähne mit tiefroten und goldenen Bändern zu Zöpfen geflochten war und der gleich vor der Abtei stand. Er löste die Zügel, strich dem Tier über den Hals und stieg auf, wobei er kurz stöhnte und sein Gesicht verzog. Dann nahm er seinen Fuß aus dem Steigbügel und reichte ihr die Hände.

»Ist das dein Hengst?« Kaum dass sie die Frage gestellt hatte, erkannte sie, wie lächerlich sie war.

»Ja. Ich ließ ihn hier, solange ich mich in euren Kerkern erholt habe.« Als wäre der Hohn in seiner Stimme noch nicht genug, zog er auch noch eine Braue hoch.

»Ich werde mich nicht daran beteiligen, wenn du das Pferd eines anderen Mannes raubst – vor allem nicht, wenn es zur königlichen Garde gehört.« Sie zeigte auf die goldene Stickerei auf der Pferdedecke.

»Meinst du, dein Vater würde anweisen, dass dir die Hand abgeschlagen wird, bevor oder nachdem du geköpft wurdest?«

Sie beantwortete diese zynische Frage nicht, sondern sah sich auf der Straße um, ob der Pferdehalter in der Nähe war. Ihre Sünden würde sie bereuen, sobald sie Fountains Abbey in Yorkshire erreichte. Mit diesem Gedanken nahm sie Lord Maxwells Hilfe an und stieg auf den Sattel, so dass sie vor ihm saß. Als er sie mit seinen aneinandergeketteten Händen umfing, spürte sie seine Hitze wie ein offenes Feuer. Er hatte hohes Fieber.

»Haltet ein! Das ist ein Befehl des Königs!«, vernahmen sie eine wütende Stimme vom Eingang der Abtei.

Lizzy drehte sich gerade rechtzeitig um, dass sie sah, wie einer der Gardisten sein religiöses Gewand fallen ließ und sein Schwert zog.

»Halt dich fest, Lady Ives!« Lord Maxwell stieß dem Hengst in die Seiten, so dass Lizzy gegen seine Brust flog. Des Wärters Rufe verhallten hinter ihnen, übertönt von den donnernden Hufen des Pferdes.

Ein einzelner Rabe geleitete sie, indem er über ihnen flog, und er erinnerte Lizzy an die hölzernen Vögel ihres Vaters. Reihen von Giebeln säumten die Straßen, und Glocken erklangen, welche die Bürger der Stadt in die vielen Kirchen riefen. Lizzy bekreuzigte sich. *Leb wohl, Vater!* Sie würde alles in ihrer Macht Stehende tun, um zurückzukehren und ihren

Vater aus den Klauen von Lord Hollister zu befreien. Nun, da Kamden und die Jungen fort waren, erwarteten sie in London nur noch mehr Alpträume.

Sie passierten die Stadttore. Dahinter gabelte die Straße sich. Nach rechts ging es zu Edlynns Cottage, wo der Weg nach den jüngsten Regenfällen in Schlamm versunken war. Sie könnten binnen Sekunden vor aller Augen verborgen sein, würden sie sich in dieses Dickicht begeben.

Sie packte die Zügel. »Ich muss anhalten, ehe wir London verlassen!«

»Nein, dazu ist keine Zeit.« Lord Maxwell schlug ihre Hände weg und lenkte den Hengst nach links. Das war der Weg, der um London herum und zurück zur Themse führte.

Hinter ihnen wurde das Getrampel anderer Hufe lauter. Beide drehten sie sich zu den Stadttoren um. Sie würde es wissen, wenn Lord Hollisters Männer oder die königlichen Garden hinter ihnen her waren. Und sie hatte keinerlei Verlangen, von einem von beiden gefangen zu werden. »Sie werden erwarten, dass wir am Fluss entlang fliehen. Wir können ihnen nicht entkommen.«

»Wir kämen weit besser voran, würdest du aufhören, an den Zügeln zu zerren.« Seine Hände umfassten ihre. Ihr Gerangel hatte zur Folge, dass der Hengst sich von seiner zu strammen Trense gereizt fühlte und nervös tänzelte.

Lizzy strengte sich an, das Pferd zu beherrschen, aber selbst in seinem geschwächten Zustand war Lord Maxwell immer noch stärker als sie. Sie nahm beide Hände von seinen und drehte sich um, weil sie ihn ansehen wollte.

*Närrischer Schotte!*

Sie hatte genug von Männern, die über ihr Leben bestimmen wollten. Und das Letzte, was sie brauchte, war irgendein schottischer Lord, der sich als ihr Herr und Meister aufspielte.

Seine finstere, strenge Miene schüchterte sie nicht ein, und die Zeit erlaubte ihnen keinen Disput. »Wir reiten dorthin, wo ich will, oder ich kehre um, sobald deine Kräfte schwinden.« Ihre Stimme klang nicht einmal wie ihre eigene. In ihrem ganzen Leben hatte sie noch niemals eine Forderung gestellt. Nun jedoch überkreuzte sie die Arme vor ihrem Oberkörper und atmete tief ein. Ja, entschlossen aufzutreten hatte durchaus etwas Befreiendes!

Lord Maxwells Nasenflügel bebten, und er kniff die Lippen zusammen. »Wohin wünschst du zu reiten?«

»Dort entlang.« Sie wies nach rechts. »Um dich zu versorgen, brauche ich meine Kräuter und meine Instrumente.«

Er warf seinen Kopf hin und her, dass es hörbar in seinem Genick knackte. Dann wehte ihr ein heißer Atemhauch über die Wangen. »Genieße diesen Sieg, denn einen weiteren werde ich dir nicht gewähren!« Er lenkte das Pferd nach Nordosten. »Und sei versichert: Du wirst bereuen, mir gedroht zu haben, *Engel!*«

Sie biss die Zähne zusammen und beugte sich nach vorn. Er verhöhnte den einzigen Namen, auf den sie jemals stolz gewesen war. »Du tätest gut daran, mich nie wieder so zu nennen.«

Die Schotten waren ein elender Menschenschlag: unfreundlich, verdorben und zweifellos heidnisch. Das wusste jeder in England. Warum also war sie nicht angewidert? Verärgert schon, denn dieser Schotte hatte sich bereits arrogant und anmaßend gebärdet. Doch der letzte Gedanke, der ihr durch den Kopf ging, als er besitzergreifend seine Hand um ihre Mitte schlang, hatte mit Widerwillen nichts gemein.

Als sie in den Wald ritten, lauschte Lizzy auf das leiser werdende Hufgetrappel der Wachen, während sie sich anstrengte, die ungewöhnliche Hitze zu verbannen, die sich tief in ihrem Bauch sammelte. Sie war mit Verachtung und Hohn groß geworden, somit war sie inzwischen recht begabt darin, ihre Gefühle zu beherrschen. Diese unerwünschte Anziehung jedenfalls konnte sie allemal bekämpfen.

Broc lehnte sich gegen den Rücken des Engels und führte den Hengst durch das kleine Tal. Ihr betörender Duft und ihr seidiges Haar an seiner Wange reichten aus, um den stärksten Mann halb mall zu machen. Seine Hand glitt von ihrer zierlichen Taille zu ihrem Oberschenkel. Ein vortrefflich geformter Schenkel, soweit er es durch die vielen Röcke feststellen konnte. Und so kam er nicht umhin, sich auszumalen, wie zwei weiche leicht muskulöse Schenkel um seine Hüften geschlungen waren und sich hinter ihm an den Knöcheln überkreuzten. Solche Phantasien überkamen ihn häufiger, nur hatten die Schenkel in diesen Tagträumen bislang ausnahmslos Lady Juliana gehört.

Lady Ives zuckte zusammen und richtete sich weiter auf.

Obgleich er sich der Unangemessenheit seiner Berührung inne war, konnte er seine Hand nicht von ihr nehmen – und das nicht zuletzt, weil er sich … schwindlig fühlte, sein Körper schwach und sein Kopf noch schwächer. Als hätte er den Abend mit seinen Brüdern und Onkel Ogilvys Whisky verbracht. Er war ziemlich sicher, dass seine Zunge jeden Augenblick unbeweglich würde. Wenn ihr Gift erst aus seinem Leib gewichen war, würde er Lady Ives gehörig den Hintern versohlen.

Kaum kam ihm dieser Gedanke, neckte sein benebelter Verstand ihn auch schon mit dem Bild: die Scharfrichterstochter, die über seine Knie gebeugt war. Und natürlich wäre sie nackt. Seine Hände kribbelten. Einzig der Gnade Gottes war zu verdanken, dass er es zwei Jahre im Kloster ausgehalten hatte. Zum Glück waren englische Damen freizügig mit ihrer Gunst, sonst würde er dauerhaft mit einer steil aufgerichteten Rute umherlaufen. Die wenigen Frauen, mit denen er gelegentlich das Lager teilte, hatten seine Lust zu stillen vermocht, womit es allerdings vorbei wäre. Künftig wollte er sich an Bruder Mels Lehren aus dem Kloster halten und Lady Juliana treu sein.

Warum lag ihm der Gedanke an Enthaltsamkeit dennoch so fern?

Er war froh, als er weiter vorn ein Cottage sah. Ein dreibeiniger Hund umkreiste ein einzelnes Schaf, das auf dem kargen Boden graste. Aus dem Reetdach, das dringend ausgebessert werden musste, stieg grauer Rauch auf. Lady Ives kleidete sich und sprach wie eine englische Adlige, folglich konnte diese bescheidene Bleibe unmöglich ihr Heim sein.

Es kostete ihn größte Anstrengung, die Zügel zurückzureißen. Ihr gestohlener Hengst blieb vor dem Cottage stehen, worauf Broc noch dichter an die weiche Gestalt vor ihm gedrückt wurde. Sie hob seine gefesselten Hände über ihren Kopf und glitt vom Pferd. Broc erschauderte, weil ihn ohne ihre Wärme prompt fröstelte, und wäre beinahe aus dem Sattel gefallen, hätte er sich nicht in letzter Sekunde noch festhalten können. Schwäche war ihm ein Greuel, und er fühlte sich so schwach wie ein neugeborenes Kätzchen.

Lady Ives tunkte einen Zinnbecher in ein Wasserfass und reichte ihn Broc. Gierig umfasste er den Becher mit beiden Händen und stürzte den Inhalt in einem Zug hinunter. Es war nicht annähernd genug.

Zögernd blieb sie vor dem Pferd stehen und streichelte dem Tier die Nüstern. Mit großen Augen blickte sie misstrauisch zu Broc auf. »Wirst du warten?«

»Ja.« Seine Antwort kam schneller, als er beabsichtigte. Wäre er besser beisammen, würde er umdrehen und spornstreichs ins Grenzland zurückkehren. In Schottland erwartete ihn ein neues Leben. Dort würde er den toten Bruder ehren, indem er

Aidens Pflichten übernahm. Ihm fiele die Position des Chieftains zu und mit ihr die Verlobte seines Bruders, Lady Juliana.

»Ich bin rasch zurück«, erklärte Lady Ives mitten in seine Gedanken hinein, ehe sie sich bückte, um das schwarzköpfige Schaf auf die Nase zu küssen.

Broc blickte sich nach dem Rest der Herde um, konnte jedoch nur einen zerbrochenen Zaun entdecken, der von Wildwuchs überwuchert war. »Ist dies dein Zuhause?«

»In gewisser Weise.« Sie verschwand in dem Cottage, ließ aber die kleine Tür hinter sich offen.

War das eine Einladung? Vielleicht. Und seine Neugier drängte ihn, sie anzunehmen. Als er abstieg, landete er hart auf seinen Füßen. Die feuchte Erde kühlte seine Zehen, und seine Schultern schienen auf einmal von zehn Steinen beschwert. Dreimal füllte er den Becher am Wasserfass und trank, bis sein Bauch gurgelte. Ihm drohte übel zu werden, deshalb sammelte er genügend Speichel, um den kupfrigen Geschmack auszuspucken, bevor er durch die Tür trat.

»Lizzy, bist du das?«

»Ja, Edlynn«, rief Lady Ives einer alten Frau zu, die an einem aufgebockten Tisch saß. Mit ihren krummen Fingern zerrieb sie Kräuter in einem Mörser. Über dem Feuer, auf dem ein Kessel mit Eintopf hing, war ein Sims, das vollständig von nutzlosen geschnitzten Holzvögeln – dicken fetten Vögeln – eingenommen wurde. Bei dem Geruch von köchelndem Fleisch knurrte Brocs Magen. Wie lange war es her, seit er zuletzt etwas gegessen hatte?

»Was hast du mir gebracht? Ich rieche Blut.« Die Frau drehte sich zur Tür, und erst jetzt bemerkte Broc die Leere in ihren hellgrauen Augen. Als sie aufstand, hielt sie sich an der Tischkante fest. »Ist das wieder ein Kaninchen?« Sie schnupperte. »Essen wir es, oder wollen wir es heilen?«

Lady Ives blickte von der Satteltasche auf, die sie packte. Zu Brocs Belustigung färbten sich ihre Wangen feuerrot. Der Engel rettete also auch Tiere vor dem sicheren Tod. Die Scharfrichterstochter schien sich wider ihre Erziehung zu verhalten.

»Nein, ein Kaninchen ist es nicht«, antwortete Lady Ives, die Brocs Grinsen mit einem wütenden Blick abstrafte. »Es ähnelt eher einem Schwein. Ich kann es allein versorgen.«

»Hältst dich wohl für erwachsen, was? Sag mir die Zahlen, Kind!«

»Zwei um den Tisch herum, fünf geradeaus zur Tür.«

Die alte Frau, die Lady Ives mit Edlynn angesprochen hatte, zählte die Schritte ab, bis ihre Finger an Brocs Brust stießen. *Autsch!* Sie hatte die knochigen Finger seiner Großmutter. »Guten Tag, Mütterchen«, begrüßte Broc sie ein wenig zu laut.

Sie erschrak. »Gütiger Moses! Du hast mir einen Mann gebracht? Ah, der Herr segne dich, Lizzy!« Edlynn reckte ihm ihr Kinn entgegen und lächelte. Zu seinem Erstaunen besaß sie noch all ihre Zähne. Weißes Haar fiel über ihre Schultern, und die Falten an ihren Schläfen verrieten, dass sie oft und gern lachte.

Plötzlich waren ihre Hände überall: an seinen Schultern, seinen Armen, seinem Bauch. »Hat die Statur eines Zuchthengstes, was? Wo hast du ihn gefunden?«

»Unter Vaters Peitsche. Er ist Schotte«, bemerkte Lady Ives gelassen, während sie den Inhalt einer Holzschale durchsuchte.

»Ach ja? Ein Schotte in London?«

»Aus den West Marches an der Grenze«, erklärte Broc, dem nicht wohl dabei war, wie sie ihn inspizierte.

Ihre Finger bewegten sich südwärts und krümmten sich über seinem Gemächt, worauf sie ihre grauen Augen weit aufriss.

Zudem stieg ihr die Hitze in die Wangen, als sein Schwanz die Wirkung der Geste zeigte. »Beim Gekreuzigten, Weib!«

»Wie gut, dass dein Vater ihm erlaubte, sein Schwänzlein zu behalten – er ist behangen wie ein Engländer!«

Entsetzt schob Broc die Hände der Frau beiseite und blickte mürrisch zu Lady Ives. Sie kam grinsend zu ihm geeilt.

»Edlynn, nimm die Finger von Lord Maxwell! Du bist sehr ungezogen.« Mit dem Schlüssel, den sie gefunden haben musste, während die Alte ihn betatschte, schloss Lady Ives seine Handschellen auf und befreite seine wunden Gelenke aus den Eisen.

»Danke«, sagte er und war heilfroh, dass sie keinen Schmied ausfindig machen mussten.

Lady Ives lächelte, senkte den Blick, so dass ihre Augen von den langen dunklen Wimpern verschleiert waren, und machte auf dem Absatz kehrt. Abermals wehte ihm ihr exotischer Duft entgegen.

»Was hast du mit ihm vor?«, erkundigte die alte Frau sich und umklammerte seinen Unterarm.

»Er begleitet uns nach Norden. Wir haben wenig Zeit, daher werde ich euch alles auf dem Weg erklären.«

»Uns?«, fragten Broc und die Alte im Chor.

»Nein!«, ergänzte Broc. »Wir haben nicht einmal ein zweites Pferd, das dich trägt, geschweige denn eine blinde Frau.«

»Hinter dem Cottage steht ein Pferd. Edlynn kommt mit uns. Ich kann sie nicht hier zurücklassen.« Lady Ives raffte Kleider aus einem hohen Schrank, als wäre das Gespräch beendet.

»Lizzy, du redest Unsinn!«, sprach die Alte aus, was Broc dachte. »Diese alte Mähre ist lahm und hätte schon vor Jahren den Gnadenstoß bekommen sollen. Was ist mit dir, Kind?«

»Edlynn, ich bitte dich! Ich habe keine Zeit für deine Fragen oder deine Sturheit. Pack deine Sachen!« Nein, Lady Ives wich keinen Deut von ihrem Vorhaben ab.

Im nächsten Moment stand sie vor Broc, wand die Schleife ihres Umhangs auf und ersetzte ihn durch ein härenes Hemd. Der Stoff fühlte sich wie eine Feder auf seiner brennenden, juckenden Haut an und erinnerte ihn an sein eigenes nahes Ende. Mit aller Kraft, die er noch besaß, klammerte er sich an ihre Handgelenke. »Man wird uns einholen. Ich stimmte zu, *dich* aus London zu begleiten – mehr nicht.«

»Sie kommt mit uns«, erwiderte Lady Ives und entwand sich ihm mühelos, um zu einem anderen Schrank zu gehen, wo sie in einen Haufen Goldmünzen griff, die ebenso wenig in diese ärmliche Hütte passten wie die edle Dame.

Broc beobachtete sie ungläubig. Warum redete er überhaupt mit dieser starrköpfigen Engländerin? Sie war ganz offenbar dem Wahn verfallen, wenn sie glaubte, sie könnte mit einer Blinden auf einem lahmen Gaul im Schlepptau den königlichen Garden entkommen.

Auf ihn wartete draußen ein Hengst. Er brauchte nichts weiter zu tun, als in den Sattel zu steigen und davonzureiten. Bis zum Einbruch der Nacht könnte er in Bedford sein. Er müsste sich wohl am Pferd festbinden, um nicht hinunterzustürzen, aber wenigstens wäre er sehr viel weiter von London entfernt.

»Nimm alles, Lizzy!« Die alte Frau hatte sich zu einem Schemel am Feuer vorgetastet. »Ich brauche nur zu fragen, dann kümmert dein Vater sich um mich.«

»Nein, ich kann dich nicht hierlassen. Du bist in derselben Gefahr wie ich.«

Broc hatte sich bereits zur Tür umgewandt, blieb jedoch stehen. Er schloss die Augen und wünschte, das Gift würde das Brennen ihres Blickes in seinem Rücken lindern. Zum Teufel mit den Engländern! »Sag mir die Wahrheit: In welcher Gefahr schwebst du?«

»Ich hege berechtigte Zweifel, dass es sich bei der Krankheit des Königs um Pocken handelt. Er wurde vergiftet.«

Broc drehte sich zu schnell zu ihr, so dass er ein bisschen schwankte. Konnte Lady Ives ihm womöglich geben, was sein Bruder und er nicht zu entdecken vermocht hatten? »Hast du Beweise?«

»Die Tinkturen, welche Edlynn für Seine Majestät bereitete, wurden verfälscht. Ich fand die leeren Gefäße in Lord Hollisters Kammer, und aus ihnen roch es nach Eisenhut. Das ist ein Gift. Also wird man Edlynn des Hochverrates bezichtigen und hinrichten.«

»Sollen sie ruhig!« Edlynn rührte in dem Eintopf, der im Kessel brodelte. »Ich werde die Axt deines Vaters wetzen, bevor ich meinen Kopf auf seinen Henkersblock lege, und lächeln, wenn er zuschlägt.«

»Edlynn!« Lady Ives stand mitten in der kargen Hütte und knetete die weiten Ärmel ihres Kleides.

Als sie zu Broc sah, war er klug genug, rasch zur Seite zu blicken, sonst hätte er noch versucht sein können, die Alte gegen ihren Willen mitzunehmen. Lady Ives musste verzweifelt sein, ihm, einem schottischen Spion, zu vertrauen. »Gibt es niemand anders, der ihr helfen kann?«

Sie schüttelte den Kopf, so dass ihre dunklen Locken flogen. Für einen kurzen Moment sah Broc seine Schwestern Lilian und Mattie vor sich – trotzig, unschuldig und viel zu jung, um solch einen grausamen Tod zu sterben. Er hatte sie nicht beschützen können. Gab Gott ihm nun eine Gelegenheit, seine Sünden wiedergutzumachen? »Da ist eine Schänke, ungefähr drei Stunden von hier, kurz vor Hertfordshire. Ich kenne den Schankwirt und schicke ihn her, um Edlynn zu holen und sie in Sicherheit zu bringen.« Broc wagte es, zu Lady Ives zu sehen, ob sie mit seinem Angebot zufrieden wäre.

»Schwöre es bei deiner Seele!«

»Ich schwöre es. Ich schicke jemanden.«

Lady Ives nickte, wobei ihr Tränen über die Wangen liefen. »Ich ziehe dich zur Verantwortung, sollte sie zu Schaden kommen!«

»Du musst gehen, Kind. Sorge dich nicht um mich. Gib acht auf sie, Mylord! Seit Kamden nicht mehr ist, hat sie keinen Beschützer mehr.«

*Kamden?* Brocs Miene verfinsterte sich. Ihr Gemahl? Ihr Geliebter? Sie war alt genug, um beides schon gehabt zu haben. Aber was scherte ihn, wer *Kamden* war? Und warum spürte er das allzu bekannte Brennen von Eifersucht in seinen Eingeweiden?

»Er beschützt mich nicht, Edlynn. Er bot lediglich an, mich zu begleiten.« Lady Ives kniete sich vor die Alte. Edlynn küsste sie auf den Kopf und murmelte etwas in ihr Haar.

»Lady Ives, wir sollten aufbrechen.«

»Gott mit euch!«, rief Edlynn, als sie aus der Tür gingen.

Nach zwei Anläufen gelang es Broc, in den Sattel zu steigen. Was sich wie Hunderte Disteln anfühlte, die in seinen Kleidern steckten, peinigte ihn mittlerweile bis ins Mark. Er hatte seine liebe Not, sich aufrecht auf dem Pferd zu halten. Lady Ives gab ihm ihren Umhang, zurrte die Satteltaschen fest und verschwand hinter dem Cottage.

Als sie mit einem gescheckten Huhn in einem kleinen Käfig zurückkehrte, schüttelte er den Kopf und betete um Kraft. »Lady Ives, du stellst meine Geduld auf die Probe!«

Sie band auch den Vogelkäfig an den Sattel, dann stieg sie endlich vor ihm auf. »Denk nicht einmal daran, mir zu sagen, ich dürfte sie nicht mitnehmen!«

»Ich habe seit Tagen nicht gegessen. Der Vogel ist mir höchst willkommen.«

Wie er beinahe erwartete, stieß Lady Ives einen empörten Laut aus. »Sie ist nicht zum Essen! Ihr Name ist Beatrice, und solltest du ihr auch nur eine einzige Feder ausreißen, verspreche ich dir, dass ich …«

»Dass du was, Lady Ives?« Er beugte sich direkt zu ihrem Ohr, um sie einzuschüchtern. »Mich folterst? Mich schlägst? Mich vergiftest? Glaubst du, es gäbe etwas, womit du mir drohen könntest?«

»Ruhig Blut, Schotte!« Lady Ives schnalzte mit der Zunge, so dass der Hengst sich in Bewegung setzte.

Bei dem Ruck kippte Broc nach hinten, ließ die Zügel los und umfing ihre schmale Taille mit beiden Händen, die kaum hinreichend stark war, um sich an ihr festzuhalten. Als er erneut nach den Zügeln griff, schlug Lady Ives seine Hand fort. Seine Liebe zu Engeln schwand rapide.

»Du solltest dich gut festhalten, Lord Maxwell. Ich besitze nicht die nötige Kraft, dich zurück in den Sattel zu hieven, falls du vom Pferd fällst.«

»Hättest du mich nicht vergiftet, wäre ich gar nicht in Gefahr, herunterzufallen.«

Lady Ives setzte sich kerzengerade auf und hielt das Pferd an. »Nimm meinen Umhang, und binde dich damit an mir fest!«

Obgleich ihm der bissige Unterton nicht gefiel, reizte ihn ihr Befehl durchaus. Nachdem er sich das lange Cape über den Rücken gelegt hatte, zog er die Enden um ihre Mitte herum, um sie zu verknoten, während sie ihr langes Haar flocht. Er konnte weder fühlen noch sehen, was er tat.

Im nächsten Moment holte Lady Ives hörbar Atem und versteifte ihre Schultern, so dass eine ihm gegen das Kinn knallte. »Lord Maxwell! Unterlass es, mich derart intim zu berühren!«

Ihm war, als hätte sie geknurrt. Mit glühenden Wangen ließ er sofort den Umhang los. Dennoch hätte er zu gern gewusst, wo er sie wohl berührt hatte – was das verdammte Gift unmöglich machte. »Vergib mir! Ich habe kein Gefühl mehr in den Händen.«

Sie übernahm es, die Umhangenden zu verknoten, und trieb den Hengst in einen feurigen Galopp, der jede Unterhaltung verbot.

Ein vorsichtiger Blick nach hinten bescherte Broc immerhin ein wenig Erleichterung. Die königlichen Garden mussten den Weg am Fluss entlang genommen haben, denn sonst hätten sie sie inzwischen eingeholt. Im Stillen musste er Lady Ives Bewunderung zollen, denn sie hatte richtig vermutet. Sie war ein kluger Engel – starrköpfig, keine Frage, aber das Mädchen bewies einigen Verstand unter dem dicken Schädel. Unweigerlich fragte er sich, welche Geheimnisse sich in diesem hübschen Köpfchen noch verbergen mochten. Wusste sie vielleicht, wer den König vergiftet hatte? Und wenn ja, was musste er tun, um ihr einen Namen zu entlocken? Mit ein bisschen Glück wäre es der Name des Mannes, den zu zerstören Aiden und er nach England gekommen waren. König Edwards Bruder, der Duke of Gloucester, hatte guten Grund, den Tod des Königs zu wünschen.

Broc schloss die Augen. Er setzte zu große Hoffnung in ungewisse Anschuldigungen. Was er brauchte, war ein Beweis. Sobald sie Hertfordshire erreichten, würde er alles tun, um Lady Ives' Vertrauen zu gewinnen. Und er gab zu, dass ihn diese Aufgabe reizte.

Er lehnte sich an sie, denn die Taubheit ergriff mehr und mehr Besitz von seinem Körper. Leider befiel sie seinen Geruchssinn nicht, und folglich plagte ihr Duft ihn für den Großteil des Nachmittags. Schlimmer noch war, dass ihr dunkelroter Zopf über ihre Schulter gerutscht war und einen süßen Ausschnitt ihrer hellen Haut freigab. Ihn hätte er überaus gern gekostet.

Ging es denn mit dem Teufel zu, dass sein ganzer Leib wie taub war, ausgenommen sein Schaft?

*Beim Gekreuzigten, ich brauche ein Weib!*

# Kapitel 3

Die Dämmerung senkte sich um sie herum wie eine sterbende Flamme. Zu beiden Seiten des Weges stand der Wald hoch und dicht, umfing sie mit einer erstickenden Decke grauen Dunstes. Gelbe glühende Augen lugten aus der Finsternis, erregten ihre Angst und verhöhnten die Zahlen, die sich in ihrem Kopf anhäuften, bis sie sicher war, dass sie nicht mehr atmen konnte.

Sie zog an den Zügeln. Der Hengst blieb tänzelnd stehen und trottete ein paar Schritte rückwärts. »Lord Maxwell, wir müssen anhalten. Es wird bald dunkel.«

»Nein, bleib im Sattel, Mädchen! Führ uns durch den Wald!« Der Schotte rührte sich nicht, aber sein Atem strich ihr ruhig und regelmäßig über den Nacken.

Sie konnte ihre Furcht schmecken. Angestrengt schluckte sie und schaute suchend in die schwarzen Zweige über ihnen. Was sie dort suchte, konnte sie nicht sagen, aber sie war sicher, dass sie jeden Moment von etwas angegriffen würde. Ihre schwitzenden Hände rutschten auf den Lederriemen.

»Nur Mut, Engel – lass dich von der Dunkelheit nicht ängstigen!« Lord Maxwell flüsterte seine Worte leise in ihr Ohr. Aber leider bewirkte das bloß, dass sie eine Gänsehaut bekam.

»Die Dunkelheit raubte mir schon vor Jahren den Mut.«

»Du bist heute im Dunkeln deinem Feind entkommen.«

Dieses Spiel kannte sie gut. Nach dem Tod ihrer Mutter hatte Edlynn manch eine Nacht versucht, Lizzy einzureden, sie wäre tapfer und dass keine Ungeheuer in der Dunkelheit lauerten. Aber sie wusste es besser.

Lord Hollisters böse dunkle Augen kamen ihr in den Sinn. »Ich fürchte, deine Bemühungen sind fruchtlos, Lord Maxwell. Ich bin außerstande, noch weiterzureiten.«

Rechts von ihr raschelte Laub, und sie drehte abrupt den Kopf, so dass ihre Nase über sein stoppeliges Kinn strich. Sie wollte schreien, weinen, ihr Gesicht an seinem Hals vergraben.

»Was, wenn ich dir sage, dass die Schänke auf der anderen Seite des Waldes liegt?«

Er log. Dessen war sie gewiss. Aber falls er doch die Wahrheit sagte, wäre sie von der Nacht befreit. »Schwöre es bei deiner Seele!«

Er lachte über sie, nicht laut, doch es reichte aus, dass sie seine vibrierende Brust an ihrem Rücken spürte. »Ich schwöre es. Gott ist mein Zeuge, dir droht kein Schaden, wenn du durch diesen Wald reitest.«

Sie streichelte den schweißfeuchten Hals des Hengstes und trieb ihn vorwärts. Warum sie den Schwur des Schotten als tröstlich empfand, begriff sie selbst nicht. Er könnte sie in seiner gegenwärtigen Verfassung kaum besser beschützen als Beatrice.

»Wenn wir die Schänke erreichen, wirst du mich Julian nennen. Der Schankwirt heißt John. Er ist …«

»Derjenige, der Edlynn holen und in Sicherheit bringen wird?«, ergänzte sie, während sie die Bäume absuchte, ob sich dort etwas bewegte.

»Ja.«

»Fahr fort!« Sie bemühte sich, einzig Lord Maxwells Anweisungen zu lauschen, doch unter den dichten Bäumen wurde ihre ganze Welt schwarz. Eine Eule schrie. Ein Vogelschwarm flog auf.

»Mein Zustand wird Misstrauen erregen, ebenso wie das Pferd. Sowie ein Stallbursche kommt, schick ihn John holen.«

»Und dein Zustand?«

»Sag ihm, ich hätte bei unserer Vermählung zu viel gebechert.«

»Unsere Vermählung? Willst du, dass ich mich als deine Gemahlin ausgebe?« *Seine Gemahlin?* Der Schotte war von Sinnen! Sie lehnte sich zurück. Das Pferd musste ihre Angst bemerkt haben, denn es hob und senkte seinen Kopf, um sich gegen die zu strammen Zügel zu wehren.

Lord Maxwells Lippen streiften ihre Ohrmuschel. »Ja, und du gibst eine mächtig hübsche Braut ab, Lizbeth.«

Auf einmal spürte sie ein seltsames Kitzeln an ihrem Hals.

Hatte er sie geküsst?

*Heilige Maria!* Er hatte sie soeben auf den Hals geküsst! Nun stockte ihr wirklich der Atem. Die Angst, die sich in ihrem Bauch verknotet hatte, schoss ihren Rücken hinauf und gleich wieder wie heißes Wachs über ihren Leib. Ihre Beine spannten sich um den Bauch des Hengstes, woraufhin das Tier durch den Wald preschte wie ein Stein, der von einem Katapult geschleudert wurde.

Sie klammerte sich an die Zügel. *Siebenundzwanzig, achtundzwanzig, neunundzwanzig ...*

Warum sollte er sie küssen? Kein Mann hatte jemals versucht, sie zu küssen. Der Beruf ihres Vaters machte es erstaunlich leicht, ihre Tugend zu wahren. Nun ja, und der Keuschheitsgürtel half außerdem.

»Langsamer, Engel, oder du jagst uns geradewegs in Johns Küche!«

Sie riss die Augen auf. Wie lange hatte sie sie geschlossen gehabt? Der Weg wurde breiter, und der Wald ging in ein Tal von Frühlingswiesen über. Zwielicht blinkte auf dem Abendtau. Und sie sah das Gasthaus am Fuße des Hügels, wo es an einem Bach stand. All ihre Ängste hauchte sie mit einem langen Atemzug aus, doch während ihr Puls bereits langsamer wurde, spürte sie noch das Kribbeln in ihrer Halsbeuge. Sie ertastete die Stelle, an der Lord Maxwells Lippen ihre Haut berührt hatten. »Warum hast du mich geküsst?«

»Es war kaum ein Kuss.«

»Aber ein Kuss dennoch. Warum?«

»Weil ich dich durch den Wald bringen musste. Und es wirkte. Jetzt wird alles gut.«

Sie drehte sich zu ihm um. Seine blauen Augen leuchteten schelmisch im zunehmenden Mondlicht. Sein arrogantes Lächeln verärgerte sie. Er war fürwahr stolz auf sich. Doch statt ihn zu schelten, ließ sie ihm seine Eitelkeit und führte den Hengst den Hügel hinab zu der Schänke.

Ein Ast hing über der Eingangstür. Der strenge Geruch von Ale lag in der Luft, der zusammen mit den aufgestapelten leeren Fässern verhieß, dass es sich hier um eine reichlich heruntergekommene Schankwirtschaft handelte. Ohne Zweifel war sie bis unters Dach mit Trunkenbolden angefüllt. Lizzy wunderte nicht mehr, dass der Schotte so gut wusste, wo sie war.

»Julian!«, kreischte eine Frau im Eingang. Ihre Brüste wippten über dem geschnürten Mieder, als sie die Stufen hinunter- und auf sie zugelaufen kam. Ein hagerer Junge, nicht älter als sieben oder acht Lenze, folgte ihr dicht auf den Fersen und nahm die Zügel ihres Hengstes.

»Celeste, du siehst so gesund und munter aus wie eh und je. Ich möchte dir meine Gemahlin vorstellen«, lallte Lord Maxwell, der die Rolle des Tunichtguts sehr gekonnt spielte.

»Deine Gemahlin?«, wiederholte die Frau.

Lizzy lächelte süßlich, während sie sich ihre Meinung verkniff. Die Frau sah schockiert aus, angewidert, vielleicht sogar enttäuscht. Dabei betrachtete Lizzy sich eigentlich nicht als zu alt, um eine Braut zu sein. Weshalb sollte es unvorstellbar sein, dass ein Mann sie zur Frau nahm?

»Wann hast du dir denn ein Weib gesucht?« Die Frau stemmte die Fäuste in ihre vollen Hüften und zog eine dünne Braue hoch – das einzig Dünne an ihr –, während sie Lizzys Kleidung eingehend musterte.

»Julian und ich wurden heute Nachmittag getraut«, log Lizzy überraschend mühelos. »Danach schüttete er sich Becher um Becher in den Schlund, bis der Wein seine Augen rot färbte.« Da sie es kaum erwarten konnte, sich von dem Pferd und vor allem dem Schotten zu befreien, den sie die letzten Stunden auf ihrem Rücken getragen hatte, löste sie den Knoten in ihrem Umhang und schwang ein Bein über die Ohren des Hengstes. In dem Moment, in dem ihre Füße den Boden berührten, fuhr ihr ein stechender Schmerz die Schenkel hinauf und wie ein Dolch in den unteren Rücken. Ihr Kleid klebte an ihrer Haut, getränkt vom Schweiß des Schotten. Sein Fieber musste schon länger auf dem Höhepunkt sein.

Sie wandte sich gerade rechtzeitig um, dass sie mit ansah, wie Lord Maxwell seitlich vom Pferd rutschte und stöhnend auf dem Rücken landete.

»Lor … Los, holt Hilfe!«, fing sie sich im letzten Moment.

»Heiliger! Milo, hol John und Smitt!«

Der Junge rannte zurück in die Schänke, und die übertrieben besorgte Frau fiel neben Lord Maxwell auf die Knie. Lizzy hingegen rührte sich nicht, außer dass sie ihre Ärmel zwirbelte und die Schatten unter seinen müden blauen Augen betrachtete. Seine Lippen waren trocken, seine Haut von einem rötlichen Bronzeton und schweißbedeckt. Wie entsetzlich gedankenlos sie gewesen war! Sie hätte mehr auf ihn achten sollen.

Zwei Männer kamen aus dem Wirtshaus herbeigelaufen:

einer kräftig, dunkel und teuflisch gutaussehend, der andere groß, sehnig und kahl.

»Pisse und Nesseln! Was ist passiert, Celeste?«, fragte der Große.

»Ich würde sagen, Julian hat sich selbst sauer eingelegt«, antwortete Celeste vorwurfsvoll.

»'n Abend, John.« Lord Maxwell schluckte und schenkte dem Mann über ihm ein bemühtes Lächeln. »Hast du vielleicht ein Zimmer für uns? Das ist meine Hochzeitsnacht.«

John neigte seinen kahlen Schädel und beäugte Lord Maxwell skeptisch. »Du hast dich verheiratet?« Neugierig sah er zu Lizzy.

Sie nickte, weil sie beschloss, dass es weniger gelogen war, wenn sie lediglich stumm bejahte.

Auf den Hengst zeigend, befahl John: »Milo, du kümmerst dich um das Pferd! Celeste, geh in die Küche, und hol Sir Julian und seiner jungen Braut etwas zu essen! Nimm du seine Schultern, Smitt!«

Alle leisteten den barschen Anweisungen des Mannes sogleich Folge, ohne Fragen zu stellen. Er selbst packte Lord Maxwells Beine, und die beiden Männer schleppten ihn ins Haus. Lizzy folgte ihnen, blickte sich jedoch immer wieder zu ihrem Pferd um, das fortgeführt wurde. Alles, was sie besaß, war an den Sattel gegürtet – ihr Gold, ihre Kräuter, Beatrice, das Dokument, das sie aus Lord Hollisters Kammer gestohlen hatte. »Julian, was ist mit unseren Sachen?«

»John, lass den Jungen die Satteltaschen auf unser Zimmer bringen!«

»Ja, Sir. Milo, du hast den Mann gehört.«

»Und Beatrice?«, fragte Lizzy.

»Bring auch das Huhn!«, grölte Lord Maxwell dem Jungen nach, als sie bereits halb durch die Tür waren, und hustete.

»Das Huhn hat einen Namen?«, fragte John.

»Es ist so etwas wie ein Haustier.«

»Dein neues Weib hält ein Huhn im Haus? Wo hast du die bloß aufgetrieben?«

»Bring mich in ein Bett, und ich erzähle dir alles.«

Lizzy blieb dicht hinter John, der Lord Maxwell durch einen Raum trug, der zum Bersten mit Trinkenden angefüllt war. Das Brummen der Männerstimmen wurde von weiblichem Kichern untermalt. Eine Kellnerin, deren Mieder unter dem Busen sehr eng geschnürt war, trat zu einem Tisch mit einer Gruppe von Männern und machte ihnen schöne Augen. Ihre Tunika unter dem Mieder war ihr von den Schultern gerutscht, so dass sie weit mehr Haut entblößte, als Lizzy es jemals in der Öffentlichkeit gesehen hatte. Die Kellnerin bannte die Blicke aller Männer bis auf einen. Er hatte sein braunes Haar zu einem Zopf gebunden und wandte sich von der blonden Schönen ab, um seinen Blick über Lizzy wandern zu lassen.

Sogleich erstarb sein fröhliches Lächeln.

Lizzy drängte sich dichter an Johns Rücken und überlegte, woher sie das Gesicht des Mannes kannte. So viele waren in den Kerkern gewesen. Kannte sie ihn daher? Hatte sie sich seiner angenommen?

London würde niemals weit genug hinter ihr liegen, als dass die Ereignisse der Vergangenheit sie nicht mehr heimsuchten. Doch nie wieder würde sie von ihnen sprechen müssen. Kamdens Gesicht tauchte vor ihrem geistigen Auge auf, so lebendig und voller Lachen, dass ihr die Brust eng wurde.

»Schöne Maid, wenn du noch näher kommst, bist du gleich *in* mir«, raunte John ihr über die Schulter zu.

Lizzy schrak zurück. »Vergib mir!« Sie zog ihren Zopf an ihre Wange und lockerte die welligen Zopfsträhnen, um ihre Narbe zu verbergen. Unterdessen folgte sie den Männern eine

Treppe hinauf in ein schwach beleuchtetes Zimmer. Das Mobiliar war schlicht, aber einladender als das in ihrer Kammer im Tower. Ein Krug und zwei Becher standen auf einem kleinen Tisch neben dem Bett. Im Feuerschein erkannte sie eine Bank, die aussah, als könnte sie jederzeit auseinanderfallen. Bei der Mischung aus Parfumgeruch und Rauch fragte sie sich, wie lange die letzten Bewohner fort sein mochten.

Sie stieß die Holzläden auf und atmete die kühle Abendluft ein. Wie sie es genoss, dass die Aussicht nicht von Eisenstäben verschandelt wurde! Unten erblickte sie den Jungen, der ihre Satteltaschen herbeischleppte, die sichtlich zu schwer für ihn waren. Mochte Gott ihr die Kraft geben, Lord Maxwell zu heilen, bevor sie selbst vor Erschöpfung zusammenbrach!

Sie wandte sich rasch um und sah ihn ausgestreckt auf dem Bett liegen. »Wärt ihr so freundlich, Julian auf seinen Bauch zu drehen, ehe ihr geht?«

John sah sie fragend an.

»Es geht eigentlich besser, wenn einer von euch auf dem Rücken liegt«, sagte der gutaussehende Mann namens Smitt grinsend und zwinkerte ihr zu.

Prompt wurden ihre Wangen heiß. Sie öffnete den Mund, aber es kam kein Laut heraus, also machte sie ihn wieder zu.

»Celeste sollte wohl einmal mit ihr reden, was?«, bot John Lord Maxwell an und klang dabei sehr ernst.

»Sie ist nicht meine Gemahlin«, sagte Lord Maxwell rasch.

Lizzy war verblüfft. Wem, wenn nicht dem Wirt gegenüber, hatte er es eigentlich für nötig gehalten, dass sie sich als seine Gemahlin ausgab?

»Nicht?« Smitt merkte auf. »Ist das Mädchen irgendjemandes Gemahlin?« Er zeigte in ihre Richtung.

Gewiss war er kein Schotte. Er war viel zu hübsch für einen Mann, erst recht für einen Schotten. Eines indessen war sicher, nämlich dass er sie ansah wie ein Ausgehungerter ein Stück frischgebratenes Fleisch. Endlich fand sie sowohl ihre Stimme als auch ihre Courage wieder. »Nein, ich habe keinen Gemahl.«

Smitt umfing sein Kinn mit Daumen und Zeigefinger. »Bist du auf der Suche nach einem?« Seine braunen Augen, die denselben Farbton wie warmer Sirup hatten, funkelten im Kerzenschein. Er blinzelte mit den pechschwarzen Wimpern und schenkte ihr ein Lächeln, das einem Mädchen den Verstand rauben konnte. Trotz aller Warnungen, die sich in ihrem Kopf regten, klopfte ihr Herz ein wenig schneller. Abgesehen von Gefangenen interessierten Männer sich für gewöhnlich nicht für sie – insbesondere nicht solche, die bei den Damen in hoher Gunst stehen dürften.

»Weg von ihr, Smitt! Sie sucht keinen Gemahl«, fauchte Lord Maxwell aus dem Bett.

Sie sah an Smitts breiten Schultern vorbei. Ja, Lord Maxwells Miene war alles andere als freundlich, so wie er die Brauen zusammenzog und die Lippen verkniff. Und woher wollte er wissen, ob sie nach einem Gemahl suchte oder nicht? Dieser Smitt war eindeutig stark genug, um sie zu beschützen. Womöglich eröffneten sich ihr mit ihm andere Fluchtwege als der zur Fountains Abbey in Yorkshire.

»Warum erzählst du dann, sie sei deine Gemahlin?«

»Weil es sehr wahrscheinlich ist, dass die königlichen Garden nach uns suchen. Wir stahlen einen Hengst, der der Krone gehört.«

John kratzte sich den drahtigen roten Bart und wartete auf weitere Erklärungen.

»Ich hielt es überdies um des Anstands willen für das Beste, uns als verheiratetes Paar auszugeben. Ich brauche das Mädchen über Nacht bei mir, ohne dass dein Weib sich einmischt.«

Lord Maxwell verzog das Gesicht und benetzte sich die Lippen.

»Mein Weib mischt sich in nichts ein, was sie nichts angeht.«

Lord Maxwell verdrehte die Augen. »Celeste ist eine gute Frau, aber wir alle wissen, wie erbarmungslos sie ist, hat sie erst einmal beschlossen, andere zu verkuppeln. Und ich möchte wahrlich nicht zu ihren Auserwählten zählen. Ich würde das Land meines Dads verwetten, dass sie in diesem Moment allen Mädchen unten erzählt, ich sei vergeben.«

John verschränkte seine Finger im Nacken und drückte die Ellbogen nach vorn. »Smitt, sieh doch mal, ob Celeste Hilfe in der Küche braucht! Ich muss mit Maxwell reden.«

»Kann ich dir etwas bringen, Mädchen?«, fragte Smitt, der ihr das Haar hinters Ohr strich.

Sie schrak aus ihrer Trance. Männer wie Smitt waren der Grund, weshalb Väter ihren Töchtern einen Keuschheitsgürtel umbanden. Eilig zog sie ihr Haar wieder über das Ohr und konzentrierte sich auf ihre Aufgabe. »Sauberes Leinen, einen Kessel, um Wasser zu erhitzen, etwas Brühe, sofern welche da ist, und sorg dafür, dass der Junge mir all meine Sachen umgehend bringt, einschließlich meines Huhns!«

»Wie du wünschst.« Smitt schien nicht froh über ihre Liste. Trotzdem küsste er ihr zum Abschied die Hand, ehe er ging.

Sie schenkte Wasser aus dem Krug in einen der Becher und begab sich seitlich neben das Bett. Dort beugte sie sich über Lord Maxwell, hob seinen Kopf und hielt ihm den Becher an die Lippen. Es bedurfte keiner weiteren Aufforderung. Wasser rann über die schwarzen Stoppeln auf seinem Kinn, so gierig schlang er die Flüssigkeit hinunter.

Er leerte den ganzen Becher. »Mehr!«, war alles, was er hervorbrachte.

»Warte auf die Brühe. Sobald der Junge da ist, werde ich dich füttern.«

»Was ist mit ihm?«, wollte John wissen. »Ich sehe jeden Abend Männer, die zu tief in den Becher geblickt haben, aber sie können ihn immer noch selbst an die Lippen heben.«

»Er ist nicht betrunken. Ein Kraut wirkt auf seinen Leib. Bis morgen früh wird es aus seinem Blut verschwunden sein.« Sie brauchte ihm nicht die Hand auf die Stirn zu legen, um die Hitze zu fühlen, die er ausstrahlte. Wahrscheinlich litt er schon seit Stunden unter der Wirkung des blauen Eisenhutes, hatte sich jedoch mit keinem Wort beklagt. Ehe er es überstanden hatte, würde sein Magen noch auf die unangenehmste Weise beeinträchtigt.

»Wurde er vergiftet?«

Johns Frage klang wie eine Anklage, und Lord Maxwells Lächeln tat nichts dazu, die in ihr aufsteigende Wut einzudämmen.

»Es ist kein Gift«, verteidigte sie sich und wechselte das Thema. »Mylord, vielleicht könnten wir darüber sprechen, worum du John bitten wolltest.« Sie hoffte inständig, er würde zu seinem Schwur stehen, jemanden zu Edlynn zu schicken.

Sein schwaches Nicken genügte ihr als Antwort, und so ging sie, um das Feuer für den Kessel vorzubereiten, während sie aufmerksam zuhörte, was die beiden Männer redeten. Der Art, wie sie miteinander sprachen, entnahm sie, dass sie einander schon lange kennen mussten.

»Was ist mit deinem Bruder?«, fragte John.

Als Lizzy sich zu Lord Maxwell umsah, begegneten sich ihre Blicke. Sie betete, dass er John nicht erzählte, wer sie war. Ihr Leben lang hütete sie zahlreiche Geheimnisse, und keiner Seele wollte sie jemals verraten, dass sie die Tochter des Scharfrichters war.

»Aiden hat den Tower nicht überlebt«, antwortete er leise, und seine Worte fuhren ihr mitten ins Herz.

»Das tut mir leid. Aiden war ein guter Mensch.« Für eine Weile wurde es sehr still im Zimmer. Schließlich murmelte John einen Fluch und entzündete die Talglichter. »Ich vermute, du willst in die Grenzgebiete zurück?«

»Ja.«

»Und das Mädchen?« Nun sah John zu ihr.

»Sie reist gleichfalls gen Norden.«

»Was will sie dort?«

»Das weiß ich nicht.« Beide Männer schauten sie an.

Offenbar erwarteten sie, dass Lizzy ihnen ihre Reisepläne enthüllte, doch war sie nicht bereit, eine vollständige Erklärung abzugeben. Dass sie um die Verschwörung gegen König Edward wusste, hatte sie schon gesagt; allerdings wusste sie sehr viel mehr. Wagte sie es, den beiden Männern anzuvertrauen, was sie herausgefunden hatte? Würde sie das Leben der Prinzen möglicherweise umso mehr gefährden, indem sie den Schotten verriet, dass sie illegitim waren? Es gab nur einen einzigen Mann, dem sie wirklich vertrauen konnte – Englands Beschützer.

Sie stand auf und drehte sich ganz zu ihnen herum. »Ich reise nach Yorkshire.«

Die Männer schwiegen.

»Ich muss dringend um eine Audienz beim Bruder des Königs vorsprechen«, fuhr sie fort.

»Verdammt!«, raunte Broc.

»Dem Duke of Gloucester? Bist du mall?«, rief John schrill.

Lizzy wusste zwar nicht, was »mall« bedeutete, aber sie nahm an, dass er sie des Wahnsinns bezichtigte. Auch sie hatte die getuschelten Anschuldigungen vernommen, Richard of Gloucester wollte die Krone an sich reißen; doch sie wusste aus eigener Erfahrung, was für ein mitfühlender Mann er war. Gloucester würde sie in Sicherheit bringen und ihren Vater seiner Pflichten entbinden, wenn sie ihm den Beweis einer Verschwörung lieferte. »Londons Adlige sprechen von Gloucesters Verschlagenheit, was jedoch nichts als Gerede ist. König Edward übergab seine Söhne und Töchter in die Obhut seines Bruders. Und er ernannte den Duke of Gloucester zum Beschützer des Reiches.«

Johns verdutzte Blicke wanderten zwischen ihr und Lord Maxwell hin und her. »Willst du sie begleiten?«

Sie war zum Zerreißen angespannt, als sie auf Brocs Antwort wartete.

Langsam schloss er die Augen, atmete tief ein und wieder aus und erwiderte: »Ja.«

Erst in diesem Moment bemerkte sie, wie dringend sie seine Bestätigung gebraucht hatte. Ihr Herz hämmerte. Zwar hatte sie nie die Absicht gehegt, ihre Reise allein anzutreten, nur hatte sie ebenso wenig geplant, dass ihr Vater außerstande wäre, mit ihr zu kommen. Dankbar lächelte sie Lord Maxwell zu.

»Ich reite mit euch«, verkündete John. »Sowie ich die Blinde geholt habe, brechen wir in die Heimat auf.«

»Heimat?«, fragte Lizzy verwundert. »Yorkshire ist deine Heimat?«

»Nee, Schottland«, erwiderte John mit stolzgeschwellter Brust.

»Du bist auch Schotte?«

»Ja, und es ist höchste Zeit, dass mein Weib es erfährt.«

»Was erfährt?«, wollte Celeste wissen, die mit dem Jungen zusammen ins Zimmer kam. Sie trug ein Tablett, das mit Brot, Käse, Getränken und zwei Schalen dampfender Brühe beladen war, und stellte es auf den Tisch. Der Junge ließ Lizzys Sachen auf die Bank fallen, einschließlich Beatrice in ihrem kleinen

Käfig, und huschte eilig aus dem Zimmer. Zweifellos wollte er fliehen, ehe man ihm neue Befehle erteilte. Als Nächstes trat Smitt durch die Tür, einen Eimer Wasser in jeder Hand. Nachdem er sie achtlos neben dem Feuer abgestellt hatte, griff er nach einem Stück Käse auf dem Tablett.

Celeste gab ihm einen Klaps auf die Hand. »Raus mit dir!«

Smitt bedachte sie mit einem Schmollen, das Lizzy umgehend erweicht hätte. Nicht so Celeste. Sie trommelte mit den Fingern auf ihren Armen, während sie wartete, dass er ihr gehorchte. Lizzy hielt an sich, bis Celeste ihr zuzwinkerte.

Da entfuhr ihr doch ein Kichern. Rasch hielt sie sich eine Hand vor den Mund und wandte sich ab, um Wasser in den Kessel über dem Feuer zu schütten.

»Komm mit, Celeste! Wir müssen reden. Lassen wir Julian und seine Braut ein bisschen allein.« John nahm seine Frau beim Ellbogen.

Celeste aber riss sich von ihm los. »Ich habe doch noch gar nicht mit ihr geredet! Ich weiß nicht einmal, wie sie heißt!«

Lizzy kam um das Bettende herum und ergriff Celestes Hand. »Mein Name ist Lizbeth, aber du darfst mich Lizzy nennen, wenn du willst.« Celeste lächelte so strahlend, dass ihre dunklen Augen beinahe in den Falten verschwanden.

»Sehr gern, Lizzy. Wir sehen dich und Sir Julian dann morgen beim Frühstück.«

»Ich danke dir für deine Großzügigkeit«, rief Lizzy ihr hinterher, denn John bugsierte seine Frau bereits energisch aus dem Zimmer.

In der Tür blieb er kurz stehen und sah sich zu ihr um. »Kommst du ohne Hilfe aus, Mädchen?«

»Ja«, antwortete sie schnell, schloss die Tür hinter den beiden und wandte sich zu Lord Maxwell. Er dürfte leicht der größte, kräftigste Mann sein, den sie bisher umsorgt hatte.

Doch so einschüchternd allein seine Größe sein mochte, redete sie sich ein, dass er nicht anders als andere Männer wäre. Ausgenommen natürlich, dass bei anderen Männern ihre Zehen nicht so gekribbelt hatten.

Schweigend musterte sie ihn – lang, muskulös und auf dem Bett ausgestreckt wie ein Liebhaber, der ihrer harrte. Das Kribbeln strömte von den Zehen ihren Körper hinauf geradewegs in ihre Brüste. Erschrocken riss sie die Augen weit auf und überkreuzte die Arme vor ihrem Oberkörper.

*Heilige Maria! Zügle dich!*, schalt sie sich. *Er ist bloß ein Mann wie jeder andere.*

Diese Lüge wiederholte sie im Geiste, während sie auf das Bett zuging. Ihr Herz schlug zu schnell, als dass sie mitzählen konnte.

# Kapitel 4

Lizzy stopfte ein zweites Kissen unter Lord Maxwells Kopf, damit er weit genug aufgerichtet war, um zu essen. »Hast du Hunger, Mylord?«

»Ja.« Blinzelnd hob er die Lider.

Nie hatte sie ein schöneres Blau gesehen als das von Lord Maxwells Augen. Sie waren weniger blau als der Himmel, etwas blasser und mit goldenen Sprenkeln durchzogen, die Lizzy an den Rosenkranz ihrer Mutter erinnerten.

Sie holte den Kessel vom Feuer und stellte ihn auf den Nachttisch. Dann benässte sie einen Lappen in dem Wasser und setzte sich auf die Bettkante. An seinem Hals beginnend, wusch sie ihm den Kerkerschmutz ab. Mit jedem Zentimeter Haut, den sie reinwusch, wurde er schöner. Einzig seine Wangen schienen noch etwas ausgemergelt, aber das würde sich bei richtiger Nahrung schnell geben.

Als sie sein schwarzes Haar zurückstrich, um Spuren getrockneten Blutes von seiner Stirn zu wischen, fiel ihr der Kontrast zwischen ihrer hellen Haut und seinem dunkleren Teint auf. Ein weiterer Hinweis darauf, wie verschieden sie waren. Seine Züge wirkten streng – die gerade Nase, die kräftigen Wangenknochen, das kantige Kinn. Beinahe erschien es ihr unfair, dass Gott einen Mann mit solcher Schönheit segnete.

Edlynn hatte ihr einmal erzählt, die Schotten brächten nichts als Trolle hervor, denen rote Haarbüschel aus den Ohren wuchsen, denn sie wären das hässlichste Menschenpack, das auf Erden wandelte. Lord Maxwell strafte ihre Fabel Lügen.

Lizzy strich mit dem Lappen über seine Schläfen und Ohren. Er hatte sogar hübsche Ohren!

»Lady Ives, sosehr ich genieße, von dir verhätschelt zu werden, frage ich mich, ob du mir vielleicht etwas von dieser Brühe geben könntest.«

»Oh, verzeih bitte!« Lizzy sprang auf und senkte ihren Kopf, so weit sie konnte, um ihre Schamesröte zu verbergen. Was hatte sie sich nur dabei gedacht, ihn anzustarren wie ein Stückchen süße Pastete? Sie eilte zu dem großen Tisch, wischte sich die Stirn mit dem Ärmel ab und nahm das Tablett. Nachdem sie es auf einen Schemel gestellt hatte, setzte sie sich wieder neben ihn auf das Bett und hielt ihm einen Holzlöffel mit Brühe an die Lippen. Er öffnete den Mund, ohne die Augen von ihrem Gesicht abzuwenden. Sie sollte mit ihm reden.

»Die Brühe gibt dir etwas, das du erbrechen kannst.« *Fürwahr brillant, Lizzy! Von allen Dingen, über die du mit ihm sprechen könntest, wählst du seinen bevorstehenden Brechreiz!* Sie sollte aufhören, nette Unterhaltungen führen zu wollen. Die lagen ihr nicht.

»Nun, darauf freue ich mich schon!« Als er lächelte, bildeten sich winzige Falten in seinen Augenwinkeln. Aber wenigstens nahm er ihr die Anspannung.

Sie fütterte ihm noch einen Löffel, dann einen dritten. Die Stille bewirkte, dass Zahlen durch ihren Kopf rauschten, die sie jedoch nicht in der richtigen Reihenfolge ordnen konnte, weil er sie so eindringlich beobachtete. »Warum starrst du mich an?«

»Meinen Augen war es bisher nicht vergönnt, einen Engel zu erblicken. Folglich möchte ich die rare Gelegenheit auskosten.«

Sie lachte. Sein Bemühen, umgänglich und freundlich zu sein, stimmte sie eher misstrauisch. »Deine Schmeicheleien sind vergeudet, Mylord. Dieser Name wurde mir unverdientermaßen angedichtet, denn ich bin kein Engel.«

»Jemand musste geglaubt haben, du verdientest diese Bezeichnung.«

»Sein Name war Bartholomew.« Seit Jahren hatte sie nicht mehr an ihn gedacht. »Er weinte nachts, dass die Engel kommen mögen, ihn zu holen. Die Lepra zehrte an seinem Leib, während er auf seine Hinrichtung wartete. Ich bereitete ihm einen Breiumschlag, um seinen Schmerz zu lindern, aber der Tod folgte mir zu seiner Kerkerzelle. Ich fand ihn bäuchlings auf den Binsen liegend, wo durch das winzige Fenster die Sonne auf ihn schien. Ich glaubte ihn tot und betrat die Zelle, um ihn mit Weihwasser zu bekreuzigen.«

»Eine Heilige und ein Engel. Gott hat dich wahrlich gesegnet.«

Lizzy stopfte Lord Maxwell den Mund mit noch einem Löffel Brühe. »Du verspottest mich.«

Er schluckte und entgegnete: »Vergib mir! Erzähl weiter!«

»Bartholomew war nicht tot. Er schlang seine Arme um mich und flehte mich an, sein Leben zu beenden. Als ich mich weigerte, entriss er mir die Fackel und steckte die Binsen in Brand. An jenem Abend starben sechs Gefangene im Kerker, die allesamt nach Bartholomews Engel schrien, er möge sie retten.« Sie stellte die leere Schale ab und stand auf, um Lord Maxwell einen Becher Wasser zu holen. Als sie sich der Strafe entsann, die sie damals bekommen hatte, zitterten ihre Hände.

»Wie alt warst du?«

»Vierzehn Lenze.«

»Und wie konntest du dem Feuer entkommen?«

»Durch den Tunnel.« Sie hielt seinen Kopf, während er trank, und bemühte sich, das Ende nicht noch einmal zu durchleben. »Nachdem Lord Hollisters Männer das Feuer gelöscht hatten, befragte er die überlebenden Gefangenen zu dem Vorfall und verlangte zu erfahren, wer das Feuer ausgelöst hatte. Sie alle antworteten gleich.«

»Ein Feuerengel?«, riet Lord Maxwell.

Sie nickte und hoffte, er würde nun aufhören, sich über sie zu mokieren.

»Hast du dich noch vieler anderer angenommen?«, fragte er ernst, als wollte er es wirklich wissen.

»Ja, das habe ich. Nach dem Tod meiner Mutter zogen Vater und ich aus der Pächterhütte in den Tower. Ich wurde vom obersten Wachmann und seiner Frau aufgenommen. Lord Hollister wollte mich in meiner Kammer einsperren, doch zu meinem Glück war seine Gemahlin sehr gütig und sehr jung, nur fünf Jahre älter als ich. Sie hatte Mitleid mit mir und teilte mir Aufgaben in der Speisekammer zu. So hatte ich Zugang zu großen Mengen von Essen und Vorräten. Außerdem konnte ich mit Vaters Schlüsseln sämtliche Türen öffnen. Ehe ich dreizehn Lenze erreichte, begann ich, Essen für die Gefangenen zu stibitzen.«

»Man hätte dich des Diebstahls angeklagt, wärest du von den Wächtern ertappt worden.« Seine Sorge, wenngleich unnötig, rührte sie.

Sie bedachte ihn mit einem wissenden Lächeln und steckte ihm ein Stück Käse in den Mund. »Edlynn hatte die Speisekammern unter sich, bis sie ihr Augenlicht verlor. Sie lehrte mich, Kräutermixturen zu bereiten, und ich zeigte ihr, wie man Duftessenzen aus Blumen extrahiert.« An ihre Mutter und deren Blumen erinnerte sie sich oft, ebenso wie an ihren Kummer, als Gott ihr die Mutter nahm.

»Deshalb duftest du so gut! Wie süße Sauce, die über eine Schale Blütenblätter gegeben wird.«

Sie senkte den Blick, konnte jedoch nichts gegen das Lächeln ausrichten, das auf ihre Lippen trat. »Ja, vermutlich.«

Als sie die zweite Schale mit Brühe in die Hand nahm, hörte er auf zu fragen und kniff den Mund zusammen. Sie tippte mit dem Holzlöffel gegen seine Unterlippe, aber aus unerfindlichen Gründen weigerte er sich, weiterzuessen. Wie konnte er ihr die freundlichsten Komplimente machen, die sie jemals vernommen hatte, und sich dann wie ein Maulesel verhalten? »Lord Maxwell, du kannst unmöglich schon satt sein!« Sie legte den Löffel in die Schale zurück, da er sich nicht rührte. »Ich begreife nicht, warum du ausgerechnet in deiner Lage stur bleibst. Du musst essen!«

»Wie du auch.«

»Ich habe bereits gegessen.« Was nicht ganz gelogen war.

»Wann?«

»Am Karfreitag trocknete mein Vater Fleisch.«

»Vor zwei Tagen?« Er verdrehte die Augen. »Daher kommt's, dass du weniger Fleisch auf den Knochen hast als dein Haushuhn!«

War es wirklich zwei Tage her, seit sie etwas gegessen hatte? Sie schaute auf die Brühe und überlegte, welches ihre letzte Mahlzeit gewesen war. So wie ihr Magen sich zusammenzog, lag sie viel zu lange zurück.

»Wenn ich die Verantwortung für dich übernehmen soll, musst du essen«, erklärte Lord Maxwell in einem Tonfall, den man nicht anders als überheblich nennen konnte.

»Du sollst keineswegs die Verantwortung für mich übernehmen!«

»Iss!«

Sie nahm eine Scheibe dunkles Brot vom Tablett und biss ein Stück ab. Beinahe hätte sie gestöhnt, denn es war warm und weich auf der Zunge und schmeckte überraschend süß.

Unwillkürlich biss sie noch zweimal von dem Brot ab. Noch kauend legte sie den Rest zurück auf das Tablett und achtete nicht auf Lord Maxwells selbstzufriedene Miene. Während sie kaute und schluckte, nahm sie abermals den Löffel mit der Brühe auf und hielt ihn ihm hin.

Er schüttelte den Kopf.

Sie wurde ärgerlich, dass sie ihn erwürgen wollte. »Was bist du bloß für ein widerborstiger Kerl! Mach den Mund auf!« Mit dem Löffel in der Hand wartete sie. Zu gern hätte sie ihm seine Arroganz ausgetrieben. »Sind alle Schotten so störrisch?«

Er wagte nicht, den Mund zu öffnen, weil sie dann diese alberne Schlacht gewonnen hätte. Und sie schätzte, dass er eine Niederlage wenig gelassen nähme. »Das ist ein närrisches Spiel, was du hier veranstaltest – überdies eines, von dem ich dir versichere, dass ich es gewinne. Du forderst mich heraus, Lord Maxwell, und nötigst mich, Maßnahmen zu ergreifen, die dir nicht gefallen werden. Also, mach den Mund auf, oder ich öffne ihn für dich!« Zufrieden mit ihrer Drohung, stellte sie grinsend die Schale ab.

Er zog die Brauen hoch und atmete übertrieben laut aus, was wohl bedeuten sollte, dass er nicht vorhätte, ihr zu gehorchen.

Also lehnte sie sich über ihn, drückte seine Nasenflügel zu und wartete. Er hielt beeindruckend lang den Atem an, ehe er schließlich seinen Mund öffnete. Im selben Moment, indem er Luft holte, schüttete sie ihm einen Löffel Brühe hinein.

Und er hustete. Sein ganzer Oberkörper wurde durchgerüttelt, so dass sie rasch den Löffel beiseitewarf und ihn aufrichtete, wobei sie achtgab, seinen Rücken nicht zu berühren. Warum machte er es ihr so schwer? Und was war über sie gekommen, ihn unbedingt ihrem Willen unterwerfen zu wollen?

Heilige Maria! Dieser Mann war von ihrem Vater gefoltert worden und bedurfte der Pflege!

Sie hielt ihn fest, was eine entschieden zu intime Umarmung war, bedachte man, wie sie zueinander standen, und prompt gesellte sich Schuld zu dem Gefühlstumult, der sie seit ihrer Begegnung mit Lord Maxwell ohnehin quälte. Fühlte sie sich ihm verpflichtet, weil ihr Vater seinem Bruder das Leben genommen hatte? Oder war ihr verzweifelter Wunsch nach einem Beschützer der Grund, weshalb sie meinte, ihm trauen zu können?

Nachdem er wieder atmen konnte, ließ sie ihn auf die Kissen hinunter. Leider sank sie gleich mit nach unten, denn ihre Hände wurden unter seinen Schultern eingeklemmt. Sie war ihm nahe genug, um ihn zu küssen. Wieso sie den Abstand zwischen ihnen mit einem Kuss bemaß, wusste sie nicht.

Er benetzte sich die Lippen. »Für jeden Löffel, den ich nehme, nimmst du einen Bissen, sonst ertrinke ich noch in der Brühe.«

»Ja, Mylord.« Lizzy hatte keinerlei Verlangen, den Disput fortzusetzen. Artig aß sie kleine Käsestückchen zwischen den Löffeln mit Brühe, die sie ihm gab. Zwar machte er keine Anstalten mehr, sie zu necken, doch seine kaum merklich gebogenen Mundwinkel verrieten ihr, dass sein Sieg ihn erfreute. Sie reichte ihm Wasser, stellte das Tablett wieder beiseite und begann, ihre Sachen von der Bank zu holen, auf der sie der Junge abgestellt hatte. Dann reihte sie acht kleine Lederbeutel mit Kräutern auf dem aufgebockten Tisch auf, packte Mörser und Stößel aus sowie eine krumme Nadel und Seidenfaden.

»Hast du alles dabei, um noch mehr Gift zu bereiten?«, erkundigte Lord Maxwell sich hinter ihr.

Dieser Mann wusste wahrlich nicht, wann es genug war! Beinahe war sie versucht, eine Prise Eisenhut hinzuzugeben, um seine Zunge zu betäuben. Zunächst schwieg sie beleidigt und maß ihre Zutaten sorgfältig ab. Doch kaum begann sie, die Kräuter im Mörser zu zerreiben, fiel ihr eine passende Erwiderung ein. »Vielleicht schafft es mein Gift diesmal, dich umzubringen. Es wäre ein Schotte weniger, gegen den mein König in die Schlacht ziehen muss.«

»Du scherzt.«

»Ach ja?« Falls er vorhatte, ihre Medizin weiterhin als Gift zu verspotten, würde sie sich nicht mehr bemühen, ihn zu widerlegen. Sie schüttete etwas Wasser zu dem Kräuterpulver, so dass es einen warmen Brei ergab, den sie später auf seine Wunden auftragen würde. Doch zuerst zog sie ein kleines Messer aus einer Lederscheide und trat vor das Bett. Mit einem vielsagenden Grinsen drehte sie die Klinge vor ihrem Gesicht hin und her, um ihm Angst einzujagen. Die meisten Leute in London hielten sie für umnachtet, und diese Rolle, die sie hervorragend beherrschte, hatte sie schon manches Mal zu ihrem Vorteil genutzt. »Es könnte sein, dass ich deine Körpersäfte beim Aderlass nicht richtig ausbalanciere und du verblutest. Dann könnte ich mein vorbereitetes Gift für den nächsten sturköpfigen, arroganten, spitzzüngigen Schotten aufsparen, der es wagt, meine Großzügigkeit wie meine Heilkünste zu beleidigen.«

Er machte große Augen. »Ich bitte um Verzeihung, Lady Ives. Es war nicht meine Absicht, dich zu beleidigen.«

Allzu schnell wollte sie nicht einlenken, deshalb schmollte sie noch ein wenig, ehe sie ihm ein scheues Lächeln schenkte, das nicht annähernd ihr Ausmaß an Belustigung spiegelte, als sie seine verängstigte Miene sah. »Nur die Ruhe, Mylord! Ich scherzte und habe keineswegs geplant, dich auszubluten oder zu vergiften.« Mit diesen Worten griff sie nach dem Saum seines Hemds und ritzte ihn mit der Messerspitze ein. »Meinst du, John könnte dir neue Kleidung geben?«

»Ja.« Sein erleichtertes Aufatmen kühlte ihr den Nacken.

Lizzy zerschnitt den Stoff, bis das Hemd seitlich von seinem Oberkörper glitt. Als sie seine muskulöse Brust erblickte, biss sie sich von innen auf die Unterlippe. Selbst mit dem Bluterguss auf den Rippen war er noch ein Prachtexemplar von einem Mann. Am liebsten wäre sie mit den Fingern in die dunklen Haare eingetaucht, die sich in einer Linie über seinen von straffen Muskeln gespannten Bauch erstreckten. Sie beließ es dabei, ihnen mit den Augen bis über den Nabel und dorthin zu folgen, wo sie in seiner Hose verschwanden. Ihre Brüste wurden merklich fester.

*Verflucht!* Was für eine erbärmliche Heilerin sie war!

Sie schnitt die Ärmel ab und legte das Messer neben den Kessel, wobei sie hoffte, dass er nicht sah, wie sie zitterte. Wieder wrang sie den Lappen aus und begann, ihm den Oberkörper zu waschen.

Ihre Hand bewegte sich über seine Schultern und seinen kräftigen Arm hinab. Aus der Nähe betrachtet, erkannte sie, dass die alten Symbole seiner Tätowierung aus den Buchstaben *G*, *R* und *A* bestanden, die sich ununterbrochen wiederholten, einmal um seinen Oberarm herum. Sie hätte ihn gefragt, was sie zu bedeuten hatten, wäre sie imstande gewesen, auch nur einen Laut hervorzubringen.

Mit dem Lappen in der einen Hand tastete sie mit der anderen vorsichtig nach gebrochenen Knochen. Insgeheim empfand sie es als höchst angenehm, seine Haut zu berühren. Bisher hatte sie noch keinen so gutaussehenden Mann behandelt. Eine befremdliche Hitze fuhr durch ihren Leib und sammelte sich zwischen ihren Beinen. Zudem fühlte sie, wie ihr Puls an intimsten Stellen pochte, was ihr Angst machte. Ja, sie geriet fast in Panik, so dass sie versehentlich seine Rippen fest umklammerte.

»Autsch!«, stöhnte er.

Sie schrak zurück. »Hast du das gespürt?«

»Nein.« Er lachte leise. »Ich kann nur weder die Stille noch diese verfluchte Unbeweglichkeit ertragen.«

Sie gab ihm einen leichten Klaps auf den Arm, obwohl sie froh war, dass er sie abgelenkt hatte. Also bemühte sie sich, wenigstens einen Anschein von Würde zu wahren. »Deine Rippen sind etwas geprellt, aber nicht gebrochen, soweit ich feststellen kann. Ich werde Smitt um Hilfe bitten müssen, um dich später zu verbinden, nachdem ich deinen Rücken versorgt habe.«

»Ich werde wohl auch Smitts Hilfe benötigen, es sei denn, du wünschst, dich meiner primitiveren Bedürfnisse anzunehmen«, entgegnete er mit einem schwachen Augenzwinkern.

»Mylord, ich bitte dich!« Ihre Wangen glühten, und sie fragte sich, ob es überhaupt möglich war, dass ihr noch heißer wurde. Sie sollte ihr Kleid ausziehen, ehe sie schmolz, dachte sie, während sie sich Luft zufächelte. In diesem Zimmer war es heiß wie im Höllenfeuer!

Lizzy ging hinter das Bett und hakte die falschen Ärmel von ihrem Kleid. Außerdem legte sie die oberste Schicht ihrer Röcke ab und zog ihre Stiefel aus. Dann krempelte sie die Ärmel ihrer Tunika bis zu den Ellbogen hoch, ehe sie zurück an das Bett trat. »Ich drehe dich jetzt um.«

»Viel Glück!«, wünschte er ihr, was ihr ein Kichern entlockte.

Was für aberwitzige Dinge er sagte!

Sie legte seine Arme an seine Seiten und schob ihn an seiner Schulter und Hüfte an. London Bridge hätte leichter zu bewegen sein dürfen, wie sie feststellte. Nach zwei weiteren Versuchen und einem lauten Knurren gelang es ihr, ihn auf die andere Seite des Bettes zu rollen. Sein Hemd klebte an seiner Haut, wo die Wunden durch den Stoff geblutet und ihn mit groben roten Streifen gemustert hatten. Stumm stand sie da, starrte auf die Peitschenmale und verfluchte die Tat ihres Vaters. »Mir tut aufrichtig leid, was er dir antat.«

»Es ist nicht deine Schuld. Gräme dich nicht! Ich fühle gar nichts. Aber eile dich, bevor dieser Wundertrunk seine Wirkung verliert!«

»Ja, Mylord. Ruh dich aus! Du wirst morgen früh all deine Kraft brauchen.« Sie schnitt den Rest seines Hemdes weg und untersuchte die Wunden. Einige waren rosige Schwellungen, andere feine Risse, aber mindestens drei hatten die Haut durchschnitten wie bei einer Schwertverletzung.

Solche Behandlungen hatte sie schon häufig vorgenommen, und gewöhnlich war es eine gleichermaßen monotone wie mühselige Arbeit. Lord Maxwells Verletzungen zu behandeln jedoch gestaltete sich kein bisschen monoton. Einer der Schnitte reichte bis unterhalb seiner Taille. Zwar ließ der Riss hinten in seiner Hose sich leicht weiter öffnen, doch war damit auch sein halbes Hinterteil entblößt. Sie berührte ihn verstohlen, wusste sie doch, dass er es nicht fühlen würde. Die leichte Behaarung dort kitzelte an ihren Fingern. Sie wollte verflucht sein, wenn dieser Mann von hinten nicht ebenso nett anzusehen war wie von vorn!

Mit einem Kopfschütteln verscheuchte sie ihre unziemlichen Gedanken und machte ihre Nadel bereit. Zweifellos hätte der Anstand verlangt, dass sie sich nun den Rücken verrenkte und ihn vollkommen krumm zusammennähte, wozu sie jedoch nicht gewillt war. Deshalb lüpfte sie kurz entschlossen ihre Röcke bis zu den Knien und stieg rittlings auf ihn.

Er stöhnte.

»Bin ich dir zu schwer?«, fragte sie und richtete sich weiter auf. Sie wünschte, er würde schlafen, damit sie arbeiten konnte.

»Nein, ich dürfte wohl einiges mehr wiegen als du. Aber du solltest es zu deinen Segnungen zählen, dass ich mich nicht umdrehen kann.«

Aufs Neue regte sich ein irritierendes Kribbeln zwischen ihren Schenkeln, die sie prompt verkrampfte. Sie zwang sich, nicht zu zappeln. »Ich zähle gern, folglich zähle ich meine zahlreichen Segnungen vielleicht noch einmal nach.« Sie setzte sich wieder auf ihn und durchstach seine Haut mit der Krummnadel. Einen nach dem anderen schloss sie die Risse auf seinem Rücken. Statt ihre Segnungen zu zählen, zählte sie die Stiche. Sie wollte Lord Maxwell so gut zusammenflicken, wie sie irgend konnte. Für eine ganze Weile war nichts zu hören außer dem Rauschen des Windes draußen vor dem Fenster und dem leisen Gackern von Beatrice in ihrem Käfig.

»Hast du Familie in London, ich meine, außer deinem Vater?«, fragte er und störte ihre Konzentration. Konnte dieser Mann denn nie schlichte Stille hinnehmen?

»Schwestern? Brüder vielleicht? Kinder?«, erläuterte er, als sie nicht gleich antwortete.

Seine Frage erinnerte sie daran, wie allein sie auf der Welt war. Sie überlegte, gar nicht zu antworten, aber Lord Maxwell schien Schweigen unbehaglich zu sein. Dieser Mann redete mehr als Edlynn! Also würde Lizzy seine Neugier befriedigen, was ihre persönlichen Angelegenheiten betraf, und ihm dann in aller Deutlichkeit sagen, dass er ausruhen musste. »Ich habe keine Familie außer Vater und Edlynn.«

»Bist du verwitwet? Du scheinst mir etwas in die Jahre gekommen, um noch nie verheiratet gewesen zu sein. Die Blinde erwähnte einen Mann, der dich beschützte …«

»Lord Maxwell«, fiel sie ihm ins Wort, »du solltest dringend ausruhen, und ich kann sorgfältiger arbeiten, wenn Ruhe herrscht. Falls es also etwas gibt, das du mich unbedingt fragen willst, dann tu es bitte jetzt!«

»Wer ist Kamden?«

Sofort verschleierten ihr Tränen die Sicht. Sie schloss die Augen und sah Kamden mit seinen Söhnen vor sich, wie sie vor Edlynns Cottage rangen. Ihr Lachen war so ansteckend gewesen, dass Lizzy selbst jetzt noch lächeln musste.

Sie schluckte und rieb sich die Augen. »Ich zähle dreiundzwanzig Lenze und habe mich seit langem damit abgefunden, niemals zu heiraten oder Kinder zu gebären. Meines Vaters Beruf war vor seinem der meines Großvaters, den jener wiederum von seinem Vater übernommen hatte. Das Blut der Gehenkten verflucht unseren Namen seit Jahrzehnten. Es ist ein Beruf, der einem Mann den Verstand raubt und seine Seele schwärzt. Ich kann kein Kind in dem Wissen zur Welt bringen, dass es eines Tages das Henkersbeil schwingen muss. Kamden war mein Bruder und hätte der Nächste in der Linie sein sollen, der meiner Familie Fluch weiterträgt. Also, wenn deine Neugier befriedigt ist, würde ich dich bitten, zu ruhen … still.«

»Wie ist er gestorben?«

Lizzy biss die Zähne zusammen und hielt die Nadel, mit der sie am liebsten auf ihn eingestochen hätte. »Lord Maxwell, ich wünsche wirklich nicht …«

»Es ist meine letzte Frage, Mädchen. Das schwöre ich.«

Ihr Kummer war heute so erdrückend wie vor sechs Monaten, als ihr Bruder sie allein in der Welt zurückgelassen hatte. »Kamden wurde hingerichtet.«

Lord Maxwell hielt zu seinem Schwur und bohrte nicht weiter, obwohl Lizzy sicher war, dass er Näheres wissen wollte. Der Tod faszinierte die Menschen. Wer wäre nicht neugierig auf einen Mann gewesen, dessen grotesker Beruf ihn verdammte, seinen eigenen Sohn zu töten? Immer noch fühlte sie Lord Hollisters Hand, die ihr Kinn gepackt und sie gezwungen hatte, alles mit anzusehen. Immer noch roch sie das verrottete Gemüse, das sich in ihrem Haar verfangen hatte. Jene Eindrücke hatten sich auf immer in ihr Gedächtnis eingebrannt, und hinter verschlossenen Augen wurden sie um so farbenreicher.

»Dein Verlust tut mir leid«, sagte Lord Maxwell schließlich, wobei seine leise Stimme von seinem eigenen Schmerz erfüllt war.

Sein Mitgefühl bedeutete ihr mehr, als er sich hätte ausmalen können. Dieser Mann hatte heute den Tod seines eigenen Bruders miterleben müssen, und dennoch fühlte er mit ihrem sechs Monate zurückliegenden Verlust. Sie presste eine Hand auf ihren Mund. Tränen brannten in ihrer Kehle, in ihren Augen, aber sie erstickte den Schmerz und vergrub ihn tief in sich.

Nachdem sie sich wieder gefasst hatte, hoffte Lizzy, Lord Maxwell würde endlich still sein. »Ruhst du jetzt bitte?«

»Ja.« Er schloss die Augen.

Stille trat ein.

Lizzy setzte ihre Arbeit fort, zog die Nadel durch seine Haut und verlor sich in der Einfachheit ihrer Zahlen. Nach zehn Stichen wandelte sich Lord Maxwells ruhiger, regelmäßiger Atem in ein dröhnendes Schnarchen, das mit jedem Atemzug lauter wurde. Nein, dieser Mann konnte fürwahr keine Stille leiden!

Lizzy vollführte den siebenundfünfzigsten Stich durch Lord Maxwells Rücken, knotete den Seidenfaden zusammen und stieg mit steifen Beinen vom Bett. Ihre Finger krampften, und ihr Rücken schmerzte von den Stunden, die sie über ihn gebeugt gewesen war. Sie ging zu der Waschschüssel, um sich zu reinigen, dann suchte sie in ihren Sachen nach einem Tontopf mit Blutegeln.

Er war nirgends zu finden, und so stand sie am Fenster und sah zum Stall hinaus. Der Junge musste eine ihrer Satteltaschen dort zurückgelassen haben.

Die Mondsichel warf bläuliches Licht auf das taufeuchte Gras, das den Boden wie ein funkelndes Meer wirken ließ. Um das Wirtshaus herum ragten schwarze Baumsilhouetten bedrohlich in den Himmel auf. Lizzy hielt nach einem Reiter Ausschau, obgleich sie wusste, dass zu wenig Zeit vergangen war, als dass John mit Edlynn hätte zurückgekehrt sein können. Sie bekreuzigte sich und sprach leise ein Gebet für ihre Freundin.

Die Wachen hatten ihre Spur nicht entdeckt, sonst wären sie inzwischen bei ihnen. *Alles wird gut,* redete sie sich zu, wobei sie Lord Maxwells Worte benutzte. Dann warf sie sich ihren Umhang über, zog die Kapuze tief in ihre Stirn und schlich aus dem Zimmer.

Der säuerliche Gestank von Ale und ungewaschenen Leibern führte sie die Treppe hinunter in den Schankraum, in dem nun nur noch wenige Männer im trunkenen Schlaf hockten. Hier nahm Lizzy sich eine der Laternen von der Wand neben der Tür und lief zum Stall hinüber. Insekten zirpten schrill, und der süßliche Heuduft schärfte ihren Geruchssinn, als sie in den überdachten Stall kam. Sie fand den Hengst, dem sie freundliche Worte zuraunte, während sie ihn unter dem Kinn kraulte. In der Satteltasche, die der Junge hatte zu Boden fallen lassen, fand sie ihre Egel.

Plötzlich ertönte Gelächter hinter ihr, gefolgt von einem Stöhnen und Ächzen. Sie wollte ganz gewiss nicht zwei Liebende aufschrecken. Eilig griff sie sich die Laterne, nahm die Satteltasche in die Hand und huschte ins Mondlicht hinaus.

Wo sie eine scharfe Dolchspitze nötigte, stehen zu bleiben. »Du bist seine Tochter, nicht wahr?«

# Kapitel 5

Vor dem Stalleingang kam der Mann aus dem Schankraum ins Licht ihrer Laterne geschritten. Der Flammenschein betonte seine breiten Wangen und seine krumme Nase grotesk. Lizzy holte erschrocken Atem, was zur Folge hatte, dass sie den beißenden Ale-Gestank inhalierte. Er bewegte ihren Kopf mit der Dolchspitze hin und her, musterte sie, quälte sie mit seinen verschlagenen grauen Augen.

Sie wich zurück. »Ich weiß nicht, wen du meinst, Sir.« Ihre Stimme kippte leider, und ihr Pulsschlag dröhnte ihr in den Ohren.

Blitzschnell war er hinter ihr und drückte die scharfe Dolchklinge an ihre Kehle. Sie ließ Satteltasche und Laterne fallen, um ihre Fingernägel in seinen Unterarm zu bohren. Die Laternenflamme erlosch, so dass sie im schwachen Mondlicht standen.

Er beugte sich zu ihrem Ohr. »Ich kenne dein Gesicht, Lady Ives.« Die Dolchspitze strich von ihrer Schläfe zu ihrem Ohrläppchen: denselben Weg wie die alte Narbe. »Ich sah dich auf dem Schafott, wie du den Korb des Henkers hieltest. Gnadensilber hast du gesammelt. Hat mir einen Dreck genützt, meinen Lohn hineinzuwerfen!« Der Mann raffte seinen Ärmel, so dass der Stumpf zum Vorschein kam.

*Deines Vaters Hand ist nicht die deine.* Sie wiederholte Lord Maxwells Worte und versuchte, an sie zu glauben. Sie wusste nicht, was dieser Mann bezweckte, aber sie hatte seinen Hass verflucht noch mal nicht verdient! Ihre Finger ballten sich zu einer festen Faust, sie holte mit dem Arm aus und rammte ihm ihren Ellbogen in die Rippen.

Er schrie auf. Die Klinge rutschte ab und ritzte die Haut unter ihrem Ohr ein. Gleichzeitig drehte sie sich um, wild entschlossen, ihm einen Tritt in seinen Schritt zu versetzen, als Smitt mit offener Hose aus dem Stall auftauchte. Seine schweißglänzende Brust reflektierte das Mondlicht, und Strohhalme hatten sich in seinem zerzausten Haar verfangen. Smitt packte den Mann beim Genick und rammte ihm seine Faust in den Magen.

»Belästigst du die Dame?« Ehe der andere antworten konnte, hatte Smitt ihm einen Fausthieb ins Gesicht versetzt, so dass der Mann Blut und Zähne spuckend auf alle viere niederging. Smitt hockte sich auf seinen Rücken und umfing seinen Kopf mit beiden Händen. »Soll ich ihn umbringen?«

»Nein!«, antwortete Lizzy schnell. Ungeachtet ihrer verzweifelten Bemühungen, vor allen hier geheim zu halten, wer sie war, wollte sie nicht, dass dafür ein Mann starb. »Gib ihn frei!«

Smitt ließ ihn los. Wortlos rappelte der Mann sich auf, rannte zu einem gesattelten Hengst, sprang auf und verschwand den Weg hinunter, ohne einen Blick zurückzuwerfen.

»Bist du verletzt, Mädchen?« Smitt hob ihr Kinn an und wischte mit seinem Daumen einen Blutstropfen von ihrem Hals.

Die Kellnerin aus der Bar erschien hinter ihm, richtete ihre Kleider und zupfte sich Stroh aus dem hellen Haar. Ihre geschwollenen Lippen und geröteten Wangen beschämten Lizzy noch mehr.

»Bitte, verzeih meine Störung!«, bat sie, wandte sich von Smitt ab und hob ihre Satteltasche auf.

»Da gab's nichts mehr zu stören. Wir waren fertig.« Smitt zog die dunklen Brauen hoch und grinste.

»Denkst du!«, zischte die Kellnerin und verschränkte die Arme vor ihrer üppigen Brust.

Smitt warf ihr einen tadelnden Blick zu, den sie ignorierte. Lizzys Meinung von ihr wandelte sich auf der Stelle.

»Danke für deine Hilfe. Ich sollte zurückgehen, bevor …« Lizzy stockte. » … bevor Julian bemerkt, dass ich fort bin.« Sie ließ die beiden stehen, die einander wütend anfunkelten, und rannte zum Eingang des Wirtshauses. Die Röcke gerafft, rannte sie die Treppe hinauf und hielt den Atem an, bis sie endlich die Tür hinter sich geschlossen hatte. Dann lehnte sie sich dagegen und kniff die Augen fest zu. Gäbe es jemals einen Ort, an dem sie nicht fürchten musste, erkannt, verachtet oder verhöhnt zu werden? War sie närrisch, dass sie glaubte, Fountains Abbey könnte ihr nicht bloß Schutz vor Lord Hollister gewähren, sondern auch Frieden vor den Feinden ihres Vaters?

Ein Bariton-Brummen drang in ihre Gedanken. Sie öffnete die Augen und blickte zu einem schlafenden Riesen. Ein dunkler muskulöser Arm hing über die Bettkante. Haar, schwarz wie die Nacht, fächerte sich auf dem weißen Kissen. Dazu pfiffen seine halbgeöffneten Lippen eine Melodie, die Lizzy schmunzeln machte.

Sie ging zum Bett und strich ihm das Haar aus der Stirn.

Sogleich schloss sein Mund sich, die Winkel bogen sich nach oben, und er flüsterte im Schlaf: »O jaaa.« Dann lachte er leise.

Obgleich sie nicht die leiseste Ahnung hatte, warum er lachte, stimmte sie ein. Wovon träumte ein Mann wie er? Von einer Familie? Wilden Schlachten? Vielleicht aber tanzte auch nur eine Frau hinter Lord Maxwells geschlossenen Augen. Eine Gemahlin? Eine Geliebte? Lizzy stellte sich vor, wie sie auf einer Wiese voller Wildblumen im Kreis herumwirbelte, das Gesicht gen Himmel gereckt und von einem wunderbaren Frieden erfüllt. In ihrer Vision legte Lord Maxwell seine Arme um ihre Taille und küsste sie auf den Hals. Hier war sie weder die Henkerstochter noch Lord Hollisters Gefangene. Sie war einfach eine lachende Frau, die begehrte und begehrt wurde.

Lizzy wischte sich eine Träne vom Nasenflügel und verdrängte ihre albernen Gedanken. Ihre Mädchenträume gehörten längst der Vergangenheit an. Sie wäre niemals irgendjemandes Weib oder eines Kindes Mutter. Sobald sie mit Gloucester geredet hatte, würde sie sich in den Schutz der Kirche begeben.

Sie nahm den Tontopf aus ihrer Satteltasche und setzte fünf Egel auf Lord Maxwells Rücken an. Dann rührte sie den Kräuterbrei um, den sie vorher angemischt hatte, nahm den Rosenkranz ihrer Mutter aus den Falten ihres Rockes und kniete sich ans Fenster, wo er vom Himmel auf sie herabblicken könnte. Den Rosenkranz an die Lippen gehoben, betete sie für ihre Mutter und für Edlynn, für Kamden und ihre Neffen Eli und Martin, und schließlich bat sie Gott, die Seele ihres Vaters zu retten. Für gewöhnlich betete sie den letzten Abschnitt des Rosenkranzes für sich, aber heute Nacht galten ihre Gebete Lord Maxwell und seinem Bruder. Schließlich küsste sie das Kreuz, bekreuzigte sich und stand auf, um die vollgesogenen Blutegel in ihren Topf zurückzulegen.

Als Nächstes tupfte sie Lord Maxwells Wunden mit einer Mixtur ab, die seine Genesung beschleunigen und ihm Schmerz ersparen sollte. Dann endlich löschte sie die vielen Kerzen im Zimmer bis auf eine und rollte sich mit einem kleinen Kissen auf der schmalen Bank zusammen. Sie war erschöpft und das Herz ihr schwer. Die Arme um ihre Schultern geschlungen, sah sie zu der Kerze neben dem Bett. Ihre Augen brannten vor Müdigkeit, so dass sie ein, zwei Mal blinzelte. Doch ihre Ängste hielten sie offen. Es dauerte allerdings nicht lang, bis ihre Mattigkeit über ihren Willen siegte.

Kaum hatten ihre Lider sich gesenkt, kamen die Ungeheuer

ihrer Vergangenheit aus den dunkelsten Winkeln ihres Geistes herbei.

Broc hatte nicht übel Lust, den Engel an seinen Flügeln aufzuhängen! Wie konnte eine so fürsorglich und unschuldig scheinende Frau einen solchen Krieg in den Eingeweiden eines Mannes entfesseln? Der stärkste Whisky, den Onkel Ogilvy brannte, vermochte kein derartiges Wüten in ihm auszulösen wie Lady Ives' Gift.

Zum vierten Mal spülte er sich den Mund und spuckte in den Nachttopf aus, den er seit fast einer Stunde umklammerte. Obwohl er froh war, wieder die Kontrolle über seine Gliedmaßen zu besitzen, fühlte er jetzt jeden Schnitt, jeden Bluterguss. Von der Schädeldecke bis zu den Fußsohlen tat ihm alles weh. Seine Haut brannte und juckte, als hätten sich Tausende Insekten auf seinem Rücken niedergelassen.

Er stand auf und erstarrte, weil er warten musste, bis sein Kopf sich wieder beruhigt hatte, ehe er an das offene Fenster trat. Mit beiden Händen auf das Sims gestützt, atmete er die kühle Luft tief ein. Ein dichter Morgennebel benetzte ihm das Gesicht. Aiden hätte einen Tag wie diesen herrlich gefunden. Er hätte die Aussicht auf Regen als Vorwand genutzt, um mit irgendeiner Schönheit im Bett zu bleiben, ohne einen Gedanken an die Folgen zu verschwenden.

Broc bemühte sich, Trauer zu empfinden, nur leider hatte die Eifersucht ihn fest in ihren Klauen. Aiden hatte alles gehabt: Dads Titel und dauerndes Lob, Mams Zuneigung und Bewunderung und die Hand von Lady Juliana, der begehrenswertesten Dame im ganzen Grenzgebiet. Und Aiden hatte sie nicht einmal gewollt.

Drei Jahre war es her, seit Broc sie zuletzt gesehen hatte, doch ihr Bild war ihm noch klar im Gedächtnis, ihr hellblondes Haar, das mit Gold und Bernstein geschmückt war, ihre traurigen grünen Augen, umgeben von Alabasterhaut. So hatte sie neben ihrem Vater gestanden, eine Hand auf seinem Arm, und hatte sich von sämtlichen Männern in der großen Halle von Skonóir Castle anstarren lassen müssen. Selbst sein jüngerer Bruder war von ihrer Schönheit überwältigt gewesen. Broc lächelte versonnen, als er daran dachte, wie Ian ihr in den zwei Wochen, die die Feierlichkeiten angedauert hatten, jeden Wunsch erfüllte.

Er hatte ihr Platten mit Kuchen unter die Nase gehalten, war beinahe über seine schlaksigen Beine gestolpert, um ihren Kelch mit wasserverdünntem Wein nachzufüllen. Unterdessen hatte sie keinen von ihnen beachtet.

Brocs Kinn sank auf seine Brust, und seine Finger gruben sich in das modernde Holz des Fensterrahmens, als er sich an die Verträge erinnerte, die an jenem Tag unterzeichnet worden waren und Lady Juliana an den künftigen Chieftain des Maxwell-Clans banden.

Neid war eine Sünde, und leider kannte Broc sie gut. Er neidete dem Bruder sein Leben, gierte nach dessen Besitz und begehrte seine Verlobte. Jetzt gehörte Laird Scotts Tochter ihm. Gleich nach seiner Rückkehr würde er sie heiraten und endlich Dads Anerkennung gewinnen. Ihre Verbindung würde die Grenz-Clans stärken, und Broc müsste nie wieder den gewaltsamen Tod eines Familienmitglieds bezeugen. Die Engländer sollten nur wagen, ihre Verteidigung zu durchbrechen, wenn dem Maxwell-Clan die Verstärkung durch den Scott-Clan gewiss war!

Es munterte ihn auf, an seine Vorhaben zu denken, und gab ihm das Gefühl, er könnte Mams Kummer überleben, wenn er ihr die Nachricht von Aidens Tod überbrachte. Wild entschlossen, baldmöglichst nach Hause zu kommen, nahm Broc sich alles, was er zur Morgentoilette brauchte, aus einem Korb und begann, sich zu waschen und zu rasieren.

Ein Wimmern erklang hinter ihm, als er sich gerade die letzten Stoppeln vom Kinn kratzte, und er drehte sich zu Lady Ives um. Zusammengekrümmt, wie sie dort auf der Bank lag, wirkte sie so gefährlich wie ein Cherub. Broc näherte sich der Holzbank mit wackligen Beinen und kniete sich vor sie. Heute traf ihn ihr exotischer Duft nicht unvorbereitet. Welch ein Glück, dass er sich gegen die Wirkung wappnen konnte!

Wieder entfuhr ihr ein mitleiderregender Laut, und sie presste ihre Finger fester um den Rosenkranz, den sie sich um die Hände gewunden hatte. Eine dunkelrote Locke fiel über ihre Augen. Broc strich sie hinter ihr Ohr und erlaubte sich, mit einem Finger über die weiche Kurve ihrer Ohrmuschel zu gleiten. Dabei fiel ihm eine dünne Narbe neben ihrem Ohr auf, die beinahe von ihrem Haaransatz verborgen wurde. Sie zog die schmalen Brauen zusammen, und eine Träne tropfte ihr seitlich auf die Nase. Er fing sie mit dem Fingerrücken ab und nahm den Tropfen zwischen seine Lippen.

Welche Dämonen mochten sie heimsuchen?

Broc wollte in ihren Kopf eindringen und ihre Feinde bekämpfen, sie so schützen, wie er seine Schwestern und Aiden nicht hatte beschützen können. »Alles wird gut, mein Engel!«, raunte er ihr leise zu, und ehe er sich bremsen konnte, beugte er sich vor und küsste ihre Lider. Ihre salzigen Tränen hafteten an seinen Lippen und machten ihm schmerzlich klar, wie viel komplizierter seine Pläne durch sie wurden. Sie suchte den Schutz desselben Mannes, dessen Lebensinhalt es war, Brocs Land zu unterwerfen. Der Duke of Gloucester würde ihr keine Hilfe anbieten, dessen war Broc sicher. Aber Lady Ives, die nichts von Kriegsführung wusste, erkannte natürlich nicht, dass Englands Beschützer alles andere als nobel war.

Sie öffnete ihre goldenen Augen, in denen Broc deutlich den Schmerz sehen konnte, den ihre finsteren Träume ihr beschert hatten. Regungslos lag sie da, als hätte sie keine Kraft mehr, um gegen die Schlachten in ihrem Innern zu kämpfen. Dann streckte sie eine Hand nach seiner frisch rasierten Wange aus und berührte sie mit ihren warmen Fingerspitzen. »Fühlst du dich gut?«

»Nein. Ich fürchte, der Tod steckt in mir und wartet darauf, dass mein Leib aufgibt.« Er schmiegte seine Wange in ihre Hand, denn ein Teil von ihm sehnte sich nach ihrer Zuwendung.

Sie lächelte und blinzelte schläfrig. Dabei rann noch eine Träne aus ihrem Augenwinkel.

»Warum hast du im Schlaf geweint?«

Prompt schloss sie die Augen, um ihre Geheimnisse vor ihm zu verbergen. »Aus demselben Grund, aus dem du in deinem Schlaf gelacht hast, würde ich meinen. Unsere unterschiedlichen Leben bescheren uns nun einmal unterschiedliche Träume.«

Er war empört. »Ich habe nicht im Schlaf gelacht!«

»Doch, das hast du. Ich würde sagen, dir träumte von jemandem, der dich glücklich macht. Vielleicht deine Gemahlin?«

Broc beobachtete ihre rosigen Lippen, während sie ihre Worte formten. Wieder einmal wich sie seiner Frage aus, wie sie es letzte Nacht getan hatte, indem sie ihn mit einer Gegenfrage von sich ablenkte.

»Ich habe keine Gemahlin, außer dir«, scherzte er, um ihr ein glockenhelles Lachen zu entlocken.

Flatternd hoben sich ihre Lider. Wusste sie eigentlich, wie verführerisch diese katzengleiche Trägheit sie machte? Ihr Haar floss in schimmernden dunklen Wellen über das kleine gelbe Kissen, und ihre Lippen waren auf eine Weise geschürzt, die ihm das Blut in den Adern kochen ließ.

Nun streckte sie auch noch ihre rosa Zunge aus und benetzte sich diese Lippen. »Das war lediglich vorgetäuscht. Ich bin niemandes Ehefrau.«

»Vielleicht warst du es in meinem Traum.« Er begriff selbst nicht, warum er sie neckte und mit einer Versuchung liebäugelte, die ihn auf keinen Fall reizen durfte.

Der Puls in ihrer Schläfe ging ein bisschen schneller, und ihre Finger drückten sanft an seinen Hals. »Träume sind für Narren.«

Broc atmete ein.

Was ein Fehler war.

Ihr Duft berauschte ihn, und ihr Mund, kaum um Haaresbreite von seinem entfernt, war unwiderstehlich. Er beugte sich näher zu ihr und strich mit seiner Unterlippe über ihre Wange. »Dann bin ich ein Narr, denn Träume sind alles, was ich habe.«

Sie sog hörbar Luft ein, während ihre Finger sich ein bisschen weiter in seinen Nacken vorwagten.

Wieso konnte er nicht zurückweichen? Er verfluchte sich dafür, dass er diesem Verlangen nachgab. Gleichzeitig legte er eine Hand an ihre Wange und glitt mit dem Daumen über ihre geschlossenen Lippen.

Die Hand, in der sie ihren Rosenkranz hielt, öffnete sich auf ihrer Brust.

*Schockschwerenot!* Alles in ihm ermahnte ihn, ihr zu widerstehen. Stattdessen neigte er sich noch näher zu ihr, bis seine Nase ihre berührte und ihrer beider Atem zu einem wurde.

Ein Blick auf ihr Gesicht verriet ihm, dass sie seinen Kuss nicht abwehren würde.

Es klopfte dreimal hintereinander an die Tür. »Maxwell?«

Die Wirklichkeit klatschte ihm ins Gesicht wie Eisregen im Februar. Rasch stand er auf und wandte sich von Lady Ives ab.

Sie setzte sich auf der kleinen Bank auf, die Wangen gerötet und der Blick umherirrend, alles außer ihn betrachtend.

»Maxwell? Ich muss dich sprechen!«

Broc erkannte Johns Stimme. »Komm herein!

John trat ins Zimmer, richtete seine Augen jedoch starr gen Fußboden. Mit beiden Händen streifte er sich Regenwasser vom kahlen Schädel und verschränkte sie dann in seinem Nacken. Erst jetzt blickte er stumm zu Lady Ives.

Sie sprang von der Bank. Offenbar ahnte sie ebenso wie Broc, weshalb John zögerte. »Wo ist Edlynn?«, fragte sie voller Angst.

»Kann ich dich unter vier Augen sprechen, Mylord?«

»Nein!«, schrie Lady Ives. »Wo ist sie?«

»Es tut mir leid, Mylady«, begann John.

Sie eilte ans Fenster und schüttelte den Kopf, als wollte sie leugnen, was noch gar nicht ausgesprochen worden war.

»Was ist geschehen?«, wollte Broc wissen.

»Die Pächterhütte wurde niedergebrannt, der Schuppen auch.«

Lady Ives schrie auf und hielt sich am Fensterbrett fest.

Broc ballte die Fäuste. Selbstsüchtig hatte er die alte Frau zurückgelassen, obgleich Lady Ives ihn angefleht hatte, sie mitzunehmen. Er wusste nicht, welcher Feind ihr auf den Fersen war, aber er musste es herausfinden, wenn er sie beschützen wollte.

»Mach die Pferde bereit! Wir brechen sofort auf.« Broc nickte John zu und wartete, bis er wieder draußen war, ehe er zu Lady Ives ging.

So gern er sie getröstet hätte, brachte er den Mut nicht auf, sie anzufassen. »Es tut mir leid. Ich hätte …«

»Nein!« Sie drehte sich um und wollte an ihm vorbeilaufen.

Doch er packte ihren Arm und zog sie an seine Brust, vorbereitet auf alle erdenklichen Beschimpfungen, die sie ihm entgegenschleudern könnte. »Vergib mir!«

Wütend und mit tränenverschleierten Augen sah sie zu ihm auf. »Du hast es bei deiner Seele geschworen. Du versprachst, dass sie sicher wäre!« Wenn sie wüsste, wie tief ihre Worte ihn trafen!

»Es tut mir leid.«

Sie trommelte mit ihren zierlichen Fäusten auf ihn ein, verlor jedoch schnell die Kraft und sank schluchzend in seine Arme. »Verdammt sei er! Zum Hades sei er verdammt!«, schrie sie an seiner Brust. »Sie war eine blinde, wehrlose alte Frau!«

Broc konnte wenig tun, außer sie in seinen Armen zu halten, bis ihre letzten Tränen geweint waren. Dabei streichelte er ihr Haar, küsste es und murmelte tröstende leere Phrasen. Dieselben, mit denen er seine Mam zu trösten versucht hatte, als Lilian und Mattie gestorben waren. Diese Szene hatte er schon einmal durchlebt – an dem Tag, als er aus Dumfriesshire zurückgekehrt war.

Nach einer Weile holte Lady Ives zitternd Luft, wischte sich das Gesicht ab und wich von ihm zurück. Ihre Verwandlung ging so rasch vonstatten, dass er sie beinahe nicht bemerkt hätte. Ihr Zittern war fort, ihr Gesicht glatt. Er konnte sich nur noch vorstellen, wie viel Schmerz hinter der Maske von Gleichgültigkeit gefangen sein mochte. Es war derselbe Schmerz, der sie im Schlaf hatte weinen lassen.

Eilig sammelte sie all ihre Sachen im Zimmer zusammen. »Ich danke dir für deine Hilfe, Lord Maxwell, aber ich halte es für das Beste, wenn ich allein nach Yorkshire weiterreite. Ich möchte dir und deinen Freunden kein Unglück bringen.«

»Nein. Ich versprach dir meinen Schutz, und ich bringe dich sicher nach York, mit oder ohne deine Erlaubnis.«

Sie wirbelte auf dem Absatz herum und funkelte ihn zornig

an. »Du hast mich sicher aus London geleitet. Ich habe deine Wunden behandelt. Unsere Verbindung endet hier und jetzt!«

»Nein«, lehnte er ihre selbstlose Bitte ab. Vor allem aber ärgerte ihre Zurückweisung ihn. Er trat auf sie zu.

Ihre Satteltaschen einem Schild gleich haltend, wich sie zurück. Als ihre Unterlippe bebte, biss sie darauf und drückte ihre Schultern nach hinten. »Ich werde dein Leben nicht in Gefahr bringen.«

»Aber du setzt deines aufs Spiel! Für die Krone?« Ihre Königstreue war bewundernswert, aber blödsinnig. »Was hat die Krone für dich getan, Lizbeth? Warum riskierst du so viel?«

»Das könntest du nicht verstehen. Es ist kompliziert.«

»Erzähl es mir, und ich schütze dich!« Er verfluchte ihre Sturköpfigkeit. »Du hast niemand anders.«

»Ich habe meinen Vater«, erwiderte sie mit trotzig gerecktem Kinn.

»Und wo ist er?« Er breitete seine Arme aus und tat, als würde er sich im Zimmer umschauen. »Wo war er, als Edlynn ihn brauchte?«

Sie kniff die Augen zusammen. Ihr blindes Vertrauen in ihren Vater machte Broc rasend wütend.

»Mein Vater ist ein Diener des Königs und an die Befehle des obersten Tower-Wächters gebunden. Es ist seine Pflicht, diejenigen zu bestrafen, die die Krone bedrohen.«

Er schob sie zurück, bis sie mit dem Rücken an der Wand lehnte. »Und hat Edlynn die Krone bedroht? War ihre Strafe der Feuertod, weil sie deinen König vergiftete?« Er kannte die Antworten, aber er wollte, dass sie ihm sagte, was sie wusste.

»Nein!«

Er stemmte seine Hände zu beiden Seiten ihres Kopfes gegen die Wand und stand so dicht vor ihr, dass seine Zehen ihre Stiefelspitzen berührten. »Wer bedroht dann die Krone, Lizbeth?« Ihre Angst war deutlich in ihren goldenen Augen zu lesen, aber er wollte verflucht sein, wenn er ihr deshalb nachgab. »Ich beschütze dich, aber ich muss wissen, vor wem.«

Suchend blickte sie in sein Gesicht.

*Vertrau mir!,* bat er sie stumm.

Sie atmete schneller, doch ihre Lippen blieben verschlossen.

Mochte Gott ihm vergeben, aber diese Frau war nicht minder stur als er. »Nenn mir den Namen des Mannes, der nach der Krone giert – sofort!«, rief er so laut, dass die Vögel vor dem Fenster kreischend aufstoben.

Erschrocken kniff sie wieder die Augen zusammen. »Henry Stafford.«

Er stemmte sich von der Wand ab, ein wenig überrascht, dass sie ihm einen Namen gegeben hatte. »Der Duke of Buckingham?« Erst jetzt bemerkte er, dass er die Luft angehalten hatte. Er hätte eine Menge Namen erwartet, nicht jedoch Buckingham. Nicht bloß hatte er die Hälfte aller Ländereien Englands unter seiner Kontrolle, sondern er stand auch noch in König Edwards Gunst. Broc war Buckingham in Wales begegnet. Dieser Mann besaß ein Charisma, das die höchsten Adligen bezauberte.

Tausend Fragen gingen ihm durch den Kopf, von denen er sicher war, dass Lady Ives sie nicht beantworten konnte. »Das ist kein Name, den du im Zusammenhang mit *Verrat* nennen solltest, es sei denn, du hast Beweise.«

»Die habe ich.« Sie lief zu ihren Satteltaschen und holte ein Dokument aus einer. Die Ränder waren schon ein bisschen mitgenommen, aber Brocken von rotem Wachs klebten noch daran. Sie spannte das Pergament so stramm zwischen ihren Händen, dass Broc fürchtete, es könnte zerreißen.

»Das sind Buckinghams Siegel und Namenszug«, erläuterte

sie und hielt ihm das Papier hin. »Und ich muss es König Edwards Bruder bringen, bevor es zu spät ist.«

Er blickte nur kurz auf die Signatur, dann wieder zu ihr. »Zu spät? Du willst deinen König retten?«

»Ich fürchte, König Edward wird seinem Schöpfer gegenübertreten, bevor ich ihm helfen kann, aber seine Söhne werden in größter Gefahr schweben, sobald ihr Vater seinen letzten Atemzug getan hat. Buckingham plant, sie zu illegitimen Kindern zu erklären.«

In fast sechs Monaten hatte Broc nicht halb so viele Informationen gegen die Engländer sammeln können. Und nun stand sie hier vor ihm mit ebenjenem Beweis, den er brauchte, um seinen König zu überzeugen, sich mit Frankreich zu verbünden. Er hatte Mühe, seine Gefühle zu beherrschen. »Wie?«

Sie brummte leise und kam näher zu ihm. »König Edward hatte sich heimlich mit einer Frau vermählt, die noch am Leben war, als er die Königin heiratete.« Als er keine Regung zeigte, war sie sichtlich enttäuscht und verärgert. »Mein König ist ein Bigamist!«, rief sie. »Womit seine Ehe ungültig ist und folglich die Prinzen als illegitime Kinder gelten.«

*Bei Gott!* Er rieb sich die Augen, um den stechenden Schmerz zu lindern, der unmittelbar hinter seinen Augäpfeln hämmerte. Es konnte nur einen Grund geben, weshalb Buckingham die Prinzen zu Bastarden erklären wollte: Er führte eine Rebellion an. »Buckingham will die Krone an sich reißen.«

Lady Ives blies einen Luftschwall aus, der nach Minzblättern duftete, und ließ seine Arme heruntersinken. »Jemand gab Gift in unsere Glasfläschchen, und das waren weder ich noch Edlynn.«

Sie blickte zu ihm auf, und ihre Augen beteuerten ihre Unschuld. Hatte sie eine Ahnung, in welch großer Gefahr sie sich befand? Er strich ihr eine Locke hinter das Ohr und legte seine Hand an ihre Wange. Sein Wunsch, sie zu beschützen, fühlte sich schmerzlich vertraut an. »Dein Wissen allein bringt dein Leben in Gefahr. Warum nimmst du ein solches Wagnis auf dich?«

Sie trat näher zu ihm, so dass ihr Rock über seine Schienbeine streifte. Ihre zarte Hand umfasste seine, als wollte sie einen Pakt mit ihm schließen. »Im Austausch gegen diese Information möchte ich den Bruder des Königs bitten, meinen Vater von seinen Pflichten zu entbinden.«

Er hielt ihr Kinn und glitt mit seinem Daumen über die Narbe, für die er im Stillen bereits ihrem Vater die Schuld zugewiesen hatte. »Ist ein Mann seines Schlages es wert, gerettet zu werden?«

»Ich glaube, jeder ist das wert.«

»Und wer rettet dich?«

Ihre feuchten Wimpern fächerten sich auf ihren Wangen. »Vielleicht bin ich es nicht wert.«

# Kapitel 6

Lizzy zog sich ihren Umhang über und folgte Lord Maxwell durch den dichten Regen hinaus zum Stall. Übernächtigt und halb von Sinnen vor Angst, war sie sicher, dass ihr Verstand endgültig in dem Aufruhr ihrer Empfindungen untergehen würde. Trauer war ihr weder fremd noch verhasst. Lord Hollister hatte ihr Edlynn genommen wie auch alle anderen geliebten Menschen zuvor. Sie war entschlossener denn je, diesem Mann Einhalt zu gebieten und ihren Vater von seinen Pflichten befreien zu lassen.

Der Umhang, den John Lord Maxwell gegeben hatte, umfloss seine breite Statur und erinnerte Lizzy viel zu sehr an den Henker. Ihre Schritte verlangsamten sich, kaum dass das Bild ihres Vaters vor ihrem geistigen Auge erschien, die blutige Axt in der von dunklem Leder verhüllten Hand.

Angst packte sie.

Sie blieb stehen. Rasch hatte der Regen sie von ihrer Vision getrennt.

Lord Maxwell drehte sich um und kam zwei Schritte auf sie zu. Ihr Blick wanderte zu seinen unbedeckten Händen, die keine Todeswaffen hielten. In einem Arm trug er ihre Satteltaschen, in dem anderen Beatrice in ihrem Käfig, bedeckt von einem Lumpen Wolle. Regen tropfte ihm von den schwarzen Wimpern und lief in Rinnsalen seinen kräftigen Hals hinab. Ihr Vater und der Mann vor ihr waren sich überhaupt nicht ähnlich.

»Komm, Lizbeth!«, trieb er sie an und ging weiter in Richtung Stall.

Sie lief ihm nach. Von allen Menschen, die Gott ihr hätte schicken können, um sie in Sicherheit zu bringen, musste er ausgerechnet einen Schotten wählen! Mit einem einzigen Handstreich hätte Lord Maxwell ihrem Leben ein Ende setzen, das Dokument, das sie aus Lord Hollisters Kammer gestohlen hatte, an sich nehmen und es zugunsten seiner eigenen Sache nutzen können. Stattdessen hatte er erstaunlich stillgehalten, als sie seine Stiche versorgte und ihm die Rippen verband, dann ruhig ihre Sachen aufgenommen und sie aus dem Zimmer geleitet wie ein anständiger Engländer.

Er hatte sich das Papier nicht einmal näher angeschaut.

Sie zog ihren Umhang oben noch fester zu und tapste durch den Matsch. Im Stall wurde sie von einer Entourage zu Pferde begrüßt. Celeste saß auf einer Mähre neben John, der einen braunen Hengst unter sich hatte. Eine gelbliche Mähre mit schwarzer Mähne trug nur einige Satteltaschen. Die Stute war mit Abstand die hässlichste, die Lizzy je gesehen hatte. Und sie war nur halb so groß wie der Schimmel, auf dem Smitt hockte.

Sie waren eine veritable Armee, bestehend aus Schotten und Engländern, und ihre Verbindung zu Lizzy gefährdete ihrer aller Leben.

»Was hat das zu bedeuten?«, fragte sie und zog ihre Kapuze zurück.

»Der Weg nach Yorkshire ist derselbe wie der in die Grenzgebiete«, antwortete John. »Es gibt keinen Grund, weshalb wir nicht zusammen reisen sollten. Und sicherer ist es auch, nicht?«

»Ja«, pflichtete Maxwell ihm bei.

»Du beleidigst meine Intelligenz, Sir John. Es führt nicht nur ein Weg durch England.« Kaum waren ihr die Worte entwichen, packte Lord Maxwell sie auch schon und hob sie auf den Hengst der Königsgarden.

Sie blickte wütend zu ihm hinab. »Sorgst du dich denn nicht um das Wohlergehen deiner Freunde?«

»John ist mein Cousin, genau wie Smitt. Sie gehören zu meinem Clan. Ich beschütze meine Brüder und achte ihren Wunsch, in ein Land zurückzukehren, in dem weniger Heuchelei und Aufruhr herrschen.« Er band ihre Sachen an den Sattel und streichelte den Widerrist des Hengstes. »Außerdem hat John die Schankwirtschaft heute Morgen an einen versoffenen Engländer verkauft, womit er in meiner Gunst enorm gestiegen ist.«

Als er hinter ihr aufsitzen wollte, hielt Lizzy ihn zurück. »Warte! Zu zweit auf einem Pferd werden wir nicht sehr schnell reiten können. Kannst du nicht ein eigenes nehmen?« Sie wollte ihm nicht sagen, dass sie keinen ganzen Tag in seinen Armen verbringen konnte, denn wenn sie seinen würzigen Duft über längere Zeit atmete, wünschte sie nichts sehnlicher, als dass er sie festhielt und sie beschützte.

»Dies ist mein Pferd. Ich habe es selbst gestohlen«, erwiderte Lord Maxwell mit einem strahlenden Grinsen und versuchte erneut, hinter ihr aufzusteigen.

Doch nun wandte Lizzy sich an John. »Ich besitze ausreichend Münzen, um ein Pferd zu kaufen. Hast du eines, das du mir verkaufen kannst?«

»Ja …«

»Nein«, fiel Lord Maxwell ihm ins Wort. »Wir reiten zusammen. Ich kann dich sonst nicht schützen, falls wir in einen Hinterhalt geraten.«

»Und wer schützt sie?« Lizzy zeigte auf Celeste.

Lord Maxwell verdrehte die Augen – eine Angewohnheit, die Lizzy allmählich nicht mehr gut leiden konnte. »*Sie* wird nicht von Männern gesucht, die sie umbringen wollen. Außerdem ist Celeste ein bisschen wütend auf John, weil er sie belogen hat, was seine Herkunft betrifft.«

»*Wütend?!*«, wiederholte Celeste schneidend. »Wütend ist, wenn eine Frau entdeckt, dass ihr Gemahl mit einer anderen das Lager teilt.« Celeste stieß ihrem Pferd die Fersen in die Seiten. »Meine Gemütsverfassung würde ich eher als blutrünstig beschreiben. Ein Mann hält so etwas nicht zwei Jahre vor seiner Ehefrau geheim und darf dann erwarten ...« Was sie noch sagte, hörten sie nicht, denn sie war bereits aus dem Stall.

»Ein weiser Mann belügt seine Gattin nicht«, äußerte Lord Maxwell grinsend gegenüber John, und auch Smitt schien sich prächtig über das Elend des armen Mannes zu amüsieren. »Wenigstens habe ich dir verraten, dass ich Schotte bin.«

Warum sprach er mit ihr, als wäre sie seine Gemahlin? »Du hast Celeste ebenfalls belogen.«

»Celeste ist nicht meine Frau.«

»Die bin ich auch nicht, Mylord.« Lizzy sprang vor ihm vom Pferd, so dass süßlich duftendes Heu aufstob. »Und ich werde Celeste bei nächster Gelegenheit mitteilen, dass ich nicht deine Gemahlin bin. Dann blüht dir gleichfalls ihr Zorn, nicht mir.« Sie stapfte durch das Heu auf die gelbe Schindmähre zu. »Ist diese Stute zu verkaufen, Sir John?«

»Du kannst sie geschenkt haben. Sie ist die launischste Stute, die ich jemals erlebt habe.«

Lizzy rieb ihre Nase an den Nüstern und kraulte das Pferd unter seinem Kinn, während sie sich schon einen Namen für ihre neue Freundin überlegte.

»Wenn du darauf bestehst, allein zu reiten, dann bleib wenigstens neben mir.« Lord Maxwell schwang sich auf den Hengst und wartete, bis sie aufgestiegen war. Dann schnalzte er mit der Zunge, und alle vier Pferde trotteten aus dem Stall. »Bei diesem Wetter wird der Ritt heute unerträglich.«

»Ich mag Regen.« Lizzy reckte ihr Gesicht gen Himmel und fühlte die Tropfen auf ihren Wangen.

»Du holst dir ein Fieber und stirbst.«

»Ich fürchte mich vor vielen Dingen, Mylord. Der Tod gehört nicht zu ihnen.«

»Dennoch. Ich will nicht, dass du dir ein Fieber einfängst, ehe ich dich in York abgeliefert habe.« Lord Maxwell zog ihr die Kapuze wieder weiter über den Kopf und tippte ihr mit dem Finger auf die Nasenspitze.

Seine Geste machte Lizzy innerlich schmunzeln. Manche seiner merkwürdigen Eigenheiten gefielen ihr recht gut.

Zum dritten Mal an diesem Nachmittag brachte Broc seinen Hengst zum Stehen und winkte die anderen über eine Hügelkuppe. Die meiste Zeit des Tages war die Sonne hinter den Wolken geblieben und hatte nur hier und da lange genug hervorgelinst, um sie zu trocknen, bevor sie abermals vom Regen durchnässt wurden. Die Ellbogen erhoben, drehte er den Oberkörper hin und her. Lizbeth' Medizin linderte zwar seine Schmerzen, aber die Stiche juckten wie einen Tag alte Flohbisse. Verärgert war gar kein Ausdruck für seine Stimmung. Er drehte sich zu seinem Engel um. Sie lag tief und fest schlafend auf dem Hals der Mähre. Ihre langen rotbraunen Locken schmückten die schwarze Mähne und verbargen ihr Gesicht vor ihm. Wie konnte diese Frau in solch einer Haltung schlafen?

Die gelbe Stute beugte ihren Kopf nach unten, um von dem Frühlingsgras unter der Erle zu fressen. Lizbeth sackte nach vorn, klammerte sich aber an das Tier wie eine Zecke an einen Maulesel. Nachdem Smitt ihm von dem Zwischenfall letzte Nacht mit dem Mann vor dem Stall erzählt hatte, war Broc sicher, dass sie so gut wie keinen Schlaf bekommen hatte. Im ersten Moment wollte er sie schelten, weil sie allein zum Stall gegangen war, doch dann beschloss er, dass er sich heute nicht mit ihr streiten wollte. Sie kämpfte mit ihrer Trauer, und da brauchte sie gewiss keine Vorwürfe von dem Menschen, den sie für den Verlust ihrer Freundin verantwortlich machte. Am besten ließ er die Sache auf sich beruhen. Auf keinen Fall wollte er noch mehr Schuld auf sich laden.

Er schaute in das Tal hinter ihnen, wo er die ersten Frühlingsanzeichen ausmachte. Broc wusste, dass die Engländer dort im dichten Grün verborgen waren. Er fragte sich bloß, wie viele Königsgarden sie inzwischen hetzten und wie viele von ihnen Buckingham ergeben waren. Im Kopf ging er die Waffen durch, die er bei sich führte: zwei *Sgian dubhs* in seinen Stiefeln, zwei Dolche an seinem Gürtel und ein Breitschwert, das in der Scheide auf seinem Rücken hing. Mindestens gegen ein Dutzend könnte er allein kämpfen. Smitt würde es wahrscheinlich mit doppelt so vielen aufnehmen, und John hatte während der Grenzkriege auf dem Schlachtfeld auch keine Gnade gezeigt. Trotzdem wäre es Broc lieber gewesen, er hätte England durchqueren können, ohne sein Schwert ziehen zu müssen.

Falls er scheiterte und nicht nach Hause zurückkehrte, wäre Ian der einzige verbliebene Sohn, der nach Dads Tod an dessen Stelle träte. Weder Broc noch sein jüngerer Bruder waren auf die Rolle des Chieftains vorbereitet worden. Aiden war der Auserwählte gewesen, der Lieblingssohn.

Aber diese Gedanken verdrängte er sofort und bewegte sein Kinn hin und her, um seinen Nacken zu entspannen. Dann trottete er neben Lizbeth her, nahm die Zügel aus ihrer schlaffen Hand und band sie an seinen Sattel, ehe er sie bei ihren nassen Kleidern packte und auf seinen Schoß hievte.

Sie fuhr erschrocken auf, so dass sie ihm mit dem Kopf einen Kinnhaken verabreichte.

»Still, Weib, sonst machst du die Pferde scheu!«

»Was tust du denn?«

»Ich versuche, uns lebend durch England zu bringen.«

Sie blickte sich zu allen Seiten um. »Wo sind die anderen?«

»Vor uns.« Broc klopfte dem Hengst auf die hinteren Schenkel, beeindruckt davon, wie gut das Tier gehorchte. »Ein paar Stunden noch, dann haben wir Lincolnshire hinter uns.«

»Ein paar Stunden?«, jammerte sie und sank gegen ihn. »Ich kann keine paar Stunden mehr reiten. Meine Beine sind jetzt schon taub.«

»Ein höchst unangenehmes Gefühl, nicht wahr?« Diese Bemerkung konnte er sich einfach nicht verkneifen.

Sie gab einen Laut von sich, der wie »Hmmf« klang, und drehte und streckte ihren Rücken, was ihren Po in direkten Kontakt mit seinem Gemächt brachte. Blut strömte von überall her geradewegs in seine Lenden. Unweigerlich spannte er seine Beine um den Bauch des Hengstes, der in einen Trab verfiel, bei dem ihr Leib sich mit jedem Schritt an seinem rieb.

Er hatte viele Geschichten gehört, zumeist von Smitt und Aiden, über ausgefallene Orte, um mit einer Frau vereint zu sein – in einem Fluss, auf einem Met-Fass –, aber noch nie hatte einer von ihnen erwähnt, es während eines Rittes getrieben zu haben. In Brocs Phantasie nahm es sich sehr reizvoll aus.

*Beim Gekreuzigten!* Wieso musste sie auch so verteufelt gut duften? Und warum zur Hölle war sie jedes Mal splitternackt, wenn er sie sich vorstellte? Er schlang einen Arm weit um Lizbeth' Taille und zog sie ganz dicht an sich. Sein Verlangen nach ihr fühlte sich mehr wie eine Obsession als ein Wunsch an. Im Vergleich dazu nahm seine Schwärmerei für Lady Juliana sich kindisch aus.

# Kapitel 7

Die Sonne neigte sich zum fleckigen Horizont und warf dunkle Schatten auf das kleine Gasthaus in den Hügeln. Mit einem Fingerschnippen beorderte Broc John zu sich und wies auf die fünf Hengste mit den rot-blauen Samtdecken, die vor dem Stall angebunden waren. »Die königlichen Garden«, flüsterte Broc, um den Engel nicht aufzuwecken, der an seine Brust geschmiegt schlief.

»Reiten wir weiter?«, fragte John sehr leise, aber eindringlich.

»Celeste sieht aus, als würde sie gleich vom Pferd kippen, und dieses Mädchen«, Broc wies auf Lizbeth, »ist schon vor einer Stunde vor Erschöpfung eingeschlafen.« Als er auf seinen Hintern zeigte, versuchte er, nicht das Gesicht zu verziehen. »Die Pferde sind müde, und mein Arsch fühlt sich an, als würde ich auf winzigen Dolchen hocken.«

»Tja, ich bin auch ein bisschen schläfrig«, gestand John.

Broc schnaubte. »Ein bisschen, ja?« Johns Strapaze dürfte wohl die größte sein, denn er war die ganze letzte Nacht durchgeritten. Broc sah sich über die Schulter zu Smitt um. Putzmunter und kerzengerade saß er da, und wie hatte er es angestellt, sich zu rasieren? Er wirkte wie ein junger Bock – bereit, sich nach Kräften zu vergnügen. »Wie zum Teufel schafft er es, so quietschfidel auszusehen?«

»Er ist jünger, hat noch mehr Saft in den Knochen, denke ich mal. Bevor es dunkel ist, liegt er unter einer Horde Mädchen. Wäre ich anders ausgestattet, würde ich den Kerl auch bespringen.«

Ein Anflug von Eifersucht regte sich in Broc, der Lizbeth sofort näher zu sich zog.

»Also, was machen wir?«, fragte John.

Broc überlegte. Jeder, der schon einmal einen Fuß auf den Tower Hill gesetzt hatte, kannte die Tochter des Scharfrichters. »Ich vermute, der Mann vor dem Stall hat Lizbeth wiedererkannt. Sollte er zufällig auf die Engländer stoßen, die uns verfolgen, wird er ihnen für weniger als eine Dukate sagen, wo wir sind.«

»Schlagen wir unser Lager im Wald auf«, bot John an.

Broc winkte Smitt zu ihnen.

»Willst du, dass ich sie umbringe?« Smitt grinste schräg, und Broc war froh, dass sein Cousin auf seiner Seite kämpfte.

»Falls sie eine Bedrohung darstellen, ja. Wie viele Waffen hast du?«

Smitt zählte an den Fingern ab. »Acht.«

»Sieh dich um! Wenn du meinst, dass es sicher ist, nimm Zimmer für uns und einen Stallburschen, der sich um die Pferde kümmert. Dann such nach einem Hintereingang, durch den wir Lizbeth unbemerkt hineinbringen können.«

John gab Smitt einen Lederbeutel. »Beeil dich, und solltest du auch nur eine meiner Münzen irgendeiner Dirne geben, erzähle ich ihr, dass dir ein Schwanz lieber als eine Pflaume ist.«

»Ja.« Smitt verschwand über den Hügelkamm und im Gasthaus.

Broc blickte auf das hübsche Bündel an seiner Brust und legte seinen zweiten Arm um Lizbeth. Sie wimmerte und zog die Brauen zusammen. Ihre Hände hatte sie unter dem Kinn zu Fäusten geballt. Sanft streichelte er ihren Unterarm, bis ihre Finger sich entspannten. Dachte sie im Traum an Edlynn? Versuchte sie, die alte Freundin zu beschützen? Wer quälte sie? War es derselbe Mann, den zu retten sie ihr Leben riskierte?

»Wer ist sie?«, fragte John.

»Nur eine Frau, die mich aus dem Tower rettete.« Er strich mit einem Finger über ihre gekräuselte Stirn, um ihre Angst zu lindern.

»So wie du sie anguckst, ist sie für dich mehr als nur irgendeine Frau. Fühlst du dich ihr verpflichtet?«

Er wusste nicht, was er fühlte. Dankbarkeit? Lust? Oder war es etwas Tieferes – etwas, das er für Lady Juliana nie empfunden hatte? »Wäre sie nicht erschienen, als sie erschien, würde eines Tages wohl Ian an Dads Stelle treten.«

»Falls du einen Funken Ehre besitzt, vergiltst du es ihr nicht, indem du sie in die Hände des Mistkerls auslieferst, der fast unseren Clan ausgerottet hätte.«

»Sie hält Gloucester für einen Helden, einen Beschützer.«

»Dann ist sie eine Närrin, allerdings eine verflucht hübsche.«

Broc zog ihre Kapuze weiter über ihr Gesicht, um ihre Schönheit vor seinem Cousin zu verbergen, und bedachte John mit einem bitterbösen Blick. »Willst du nicht lieber mit deiner Frau reden?«

John schüttelte finster sein kahles Haupt. »Das Weib hat den ganzen Tag kein Wort gesagt, was gar nicht zu Celeste passt. Ich fürchte, sie wird mir nie vergeben.«

Broc sah zu Celeste, die sofort schnaubend den Blick von ihm abwandte. »Sie beruhigt sich wieder. Wenn sie erst Schottland sieht, ändert sie ihre Meinung. Es ist ein so viel besseres Land als dieser gottverdammte Flecken mit seinen Heuchlern und eitlen Intriganten.«

»Und was ist mit dir? Schottland und der Titel deines Dads erwarten dich. Früher hast du dir genau das gewünscht.«

»Das tue ich noch. Meine Familie und den Clan zu beschützen, wird für mich immer das Wichtigste sein.«

»Dann hast du vor, dich an den Vertrag mit dem Scott-Clan zu halten?«

»Ja.« Plötzlich barg eine Heirat mit Lady Juliana jedoch nicht mehr den Reiz, den sie einst besessen hatte. Dennoch war es seine Pflicht, zuallererst an das Wohl des Clans zu denken, und zu dieser Pflicht gehörte eine Ehe mit Laird Scotts Tochter. Er dachte an Lizbeth' Dokument und wie es ihm helfen könnte. Dazu müsste er sie allerdings überreden, es ihm zu geben. »Aber vielleicht verfüge ich über ein Mittel, wie ich den Clan und ganz Schottland schützen kann.«

»Hat das Mädchen etwas mit diesem Mittel zu tun?«

»Kann sein.« Mehr verriet Broc nicht. John durfte ihn aushorchen, so viel er wollte, er würde keine Antwort bekommen.

»Ich schätze, sie weiß oder hat etwas, das du willst. Hilfst du ihr deshalb?«

Broc zuckte mit den Schultern.

»Noch bist du nicht mit Laird Scotts Tochter vermählt. Wie wär's, wenn du dich ein bisschen mit der Kleinen vergnügst? Wer weiß, am Ende gibt sie dir freiwillig, was du willst.«

»Ich tobe nicht durch die Betten. Das tat Aiden.« *Und seine Vergnügungssucht hatte ihm eingetragen, dass er zu Tode gepeitscht wurde,* ergänzte Broc in Gedanken, weil er den Namen seines Bruders nicht beschmutzen wollte.

Johns Blick fiel auf Lizbeth. »Es ist weit bis York.«

»Es sind zwei Tage. Ich bin den Weg im vorletzten Jahr von Dryburgh geritten. Denkst du, ich kann nicht einmal zwei verdammte Tage meinen Schwanz in der Hose behalten?«

Nun war es John, der mit den Schultern zuckte. »Also willst du zu König James gehen, wenn du wieder in Schottland bist?«, bohrte er weiter.

»Ich hoffe, Dad geht zu ihm, während ich mit Laird Scott rede.«

John gab die Befragung auf, und schweigend warteten sie, bis Smitt wiederkam.

»Wir können. Die Wachen sind beschäftigt. Ein Mädchen erwartet uns am Hintereingang.«

»Wer beschäftigt die Garden?« Broc schien Smitts Plan zu simpel, obwohl seine Sorge unnötig war, sofern Frauenzimmer im Spiel waren.

»Ein paar Mädchen, denen ich versprach, sie später zu erfreuen.«

Lizzy wachte in einem dunklen Korridor auf und bekam sofort Panik. Sie wand sich in den Armen, die sie umschlungen hielten.

»Schhh, Lizbeth! Wir sind sicher.« Lord Maxwells tiefe beruhigende Stimme vertrieb die beißende Furcht aus ihrem Leib. Sie fühlte sich seltsam schwerelos. Dann bemerkte sie, dass sie getragen wurde.

Da sie wusste, dass ihre Beine sie nicht trügen, würde sie darauf bestehen, dass er sie herunterließ, legte sie ihre Arme um seinen Hals. Ein alberner Versuch, es ihm leichter zu machen! Ein einzelnes Binsenlicht warf Schatten auf sein Gesicht, die seine kantigen Züge dunkel und mysteriös wirken ließen. Wie seltsam, dass er ihr keine Angst machte! Nein, ganz im Gegenteil: Sie musste gestehen, dass sie sich bei ihm sicher fühlte wie seit Kamdens Tod nicht mehr.

Vor ihnen nahm sie schleppende Schritte wahr. Eine rundliche Frau, die sehr stark hinkte, führte sie durch den Korridor und öffnete eine Tür.

»Es ist nicht besonders, aber das Bettlinnen ist sauber, und ich habe heute Morgen frische Eiderdaunen in die Matratze gefüllt.« Die Frau ging hinein und reckte sich auf Zehenspitzen, um die Wandkerze in der fensterlosen Kammer zu entzünden.

Als Erstes rechnete Lizzy aus, wie lange der Talg vorhalten würde, ehe sie sich in der Kammer umsah – der sehr kleinen Kammer. Sie war so klein wie jene Vorratskammer, in die Lord Hollister sie nach dem Brand gesperrt hatte. An den Wänden prangten braune Flecken von jahrelanger Durchfeuchtung, und die Einrichtung war karg: ein Bett und ein Schemel mit einem angeschlagenen Krug und einer Schale. Lord Maxwell musste sich unter dem Türrahmen hindurchducken.

»Hinten im Flur ist ein Wasserfass, falls einer von euch sich waschen will.« Die Frau schwenkte ihre Hand in die entsprechende Richtung und humpelte von dannen.

»Danke für deine Gastfreundschaft!«, rief Lord Maxwell hinter ihr her, zwängte sich durch die Tür und stieß sie hinter sich zu.

Lizzy sah zu dem Bett, dann zu Lord Maxwell, dessen verdutztes Gesicht mit ihren Gedanken übereinstimmte. »Sag mir, dass wir uns nicht diese Kammer teilen!«

»Wenn ich das sagte, würde ich lügen, und ich lüge nicht. Wir hatten die Wahl zwischen dieser Kammer oder dem Stall mit John und Celeste.«

»Und Smitt?«, fragte sie mehr aus Höflichkeit als aus Interesse.

Sofort verfinsterte seine Miene sich. »Sorg dich nicht um Smitts Wohl! Er wird keine Not haben, ein Bett zu finden, glaub mir.«

Lord Maxwell legte sie auf eine sündhaft weiche Matratze und kniete sich vor sie. Als er begann, ihr die Stiefel aufzubinden, packte sie mit beiden Händen in das grobe Bettleinen.

»Was tust du?« Entgeistert starrte sie auf seinen Kopf.

»Du hast letzte Nacht sehr wenig geschlafen, weil du mich umsorgtest. Ich erwidere den Gefallen bloß.«

»Indem du mich entkleidest?« Ein seltsam zartes Beben

durchfuhr das Bein, das er festhielt. Schamlos war das einzige Wort, das ihr einfiel.

Er zog ihr einen Stiefel und den Strumpf aus, legte beides beiseite und machte sich an das andere Bein. »Ich würde das Ausziehen deines Schuhwerks nicht unbedingt als *entkleiden* bezeichnen. Solltest du allerdings Hilfe mit deinem nassen Kleid brauchen, bin ich dir gern zu Diensten.« Er hob seinen Kopf gerade lange genug, um ihr zuzuzwinkern.

Spielte dieser Mann schon wieder mit ihr? Falls er sich ihr aufdrängen wollte, müsste er ihr dazu doch nicht erst die Stiefel ausziehen. »Weder hatte ich jemals eine Zofe noch brauche ich eine«, konterte sie spitz.

In dem Moment, in dem er seine warmen Hände um ihren Fuß legte und ihn zu kneten begann, formte sie Worte, mit denen sie ihn aus der Kammer scheuchen wollte. Doch sowie er mit seinen Fingerknöcheln über ihr Fußgewölbe strich, war all ihre Gegenwehr dahin. Ihre müden Glieder verlangten, dass sie vollkommen stillhielt und diesen Genuss auskostete. Sie sog die Unterlippe ein und biss darauf, um jeden Wonnelaut zu ersticken. Seine Finger vertrieben allen Schmerz aus ihrem Fuß. Dann fühlte sie, wie er sich ihrem anderen Fuß widmete, ließ ihren Kopf in den Nacken sinken und schloss die Augen.

*Erbarmen!* Diesen Mann hatte ihr der Himmel gesandt.

Seine Handfläche umfing ihre Wade und glitt vom Knöchel zur Kniekehle und wieder zurück. Unwillkürlich rutschte Lizzy weiter an die Bettkante.

*Höher!* Zweifellos hatte der Teufel ihr dieses Wort in den Kopf gepflanzt. Wärme kribbelte von ihren Zehen ihre Beine hinauf und bündelte sich zu einem lodernden Feuer zwischen ihren Schenkeln. Sie sog eisige Luft ein, erschrocken ob des befremdlichen Gefühls.

Die Wirklichkeit traf sie wie eine neunschwänzige Katze,

die ihr ins Gesicht schlug. Sie musste Abstand zwischen sich und dem Mann mit den magischen Händen schaffen, sonst wäre sie ruiniert, bevor sie Fountains Abbey erreichte. »Das reicht, Mylord. Ich danke dir.« Sie rutschte hastig weiter nach oben, wobei sie mit den Kniekehlen an der groben Bettkante entlangscheuerte.

»Ein ganzer Tag auf dem Pferd kann einem das Gefühl geben, von oben bis unten wund zu sein. Hast du noch andere Schmerzen, derer ich mich annehmen sollte, ehe ich mich waschen gehe?«, fragte er und lüpfte neckisch eine Braue.

Ihr Hintern fiel ihr ein, aber zum Glück konnte sie ihre Zunge zügeln. »Nein. Ich fühle mich recht wohl, danke.«

Er stand auf, nahm seinen Umhang ab und hängte ihn an einen der vier Wandhaken. Danach bückte er sich und zog eine schwarze Klinge aus jedem seiner Stiefel, zwei Dolche aus seinem Gürtel und ein Schwert aus seinem Wams. Sorgfältig lehnte er Dolche und Schwert mit dem Heft an die Wand und steckte eines der schwarzen Messer unter das Kissen. Das andere behielt er in der Hand. Er war ein wandelndes Söldnerheer!

Lizzy stellte sich zitternd auf und drückte ihren Rücken an die Wand. Sie hasste Waffen. Ihr Anblick und alles, wofür sie standen, ekelte sie. »Warum bist du so schwer bewaffnet?«

Er drehte sich zu ihr um und sah sie mit einem Ausdruck an, als hielte er sie für blöd. »Bei Gott, Lizbeth, wir werden gejagt! Fünf königliche Gardeleute halten sich unter diesem Dach auf! Ich habe eine Klinge für jeden von ihnen, sollten sie herausfinden, wer wir sind. Wie sonst soll ich dich wohl beschützen?«

»Verzeih bitte meine Unwissenheit!« Vor Scham neigte sie ihren Kopf.

»Ich betrachte deine Angst vor mir als eine Beleidigung. Wollte ich mich deiner entledigen, hätte ich deinen sturen

Hintern einfach auf der Schindmähre zurückgelassen, auf dass deine teuren Engländer dich finden, während ich mich schnellstmöglich gen Heimat begebe«, erklärte er streng.

Das scheue Kind in ihr wollte ihn um Vergebung bitten, doch die Frau verlangte mehr. »Warum hast du es nicht getan?«

Die Hände zu Fäusten geballt, kniff er die Lippen zu zwei schmalen Linien zusammen. Lizzy suchte in seinen blauen Augen nach der Antwort, die ihr sein Mund nicht geben wollte. »Warum hilfst du mir?«

»Weil ich es schwor.« Er steckte die schwarze Klinge unter seinen Ärmel und trat zur Tür.

Offenbar hatte er nicht mehr zu sagen, und sie wagte nicht, ihm Eigennutz zu unterstellen. Das Dokument war der Grund, weshalb er um ihre Sicherheit besorgt war. Keine andere Erklärung ergäbe einen Sinn.

»Ich weiß nicht, welcher Mann dich lehrte, du hättest keinen Wert, aber ich glaube, dass dein Leben von Wert ist.«

Seine Worte machten sie sprachlos, und sie fühlte, wie ihr Körper in sich zusammensank. Sie öffnete den Mund, brachte jedoch keinen Laut heraus.

»Ich gehe mich waschen. Wir brechen vor dem ersten Hahnenschrei auf, also sollten wir bald schlafen.«

»In diesem Bett? Zusammen?« Allein bei dem Gedanken, das Bett mit einem Mann zu teilen, der mit einer Bemerkung ihr Herz berührt hatte, wanderte ein Beben durch ihren Leib.

»Ich schlafe auf dem Boden.« Er lugte in den Korridor hinaus und ging.

In dem Moment, da er die Tür geschlossen hatte, zog sie eiligst ihre nasse Kleidung aus. Zuerst kamen die falschen Ärmel, dann beide Röcke. Bei ihrem Mieder indessen wurde es schwierig. Sie verrenkte und verdrehte ihre Arme, um die Bänder zu lösen, während sie unentwegt die Tür im Blick behielt. Wenn er jetzt zurückkam, versänke sie vor Scham im Boden!

Sie keuchte, bis sie endlich all ihre schweren nassen Sachen an dem Wandhaken drapiert hatte. In nichts als ihrem fadenscheinigen Unterkleid riss sie die Decken zurück und schlüpfte in das erstaunlich weiche Bett. Ein Kichern und ein Stöhnen zugleich entfuhren ihr. Das Bett machte alles wieder gut, was der Kammer an Raum und Annehmlichkeiten mangelte. Genüsslich streckte sie sich und rieb ihre Beine an den Laken. Edlynn wäre von solch einem feinen Bett entzückt gewesen. Und ihre alte Freundin hätte keinerlei Bedenken gehabt, einen derartigen Genuss mit Lord Maxwell zu teilen.

Wäre Lizzy ehrlich gewesen, hätte sie zugeben müssen, dass Lord Maxwell ein Mann war, mit dem sie das Bett hätte teilen können. Bei diesem Gedanken benahm ihr Körper sich wie fieberbefallen. Ihre Zehen krümmten sich, ihre Brustspitzen wurden beinahe schmerzlich hart, und sie spürte ihren Puls im Schoß. Sie legte ihre flache Hand auf ihren Bauch. Nie würde sie den Kuss eines Mannes fühlen, die Hand eines Mannes auf ihrem Busen. Dabei hatte Edlynn ihr erzählt, eine Frau würde genauso verlangen wie ein Mann, dass sie sich insgeheim danach sehnte, in den Armen gehalten, von starken Händen gestreichelt zu werden. Und manchmal wünschte sie sich, begehrt zu werden. Lizzy war sicher, dass dieses Verlangen sich so anfühlte wie das, was sie empfand.

Schritte näherten sich der Tür.

Sie drehte sich auf die Seite, zog die Wolldecken bis zu ihrem Hals hoch und legte sich so nahe an die Bettkante, wie sie konnte, ohne herauszufallen.

Ein Klicken verriet, dass er die Kammer wieder betreten hatte. Gleich darauf flutete der Duft von Wacholder und Minze ihre Sinne. Als Nächstes vernahm sie ein Rascheln von

Kleidern. Ein leises Stöhnen erklang, und sie dachte an seine Wunden. Er hatte Ruhe weit nötiger als sie. Sie sollte auf dem Boden schlafen. Als sie auf die Holzbretter hinuntersah, die von Schmutz und Binsenresten bedeckt waren, verfluchte sie ihre Selbstsucht. Schuld würde die ganze Nacht an ihr nagen, und so wären sie am Morgen beide zu nichts zu gebrauchen. Aber sie konnte mit ihm verhandeln. Immerhin hatte er bewiesen, dass er zu seinem Wort stand.

Ihr Magen krampfte sich ängstlich zusammen, als sie auf die kleine gelbe Flamme schaute, die bereits bedenklich flackerte. »Mylord, wenn du auf den Decken schläfst, sehe ich keinen Grund, weshalb wir nicht beide bis zum Morgengrauen ausgeruht sein können.«

Eine halbe Ewigkeit verging, während der sie nichts außer seinem Atmen vernahm. Und sie glaubte, zu hören, wie er sich eine neue Spitze gegen sie überlegte.

»Schotten sind als lüsterne Barbaren verschrien. Mithin stellt es ein wenig kluges Angebot dar, das du mir da machst. Bedenke es besser!« Seine Stimme war unmittelbar über ihr.

Sie hätte sich schlafend stellen und ihm den Boden überlassen sollen. Aber wenn er ihr Angebot annehmen wollte, musste sie ihm die Bedingungen nennen. »Schwöre, dass du mir meine Tugend nicht stiehlst, und ich gestatte dir, mit mir das Bett zu teilen!«

»Meinst du denn, ich müsste sie stehlen?«

Es war nicht notwendig, dass sie hinsah, um zu wissen, dass ein schelmisches Funkeln in seinen Augen lag. »Wie es scheint, konntest du deine Arroganz nicht abwaschen.«

Er lachte, nur ein Mal kurz, aber es war ein Lachen. »Vermutlich willst du wieder einmal einen Schwur?«

»Ja.«

Einen Moment lang war alles still, dann holte er tief Atem

und sagte: »Ich schwöre, dass ich dich nicht deiner Tugend beraube – es sei denn, du erlaubst es.«

Sie blickte düster gegen die Wand. Auch wenn sie gewiss keine Adlige mit Ländereien und einer reichen Mitgift war, hegte sie doch die feste Absicht, als Jungfrau ins Kloster einzutreten, und sie brauchte keinen Keuschheitsgürtel, um dieses Ziel vor Augen zu haben.

Die Matratze neigte sich unter seinem Gewicht. Er wippte ein wenig. »Die ist weich.«

Sie spürte eine deutliche Spannung in der Luft, als er sich hinlegte und ausstreckte. Ihr Herz hämmerte fest gegen ihren Rücken. Stöhnend drehte er sich auf die Seite. Keine fünf Atemzüge später drehte er sich wieder, wobei sein Arm gegen ihre Schulter stieß. Sie fing sich gerade noch ab, ehe sie aus dem Bett gepurzelt wäre.

»Entschuldige, Mädchen! Das Bett ist ganz schön klein – nicht einmal halb so groß wie meines zu Hause.« Wieder drehte er sich.

Sie rang mit ihrer ohnehin nicht großen Geduld und bemühte sich, ein tadelndes »Hmmpf« zu unterdrücken. Ihr fiel ein, dass der Mann gern plauderte. Vielleicht konnte sie ihn mit Reden dazu bringen, endlich still zu liegen. Sie drehte sich zu ihm und verschränkte ihre Hände unter ihrem Ohr. Er lag auf dem Rücken, die kräftigen Arme über seiner nackten Brust gekreuzt. Die winzige Kerzenflamme warf sichelförmige Schatten auf seine Muskeln, die so kunstvoll wirkten wie das Symbol auf seinem Oberarm. »Dein Bruder hatte dieselbe Tätowierung. Bedeutet sie etwas?«

Er wandte den Kopf zu ihr. »Sie steht für eines von drei Wörtern, die in meinem Clan bedeutsam sind: *Neart, Grá* und *Onóir*. Das ist eine alte Sprache … Gälisch. Die Wörter stellen das Motto des Highland-Clans meiner Großmutter dar. Aiden wurde *neart* eingeritzt, was Stärke bedeutet. Mein jüngerer Bruder Ian trägt *onóir*, Ehre.«

Sie strich mit einem Finger über die Buchstaben auf seinem Arm. »Und was heißt *grá*?«

Zwei Atemzüge lang blickte er ihr in die Augen, ehe er antwortete: »Liebe.«

Ihre Kehle war wie zugeschnürt. Sie wusste nicht, warum, aber bei der Art, wie er sie ansah und das Wort aussprach, stockte ihr der Atem.

»Meine Brüder leben danach, beschützen ihr Land und ihr Heim.«

»Erzähl mir von deiner Heimat!«

Er wandte sein Gesicht zur Decke und schloss die Augen, als wollte er seine Erinnerungen heraufbeschwören. »Stell dir den Himmel vor, und du siehst Schottland. Ich wüsste keinen anderen Ort, an dem ich lieber leben und sterben möchte.« Er redete von Schottland wie von einer Geliebten. »Seit sechs Monaten habe ich mein Heimatland nicht mehr gesehen, aber ich weiß, dass der Frühling es bereits mit sanfter Hand gestreichelt hat. An den Flüssen und Seen fangen die ersten Wildblumen zu blühen an.«

»Was für Blumen?« Lizzy wollte sein Königreich riechen, einen Duft destillieren, der die Essenz Schottlands einfing. Sie malte sich aus, eine neue Seife, ein neues Öl zu schaffen.

»Violette, weiße und einige rosafarbene.« Er zuckte mit den Schultern. »Tante Radella und Tante Jean trocknen sie und mischen sie mit dem Binsenstreu für die Zimmerböden.«

Dic Schlichtheit seiner Beschreibung brachte sie zum Lächeln. »Hast du eine große Familie?«

»Ja, in Schottland ist alles größer – die Betten, dic Zimmer … die Männer. Im Burghof von Skonóir Castle leben Hunderte, und an jedem Sabbat feiern wir auf der Burg. Die

Männer streiten und kämpfen, die Frauen kochen und schreien ihre Kinder an. Und die Hühner«, ergänzte er, als wäre es ihm gerade erst wieder eingefallen, »die verdammten Hühner sind überall. Im ganzen Hof wimmelt es von ihnen, und sie laufen einem immerzu nach.«

»Das würde Beatrice gefallen.«

»Es ist nicht unbedingt friedlich dort, das gebe ich zu, aber es mangelt einem auch nie an Gesellschaft.«

»Deshalb magst du keine Stille.«

»Ich bin nun einmal nicht an sie gewöhnt«, entgegnete er leise.

Sie dachte daran, wie still und einsam ihr Leben war, und ein Teil von ihr sehnte sich nach dem, was er schilderte. »Hast du eine Heilerin unter euren Leuten?«

»Ja, eine bösartige Alte. Sie versteckt ihre Kräuter und Tränke und ist knauserig wie der Teufel.« Er schüttelte sich übertrieben. Zweifellos wollte er sie amüsieren.

»Du scherzt. So übel kann sie nicht sein. Wer ist sie?«

Er lachte. »Meine Großmutter. Die Kinder haben Angst vor ihr. Ich übrigens auch.«

Lizzy versuchte, sich vorzustellen, wie er vor seiner Großmutter kuschte. »Und warum?«

»Jedes Mal, wenn ich sie besuche, piekst sie mich mit ihren knochigen Fingern und drängt mich zum Schwängern.«

»Schwängern?«

»Ja. Ich bin der Sohn eines Mannes, der zwölf Kinder zeugte. Von mir wird erwartet, es ihm gleichzutun.«

*Zwölf?* Lizzy stöhnte beinahe. Sie hätte schon alles für nur eine Schwester gegeben!

»Ich kann all ihre Namen in einem Atemzug aufzählen.«

Ein Kribbeln in ihrem Hals entlockte Lizzy einen Laut, den er für Spott halten musste.

Er drehte den Kopf zu ihr. »Du denkst, das schaffe ich nicht?« Dann holte er tief Luft, hielt sie der Dramatik halber für einen Moment an und begann: »Magnus, benannt nach Dad, aber als Säugling gestorben; Aiden, benannt nach meinem Großvater; Broderick, das bin ich, benannt nach dem Bruder meines Dads; Muira, benannt nach meiner Mam; dann Radella, Jean, Lindsay, alle nach meinen Tanten mütterlicherseits benannt; Beth, Deirdre, Lilian, Mattie, nach den Tanten väterlicherseits; und Ian.« Erst jetzt schöpfte er wieder Atem und grinste breit.

Ihr Kichern hatte sich während der Aufzählung zu einem Lachen gesteigert. »Du musst mächtig stolz sein, dass du das kannst.«

»O ja!«

»Wurde Ian nach niemandem aus der Familie benannt, oder ging dir bloß die Puste aus?«

Er lachte leise, wobei sich Grübchen auf seinen Wangen bildeten. »Dad war so begeistert, nach acht Mädchen noch einen männlichen Erben zu bekommen, dass er Mam sagte, sie dürfte sich den Namen aussuchen, der ihr gefiel.«

»Deine Familie klingt liebenswert. Ich verstehe, warum du sie beschützen willst.«

Nun wurde er ernst. »Es ist meine Pflicht, die ich leider nicht erfüllt habe.«

Lord Maxwell dachte gewiss an den Bruder, den er nicht vor ihres Vaters Peitsche hatte schützen können. »Ich wünschte, mein Vater hätte dir nicht den Bruder genommen.«

Er sah sie wieder an. »Du solltest wissen, dass Aiden schon in der Nacht, bevor wir in den Tower kamen, halb totgeprügelt worden war.«

»Was nichts daran ändert, dass er lebte, bis Vater ihn auspeitschte.«

Beide schwiegen.

»Wir sollten jetzt schlafen«, meinte sie schließlich.

»Ja, das sollten wir.«

Lizzy kehrte ihm den Rücken zu und verschränkte die Hände unter ihrer Wange. Eigentlich hätte sie erwartet, dass er laut zu schnarchen beginnen würde, doch sein Atem ging leise, und er bewegte sich rastlos. Unterdessen waren ihre Augen auf die Kerzenflamme gerichtet, die ihr letztes bisschen Leben aushauchte.

Wenige Momente später ging sie aus, und Schwärze umfing Lizzy.

Hörbar rang sie nach Luft und starrte in die Finsternis. Hätte sie doch nur den Rosenkranz ihrer Mutter nicht in der Tasche ihres Kleides gelassen!

*Neun, zehn, elf* … Sie zählte ihre Atemzüge, die beständig lauter und schneller gingen, als würde sie ertrinken. Noch wusste sie nicht, wer in ihre Gedanken dringen würde, und sie versuchte, an alles Mögliche zu denken, außer an die Menschen, die sie liebte oder hasste – an Blumen, Hühner, ihre Stiefel, einen Stuhl auf einem Balken …

Emma.

In leuchtenden Farben erschien Lord Hollisters Gemahlin in Lizzys Kopf. Schwarzes Haar, zart getönter Teint und rosige Lippen, die vor Entsetzen weit aufgerissen waren, als man sie am Fluss auf den Stuhl fesselte.

*Emma rang nach Luft, als sie sie wieder heraushievten.*

Genau wie Lizzy jetzt.

Lord Maxwell rollte sich zu ihr, glitt mit einem Arm unter ihren Nacken und legte den anderen um ihre Schultern. Beschützend drückte er sie gegen seine Brust, so dass sie seinen warmen Atem auf ihrem Hinterkopf fühlte. »Schlaf, mein Engel! Alles wird gut. Ich bin hier und beschütze dich, falls die

Dämonen sich in deine Träume schleichen.« Mit diesen Worten küsste er sie auf ihr Haar und sank auf das Kissen zurück.

Er ahnte ja nicht, was für ein kostbares Geschenk er ihr damit machte!

»Danke«, hauchte sie und schmiegte ihre Hand in seine, um seinen Schutz noch ein wenig deutlicher zu spüren. Er drückte ihre Hand und strich rhythmisch mit dem Daumen über ihre Finger. Sie schloss die Augen und stellte sich Blumen vor: violette, weiße, einige rosafarbene. Ein Lächeln nahm ihr die Anspannung, als sie sich ausmalte, barfuß durch ein bunt gesprenkeltes Tal zu schreiten. In der Ferne ragte eine große Burg stolz in den Himmel auf, ein Symbol für Stärke und Schutz. In Lizzys Vision hielt Lord Maxwell sie bei der Hand und führte sie ins Paradies. Sein Paradies. Sein Zuhause.

Schottland.

# Kapitel 8

Als er aufwachte, hatte Broc einen Plan.

Nachdem er sich vorsichtig von seinem schlafwarmen Engel zurückgezogen hatte, kleidete er sich an. Die Bewegungen schmerzten weniger als gestern. Er sicherte seine Waffen in seiner Kleidung und trat auf den leeren Korridor hinaus. Lautes Schnarchen führte ihn an zwei Kammertüren vorbei. Aus einer dritten war eine flüsternde Frauenstimme zu hören, begleitet vom Takt eines knarrenden Bettes. Tiefes Stöhnen steigerte sich zugleich mit dem Aneinanderklatschen von Haut.

Dann ertönte ein lauter Klaps.

Stille.

Gefolgt von einem kehligen Wonnegeheul.

*Beim Gekreuzigten!* Broc schüttelte den Kopf und wünschte, diese Geräusche würden ihn nicht schmerzlich hart machen und wie ein Schwein schwitzen lassen. Er musste sich daran erinnern, warum er das weiche warme Bett mit der weichen warmen Frau verlassen hatte, die sich in seine Arme geschmiegt hatte.

Nachdem er seine Schultern gerollt hatte, um die Anspannung aus seinem Nacken zu nehmen, hob er die Faust und klopfte an. Ein schwankendes gelbes Licht drang unter der Tür hindurch, bevor sie nach innen aufgezogen wurde. Aus dem Zimmer schlug ihm der säuerliche Geruch des Geschlechtsaktes entgegen, und vor ihm stand eine nackte junge Frau.

»Du wünschst?«, fragte sie, die nichts tat, um ihre Blöße zu bedecken.

Er brauchte einen Moment, um seinen Blick von ihren körperlichen Vorzügen zu lösen, bevor er an ihr vorbei in das schattige Zimmer sah. »Ich suche nach Smitt.«

»Der ist gerade beschäftigt.« Die Frau schwenkte die Kerze, damit er sich selbst überzeugen konnte.

»Was gibt's?« Smitt stieg von einer anderen Frau und kam mit steil aufgerichtetem Schaft zur Tür geschlendert, wo er sich grinsend in den Rahmen lehnte.

»Hast du überhaupt geschlafen?« Broc wusste, dass sein Cousin ein rechter Wüstling war, aber der Mann holte sich noch irgendwelche Krankheiten, wenn er es weiter so wild trieb.

»Ich schlafe, wenn ich tot bin. Seid ihr zum Aufbruch bereit?«

»Bald. Ich habe gehofft, deine jungen Freundinnen könnten mir helfen, ehe wir losreiten.«

»Ist dein kleiner Hitzkopf zu einem Eisblock geworden?«

Diese Bemerkung erzürnte Broc so sehr, dass er einen Dolch zog und die Spitze an Smitts Kinn hielt. »Sie ist nicht mein kleiner Hitzkopf, und sie ist verflucht noch eins kein Eisblock! Spar dir deine dreckigen Witze für deine Bettvergnügen auf, sonst endet deine Zunge auf meiner Klinge!«

»Sachte, Cousin! War doch bloß ein Scherz!« Smitt trat einen Schritt zurück und fuhr sich mit der Hand durch sein schwarzes Haar.

Was war nur an Lizbeth, dass Broc sich dauernd zu ihrem Beschützer berufen fühlte? Er steckte seine Waffe wieder ein und zähmte seine unbegründete Wut. »Zieh dich an und finde heraus, ob die königlichen Garden noch schlafen! Deine Freundinnen dürfen nackt bleiben, wenn sie wollen.«

Broc schlich sich zur Hintertür hinaus und drückte sich seitlich an den Hühnerstall. Wenn die leise gackernden Hennen ihn nicht bemerkten, würde der Gardist, der sich an einer alten Eiche erleichterte, es auch nicht. Sein Herzschlag beschleunigte sich, und Schweiß rann ihm über den Rücken, dass seine Wunden juckten.

Vorsichtig linste er um die Ecke. Im Lichtgemisch aus untergehendem Mond und erster Morgenröte konnte er deutlich sehen, wie der Gardist torkelte. Der Mann war sturzbesoffen, somit ein leichtes Opfer. Broc sog feuchtkühle Morgenluft ein, steckte seinen Dolch in die Scheide und lief ins Freie.

Seine Faust traf den Hinterkopf des Mannes, bevor dieser auch nur ahnte, wie ihm geschah. Im günstigsten Fall wachte er in ein paar Stunden mit dröhnenden Kopfschmerzen auf und glaubte, er hätte zu tief in den Becher geschaut. Broc packte ihn unter den Achseln und zog ihn durch den Matsch zum Stall.

Die Pferde schnaubten und schabten mit den Hufen. Aufgeregt schlugen sie ihre Schweife hin und her. Broc legte den Mann auf einen Heuhaufen, wo er hoffentlich noch eine ganze Weile ruhig und friedlich schlief. Dann stieg er die Leiter zum Heuboden hinauf, wo er den schnarchenden John neben Celeste unter einer Wolldecke vorfand. Er tippte ihm an die Schulter. »Es wird Zeit.«

John setzte sich auf, so dass er Celeste die Decke vom bloßen Rücken zog, und kratzte sich an der Brust. Mit geschlossenen Augen murmelte er: »Ich bin so weit.«

Broc glaubte ihm nicht. »John, wach auf! Ich brauche dich, mein Freund.«

Sofort riss John die Augen weit auf. »Was soll ich machen?«

»Zäume die Pferde der königlichen Garden mit den englischen Farben auf, und binde unsere Sachen an ihre Sättel! Dann machst du unsere Pferde bereit und bringst sie alle mit Celeste zusammen auf den Hügelkamm.«

»Zehn Gäule? Bist du mall?«, beschwerte sich der nun hellwache John.

Celeste, die sich die Wolldecke unter die Achseln klemmte, richtete sich auf. »Sei nicht solch ein Jammerlappen, Schotte! Was kann ich tun?«

Broc zupfte ihr einen Spinnwebfetzen aus dem staubigen braunen Haar und lächelte sie freundlich an. »Unten liegt ein ohnmächtiger Mann. Zieh ihm seine Sachen aus, und packe sie mit unseren zusammen ein!« Broc war bereits die ersten Leitersprossen hinuntergeklettert, als er noch einmal nach oben ging. »Vergesst Lizbeth' Huhn nicht!«

Celeste nickte. Ja, Broc war froh, dass sie zur Familie gehörte. Auch wenn der Zeitpunkt für eine Entschuldigung nicht besonders glücklich gewählt war, schien Celeste in friedvoller Stimmung. »Ich habe dich belogen, Celeste. Mein Name ist nicht Sir Julian Ascott. Ich bin Broc Maxwell, der Sohn von Lord Magnus Maxwell, und ich komme aus den West Marches von Schottland. Ich möchte dich gern in meinem Clan willkommen heißen und um Vergebung bitten.«

Schamvoll neigte sie den Kopf und klimperte mit ihren dunklen Wimpern. »Ich danke dir, Mylord. Dir ist vergeben.«

»Und mir?«, fragte John.

»Nein!«, zischte sie.

Broc ließ die beiden allein, kletterte die Leiter hinunter und raffte Lizbeth' Satteltaschen zusammen. Da er keinerlei Zweifel hegte, dass seine Anweisungen befolgt würden, kehrte er in das Gasthaus zurück, in die Kammer, die er sich mit Lizbeth geteilt hatte.

Falls sie in der Dunkelheit aufwachte, würde sie Angst bekommen, wie er inzwischen wusste, deshalb steckte er ein neues Talglicht in den Wandhalter, das er im Korridor entzündet hatte. Sogleich füllte sich die Kammer mit sanftem Licht, dessen Schein auf seinen Engel fiel. Wie verführerisch sie dalag! Dunkelrote Locken fielen über das Kissen, und ihre geschürzten Lippen sahen wie die einer befriedigten Frau aus. Ein langes Bein hatte sich unter den Decken hervorgestohlen, und die helle Untertunika war ihr bis zur Hüfte hinaufgerutscht.

Broc nahm jede Kurve in sich auf, von ihrem Knöchel die Wade hinauf bis zu ihrem Schenkel. Er beugte sich zur Seite, um einen winzigen Blick auf ihren süßen Hintern zu erheischen. Sein bereits harter Schaft zuckte erfreut, worauf Broc sich erschrocken aufrichtete und neben das Bett trat. Behutsam rüttelte er an ihrer Schulter. »Lizbeth, aufwachen!«

Sie streckte beide Arme unter den Decken hervor und weit über ihren Kopf. Grazil bog sie ihren Rücken und seufzte. Die Bänder ihrer Untertunika hatten sich gelöst, so dass ihr Busen auf einer Seite fast bis zur Spitze entblößt war.

*Teufel noch eins!* Er wollte sie kosten. Er wollte mit der Zunge über die samtige Haut streicheln, bis die Brustspitze sich hart zwischen seinen Zähnen aufrichtete. Sein Herz hämmerte gegen die wunden Rippen, und das Wasser lief ihm im Mund zusammen. Er benetzte sich die Lippen und schluckte. Es kostete ihn seine gesamte Willenskraft, sich nicht hinunterzubeugen und seinem Wunsch nachzugeben. Warum mussten heute Morgen alle so verflucht nackt sein? Da er sich nicht traute, auch bloß ihre Schulter nochmals zu berühren, neigte er sich ein wenig zu ihr und blies ihr ins Gesicht. »Lizbeth, wach auf! Ich brauche dich.«

»Ahhh, Broc, ich brauche dich auch.« Sie schlang ihre Arme um seinen Hals und zog ihn zu sich hinab, um mit einem sehnsüchtigen Wimmern seine Unterlippe in ihren Mund einzusaugen. Sein Verstand schrie ihn an, er solle zurückweichen, aber sein Mund ignorierte den Befehl. Stattdessen liebkoste er ihre Lippen, kostete den süßen Nektar, den sie ihm unwissentlich anbot, und wusste in dem Moment, dass er für immer mehr davon wollen würde.

Sie hatte ihn mit seinem Taufnamen angeredet. Und der Umstand, dass sie sogar von ihm träumte, machte es ihm noch schwieriger, den Kuss zu lösen. Doch zum Glück regte sein Gewissen sich. Er war kein Mann, der gestohlene Küsse begehrte. Also nahm er ihre Arme von seinem Hals und zog mit Daumen und Zeigefinger ihre Tunika hoch, bevor er wartete, dass sie wach wurde.

Gleich darauf hoben sich ihre Lider flatternd. Sie schaute sich ein wenig verwirrt, aber nicht ängstlich um. »Hast du mich eben geküsst?«

»Nein, du hast mich geküsst.«

Ihre Finger bewegten sich zu ihren feuchten Lippen, während ihr Blick auf seinen Mund fiel. »Warum?«

»Ich würde meinen, du hattest einen hübschen Traum von deinem Geliebten«, neckte Broc sie, weil er ihr die Scham ersparen wollte.

»Ich habe keinen Geliebten.«

»Dann solltest du dir einen nehmen. Es wäre ein Jammer, all die Leidenschaft in einem Kloster zu verschwenden. Ich selbst lebte zwei Jahre in einem und verlor darüber beinahe den Verstand.«

Lizbeth sah ihn sichtlich verständnislos an. »Hast du mich geweckt, um mit mir über den Eintritt ins Kloster zu sprechen?«

»Nein. Ich habe deine Satteltaschen mitgebracht, und ich brauche deine Hilfe.«

»Möchtest du, dass ich mir die Wundnähte anschaue?«

»Ich möchte, dass du einen Trank mischst.« Er nahm ihre Hand und zog sie aus dem Bett, aber ihre Beine wollten sie noch nicht recht halten, so dass sie schwankte. Er umfasste ihre Taille und stützte ihr Gewicht, bis sie sicher stand. Derweil atmete er nicht. *Zwei Tage,* ermahnte er sich und überlegte, ob er den ganzen Weg bis Yorkshire die Luft anhalten könnte.

»Ich fürchte, ich kann nicht gehen.«

»Streck deine Beine einige Male, Engel. Wir haben Arbeit zu verrichten.« Er ließ sie los und holte ihre klammen Sachen vom Wandhaken. Nachdem er das steife Mieder auf das Bett geworfen hatte, schüttelte er ihre Röcke aus und kniete sich mit dem weit aufgespannten Unterrock halb vor sie.

Sie rührte sich nicht.

»Steig hinein!«, forderte er sie auf.

»Was tust du?«

»Ich kleide dich an.«

»Ich kann mich selbst ankleiden.«

»Glaubst du, ich hätte Zeit für diese Unterhaltung? Steig ein! Es geht schneller, wenn ich dir helfe.«

Endlich stützte sie sich mit einer Hand auf seiner Schulter ab und stieg in den Rock. Broc zog ihn ihr bis zur Taille hoch und band ihn beachtlich schnell zu. Er konzentrierte sich ganz auf seine Aufgabe und verfluchte den nervösen Jungen in sich, der seine Hände zum Zittern brachte. Zu seiner Erleichterung schlüpfte sie bereitwillig in das Mieder, das er ihr als Nächstes hinhielt.

»Ist etwas nicht in Ordnung, Mylord?«, fragte sie, während er ihr Mieder zuschnürte.

Er antwortete nicht gleich. Je rascher er das Mädchen angezogen bekam, umso eher konnte er aufhören, die betörenden Kurven unter der dünnen Tunika anzusehen. »Noch ist alles gut. Hast du die Kräuter für jene Tinktur bei dir, mit der du deines Vaters Peitsche einriebst? Die einem Mann die Gewalt über seine Beine raubt?«

Ihre Augen wanderten zum Bett, wo ihre Satteltaschen lagen. »Ja, habe ich. Aber die Mixtur kann tödlich sein, wenn sie nicht richtig abgemessen wird. Ich muss wissen, für wen du sie vorgesehen hast, ehe ich zustimme, dir zu helfen.«

»Für die königlichen Garden.« Begeistert von seinem Plan, rieb Broc die Hände.

Lizbeth nickte einmal kurz und machte sich ans Werk. Fasziniert beobachtete er, wie sie Kräuter mischte. Seine Großmutter hatte ihr Leben lang Heilmittel zu fertigen versucht, von denen die allerwenigsten halfen. Hingegen wusste er aus erster Hand, dass es Lizbeth' Mixturen sehr wohl taten. Es war eine Schande, dass ihr Talent im Tower verkümmert war!

Sie mahlte in ihrem Mörser, bis sie ein feines Pulver hergestellt hatte. »Deine Aufmerksamkeit macht mich nervös. Hol mir lieber den Krug Wasser!«

Als sie das Pulver in den Krug gab, achtete Broc darauf, nur ja nichts von dem feinen Staub zu inhalieren.

»So, es ist fertig – genug für fünf Männer.«

»Dann pack deine Sachen, und zieh dich zu Ende an. Aber verlass die Kammer nicht, bis ich wieder hier bin!«

»Ja, Mylord.«

Broc ging wieder zu Smitts Kammer, wo er diesmal auf die nackte Schönheit gefasst war, die ihm auf sein Klopfen hin öffnete. Er bedachte sie mit einem charmanten Lächeln. »Möchtest du dir ein paar Extramünzen verdienen, Mädchen?«

Ihre Augen leuchteten. Als er allerdings die schwarzen Zähne sah, die sie beim Lächeln entblößte, machte er unwillkürlich einen Schritt zurück.

Smitt kam an die Tür, vollständig bekleidet und hellwach. »Wen bringen wir um?«

»Niemanden.« Broc ging in die Kammer, die für vier Leute viel zu eng war, und stellte den Krug auf einen Schemel. Dann nahm er sieben Münzen aus seinem Wams und warf sie auf das Bett. Den Blick auf das zweite Mädchen gerichtet, das Gott sei Dank ein dünnes Hemd trug, zeigte er auf die Münzen. »Das ist eine Dukate für jede Wache, die ihr dazu bringen könnt, einen Becher von diesem Trank zu nehmen. Eine von ihnen liegt im Stall. Die beiden Groschen sind dafür, dass ihr uns die Kleider von zwei Wachen bringt. Wollt ihr das machen?«

Die Mädchen nickten. »Es wird uns ein Vergnügen sein.«

Broc und Smitt folgten den beiden Mädchen den Korridor entlang und warteten vor den Kammern der Wachen. Als Erstes öffnete sich die Tür, neben der Smitt stand. Eine Hand reichte einen Stapel Kleidung heraus. Kurz darauf gab das andere Mädchen, dem Broc gefolgt war, ihm ebenfalls eine volle Gardistenmontur.

Sie streckte den Kopf zur Tür heraus und flüsterte: »Dieser Trank, ist das ein Gift?«

Bei ihren Worten kam Broc eine Erinnerung. »Nein, er ist kein Gift, sondern ein Gnadentrunk. Und teil den Kruginhalt unter den fünf Männern auf! Kannst du zählen?«

»Ja, Sir.« Wieder schenkte sie ihm ihr hässliches Lächeln. »Fünf Münzen, fünf Tränke. Ich kümmere mich um den Mann im Stall, und Ulna kann die anderen vier übernehmen. Ich danke dir, Sir. Deine Münzen sind sehr willkommen.«

Broc wies Smitt an, schon zum Hügelkamm vorauszugehen, während er Lizbeth aus ihrer Kammer holte. Als er die Tür öffnete, saß sie mit ihren Satteltaschen im Schoß auf dem Bett. Sie blickte mit einem Vertrauen zu ihm auf, das er überhaupt nicht begriff. Aber um keinen Preis würde er sie enttäuschen.

*Sie nicht.*

Er reichte ihr die Hand. »Komm, Lizbeth!«

Sie stand auf, legte ihre Hand in seine, als würden sie sich schon ein Leben lang kennen, und ließ sich von ihm aus dem

Gasthaus führen. Als er mit ihr in Richtung Hügelkamm strebte statt zum Stall, zögerte sie kurz, ließ jedoch seine Hand nicht los. Vielmehr umfing sie seine Finger noch fester. »Wo gehen wir hin?«

Er zeigte zum Hügel, wo die Silhouetten der zehn wartenden Pferde vor dem ersten rötlichen Morgenlicht zu erkennen waren.

»Was hast du vor, Mylord?«

Nachdem er sie näher zu sich gezogen hatte, hob er ihre Hand an seine Lippen und erklärte: »Ich glaube, du bist es wert, gerettet zu werden, Lady Ives. Daher begleite ich dich als Sir Julian Ascott, Gardist und treuer Diener des Königs von England, nach Middleham Castle in Yorkshire. Mein Glaube an das Wohlwollen des Duke of Gloucester ist weniger gefestigt als deiner, folglich bin ich nicht gewillt, dich allein zu ihm gehen zu lassen.«

# Kapitel 9

Lizzy spreizte die Beine weit vom Bauch ihres Pferdes ab. Sie verstand nicht, weshalb Lord Maxwell sie auf das größte der gestohlenen Pferde gesetzt hatte. Auf jeden Fall brannten ihr schon jetzt die Muskeln in ihren Oberschenkeln, und sie ritten erst seit wenigen Stunden. Vom Sattel aus beobachtete sie, wie Broc ihre ursprünglichen Pferde bei einem Verpächter gegen Essen und Münzen eintauschte und Letztere unter John, Smitt und Celeste aufteilte.

Als er auf Lizzy zugeschlendert kam, strahlte er etwas Adliges aus, das nichts mit den geraubten Kleidern zu tun hatte, die er trug – auch wenn diese sich fein an ihm ausnahmen. Ein dunkelroter, mit goldenen Sonnen bestickter Seidenwams spannte sich um seine breiten Schultern, und die enge schwarze Hose betonte jeden Muskel seiner Schenkel. Aus ihr gänzlich unersichtlichen Gründen brauchte dieser Mann nichts weiter zu tun, als in ihre Richtung zu atmen, und schon spannten sich ihre Brüste an.

»Du isst, während wir weiterreiten«, wies er sie an und reichte ihr einen Kanten Morgenbrot, getrocknetes Hammelfleisch sowie eine Flasche mit wasserverdünntem Met.

»Ja, Mylord«, entgegnete sie brav, weil sie wusste, dass er sie sonst zwänge.

Nachdem er sich die Hufe ihres Pferdes angesehen hatte, stellte er sich vor ihm auf und strich ihm über die Nüstern. Dabei blickte er beinahe jungenhaft-schüchtern zu ihr auf, obgleich seine umherwandernden Augen eindeutig die eines

Mannes waren, denn sie jagten ihr heiße Schauer über den Rücken.

»Er ist ein kräftiger Hengst. Denkst du, dass du ihn den Rest des Tages über reiten kannst?«

*Nein!* Um ihn nicht anzulügen, lenkte sie mit einer Gegenfrage ab. »Warum sitze ich auf dem größten Pferd?«

»Es ist das schnellste von allen. Im Falle eines Angriffs möchte ich, dass du fliehen kannst«, erklärte er und schwang sich auf ein Pferd, das vier Handbreit kleiner war als ihres.

*Ich würde lieber mit dir reiten,* gestand sie stumm, rang sich jedoch ein wackeres Lächeln ab, auf das er gewiss wartete, und knabberte an ihrem Brot.

»Wenn wir den Tag durchreiten, sind wir bis zur Dämmerung außerhalb Yorkshires.« Er trieb sein Pferd an. »Morgen früh bringe ich dich dann zu deinem Herzog.«

Ein Anflug von Traurigkeit überkam sie. Sein Schwur, sie zu beschützen, wäre erfüllt, sobald sie mit dem Bruder des Königs gesprochen hatte. Danach gäbe es keinen Grund mehr für Lord Maxwell, in Yorkshire zu bleiben. Ihre Tage fortan in Fountains Abbey zu verleben, mochte ihr einst herrlich vorgekommen sein, aber jetzt schien ihr das Klosterleben ebenso einsam wie ihr altes in London.

John und Smitt, ebenso gewandet wie Lord Maxwell, folgten ihnen auf zwei schwarzen Hengsten, deren Decken mit goldenen Wagenrädern verziert waren. Sie bewachten sie wie edle Ritter der Krone, und Celeste spielte die Rolle ihrer Zofe. Sie bildeten einen kleinen verkleideten Reiterzug auf dem Weg nach Middleham Castle.

Am Osthimmel flog ein Amselschwarm wie ein Band über das Tal. Einer der Vögel löste sich aus der Schar und begleitete die Reiter über Stunden, auf die eine ungewöhnlich heiße Aprilsonne herabschien. Kein Lüftchen regte sich, und das

Gewicht von Lizzys Kleid bildete eine weitere erstickende Bürde, die sie tragen musste.

Doch sie war entschlossen, keinerlei Anzeichen von Müdigkeit zu zeigen. Sie hielten sich zumeist an Flussufern und im Wald, um das freie Feld möglichst zu meiden. Bei jedem Dorf, dem sie sich näherten, nutzte Lord Maxwell die Gelegenheit, um sich nach ihrem Befinden zu erkundigen. Er beobachtete sie mit Adleraugen, umkreiste sie, als wäre er das Alphatier ihres Rudels.

Am späten Nachmittag führte er sein Pferd neben ihres. »Möchtest du rasten, Lizbeth?«

»Halte nicht meinetwegen an, Mylord. Mir geht es recht gut«, log sie. Was ohnehin gleich war, denn selbst wenn er beschloss, dass sie rasten sollten, könnte sie nicht aus dem Sattel steigen. Die Schmerzen in ihren Schenkeln und unten im Rücken waren seit Stunden einer drückenden Taubheit gewichen. Dies war wohl die Strafe dafür, dass sie die Peitsche ihres Vaters mit der Tinktur getränkt hatte.

»Bist du sicher? Sogar Smitt ermüdet langsam. Wir könnten bis zum nächsten Dorf weiterreiten, nur fürchte ich, dass Celeste es nicht mehr so weit schafft.«

»Du willst hoffentlich nicht andeuten, dass wir hier lagern sollen, im Freien.« Sie blickte sich nach dem frühen Mond um. Die Silbersichel, die tief am Himmel hing, würde so gut wie kein Licht spenden. »Haben wir Zelte?«

Er sah sie mit diesem Blick an, den er immer dann aufsetzte, wenn er ihre Bemerkungen für wenig intelligent hielt. »Nein, Majestät, wir haben keine Zelte.«

Obwohl er um ihre Ängste wusste, machte er sich über sie lustig. Sie reckte trotzig ihr Kinn. »Hast du einen bestimmten Platz im Sinn?«

»Am Fuße des nächsten Hügels befindet sich ein See.« Er

beugte sich merkwürdig schräg vor, um ihr ins Gesicht zu sehen.

»Wie du wünschst.« Eilig trieb sie ihr Pferd weiter, damit er die Tränen nicht bemerkte, die ihr in die Augen stiegen.

Ein Tal, das von Wald umgeben war, tauchte vor ihnen auf. Dort nährte ein kleiner Bach einen dunklen See, der von den wunderschönsten Blumen umkränzt war, die Lizzy je gesehen hatte. Rosen, Lilien, Waldveilchen und einige andere Blumen wuchsen hier, die sie aus der Entfernung nicht erkannte. Die Begeisterung verlieh ihr neue Kraft. Sie schnalzte mit der Zunge und klopfte ihrem Hengst auf den Schenkel, um ihn den Hügel hinuntergaloppieren zu lassen.

Eine oder zwei Blumen von jeder Sorte könnte sie pflücken und ins Kloster mitnehmen. Entzückt sog sie den Duft ein und malte sich aus, eine ganz einzigartige Essenz für die Äbtissin daraus zu mischen.

Am Seeufer blieb der Hengst abrupt stehen und riss Lizzy jäh aus ihren Gedanken. Das Pferd hob seine Vorderhufe gleichzeitig und senkte sie in das Wasser, so dass es spritzte. Lizzy strengte sich an, es zurückzuziehen, wobei sie nicht wagte, in das schwarze Wasser zu sehen. Aufgeregt schwenkte das Tier seinen Schweif hin und her, der sie kleinen Peitschenhieben gleich traf.

Sie musste unbedingt von dem Pferd herunterkommen, deshalb richtete Lizzy sich in den Steigbügeln auf. Doch ihre Muskeln bebten, und ein stechender Schmerz fuhr ihr die Wirbelsäule hinauf. Kraftlos sackte sie auf den Sattel zurück, wackelte mit den Zehen in ihren Stiefeln und drehte die Füße, um sie wieder zu spüren. Sie spannte die Muskeln in ihren schmerzenden Schenkeln an und wiegte sich von einer Seite zur anderen, auf dass der Blutfluss in ihren Hüften angeregt wurde. Vollkommen unbekümmert neigte das Pferd sich tief hinunter, um zu trinken, was Lizzy endgültig aus dem Gleichgewicht brachte. Ihr gelang es knapp, einen Stiefel tief in den Steigbügel zu schieben, während sich rumpelnde Hufschläge näherten.

»Bei Gott, Weib! Bist du von Sinnen? Du hättest dein Pferd geradewegs in den verdammten See treiben können! Diese Tiere sind ausgebildet, um Befehlen zu gehorchen. Es sind Schlachtrosse. Und deine Kleider hätten dich sofort unter Wasser gezogen. Närrisches, gedankenloses Frauenzimmer! Was hast du dir nur dabei gedacht? Lizbeth, antworte mir! Warum sagst du nichts?«

Bei aller polternden Schroffheit rührte seine Sorge sie. »Weil ich warte, dass du lange genug aufhörst, mich anzuschreien. Verzeih, sollte ich dein Haar vor der Zeit ergrauen lassen, aber ich wollte ein paar Blumen pflücken, ehe es zu dunkel ist.« Leider klang sie selbst in ihren eigenen Ohren wie ein albernes kleines Mädchen.

Er schlug sich eine Hand über die Augen und rieb seine Schläfen. »Wenn es dir so eilig war, warum sitzt du dann noch hoch zu Ross?«

»Ich genieße die Aussicht«, log sie. »Sie ist wunderbar.«

Er schnaubte. »Du kannst nicht absteigen, stimmt's?«

Beschämt ob ihrer Schwäche, schüttelte sie den Kopf. Sie hielt die Zügel fest umklammert und blickte stumm auf das Moos am Ufer. Ein Frosch blinzelte ihr mit beiden Augen zu, bevor er in der schwarzen Tiefe verschwand.

Lord Maxwell rollte ächzend die Schultern, stieg von seinem Pferd und zog die Zügel vorn über dessen Kopf. Das Tier beugte sich sofort zum Wasser hinunter. Er humpelte leicht mit dem rechten Bein, als er zu ihr kam und ihren Hengst ein Stück zurückführte, so dass seine Hufe nicht mehr im Wasser standen. Dann umfasste er Lizzys Taille mit beiden Händen, hob sie aus dem Sattel und stellte sie auf die Erde.

Sie packte seine Unterarme und starrte auf seine Brust. »Bitte, lass mich noch nicht los!«

»Du hast mir Angst gemacht.« Sein helles Hemd, das nur lose gebunden war, hob und senkte sich mit seinen Atemzügen.

»Es geschah ohne Absicht.«

»Denkst du, dass du gehen kannst?«

Sie hielt ihn noch fester, als er seinen Griff lockerte. »Gewiss kann ich es gleich.«

Mit einer geschmeidigen Bewegung hatte er sie hochgehoben. Ein Arm war in ihrem Rücken, der andere unter ihren Kniekehlen. Alles ging so schwungvoll vonstatten, dass sich ein seltsames Kribbeln in Lizzys Bauch regte.

»Wo sind die anderen?«

Er drehte sich zum See um. »Wie es aussieht, heben sie gerade Celeste von ihrem Pferd.«

Lizzy folgte seinem Blick und fühlte sich prompt weniger schwach. »Warum sind sie dort drüben?«

»Auf der anderen Seite ist das Wasser flacher.« Er setzte sie auf einen Flecken weichen Grases unter einer Weide. »Ich sorge dafür, dass deine Beine dich wieder tragen, dann kannst du deine Blumen pflücken, einverstanden?«

»Ich danke dir.« Sie legte sich zurück. Ihr war gleich, dass ihre Knie gespreizt waren, denn sie würde sie wohl nie wieder zusammen bekommen. Und sie protestierte nicht, als er ihr die Stiefel und die Strümpfe auszog. Wie schon in der vorigen Nacht, vollbrachte er mit seinen Händen wahre Wunder, strich und knetete ihre Muskeln, bis der Schmerz abebbte und das Kribbeln aufhörte.

Danach ließ sie ihn einfach noch eine Weile weitermachen. Unterdessen bedeckte sie ihre Augen mit einem Arm und hoffte, er würde nicht sehen, welche Wonne er ihr bereitete, wie ihr Herz hüpfte, wenn er sie ansah, und dass sie eine Gänsehaut bekam, weil sie an ihn dachte.

Wie bedauerlich, dass sie nie die vertraute Berührung eines Mannes erfahren sollte! Da steckte so vieles in ihr, das sie mit jemandem teilen wollte. Doch ehe sie sich in Selbstmitleid verlor, schlug eine kleine Stimme in ihrem Geiste vor, sie sollte all ihre Sehnsüchte von Lord Maxwell erfüllen lassen. Sie lächelte, denn sie wusste sofort, dass es Edlynns Stimme war.

»Warum lächelst du?« Er streckte sich neben ihr im Gras aus, den Kopf auf einen Ellbogen gestützt.

»Edlynn spricht zu mir«, antwortete sie, schaute in die Weidenzweige hinauf und sog die Schönheit dieses Ortes ein. Zugleich spürte sie die Wärme seines Leibes neben sich.

»Und was sagt Edlynn?« Er pflückte einen Wiesen-Fuchsschwanz und streichelte mit der fedrigen Spitze über ihr Schlüsselbein.

Bereitwillig ließ sie sich auf sein Spiel ein und schob den Halm weg. »Sie ist eine verdorbene Alte. Dir würden die Ohren glühen, wenn du hörtest, was Edlynn spricht.«

»Nun machst du mich neugierig. Was hat sie gesagt?« Sein Handrücken schwebte unmittelbar neben ihrer Wange.

Sie wollte, dass er sie berührte. Sie sehnte sich geradezu schmerzlich danach. Wagte sie, ihm ihre Gedanken zu verraten, ihre Sehnsüchte? Würde er sie abweisen? »Edlynn rät mir, ich solle mehr lachen, mehr spielen.«

»Spielen? Hat deine alte Freundin auch einen Vorschlag?«

Lizzy zog die Brauen zusammen und tat, als würde ihr jemand in ihrem Kopf Geheimnisse enthüllen. Dann riss sie absichtlich ihre Augen weit auf und formte ein stummes »O« mit den Lippen, um die Szene möglichst dramatisch wirken zu lassen. »Ach, Edlynn, du bist eine sehr unanständige Frau! Solche Dinge darfst du nicht sagen!«

Er stieß ein tiefes, brummendes Lachen aus, begleitet von einem hübschen Lächeln, bei dem sich wieder seine Grübchen zeigten. »Du bist mall.«

Diese Bemerkung quittierte Lizzy mit einer sehr närrischen Grimasse. Sie genoss das Herumalbern und schlichte Beisammensein mit ihm fast noch mehr als seine Verführung. »Das bin ich. Und du wärst es ebenfalls, hättest du eine Alte in deinem Kopf, die dir erzählt, du sollst …«

»Dir erzählt, was zu tun, Lizbeth?« Er beugte sich weiter zu ihr, und endlich fühlte sie seine Finger auf ihrer Wange.

Wieder setzte das merkwürdige Kribbeln ein, das sie fortwährend neckte, wenn er ihr nahe war. Als sie einen Arm hob, um seine Hand zu ergreifen, kam er ihr auf halbem Wege entgegen, hielt sie oberhalb ihrer Schulter fest und beugte sich noch weiter über sie. Nun lag er halb auf ihr, sein Knie zwischen ihren Schenkeln. Lizzy stieß einen stummen Schrei aus, verschränkte ihre Finger mit seinen, wartend, verlangend nach allem, was er ihr geben könnte.

Er neigte sich zu ihrem Ohr. »Sagt Edlynn dir, du solltest lachen, fühlen und begehren? Oder ist die Stimme in deinem Kopf deine eigene? Dieselbe Stimme vielleicht, die im Traum meinen Namen rief?« Seine Lippen streiften ihre. »Dieselbe Stimme, die mich bitten möchte, dich zu küssen, aber zu große Angst hat, wie sie sich überhaupt vor allem fürchtet?«

Lizzy war nicht beleidigt. Vielmehr sah sie ihm in die Augen. »Ich ängstige mich nicht vor dir.«

»Willst du darauf wetten, mein Engel? Wenn du keine Angst hast, verrate mir, was die Stimme in deinem Kopf sich wünscht, das ich tue.«

Er forderte sie heraus, und es machte ihr nichts. Sie würde so oder so gewinnen. »Ich wünsche mir, dass du mich küsst, mich berührst und mir sagst, ich sei begehrenswert.«

Ohne ein weiteres Wort nahm er ihren Mund gefangen. Seine Zunge neckte ihre, mit ihm zu spielen.

Was sie tat.

Sie ahmte seine Bewegungen nach, jagte seine Zunge, verwickelte sie in einen erotischen Tanz in ihrem Mund. Als er an ihrer Oberlippe sog, liebkoste sie seine Unterlippe auf dieselbe Weise, knabberte daran und kostete sie. Sie wagte nicht, sich zu bewegen oder zu atmen, weil sie fürchtete, er könnte zurückweichen und sie mit ihrem ungestillten Verlangen allein lassen. Und Letzteres forderte förmlich, endlich ausgelebt zu werden, wollte unbedingt mehr.

Sie legte eine Hand in seinen Nacken und zog ihn dichter zu sich.

Dann, genauso abrupt, wie er den Kuss begonnen hatte, beendete er ihn auch wieder.

»Verdammt!« Er sprang von ihr wie ein Mann, der einem Feuer entkommen wollte. Was insofern nicht weiter verwunderlich war, als sie sich vollständig entflammt fühlte.

Ein heißes, lüsternes Inferno.

»Ich denke, wir sollten Edlynn aus deinem Kopf fernhalten. Sie spielt nicht fair.«

*Fair spielen?* Es mochte als Spiel begonnen haben, und sie hatte es zugegebenermaßen gern angefangen, aber so hatte es nicht geendet. »Wie kannst du über das scherzen, was eben geschehen ist?«

»Ich habe dich geküsst. Das ist alles. Und du hast meinen Kuss erwidert.« Er setzte sich auf, wischte sich den feinen Schweißfilm von seinem kräftigen Nacken und wandte sich finster zu Lizzy. »Sieh mich nicht an, als hätte ich dich deiner Tugend beraubt! Das ist wohl kaum der Fall!«

Lizzy schloss den Mund, von dem sie jetzt erst bemerkte, dass er offen stand, und rappelte sich auf. Den Schmerz, der ihr den Rücken hinaufschoss, beachtete sie gar nicht, denn sie musste vor allem schnell auf Abstand zu dem Mann gehen, der sie soeben zurückgewiesen hatte. Erniedrigung war ihr nicht neu, doch hatte sie sich noch niemals so giftig angefühlt wie diese.

Sie stopfte ihre Strümpfe in die Stiefel, packte ihr Schuhwerk und stapfte durch das Gras zu ihrem Pferd.

»Ich dachte, du wolltest Blumen pflücken!«, rief er ihr nach.

»Ich habe es mir anders überlegt«, entgegnete sie gereizt.

»Hast du oder hat Edlynn?«

»Arroganter, krötenlutschender Schotte!«, murmelte sie Edlynns Lieblingsbeschimpfung, und es scherte sie nicht, ob er sie hörte.

Das Weib war kein Engel.

Sollte ihr Kuss das noch nicht hinlänglich bewiesen haben, tat es das Höllenfeuer allemal, das aus ihren Augen sprühte. Zorn dürfte eines der unzähligen Gefühle sein, die Lizbeth in sich einsperrte. Ihr Verlangen war für einen kurzen Moment zum Vorschein gekommen, und Broc war blöd genug gewesen, sich darüber zu mokieren, dass sie es zuließ.

Er kratzte sich die vom Ritt verstaubten Unterarme und beobachtete, wie sie durch das kniehohe Gras auf ihr Pferd zumarschierte. Sie nahm die Zügel und führte den Hengst um das Seeufer herum, wobei sie offenbar nicht merkte, dass sein Pferd ihnen folgte. Ihre Bewegungen nahmen sich kantig, wütend aus, und ihre Hand fuhr in der Luft hin und her, während sie kopfschüttelnd auf das Pferd einredete. Sie schimpfte ohne Unterlass – jedenfalls bis Broc ihr Gesicht nicht mehr erkennen konnte.

Das arme Tier! Broc würde es später belohnen, weil es seine Strafe abbekommen hatte. Er rieb sich den Nacken, wo er immer noch ihre Finger zu fühlen meinte. Ein Kitzeln fuhr ihm über die Haut.

Er war ein Esel, ohne Smitts Fertigkeit, um Gunst zu werben! Charme war kein Bestandteil von Bruder Mels Unterricht gewesen; stattdessen hatte er Broc Disziplin gelehrt. Zwei Jahre hatte er Broc unterwiesen, wie er seine Gelüste beherrschte, wie er sein Verlangen nach Dads Titel und Aidens Verlobter unterdrückte.

Er sollte sich freuen, Onkel Ogilvys Whisky trinken und Lügengeschichten mit seinen Brüdern austauschen. Er sollte Aidens Leben ehren, indem er einen Neuanfang feierte. So war es im Clan Sitte. Zu viele starben, viel zu oft, als dass ihre Hinterbliebenen Tag und Nacht trauern konnten. Er hoffte, Dad traute ihm zu, an Aidens statt zu herrschen, den Clan zu führen und ihn zu schützen.

Aber Lizbeth zu beschützen war ihm ebenfalls zur Pflicht geworden. Ihre Pläne mochten tolldreist sein, aber vermutlich besaß sie keine anderen. Sie nahm ihres Vaters Sünden ebenso auf sich wie die ihres Landes. Morgen früh würde er sie in ihr Kloster bringen, wo sie in Keuschheit leben sollte, Unterwürfigkeit lernte und nie mehr aussprechen würde, was sie dachte. Das Feuer in ihr würde sterben, zusammen mit ihrer Leidenschaft und ihrer Sinnenlust.

Eine Sinnlichkeit, die er angerührt und dann wie ein Narr zurückgewiesen hatte.

Broc kratzte sich den Nacken. Diese Frau machte ihn unruhig wie ein teuflisches Jucken und Kribbeln unter der Haut. Er kratzte sich die Handinnenflächen und Arme. Dann hielt er seine Hände vor sich.

Pusteln. Rote Pusteln sprenkelten seine Arme und seine Handrücken. Er schaute sich auf dem Boden um und machte prompt die hellgrünen Pflanzen aus.

Verfluchte Nesseln!

Er sprang auf und zog sich auf dem Weg zum See vollständig aus, so dass er eine Spur aus Kleidern hinterließ. Ohne sich um die Wassertemperatur zu scheren, tauchte er kopfüber in das kühle, beruhigende Wasser.

»Du siehst ein bisschen mürrisch aus, Mädchen.«

Lizzy hob den Blick von ihren nackten Zehen und begrüßte John mit einem strengen Blick, den er nicht verdiente. »So sehe ich aus, Sir. Aber ich danke dir, dass du es bemerkst.«

»Mein Weib hat denselben Blick.« Er nahm Lizzy die Zügel ihres Pferdes ab und streichelte den Hals des Tieres.

»Ich fürchte, dein Weib ist mehr als ein bisschen mürrisch.« Dabei ahmte sie sein gerolltes »R« nach, was John ein Kichern entlockte. Sie war nicht so dumm, eines Mannes Fehler dem anderen anzulasten. Die Wut und der Schmerz in ihrer Brust waren nicht Johns Schuld.

»Kannst du vielleicht mit ihr reden? Sie ein bisschen aufmuntern?« Seine Augen flehten: »Rette mich!«

Lizzy konnte einen Mann vor dem Ausbluten retten, aber sie besaß keinerlei Erfahrung darin, Ehefrauen zu beschwichtigen, schon gar nicht solch zornige Ehefrauen wie Celeste. Dennoch nahm sie die Herausforderung gern an, denn sie bot eine Ablenkung, und alles war gut, was sie von *ihm* ablenkte. »Ein bisschen ist alles, was ich versprechen kann. Wo steckt sie?«

John nickte ein Stück weiter am Ufer hinüber, während er Beatrices Käfig vom Sattel losband und ihn Lizzy reichte. »Ich wäre dir auf ewig dankbar.«

John war auf Lord Maxwells Befehl hin willens, sie nach Middleham Castle zu geleiten, wofür er sein Leben riskierte. Da war das Mindeste, was sie tun konnte, dass sie versuchte, mit seiner Gemahlin zu sprechen. »Ich gehe gleich zu ihr.«

»Sei vorsichtig, Mädchen! Celeste ist eine Menge Weib.«

Lizzy lüpfte ihre Röcke und ging durch ein Meer von lavendelblauen Glockenblumen am Waldrand entlang. Sie nahm sich vor, mindestens zwei dieser bezaubernden Blumen zu pflücken, ehe sie weiterritten. Strümpfe und eine fleckige Tunika hingen über einem niedrigen Ast, unter dem Celeste sich Wolldecken im Gras ausgebreitet hatte. Eine Abendbrise wehte ihr das Haar übers Gesicht, und die letzten gelben Sonnenstrahlen streiften ihre Züge wie Feenstaub. Um Celestes Kurven malen zu dürfen, würden alle großen Künstler sich schlagen. Noch dazu gab ihr Lächeln Lizzy das Gefühl, willkommen zu sein.

Celeste eilte zu ihr, um ihr die Stiefel und Strümpfe abzunehmen. »Wir haben noch gar keine Zeit zum Plaudern gehabt, Mylady.«

»Lizzy – bitte, nenn mich Lizzy!«

»Wie du wünschst.« Celeste hängte Lizzys Strümpfe über den Ast und stellte ihre Stiefel in die untergehende Sonne. »Wie geht es dir und deinem neuen Gemahl?«

Sofort sank Lizzy das Herz in der Brust. Seit zwei Tagen ritten sie miteinander. Warum hatte niemand sich bemüßigt gefühlt, Celeste zu verraten, dass Lord Maxwell und sie überhaupt nicht verheiratet waren? Wenn Lizzy sich mit dieser Frau anfreunden wollte, musste sie ihr die Wahrheit sagen. »Er ist nicht mein Ehemann. Lord Maxwell hielt es für das Beste, wenn wir vortäuschten, ein jungverheiratetes Paar zu sein … zur Sicherheit.«

»Die verdammten, verlogenen Schotten!«

»Ja«, pflichtete Lizzy ihr bei, ehe sie begriff, was es war, dem sie da zustimmte.

»Meine Mum sagte mir schon, ich sollte niemals mit einem von ihnen das Lager teilen, solange es sich irgend vermeiden ließ. Und was passiert? Ohne das Geringste zu ahnen, teile ich es seit zwei Jahren mit einem! Zwei Jahre, Lizzy! Kannst du dir das vorstellen? Überdies soll ich künftig mit einer ganzen Horde von ihnen unter einem Dach leben.« Celeste plapperte weiter, während sie noch zwei Wolldecken im Gras auslegte.

»Ich bin gewiss, dass sie nicht allesamt verlogen sind.« Lizzy ließ Beatrice aus ihrem Käfig, streichelte ihr gepunktetes Gefieder und nahm das Ei, das unten im Holzkäfig hin und her rollte. Sie legte es beiseite und setzte sich dann auf die Decken neben Celeste.

»Ich kenne drei Schotten: John, Smitt und Jul… Lord Maxwell.« Celeste zählte sie an ihren Fingern ab. »Mein John ist ein Lügner, dein Maxwell ist ein Lügner, und von dem Tunichtgut Smitt will ich gar nicht erst anfangen. Er versprach jedem Weibsbild die Ehe, das in die Schänke kam.«

Lizzy dachte nach. In der kurzen Zeit, die sie Lord Maxwell kannte, hatte er sie nicht belogen. Trotzdem hatte er Celeste angelogen. »Wie lange kennst du Lord Maxwell?«

»Vor zwei Sommern kamen er und sein Bruder mit John und Smitt in die Schänke. Sie waren immer wieder über Monate weg, Hof halten, wie John meinte. Das ist noch so eine Lüge, würde ich sagen.« Sie reichte Lizzy eine lederne Trinkflasche. »Sie haben wohl eher für ihren schottischen König spioniert.«

*Das Dokument,* schoss es Lizzy durch den Kopf. Buckinghams Bosheit, so eloquent ausgedrückt, wäre von größtem Wert für einen Mann, der seit Jahren nach einem Weg suchte, wie er den Feind zerstören könnte. Lizzy rang mit der Möglichkeit, die sie nicht in Betracht ziehen konnte. Beschützte Lord Maxwell sie oder das Dokument? Sie wollte nicht glauben, dass sein Kuss Teil seines Planes war, ihr Vertrauen zu gewinnen.

»Sie sind allesamt Barbaren«, warf Celeste ihr hin.

»Und so erwünscht wie Krötenschleim und Fischgedärm«, ergänzte Lizzy, die einen großen Schluck aus der Flasche nahm, deren Inhalt Celeste bereits einen vielsagenden Schluckauf bescherte. Nein, auf diese Weise konnte Lizzy John wohl kaum helfen.

Celeste kniff die Augen zusammen, während sie nach einer ähnlich bildreichen Beschimpfung suchte. »Lästig wie Maden in einer Fleischpastete.«

Lizzy hielt sich den Mund zu und rümpfte die Nase, denn ihr Magen gurgelte unangenehm, als der Met dort ankam. Dann reckte sie einen Finger, denn sie wusste noch etwas Besseres. »Abstoßend wie das, was ihrem Vieh aus dem Hintern fliegt.« Dieser bildkräftige Vergleich stammte von Edlynn, aber ihre alte Freundin wäre gewiss froh, dass jemand ihn am Leben erhielt.

Celeste juchzte und hielt sich den Bauch. »Es ist ein Wunder, dass sie Weiber finden, die ihre Blagen tragen, so wie sie alle aussehen!«

Nun brachen beide Frauen in schallendes Gelächter aus, krümmten sich vor Lachen auf ihren Wolldecken. Lizzy erinnerte sich nicht, jemals so gelacht zu haben. Selbst Beatrice tänzelte vor Freude und flatterte mit den Flügeln.

»Guten Abend, die Damen«, wünschte Smitt, der vorüberschlenderte.

Lizzy prustete, weil sie gerade von dem Met genommen hatte. *Heilige Maria!* Er war vollkommen nackt. Neben Lord Maxwell besaß er das hübscheste Hinterteil, das sie im Leben gesehen hatte. Bei jedem Schritt, den er auf das Wasser zutat, wölbten sich die Backen, so dass Lizzy gar nicht anders konnte, als hinzugaffen. Welche Frau hätte das nicht?

Er stieg auf einen flachen Felsen, blickte sich kurz um, ob sie auch noch zuschauten – was sie beide taten –, und tauchte geschmeidig kopfüber in den See.

»Na ja, vielleicht sind ein oder zwei Schotten nicht ganz so hässlich«, stellte Lizzy fest, die zu Celeste sah. Letztere hatte einige Mühe, ihren Blick zu Lizzy zurückzulenken.

Sie benetzte sich die Lippen. »Kein Weib braucht einen Löffel, um den zu vernaschen.«

Lizzy nickte zustimmend und dachte an einen anderen Schotten, dessen Lippen nach Sünde und Würze geschmeckt hatten.

Bevor sie wieder bei Sinnen war, ertönte ein lautes Geheul. Im nächsten Moment flitzte John an ihnen vorbei, gleichfalls splitternackt, sprang von dem Felsen in die Höhe und schlang die Arme um seine Knie, um mit einem Klatscher im See zu landen, dessen Spritzwasser die Strümpfe am Ast traf.

Wie ausgelassene Jungen tobten die Männer im Wasser, tunkten sich gegenseitig unter, rangen und prahlten. Unterdessen blickte John immer wieder voller Bewunderung zu seiner Ehefrau.

Celestes Lächeln war traurig, aber immerhin ein Lächeln. »Es ist kein Witz, dass ich meinen John liebe. Er bringt mich zum Lachen und guckt mich an, als wäre ich die Schönste in ganz England. Ich würde mit diesem Mann wohl in die Hölle gehen, selbst wenn die Hölle den Namen Schottland trägt.«

Lizzy wusste nicht, ob sie John geholfen hatte, aber Celestes Augen nahmen einen deutlich milderen Ausdruck an. »Gott schütze mich vor meinem König, dass ich das sage, aber ich glaube, Schottland könnte dem Himmel ein bisschen ähnlicher sein, als du denkst. Vielleicht solltest du deinem Ehemann verzeihen.«

»Ja, das mache ich vielleicht.« Celeste warf ihr ein Lächeln zu und begann, sich ihre Oberkleidung auszuziehen. Nur in ihrer hellen Untertunika lief sie zu dem Felsen, kniff sich die Nase mit den Fingern zu und sprang. Sofort schwamm John zu ihr, umkreiste sie, neckte sie und ließ sich von ihren verärgerten Blicken necken.

Lizzy beobachtete sie, wobei sie ihre liebe Not hatte, sie nicht um ihr Spiel zu beneiden, während sie sich fragte, wie es sich anfühlen mochte, von ihrem eigenen Schotten mit solchen feurigen Augen angesehen zu werden.

Plötzlich tauchte Lord Maxwell neben ihnen aus dem Wasser, der gewiss ebenso nackt war wie seine Clan-Brüder. Lizzy richtete sich auf und blickte sich am Ufer nach seinen Kleidern um. Himmelherrgott! Wieso hatte sie nicht bemerkt, dass er ins Wasser gesprungen war! Schmollend schürzte sie die Lippen.

Zwielicht schimmerte auf seiner muskulösen Brust, und aus seinem pechschwarzen Haar rannen glitzernde Rinnsale über seine kantigen Gesichtszüge. Für einen kurzen Moment glitt er elegant auf dem Rücken über das Wasser, dann verschwand er wieder unter der Oberfläche.

Ganz und gar auf ihn konzentriert, stützte Lizzy ihr Kinn auf die angewinkelten Knie und sah ihm einfach zu. Etwas an ihm machte sie vergessen, wer sie war und weshalb sie diese weite Reise unternahm. Nichts mehr zählte außer diesem starken, wunderschönen Mann.

Auf einmal war er nahe am Ufer und sah zu ihr auf.

Rasch wandte sie sich ab, bevor er sie dabei ertappte, wie sie ihn anstarrte.

»Komm herein, Lizbeth! Wir haben in Nesseln gesessen.« Mit seinen paddelnden Armbewegungen schlug er schwarze Kreise um sich herum.

»Nesseln? Ist das deine List, um mich in das viel zu kalte Wasser zu locken? Sehr schlau!«

»Denkst du, ich lüge? Ich habe Pusteln an den Armen.« Er wollte aus dem Wasser steigen.

Sie sprang auf und hob beide Hände. »Bitte, das ist nicht nötig! Ich glaube dir, Mylord. Ich habe Ehrenpreiskraut bei mir. Daraus kann ich dir eine Tinktur gegen das Jucken und Brennen mischen, die ich dir auftrage, wenn ich deine Wunden versorge.«

Gott sei Dank tauchte er wieder tiefer ins Wasser! »Juckt und brennt deine Haut denn nicht?«

»Nein. Manche Menschen bekommen Pusteln, andere nicht. Ich bekomme keine. Mein Vater hingegen kriegt schon einen Pustelausschlag, wenn er die Nesseln bloß ansieht.«

»Wer ist dein Vater?«, fragte Celeste.

Lizzy trat einen Schritt zurück und sah Lord Maxwell flehentlich an, auch wenn sie nicht wusste, was sie von ihm erwartete. Aber sie wollte Celeste nicht anlügen … nicht schon wieder.

»Er dient König Edward im Tower«, erklärte Broc.

Seine Antwort rückte ihres Vaters Pflicht in ein milderes Licht. Aber wenigstens schien Celestes Neugier befriedigt, denn sie fuhr fort, ihren Ehemann zu necken. Lizzy wechselte rasch das Thema. »Es wird bald dunkel. Möchtest du, dass ich Feuerholz sammle?«

»Nein, ich möchte, dass du schwimmen kommst.« Er zog eine dunkle Braue hoch.

»Bitte vergib mir, Mylord, aber ich schwimme nicht!« Den Schmerz seiner Zurückweisung vorher hatte sie noch nicht vergessen, und sie wollte keine weitere Versuchung. Außerdem würde er sie niemals ins Wasser locken können, ganz gleich, wie bezaubernd er aussah.

»Jeder Mensch schwimmt«, rief Smitt. »Was ist das für ein Weib, das nicht schwimmt?«

»Eines, das sich vor Wasser fürchtet«, enthüllte Lord Maxwell ein weiteres ihrer Geheimnisse.

Jeder fürchtete sich vor irgendetwas, sei es vor dem Tod, vor Spinnen oder vor Gewittern. So anders war sie gar nicht. Jedoch fehlte ihr die Kraft, sich abermals mit ihm zu streiten. Stattdessen drehte sie sich um, scheuchte Beatrice in ihren Käfig zurück und stellte sie zur Nacht auf einen weichen Grasflecken, bevor sie sich bückte und ein paar trockene Zweige und Rindenstücke aufhob.

»Pflück deine Blumen, Mädchen, und lass die Stöcke! Wir machen heute Nacht kein Feuer.«

*Kein Feuer! Machte er Scherze?* Die Hände voller Reisig, wandte sie sich zu ihm um. Im Geiste zählte sie bis zehn, um sich zu beruhigen. Der aufgehende Mond war nur mehr eine dünne Sichel, und schon jetzt waberten erste Nebelschwaden über den See.

»Ein Feuer würde uns verraten. Wir sind deinem Ziel zu nahe, als dass wir jetzt riskieren dürfen, entdeckt zu werden«, erläuterte Lord Maxwell, der ihre Angst offenbar spürte.

»Wir hätten zu einem Gasthaus weiterreiten sollen. Warum hast du mir nicht gesagt, dass wir kein Feuer machen würden?«, warf sie ihm vor und zerknickte dabei kleine Äste zwischen ihren Fingern.

»Das tat ich doch gerade.« Er scheiterte kläglich in seinem Bemühen, sie aufzuheitern.

Nachdem sie die Zweige fallen gelassen hatte, eilte sie über die Lichtung. Sie musste schnellstmöglich einschlafen. Nach ihren abendlichen Waschungen nahm sie zwei kräftige Schlucke Met und legte sich auf die Decke. Ihr Vater trank jeden Abend sehr viel, weil seine Gedanken ihn sonst zu sehr quälten, als dass er Ruhe finden könnte.

Die Augen geschlossen, zählte sie zweimal bis einhundert,

doch leider hallten ihr die Rufe und Pfiffe der anderen durch den Kopf wie die von Gefolterten. Wütend über ihr ausgelassenes Lärmen, setzte Lizzy sich auf. Celeste und John wateten aus dem Wasser, während Smitt in Kreisen schwamm, um Lord Maxwell zu attackieren, sobald er auftauchte. Welchen Sinn hatte dieses närrische Spiel überhaupt?

Smitt schaute sich suchend um und schwamm beständig größere Kreise, wobei sein Grinsen in Besorgnis umschlug. Er drehte sich einmal um die eigene Achse, dann tauchte er unter. Eine ganze Weile verging, ehe er keuchend wieder auftauchte. »John, komm wieder ins Wasser!«, befahl er prustend.

Hätte seine Stimme Lizzy nicht bereits alarmiert, wäre es spätestens die Eile gewesen, mit der John ihm gehorchte. Die beiden redeten leise miteinander, reckten die Hälse und blickten sich besorgt um.

Dann verschwanden ihre Köpfe in der schwarzen Tiefe.

Lizzy wurde übel vor Angst. Sie sprang auf und eilte ans Ufer, die Fäuste um ihre Ärmelsäume geballt.

»Verfluchter Idiot!« John erschien als Erster. »Broderick!«, schrie er in den Nebel und lauschte angestrengt.

Die Augen weit aufgerissen, weigerte Lizzy sich, darüber nachzudenken, was ihr Verhalten bedeutete.

John sah zu ihr. »Er wird wieder auftauchen.«

»Was meinst du damit – er wird wieder auftauchen?! Er ist schon seit Minuten unter Wasser! Findet ihn!«, schrie sie und machte einen Schritt nach vorn. Ihre Zehen berührten das Wasser, und sie hielt den Atem an, während sie auf der glatten Seeoberfläche nach Wellenbewegungen suchte. Vor ihren geistigen Augen erschien Emmas gerötetes Gesicht, als sie kopfüber über dem Fluss hing, mit offenem Mund nach Luft ringend. *Sie senkten sie ins Wasser.*

»Broderick!«, brüllte John nochmals.

Lizzy schlang die Arme um ihren Oberkörper und schritt hilflos abwartend am Ufer entlang.

*Sie zogen Emma nach oben, quälten sie,* quälten Lizzy. Mit beiden Händen drückte sie auf ihre Augen, um die entsetzlichen Erinnerungen zu vertreiben. Ihr Magen krampfte sich zusammen, und ein saurer Geschmack stieg ihr in die Kehle.

Sie musste sich übergeben.

John und Smitt rührten sich nicht, aber Lizzy erkannte an ihren Mienen, was in ihnen vorging, während sie ungläubig die Köpfe schüttelten.

Ihre Furcht legte sich wie eine eiserne Faust um ihr Herz und drückte zu. Unterdessen schrie es in ihr *Findet ihn!,* aber das einzige Geräusch in der Stille waren ihre leeren Schreie.

# Kapitel 10

Broc tauchte schwer atmend aus dem Wasser, angetrieben von dem wilden Wettschwimmen in seinem Kopf. Fünf Atemzüge hatte er nur gebraucht, um den See zu durchqueren. Selbst Aiden hätte gegen ihn verloren.

Er vollführte ausladende Schwimmbewegungen und suchte im Nebel nach dem Ufer. Eine Weide ragte aus den milchigen Waben, die ihn zu der Stelle führte, an der er seine Kleider zurückgelassen hatte. Schließlich fühlte er Schlamm unter seinen Füßen. Gräser kratzten an seinen nackten Waden, als er am Ufer seine Sachen zusammensammelte. Er hatte gerade seine Hose angezogen, als er eine tiefe Stimme hörte, die seinen Namen rief.

Dann zerriss ein Schrei die Luft.

*Lizbeth!*

»Sie wurden entdeckt!«, hauchte er erschrocken, packte das Heft seines Breitschwertes und rannte los. Ein einzelnes Wort dröhnte in seinem Schädel: beschützen.

Er raste am Ufer entlang, wo es inzwischen beinahe stockfinster war. Trotzdem lief er barfuß immer schneller. Er würde sie nicht im Stich lassen.

*Nicht sie.*

Der Krieger in ihm drängte alle Gefühle beiseite und wappnete sich für die Schlacht. Seine Lunge brannte, und seine Finger spannten sich um das Schwertheft.

Ihre Schreie ertönten wieder und wieder, fuhren ihm wie Messerklingen in den Schädel. Warum hatte er sie allein gelassen?

Dann endlich sah er sie. Sie stand am Ufer, eingehüllt von dunklen Schatten, aber sie lebte, und er würde morden, damit es so blieb.

Sie hatte die Hände flach auf ihre Ohren gepresst, als wäre ihr das eigene Schreien unerträglich. Broc suchte das Ufer nach königlichen Garden ab, konnte jedoch niemanden außer Celeste entdecken, die zu John und Smitt starrte. Beide standen bis zu den Bäuchen im Wasser.

Verwirrt nahm er sein Breitschwert herunter. »Was ist los?«, rief er aus wenigen Meter Entfernung. Alle sahen zu ihm.

»Pisse und Nesseln!«, donnerte John, dessen Sorgenfalten als Erste wichen.

Lizbeth schien in sich zusammenzufallen, als sie rückwärts vom Ufer wegstolperte. Ihre Erleichterung schlug sofort in Wut um. Sie zog die Brauen zusammen, verengte die Augen. Diese Frau war wahnsinnig.

Als hätte sie seine Beleidigung gehört, stapfte sie auf ihn zu. Der gesamte Zorn der Hölle bündelte sich in seinem winzigen Engel. Sie stieß fest gegen seine Brust.

»Du bist ein Esel!«, schimpfte sie, wischte sich die Tränen ab und boxte ihn noch einmal. Dann rauschte sie schniefend an ihm vorbei zum Hügel.

Aus dem Augenwinkel sah Broc, wie Smitt einem tollwütigen Tier gleich aus dem Wasser gestürmt kam. »Ich bring dich um!«, brüllte er mit geballten Fäusten.

Broc wich dem Hieb aus, wenngleich so knapp, dass er den Lufthauch über seinem Kopf spürte. »Wenn ich einen Kampf will, befehle ich ihn, Cousin. Jetzt hör auf, und zieh dir deine Hose an!« Broc nutzte seinen Status, stellte jedoch zu seiner Verwunderung fest, dass er seine Macht nicht genoss.

John kam aus dem Wasser und nahm die Tunika, die Celeste ihm reichte. »Du solltest solche Spielchen lassen.«

»Was für Spielchen? Ich wollte meine Sachen holen, und da hörte ich sie schreien.« Er blickte sich nach Lizbeth um, die mit jedem Schritt kleiner wurde.

»Du bist über den See geschwommen?«, höhnte Smitt. »Der ist ziemlich breit, Cousin. Ich glaube dir nicht.«

»Nennst du mich einen Lügner?« Vom schnellen Schwimmen sowie der Aufregung hinterher angestachelt, provozierte er Smitt absichtlich.

Doch John stellte sich zwischen die beiden. »Schluss damit! Hier gibt es keinen Kampf. Deine Dame braucht dich. Sie glaubte, du wärst ertrunken, und war fast von Sinnen vor Angst.«

*Deine Dame.*

Broc korrigierte John nicht. Wäre er ehrlich, musste er gestehen, dass es sich richtig gut anhörte. Er wandte sich von den beiden ab und ging ihr nach. Er hielt gerade lange genug bei ihrem Lager, um eine Laterne mit einem Feuerstein zu entzünden.

Bald fand er einen dunklen Schatten inmitten eines Feldes von glockenförmigen blauen Blumen. Ihr Duft war so intensiv, dass Broc ihn hinten auf seiner Zunge schmeckte. Er folgte dem Singsang ihrer Zahlen durch die kniehohen Blumen, bis er direkt vor ihr stand. Unter ihren aufgebauschten Röcken lag sie mit angezogenen Beinen seitlich im Gras, die Hände von ihrem Rosenkranz umwickelt unter ihrem Kopf. Wie jung, unschuldig und einsam sie aussah!

Nachdem Broc sich den Flecken neben ihr plattgetreten hatte, plazierte er sich ebenso wie sie, so dass sie Zehen an Zehen, Knie an Knie und Auge in Auge lagen. Er stellte die Laterne zwischen sie, die nur für sie beide leuchtete. Sie sprachen nicht, während er an ihrem Blick abzulesen versuchte, was in ihr vorgehen mochte. Die Flamme färbte ihre Augen golden, was zu dem kostbaren Schatz passte, der sich in deren Tiefen verbarg.

»Jetzt gerade mag ich dich nicht«, ließ sie verlauten und senkte die Lider.

Er lächelte träge, brach eine kleine Blume ab und legte sie zwischen sie. »Vergib mir! Ich bin zur Weide zurückgeschwommen. Es war nicht meine Absicht, dich zu erschrecken.«

Sie sah erst zu der Blume, dann zu ihm. »Ich gestehe, dass ich leicht zu ängstigen bin, aber du hättest sagen können, was du vorhast, ehe du in einem Gewässer von der Größe Englands verschwindest.«

Dass sein Engel sich um ihn sorgte, ließ ihm ganz warm ums Herz werden. Das Mädchen hatte wirklich Angst um ihn gehabt. Ein Mann von seiner Statur und Stärke erlebte selten die kribbelnde Wärme, die es auslöste, wenn jemand um sein Wohlergehen bangte. Es war närrisch, doch ihm gefiel es, einen Schutzengel zu haben. »Ich bin geübt darin, den Atem anzuhalten, wie du weißt.« Er wollte sie zum Lachen bringen.

Sie aber schnaubte verärgert. »Hättest du nicht zur Weide gehen können?«

»Ich war nackt. Ich bin zur Weide geschwommen, um meine Sachen zu holen.«

Ihr Blick fiel auf seine Brust, während ihr einer Fuß sich ein wenig vorwagte, bis er seinen Zeh berührte. »Ich würde behaupten, du hast die meisten vergessen.«

Er streichelte ihre Zehen mit seinen, spielte und kitzelte sie, bis ihre verkniffenen Lippen sich entspannten. Dann schob er die Blume mit einem Finger zu ihr. »Tante Radella sagt, blaue Blumen seien gut gegen böse Träume.«

»Mutter behauptete, Glockenblumen brächten Unglück. In ihrer Sage heißt es, wenn man durch ein Feld mit ihnen geht, läuten sie die Elfen herbei, die einen mit Zaubern belegen.

Mutter erzählte mir viel, als ich ein Kind war, und meine Eltern glaubten fest, dass die Geister ihnen folgten.« Ohne den Blick von ihm abzuwenden, wand sie den Rosenkranz von ihren Fingern und steckte ihn in ihre Rocktasche. Dann nahm sie die Blumen auf, schloss ihre Finger darum und legte sie wieder unter ihre Wange. »Willst du wissen, warum ich Blumen so sehr liebe?«

»Ja.« Er hielt sich zurück, denn er war entschlossen, ihr die Zeit zu geben, die sie brauchte, um zu reden.

»Weil meine Mutter sie sehr gern mochte. Sie trocknete Blüten und verstreute ihren Staub überall, um unsere Hütte vor bösen Geistern zu schützen. Einmal schlichen wir uns davon, zu einem Markt, wo wir Fläschchen mit Duftölen und kleine Seifenriegel verkauften. Wir haben sogar einige von Vaters geschnitzten Vögeln verkauft. Das war das einzige Mal, dass ich London verließ. Meine Mutter wurde von einem Fieber befallen, als ich elf Lenze zählte.« Eine Träne kullerte über ihre Nase. »An dem Tag, als Gott sie mir nahm, gab sie mir ihren Rosenkranz und bat mich, Lilien auf ihr Grab zu legen.«

»Lizbeth, du musst nicht …«

»Willst du es denn nicht wissen? Du wolltest doch wissen, warum ich so ängstlich bin.«

Er vermutete, dass die Tochter ihres Vaters zu sein schon Grund genug war, aber er würde ihr zuhören, wenn sie ihm mehr erzählen wollte. Vielleicht befreite es sie. »Nur wenn du es mir erzählen möchtest.«

Lizbeth schöpfte zitternd Atem und blickte zu der Laterne. »Nach Mutters Tod schickte Vater mich zu der neuen Gemahlin des obersten Tower-Wächters, damit sie mich aufzog. Ihr Name war Emma. Sie zählte sechzehn Lenze und fürchtete sich schrecklich vor ihrem Ehemann. Mein Bruder war bereits seit einem Jahr bei Lord Hollister in der Lehre, als ich in den Tower zog.«

»Du hast dort gewohnt?«

»Ja, in einer Kammer, kleiner als die Zellen, in denen die Adligen untergebracht wurden.«

»Ohne Fenster?«, riet er und stellte sich die junge Lizbeth vor, wie sie zusammengerollt in einer dunklen Ecke kauerte.

»Es gab kein Fenster, aber es war nicht, wie du denkst. Ich durfte meine Kammer jederzeit verlassen, um in der Küche oder im Garten zu helfen. Ich zeigte Emma, wie man Düfte mischt, und es wurde zu unserer beider Leidenschaft, unserer Zuflucht vor der Wirklichkeit. Der Tower war kein solch entsetzlicher Ort zum Leben, wie die meisten denken. Ich hatte dort einige Freunde, und während der ersten Zeit war Kamden stets in meiner Nähe.«

»Und dein Vater?«

»Er tat seine Pflicht«, antwortete sie, als wäre der Mann, über den sie sprach, ein Bäcker oder Brauer.

Aber er wollte ihr nicht widersprechen, solange sie noch unter den Nachwirkungen ihres Schreckens litt. Deshalb schwieg er, was ihm schwerfiel, weil ihm unzählige Fragen durch den Kopf gingen.

»Ein Jahr nachdem ich zu ihnen gezogen war, gebar Emma einen Sohn. Drei Sommer später folgte ein zweiter Sohn. Jahre vergingen, ehe die ersten blauen Flecken auf ihrer Haut erschienen, zumeist an verborgenen Stellen. Ihre Augen verloren den Glanz, und sie ging kaum noch aus ihren Zimmern. Lord Hollister schlug Emma und misshandelte sie zum Vergnügen. Ich war zu jung, um zu begreifen, warum er das tat, und zu ängstlich, um ihn davon abzuhalten.«

»Konnte ihr denn niemand sonst helfen?«

Tränen schwammen in ihren Augen, und Broc wollte sie am liebsten in seine Arme nehmen und die Dämonen vertreiben, die sie in sich begraben hatte.

»Kamden hätte ihr gewiss geholfen, aber er wusste nichts, denn er hatte den Tower an dem Tag verlassen, als er vierundzwanzig geworden war, um Lord Hollister und dem Beruf unserer Familie zu entfliehen. Vier Jahre lang kämpfte er für England.«

»Gegen uns?«

Sie nickte. »Im letzten Herbst kehrte er zum Tower zurück und wurde furchtbar zornig, als er Emma sah. Sie war nur noch Haut und Knochen, und ich glaube, er sah die blauen Flecken, vielleicht sogar Narben unter ihren Kleidern.«

»Dein Bruder liebte sie?« Broc wünschte, er hätte den Mann kennengelernt, den Lizbeth über alle anderen stellte.

»Ja, schon seit Emma in den Tower gekommen war. Lord Hollister entdeckte sie bloß zusammen im Bett, weil Kamden entdeckt werden wollte. Mein Bruder plante, den Mann zu töten, aber Lord Hollister ließ ihn wegen Hochverrats einkerkern. Als oberster Wächter hatte er genügend Adlige auf seiner Seite, um mit dieser Lüge durchzukommen. Der König selbst unterzeichnete Kamdens Todesurteil. Am Tag darauf wurde er enthauptet.«

»Von deinem Vater?«

Lizbeth begann zu zittern, und ihre Tränen flossen beständig schneller. Broc spannte sämtliche Muskeln an, um sich nicht zu rühren. So gern er auch ihr Retter, ihr Beschützer und Held gewesen wäre, sie festgehalten und ihr das Haar aus dem Gesicht gestrichen hätte, tat er nichts, außer ihr zuzusehen, wie sie ihre Tränen vergoss.

»Lord Hollister zwang Emma und mich, auf dem Schafott zu stehen und es mit anzusehen. Mein Vater stand da und wartete, dass die Wärter ihm seinen einzigen Sohn zum Henkersblock brachten. Kamden war stolz und legte sein Kinn von sich aus in die vorgesehene Kerbe.«

Er hatte genug gehört. »Du brauchst nicht weiterzuerzählen.«

»Bitte!« Sie wischte sich die Augen. »Ich möchte, dass du es verstehst. Würdest du mich weiter anhören?«

Broc nickte.

»Nach der Hinrichtung offenbarte Emma Lord Hollister, dass seine Söhne in Wahrheit Kamdens wären. Sie war verrückt vor Kummer und wollte sich irgendwie an ihm rächen. Sie konnte ja nicht ahnen, was er Eli und Martin antun würde. Lord Hollister nannte sie öffentlich eine Ehebrecherin. Sie wurde an den Pfahlstuhl gebunden und acht Mal in den Fluss getaucht, bevor sie schließlich starb.«

»Und die Jungen? Hatte Kamden gewusst, dass sie von ihm waren?«

»Ja. Ich glaube, es war einer der Gründe, weshalb er fortging. Lord Hollister beachtete die Jungen nicht besonders, aber zumindest wuchsen sie ihrem Stand gemäß auf. Emma durfte sie zu Feiern und zur Messe mitnehmen, und sie verbrachten viel Zeit bei Edlynn. Kamden wahrte Emmas Geheimnis, weil er wusste, dass sie als Söhne des obersten Wächters ein besseres Leben hätten.«

»Besser als die Enkel des Scharfrichters.«

»Sie waren glücklich und frei von dem Fluch meines Vaters. Hätte Emma es für sich behalten, wäre alles anders gekommen.«

Broc wartete, denn er spürte, dass sie noch mehr erzählen würde. Während ihre Tränen langsam trockneten, sah sie ihm wieder in die Augen. All ihr Schmerz, ihre Trauer und ihre Sehnsüchte lagen in diesem Blick.

»Lord Hollister tötete meine Neffen«, fuhr sie schließlich fort, »und schwor mir, dass ich jeden Tag für die Sünden meines Bruders bezahlen würde … für den Rest meines Lebens.«

Broc schmerzte das Herz. War es das, was er für sie empfand: Mitleid? Oder war es etwas Größeres? Sah er in ihr, was niemand sonst gesehen hatte, niemand hatte sehen können, da sie nun einmal die Henkerstochter war?

»Sechs Monate lang war ich Lord Hollister zu Diensten, sorgte für ihn, kochte für ihn. Ich tat alles, außer mit ihm das Bett zu teilen, was er jedoch auch noch verlangen wollte, wie er sagte. Er wollte sich ein anderes Weib nehmen und mich zu seiner Mätresse machen, um meine Familie für das zu bestrafen, was mein Bruder ihm geraubt hatte. Also stahl ich ihm das Dokument, denn ich wusste, dass seine Verbindung zu Buckingham ihn an den Galgen bringen würde.«

Egal, wie sehr Broc sich wünschte, ihr Dokument seinem König auszuhändigen, er würde es ihr auf keinen Fall wegnehmen. Sie hatte es sich verdient. Dennoch wollte er sie verdammt noch mal nicht in Gloucesters Händen lassen! Der Mistkerl zog womöglich in eine neue Schlacht und fort aus dem Norden. »Du bist ein starkes Mädchen, dass du solch ein Leben überstanden hast.«

Wut blitzte in ihren Augen auf. »Ich habe es dir nicht erzählt, weil ich dein Mitleid wollte!«

»Warum dann?«

Sie setzte sich auf, und er richtete sich ebenfalls auf, damit er sie zurückhalten konnte, falls sie weglaufen wollte.

»Weil ich dir begreiflich machen wollte, dass ich Ängste habe, für die es Gründe gibt. Ich bin nicht bloß die Henkerstochter. Ich bin Lizbeth Ives.« Sie ergriff seine Hand und legte sie auf ihr Herz. »Ich bin eine Frau. Ich fühle, atme, hasse und …«

»Und begehre?«, fragte er und betete, dass es wahr war. Ihr Puls schlug unter seiner Hand. Sein eigener ging doppelt so schnell und erinnerte ihn daran, dass er ein Mann war, der fühlte, atmete, hasste und …

»Und begehre«, beendete sie schließlich seinen Gedanken und antwortete damit gleichzeitig auf seine Frage.

Nicht einmal der große Achilles hätte ihn jetzt mehr davon abhalten können, sie zu berühren. Er strich mit seinen Fingerrücken über ihr Schlüsselbein, so dass ihre Brustwölbungen sich seinen Fingerspitzen entgegenhoben. Was er an Selbstbeherrschung besitzen mochte, verflog in dem Augenblick, in dem sie ihre Hand auf seine legte und fester auf ihren Busen drückte.

Blut schoss ihm in die Lenden und ließ sein Verlangen rasant ansteigen. Er zog sie auf seinen Schoß, tauchte seine Hände in ihr Haar und beugte ihren Kopf nach hinten. Sie blickte ihn mit einer Intensität an, die ihm die Haut versengte.

Diese wunderschönen, goldenen, vertrauensvollen Augen würden ihn bis ans Ende seiner Tage verfolgen. »Lizbeth«, flüsterte er. Eigentlich wollte er mehr sagen, aber sie legte ihm einen Finger auf die Lippen.

Sie ahnte nicht, dass mit dieser simplen Geste der Rest seines Widerstands schwand.

Er neigte sich zu ihr, presste seinen Mund auf ihren und wusste, dass er sie niemals zurücklassen würde.

Lizzy erwiderte seinen Kuss voller Leidenschaft, fest entschlossen, ihre mangelnde Erfahrung zu verbergen. Sie öffnete ihre Lippen weit und neckte seine Zunge. Die Freiheit, die sie empfand, nachdem sie ihm ihre Geheimnisse offenbart hatte, hatte einen Platz in ihrem Herzen geöffnet, den sie nun mit Erinnerungen an ihn füllen wollte. Obgleich ihre Absichten selbstsüchtig waren, schien er überaus gewillt, ihr zu geben, was sie sich wünschte.

Ihre Finger packten seinen starken Arm, klammerten sich an die festen Muskeln, während er an den Bändern ihres Mieders riss. Vor Erregung wurden ihre Brustspitzen hart und sehr empfindlich. Ein frustriertes Stöhnen erbebte in ihrer Kehle, denn der schwere bestickte Damast ihres Mieders schloss sie wie eine eiserne Brustplatte ein. Sie kannte Gefangensein, kannte die hohle Einsamkeit innerhalb dicker Mauern, aber nie hatte sie sich gefangener gefühlt als jetzt in ihren Kleidern. Sie wackelte mit ihrem Po, wand sich ungeduldig, weil ihr Leib verzweifelt danach verlangte, aus seiner Rüstung befreit zu werden.

Endlich gab Lord Maxwell nach und zog ihre Röcke bis zu ihren Schenkeln hoch.

Seufzend warf sie ihren Kopf in den Nacken und sah zu den blinkenden Sternen auf. Sie prägte sich den Anblick ebenso ein wie den Duft der Glockenblumen und das Gefühl seiner Lippen auf ihrem Hals. Er machte ihr ein Geschenk, das sie auf ewig in Ehren halten würde – einen Traum, der ihr gegen ihre Albträume helfen würde.

Zähne knabberten zärtlich an ihrem Ohrläppchen, und kühle Luft wehte zwischen ihre Knie. Seine starke Hand glitt über ihre Wade, die Kniekehle hinauf zu ihrem Schenkel. Gänsehaut bildete sich auf ihrer Brust. Gleichzeitig regte sich ein Kribbeln in ihrer Scham, so dass sie ihre Beine weiter spreizte.

*Berühre mich* … Sie war von Sinnen vor Lust. »Broc, schenk mir eine Erinnerung!«, hauchte sie.

Plötzlich hielt er inne, und dann waren seine Hände fort, so schnell, dass ihr der Atem stockte. Fragend blickte sie ihn an. Seine dunklen Züge vermengten sich mit dem Nachthimmel, und seine silbergerahmten blauen Augen schauten ihr geradewegs in die Seele.

»Es ist falsch von mir, nach dir zu verlangen«, erklärte er hörbar angespannt.

Zum Teufel mit ihm und seinem Gerede! Ihre Haut brannte überall, ihre Brüste schmerzten, und das Pochen zwischen ihren Beinen war kaum mehr auszuhalten! »Es ist nicht falsch, wenn ein Mann und eine Frau zusammen sein wollen.«

»Was du mir anbietest, gehört deinem Ehemann. Ich habe kein Recht, es mir zu nehmen.« Zitternd zog er ihr die Röcke wieder über die Knie.

»Ich gehöre keinem Ehemann, und ich beabsichtige nicht, jemals einen zu haben. Was ich anbiete, gehört allein mir.« Lizzy verfluchte sein Ehrgefühl, auch wenn sie ihm ansah, welche Bürde auf ihm lastete. Warum musste er in diesem Moment von Ritterlichkeit heimgesucht werden?

»Du wirst eines Tages heiraten und Kinder bekommen.« Er küsste sie auf die Stirn und stand mit ihr auf. Ihre Beine waren ein wenig wackelig.

»Ich kann niemals Kinder haben, solange ich in England lebe.«

Er kratzte sich die Arme und blies die Laterne aus. »Dann ist es ein Glück, dass ich dich nach Schottland mitnehme.«

»Wie bitte?« Lizzys Widerstand regte sich. »Du hast mich belogen! Ich muss nach York, unbedingt, und nicht nur um meines Vaters, sondern um Englands willen!«

»Dein Vater hat deine Treue nicht verdient. Trotzdem begleite ich dich vorher nach York, also kannst du aufhören, mich böse anzufunkeln. Falls Gloucester der Mann ist, für den du ihn hältst, wird er deine Mühen belohnen und deinen Vater von seiner Pflicht entbinden. Was Lord Ives mit seiner Freiheit zu tun gedenkt, liegt ganz bei ihm. Ohne das Dokument jedoch wird dein Leben wertlos sein, und dein Wissen um den Verrat bringt dich in größte Gefahr. Deshalb bringe ich dich hinterher über die Grenze.«

Er machte sie sprachlos. Noch dazu konnte sie nicht sagen, wie oder was sie empfand. Auf jeden Fall war sie wütend, und das sogar sehr. Was maßte er sich an, sie zu bevormunden und ihre Entscheidungen zu fällen? Es kam ihm nicht zu, über ihr Leben zu bestimmen! Das Einzige, was ihren Zorn bändigte, war das Bild, das er ihr von Schottland gemalt hatte. In Lizzys Phantasie war es ein magisches Land.

Bisher hatte sie kaum über ihre Zukunft nachgedacht. Dass ihr Vater frei und Lord Hollister für seine Verbrechen bestraft wurde, war alles, worum es ihr gegangen war. Aber hatte sie erst mit Gloucester gesprochen, dürfte sie sehr wohl genießen, was ihr Schottland zu bieten hatte. Sie war nicht so närrisch, zu glauben, Lord Maxwell trüge ihr die Ehe an. Er bot ihr lediglich die Möglichkeit, unter seinen Leuten zu leben, wo sie Liebe und Freundschaft von jenen erfahren könnte, die sie so kennenlernten, wie er es tat. Und dass es ihr wichtig war, unverheiratet zu bleiben, verstand er zweifellos.

Ihr Fuß sank in Schlamm ein. Lizzy hatte gar nicht bemerkt, dass sie immer weiter gegangen waren und das Seeufer erreicht hatten. Obgleich die Mondsichel sehr schmal war, bot sie nun, da sie hoch am Himmel stand, ausreichend Licht, um die ganze Landschaft mit einem silbrigen Glanz zu überziehen. Aus dem Wald drangen feierliche Nachtklänge, und erst jetzt fiel ihr auf, dass Lord Maxwell schwieg.

Als sie ihn ansah, bemerkte sie, dass er schmunzelte. »Warum lächelst du?«

»Weil du nicht mit mir zankst.«

»Ich überlege noch, wie ich meinen Widerspruch am besten ausdrücke.« In Wahrheit aber dachte sie an die Menschen, die sie kennenlernen würde: seine Mutter, seine Brüder, seine Tanten und Schwestern sowie seine Großmutter. Letztere würde Lizzy gewiss die Liebste sein, denn sie bezweifelte, dass diese Frau ein solch unleidliches altes Weib war, wie Lord Maxwell behauptete. Vor lauter Vorfreude platzte sie beinahe und drückte ihm die Hand.

»Spar dir deine Puste, denn es ist alles beschlossen!« Er ließ ihre Hand los und kratzte sich am Unterarm. »Wenn du mir jetzt vielleicht deinen Ehrenpreis geben könntest, um das Jucken zu lindern.«

»Ja, Mylord«, stimmte sie strahlend zu. Wie sollte sie ihm jemals danken? »Glaubst du, dass ich dort glücklich sein werde?«

»So glücklich, wie man in einem Kloster sein kann. Dryburgh wird sich nicht sehr von Fountains Abbey unterscheiden. Aber ich kenne und vertraue den Geistlichen dort. Und nach einer Weile könnte ich dich zum Hof in Edinburgh bringen, wo du dir einen Gemahl aussuchst. Bis dahin bist du bei Bruder Mel sicher. Du wirst ihn mögen. Er ist immerzu gut aufgelegt, scherzt und veranstaltet Spiele. Und es gibt dort einen Garten …« Er redete weiter, doch sie hörte ihm nicht mehr zu.

Gesenkten Hauptes ging sie neben ihm her, beschämt von ihren albernen Gedanken. Unter den Sternen mochte er sie als eine Frau sehen, aber die Gesellschaft kannte sie nur als eines: die Henkerstochter. In Schottland wäre es nicht anders. Der Fluch, der auf ihr lastete, würde überall verhindern, dass die Leute sie als ihresgleichen annahmen. Zwar wies Lord Maxwells Entscheidung ihn als nobel aus, aber dass er sie in ein Kloster stecken wollte, machte ihn nicht besser als alle anderen.

# Kapitel 11

Etwas Spitzes stach Broc in die Drosselkuhle unten an seinem Hals, und er schlug die Augen auf.

Drei dürre Engländer standen im frühen Morgenlicht über ihn gebeugt, schwarze Kappen auf den Köpfen und in dunkelrote Seidenwamse gekleidet. Sofort griff er nach Lizbeth, aber die Wolldecke neben ihm war leer. Er ballte die Fäuste. »Ihr werdet dem Mädchen um eurer selbst willen nichts tun.« *Oder ich töte jeden Einzelnen von euch sehr langsam.*

Der mit dem Schwert neigte seinen Kopf und sah erst auf Brocs Faust, dann auf das alte Symbol an seinem Arm. »Und du hast welchen Rang inne, um die Wachen von Yorkshire zu bedrohen?«

*Beim Gekreuzigten!* Es handelte sich um Gloucesters Mannen. »Ich diene Gloucesters Bruder, von dem dir vielleicht schon zu Ohren kam. Er hört auf den Titel ›Seine Majestät‹. Wenn du nun bitte seine Waffe von mir nehmen würdest, bevor ich dir demonstrieren muss, mit welchem Mangel an Gnade er herrscht.«

Seine Worte sorgten für ängstliche Blicke, und der Yorker zog sein Schwert zurück. »Verzeih! Du trägst kein Wappen, und ein Mal wie das auf deinem Arm habe ich noch nie gesehen.«

Broc sprang auf, wobei er darauf achtete, seinen Rücken nicht zu zeigen, und sprach ein stummes Dankgebet für die Idiotie der Engländer. Um die Lage einzuschätzen, sah er sich zunächst um. Sein Blick fiel auf Lizbeth' schmale Gestalt, und er war maßlos erleichtert. Sie kam durch das hohe Gras herbeigeschlendert, ihr Blick auf ihre Füße gesenkt und den obersten Rock mit Unmengen an Blumen gefüllt.

»Mein Wams liegt am Ufer, und das Mal ist ein Symbol meines christlichen Glaubens.« Broc beschloss, dass es das Klügste war, sich den Yorkern freundlich zu zeigen, auch wenn er jederzeit bereit war, sie niederzuschlagen, sollten sie seine Lügen in Frage stellen. »Ich bin Sir Julian Ascott, Wächter und edler Ritter eures herrschenden Königs. Als einer von drei Garden begleite ich eine Dame und ihre Zofe auf Befehl unseres sterbenden Königs nach Middleham Castle.« Er sprach betont eloquent und überheblich.

»Sterbend? Ist Seine Majestät krank?« Der offensichtliche Anführer der drei rieb sich den Nacken und spuckte aus. Ohne Achtung vor seiner Waffe rammte der Yorker sein Schwert in die Erde und stützte sich auf das Heft. Dieser Mann besaß eindeutig den Scharfsinn einer Nisse.

»Ja. Es geht das Gerücht, König Edward habe sich bei einem Angelausflug ein Fieber zugezogen.« Broc erwog, sie auf der Stelle mit seinem *Sgian dubh* niederzumetzeln, das er in der Hand verbarg, doch sollte Lizbeth in dem Moment zufällig aufsehen, wäre sie gewiss empört.

Als er über die Schulter des Yorkers blickte, erkannte er, dass sie erstarrt dastand und ihn anschaute. Um ihr die Angst zu nehmen, winkte er sie zu sich.

Narren, die sie waren, drehten alle drei sich gleichzeitig zu ihr um und ihm den Rücken zu. Broc nutzte die Gelegenheit, um sich nach den anderen umzublicken. Celeste und John lagen nicht mehr auf ihren Wolldecken, wohingegen Smitt bäuchlings auf seiner lag, Arme und Beine weit von sich gestreckt und sein weißer Hintern strahlend im ersten Licht. Wenn sein Cousin schlief, schlief er.

»Untersteht die Frau deinem Schutz?«, fragte der Yorker

und kratzte sich am Sack. Deutlicher hätte er kaum zeigen können, was er gerade dachte.

Broc hätte das Schwein am liebsten aufgeschlitzt, und unwillkürlich glitt ihm der Griff seines *Sgian dubh* in die Hand. »Sie ist Lady Lizbeth Ives und führt eine versiegelte Botschaft vom Duke of Buckingham bei sich. Meine Pflicht ist, sie sicher nach Middleham zu eskortieren, wo sie die Botschaft dem Bruder des Königs übergibt.«

»Ist sie von königlichem Geblüt?«

»Hast du ein Auge auf sie geworfen, Sir?«, spielte Broc mit.

Bei seinem schmierigen Grinsen entblößte der Mann krumme gelbe Zähne und knuffte den Mann neben sich. »Ich würde sie nicht aus dem Bett schubsen.«

»Nicht? Ihr Vater könnte es indessen. Sie ist die Tochter des obersten Henkers Seiner Majestät.« Broc war hochzufrieden, als er die angewiderten Mienen der drei betrachtete. Noch dazu schrumpften die Wölbungen in ihren Hosen erstaunlich schnell. »Mein Rat an euch, gute Herren: Lady Ives ist nicht ganz beieinander.« Er tippte sich an die Schläfe.

»Ist sie toll?«

Als er näher hinsah, erkannte Broc das Heft seines Breitschwertes, das über ihrer Schulter aufragte, und seine Dolche unter ihren Unterarmen. Die Kleider, die er am Ufer zurückgelassen hatte, hingen über ihrer anderen Schulter. Innerlich musste er lachen, während er ihre Erscheinung nutzte, um die drei Yorker in Angst und Schrecken zu versetzen. »Ja. Es ist eine schwierige Pflicht, eine Dame zu beschützen, die so viele Waffen bei sich trägt. Ich bin immerfort damit beschäftigt, ihr die zahlreichen Klingen abzuluchsen.«

Alle drei Yorker traten vorsichtig zurück, als Lizbeth zu ihnen kam. Sie stellte in vielerlei Hinsicht eine widersprüchliche Erscheinung dar: Barfuß stand sie dort, der Inbegriff sinnlicher Weiblichkeit mit ihrem Schmollmund und ihrem exotischen Duft, und gleichzeitig verbarg sie ihre Geheimnisse wie ihre Sinnlichkeit hinter einer ehernen Rüstung.

Broc griff in ihre seidigen Locken und tat, als würde er darunter den *Sgian dubh* hervorziehen, den er bereits in seiner Hand versteckt hatte, und hielt ihn dem gaffenden Trio hin. Er steckte das schwarze Messer in seine Hose, bevor er ihr die Dolche abnahm, die sie unter den Armen trug. »Lady Ives, wir haben doch schon wiederholt darüber gesprochen, dass es überflüssig ist, dich zu bewaffnen.«

Nachdenklich zog sie die Brauen zusammen und sah ihn sowie die drei anderen an. »Ja, Sir.«

Das Mädchen war klug, nichts weiter zu sagen. Broc schnappte sich seine Tunika und den dunkelroten Wams, die sie ihm brachte.

»Lady Ives, diese drei feinen Herren sind Yorkshire-Gardisten«, erklärte er und schlüpfte in die Kleider. »Vergebt mir!« Er blickte zum Anführer. »Ich glaube, ihr nanntet eure Namen bisher nicht.«

Während die Männer sich stammelnd vorstellten, drehte Broc Lizbeth um und entfernte das Breitschwert von ihrem Rücken. »Dann lauf, Mylady! Hol Beatrice, und mach dich zum Aufbruch bereit!«

»Wie du wünschst.« Sie lief auf den Waldrand zu.

»Ist Beatrice ihre Zofe?«, fragte der Yorker, der sich Oliver nannte und ihr äußerst interessiert nachsah.

»Nein, Beatrice ist ihr Haushuhn.« Die Verwunderung der drei war sehr zweckdienlich. Und sie dürften ungleich leichter in die bewachten Mauern von Middleham Castle gelangen, wenn die drei ihnen halfen. »Würdet ihr Herren uns vielleicht auf der letzten Etappe unserer Reise begleiten?«

»Ich denke, darüber ließe sich reden.« Oliver steckte sein

Schwert in die Scheide und verschränkte die Arme vor seiner Brust.

»Wie klingen fünfzehn Dukaten in Seiner Majestät Münze?«

Oliver blickte zu seinen Kumpanen, die beide nickten. »Wir sind dir mit Freuden zu Diensten, edler Herr. Dürfen wir eure Pferde aufzäumen?«

»Ihr dürft.« Broc hoffte, sie wären damit lange genug beschäftigt, dass er die anderen in seinen Plan einweihen konnte.

Lizbeth wartete schon auf ihn. Sie hatte ihre Blumen auf die Erde geschüttet und lief besorgniserregend schnell auf und ab. Als sie zu ihm sah, kniff sie die Augen ein wenig zusammen. »Du sprichst mit ihnen, als würdet ihr für denselben König kämpfen. Sie sind Engländer!«

»Genau wie du. Seltsam, dass du sie mehr fürchtest als ich.«

»Mir fehlt heute Morgen die Geduld für deine Scherze«, konterte sie und stemmte ihre Fäuste in die Hüften. Beinahe hätte er gelacht.

Ein klein wenig verrückt war sie vielleicht doch. Auf jeden Fall besaß sie eine Menge Feuer. Ihr Temperament war schwer zu bändigen. Wie es schien, hatte sie sämtliche brave »Ja, Mylords« und »Nein, Mylords« gestern Abend in der Glockenblumenwiese aufgebraucht. Denn obgleich sie sich nach außen unterwürfig gab, enthüllte sie mit jedem Tag mehr von dem, was in ihr steckte. Und momentan war es Wut. »Traust du mir immer noch nicht?«

»Nein. Dein Schwur, mich zu beschützen, ist abgegolten, bezog er sich doch einzig darauf, mich aus London zu geleiten. Was gewinnst du, indem du mich nach York eskortierst?«

Er packte ihr Mieder vorn und zog sie unsanft zu sich. »Es wäre durchaus möglich, dass ich dich gewinnen möchte.«

Sie entwand sich ihm. »Das ist eine Lüge. Du hättest dich meiner längst bemächtigen können, sei es mit meiner Zustimmung oder mittels Gewalt. Aber du hast mich abgewiesen.«

Das Mädchen hatte offenbar viel nachgedacht, und sie redete wie eine verschmähte Frau. »Ich wies dich ab, weil ich ehrbar bin.«

»Zum Hades mit deiner Ehre! Besäßest du wahre Ehre, wärest du bereits nach Hause zurückgekehrt.«

Broc wich einen Schritt zurück und ballte seine Fäuste. Er begleitete sie quer durch England, stand zu seinem Schwur, sie zu beschützen, bot ihr an, sie mit in sein Heimatland zu nehmen, und sie beleidigte seine Ehre? Ihre Worte trafen ihn tiefer als jede Kampfwunde. Bruder Mel hatte ihn Respekt vor den Sakramenten gelehrt. Und Broc wies sie ab, weil er ihr nicht ohne Heirat die Unschuld nehmen wollte. Eine Ehe mit ihr jedoch wäre weder im Interesse seines Clans noch seines Landes.

Lizbeth blickte an ihm vorbei, und er drehte sich ebenfalls um.

Die Engländer starrten sie an, als wären ihr plötzlich Flügel und ein Schwanz gewachsen.

»Warum sehen sie mich so merkwürdig an?«

»Weil sie dich für wahnsinnig halten.«

»Und wie kommen sie darauf?«

»Ich habe es ihnen erzählt. Benutze deinen Verstand, Mädchen! Wir sind im Begriff, das Reich von Englands Protektor zu betreten, und sie bringen uns zu ihm.«

Zu einem Mann, dem sie vertraute und den er verachtete.

Lizzy folgte Lord Maxwell – oder vielmehr: Sir Julian Ascott – durch die belebten Straßen, die zur Burg von York führten. Nach einem weiteren Tag zu Pferde hätten ihr eigentlich Beine und Rücken schmerzen sollen, aber ihr Körper schien den heutigen Tagesritt besser zu verkraften. Der Lärm der Stadt erinnerte sie an London: das Glockengeläut, das muntere Stimmengewirr der Höflinge in ihren bunten Seiden- und Brokatgewändern, die Rufe der Marketender, die ihre Waren feilboten, von Teppichen und Gobelins bis hin zu goldenen und silbernen Bechern.

Obgleich sie eine gewisse Vorfreude empfand, wuchsen ihre Bedenken, je größer die steinernen Türme von Middleham Castle vor ihr aufragten. In London war der Duke of Gloucester ein Mann gewesen, der ihr mit sanfter Hand seine Hilfe angeboten hatte. Er hatte ihr am Tag von Kamdens Hinrichtung mit seinem eigenen Tuch die verrotteten Früchte vom Gesicht gewischt. Im Norden hingegen war er ein König für seine Leute, bewacht und verehrt wie König Edward.

Aus Gründen, die sie nicht kannte, hasste Lord Maxwell ihn abgrundtief. Naturgemäß hegte ihr schottischer Beschützer ohnehin keine Zuneigung für die Engländer. Trotzdem war es ihm gelungen, das Vertrauen der drei Engländer zu gewinnen, die nun im Begriff waren, ihnen Einlass in die Festung zu verschaffen.

Als sie die nördliche Zugbrücke überquerten und unter dem eisernen Fallgitter hindurchritten, musterte Lord Maxwell die Burg. Ein träges Lächeln trat auf seine Züge, und er zwinkerte Lizzy zu. Frostiges Unbehagen überkam sie, und unwillkürlich zog sie die Zügel ein wenig zurück. Sie brachte einen Schotten in eine Stadt, deren Herrscher sich brüstete, die nördlichen Nachbarn zu brechen. Lord Maxwell hätte sie ohne weiteres allein mit den Yorkern in die Festung schicken und zur Grenze weiterreiten können. Stattdessen schien er entschlossen, an ihrer Seite zu bleiben, als freute er sich auf den Moment, in dem sie Gloucester von Buckinghams Verrat unterrichtete.

Zunächst einmal aber wurden sie von den Ratsherren empfangen, die ihnen Quartiere in der Burg zuteilten. Lord Maxwell sprach mit einem Sekretär und vereinbarte eine Audienz beim Herzog für den folgenden Morgen. Wie dumm sie gewesen war, zu glauben, sie könnte in Gloucesters Burg marschieren und eine Gegenleistung für die Nachrichten fordern, die sie brachte!

Lord Maxwell, John und Smitt nahmen die Einladung an, mit den edlen Rittern Yorkshires in der großen Halle zu feiern, während Celeste und Lizzy sich in die ihnen überlassenen Gemächer zurückziehen würden. Obwohl die Diener sie respektvoll behandelten, war Lizzy nicht wohl dabei, von ihrem Beschützer getrennt zu sein.

Ein Mädchen brachte sie eine Turmtreppe hinauf und einen mit Teppich ausgelegten Flur entlang, der von Binsenlichtern hell erleuchtet war. Die schmächtige junge Frau öffnete eine Tür. »Solltet Ihr irgendetwas brauchen, schickt Eure Zofe in die Dienerquartiere unten hinter der Küche. Ich lasse Euch gleich ein Bad bringen.« Mit diesen Worten verneigte sie sich und ging einige Schritte rückwärts, bevor sie stehen blieb.

Lizzy sah sie verwundert an, bis sie begriff, dass sie darauf wartete, von ihr entlassen zu werden. »Danke. Das wäre alles.«

Nun eilte die junge Frau fort, ohne Lizzy ein einziges Mal ins Gesicht geblickt zu haben. Bei aller Freundlichkeit erinnerten die Bediensteten hier sie an geschundene Tiere – makellos gehorsam.

»Meiner Treu, Mylady, hast du jemals ein eleganteres Zimmer gesehen?« Celeste drehte sich auf dem mit Früchtemustern verzierten Teppich im Kreis. Ohne zu antworten, schob Lizzy die Satteltasche, die sie mitgenommen hatte, unter ein Bett, das groß genug für drei, wenn nicht gar vier war. Und es war nur eines von vielen Möbeln hier. Goldene Bänder rafften die Vorhänge am Bett wie an den Fenstern. Ein Holztablett voller heller und dunkler Trauben stand auf dem Tisch neben dem Bett. Wandlichter und zwei Kronleuchter spendeten angenehmes Licht, und der Duft war göttlich: ein Hauch von Minze, versüßt von einer Note, bei der es sich um Klee handeln musste. Es war fürwahr ein herrliches Zimmer, eher einer Prinzessin würdig als einer Frau ihres Standes.

»Komm, lass mich dich fürs Bad auskleiden, Mylady!« Celeste packte Lizzy in der Taille und wandte sie zum Bett um.

»Celeste, du musst mich nicht richtig bedienen. Du *spielst* bloß meine Zofe.« Lizzy hielt sich an einem der mit Blumenschnitzereien verzierten Mahagonipfosten fest, während Celeste die Bänder ihres Mieders löste.

»Das ist doch keine Arbeit, Mylady.«

»Und vor allem musst du mich nicht so unterwürfig anreden.« Lizzy hasste ihren Titel. Sie fand nicht, dass ihr dieselbe Anrede gebührte wie der Gemahlin eines Grafen oder Marquis.

»Für mich ist das alles ein bisschen überwältigend.«

»Für mich auch«, gestand Lizzy, die sich das Mieder mitsamt den falschen Ärmeln abstreifte. Als Nächstes wand Celeste ihre Röcke auf, bis Lizzy aus ihnen heraussteigen konnte. Sie genoss es, das Gewicht los zu sein, das sie seit Tagen mit sich herumschleppte. Vor lauter Leichtigkeit wurde ihr beinahe schwindlig. Sie legte den Rosenkranz ihrer Mutter auf den Tisch neben dem Bett, und Celeste holte ihr eine Robe aus dem Schrank.

»Zart wie ein Spinnennetz«, kommentierte Celeste und hielt ihr das leichte Übergewand hin, während sie wartete, dass Lizzy ihre Unterkleider ablegte.

Ein bisschen verlegen wandte Lizzy sich ab und zog sich die Untertunika über den Kopf.

Celeste stieß einen stummen Schrei aus.

*Verflucht!* Lizzy erstarrte.

Wie konnte sie so achtlos sein, ihre Narben nicht zu verbergen? Eilig schlüpfte sie in die Ärmel des Hausgewandes, wickelte das dünne Tuch um sich und gürtete es in der Mitte so fest, dass es auf ihren Bauch drückte. Celeste gab keinen Mucks von sich, auch wenn ihr unzählige Fragen durch den Kopf gehen durften.

Ein Klopfen an der Tür rettete sie vor Celestes Neugier. Drei Dienerinnen traten ein, die jede zwei Eimer ins Zimmer schleppte und eine Holzwanne mit dampfendem Wasser befüllte. Lizzy fühlte sich nackt in dem dünnen Gewand und blickte starr aus dem Fenster, das zum Fluss hinaus ging. Wasserdampf erfüllte das Zimmer, gefolgt von beruhigendem Schlüsselblumenduft. Erst als sie das leise Klicken der Tür hörte, drehte Lizzy sich wieder um.

»Dein Bad ist bereit, Mylady«, kicherte Celeste, die sich ein paar Trauben abpflückte und auf das Bett hüpfte. »Genau die richtige Federung.« Strahlend glitt sie mit einer Hand über die Seidenwäsche, ehe sie sich auf den Rücken fallen ließ.

Lizzy achtete nicht auf ihre anzügliche Bemerkung, zog sich die Robe aus, solange Celeste anderweitig beschäftigt war, und stieg in die Wanne. Warmes Wasser umfloss ihren Leib und entspannte ihre Muskeln. Seufzend lehnte sie ihren Kopf an den Wannenrand.

*Himmel!* Kein anderes Wort konnte dieses Gefühl beschreiben.

»Wie alt bist du?«

Lizzy verdrehte die geschlossenen Augen. Warum wollte in letzter Zeit jeder mit ihr plaudern? Es wäre unhöflich, Celeste nicht zu antworten – ganz gleich, wie gern Lizzy schwiege. »Dreiundzwanzig.«

»Ich frage mich, warum eine Frau von deiner Schönheit in deinem Alter nicht von ihrem Gemahl begleitet wird.«

Lizzy war in einem Zimmer mit einer Frau gefangen, die sie zweifellos mit Fragen überhäufen würde. »Je weniger du über mich weißt, desto eher bleiben wir Freundinnen.«

»Freundinnen haben keine Geheimnisse.«

Lizzy schnaubte. Ihre Geheimnisse würden diese Freundschaft ganz gewiss beenden. Auf einem Schemel neben der Wanne waren ein Stück Seife und Klettenwurzelöl für die Haarwäsche bereitgestellt. Lizzy setzte sich in der Wanne auf und begann, sich zu waschen. Unterdessen hoffte sie, dass Celeste nicht weiterreden würde.

»Ich bin keine, die eine Frau wegen ihres Lebenswandels verurteilt«, erklärte Celeste.

Ein Lachen entfuhr Lizzy, weil Celeste es anscheinend für möglich hielt, dass irgendein Mann sie im Bett wollte! »Du denkst, ich wäre eine Kurtisane, womöglich die Mätresse eines Londoner Adligen?«

»Deine Geheimnisse werden meine hohe Meinung von dir nicht ändern können. Wir haben schließlich alle welche.«

»Dann solltest du mir vielleicht erst deine verraten«, lenkte Lizzy wieder einmal geschickt von sich ab.

»Meine Mum war ihrem Gemahl vierzehn Tage nach dem Treuegelübde untreu. Und du errätst nicht, mit was für einem Mann sie ihn hinterging.«

Lizzy blickte zu ihr. »Mit einem Schotten?«

Celeste nickte und stopfte sich grinsend eine Traube in den Mund. »Schön verrückt, was?«

»Dein Vater war ein Schotte?«

»Kann sein«, antwortete Celeste achselzuckend. »Ich habe keine Ahnung, wer er war, und Mum auch nicht, schätze ich. Sie hat's bunt getrieben, fing sich Cupids Krankheit ein und starb, als ich noch klein war. Dasselbe wird Smitt passieren, wenn er seinen Schniedel nicht in der Hose behält.«

»O ja!«, stimmte Lizzy ihr zu, während sie sich die Zehen einseifte.

Celeste hockte sich auf die Bettkante und fingerte an dem fadenscheinigen Saum ihres Rocks herum. »Ich habe noch ein Geheimnis, ein richtig großes, von dem nicht einmal John weiß.«

»Erzähl!«, ermutigte Lizzy sie, obgleich die Aufforderung überflüssig sein durfte.

Celeste sah aus, als würde sie jeden Moment vor Aufregung platzen. »Bei mir ist etwas unterwegs.«

»Ein Kind?«

Celeste nickte, dass das Bett wackelte. »John und ich hatten schon Angst, dass uns keine Kleinen vergönnt sind. Wir sind seit zwei Jahren verheiratet, und letzten Monat hatte ich zum ersten Mal kein Monatsblut.«

»Das sind wundervolle Neuigkeiten!« Doch Lizzy war vor allem besorgt. Celeste musste achtgeben, denn die beschwerliche Reise war in ihrem Zustand nicht gut. »Du musst es John sagen.«

»Ich wollte ja, aber dann kamst du und Lord Maxwell. John und ich haben uns noch nicht wieder so richtig versöhnt, und da will ich lieber auf glücklichere Zeiten warten.«

*Glücklichere Zeiten.* Auf die wartete Lizzy bereits ihr ganzes Leben lang. »Egal, wie die Umstände sind: John wird überglücklich sein. Er wird ein guter Vater und du eine gute Mutter.«

»Danke.« Beim Anblick von Celestes tiefroten Wangen verspürte Lizzy einen Stich in ihrer Brust. Nein, sie würde der Freundin nicht neiden, was sie nie haben konnte.

Celeste strich sich das Haar aus dem Gesicht und überkreuzte ihre Knöchel. Sie wartete, hatte jedoch wenig Geduld.

»Jetzt habe ich dir zwei Geheimnisse erzählt. Du bist dran, Lizzy! Also, läufst du vor einem Ehemann davon?«

»Nein!« Lizzy wandte ihr Gesicht ab.

»Dann war deine Mutter vielleicht eine Kurtisane? Dein Vater ein Schotte?«, bohrte Celeste kichernd. »Oder, schlimmer noch, du wurdest vom Leibhaftigen selbst gezeugt?«, scherzte sie. Sie hatte ja keine Vorstellung, wie nahe sie der Wahrheit damit kam!

Lizzy legte die Seife beiseite und sank tiefer in die Wanne. Über kurz oder lang würde Celeste erfahren, wer sie war, denn nachdem sie Gloucester gesprochen hatte, wüsste es ganz Yorkshire. Folglich war es das Beste, wenn sie die Freundschaft gar nicht erst vertiefte. Sie schloss die Augen und wappnete sich für den Ekel und die Abscheu, die ihr gleich entgegenschlagen würden. »Warst du jemals in London, Celeste?«

»Ja, früher mit meiner Mum, in Cheapside.«

»Hast du dort einmal eine Hinrichtung gesehen?«

»Potztausend, nein!«

Lizzy konnte sie nicht sehen, aber der Gesichtsausdruck, den Celeste jetzt haben dürfte, war ihr allzu vertraut. »Der Wächter über Londons Missetäter bestimmt Männer, die ein Schafott errichten müssen, ähnlich der Bühne für ein Schauspiel. Männer, manchmal auch Frauen, werden vom Tower oder vom Newgate-Kerker zum Schafott gebracht, wo sie für ihre Taten bestraft werden.« Lizzy hielt die Augen geschlossen, während die Bilder in ihrem Kopf lebendig wurden. »Der Status der Person und die Schwere der Missetat entscheiden über die Strafe. Bei einigen wird ein Galgen errichtet, an dem man sie erhängt, bei anderen ein Henkersblock so aufgestellt, dass das Publikum mit ansieht, wie der Kopf abgeschlagen wird.«

»Warum erzählst du mir das?«, jammerte Celeste unglücklich.

»Willst du nicht wissen, wer ich bin?«

»Doch, das will ich.«

»Ein Mann überragt alle auf dem Schafott. Allein durch seine Anwesenheit bringt er jeden vor Angst zum Verstummen. Er ist der Mann mit dem schwarzen Kapuzenumhang, der das Beil schwingt oder an dem Seil reißt.«

»Der Henker?«

Lizzy atmete tief ein und spürte das Gewicht des gesammelten Hohns, Spotts und Widerwillens auf ihrer Brust. »Er ist mein Vater.«

Wie sie erwartet hatte, trat vollkommene Stille ein. Kein Kleiderrascheln, keine leisen Schritte, die sich entfernten, nur Stille. Sie musste die Augen nicht öffnen, um Celestes Ekel zu fühlen.

»Verdammt!«, vernahm sie Celeste nach einer halben Ewigkeit. »Wie gut, dass Lord Maxwell dich in London befreit hat!«

»*Mich* befreit?« Jetzt riss sie doch die Augen auf. »Ich habe *ihn* befreit, und aus unerfindlichen Gründen glaubt dieser arrogante Schotte, er dürfe über mich bestimmen! Gestern Abend verkündete dieser Narr allen Ernstes, er wolle mich nach Schottland mitnehmen!«

Celeste sprang auf, kniete sich neben die Wanne und lehnte ihre Arme auf den Rand. »Er nimmt dich zum Weib?«

»Nein! Er bringt mich zu einem Gotteshaus, auf dass ich den Rest meiner Tage in Einsamkeit verlebe.« Ihr Tonfall schockierte Lizzy selbst.

Einst war ihr Vorhaben so simpel und klar gewesen. Sie hatte dafür sorgen wollen, dass Lord Hollister seine gerechte Strafe bekam, dass ihr Vater von seiner Pflicht entbunden wurde und – das Schlichteste von allem – sie einen Platz fand, an dem sie heimlich ihre Düfte mischen konnte. Lord Maxwell hatte ihre Pläne in dem Moment zunichtegemacht, in dem er sie in dem dunklen Tunnel festhielt. Und nun sehnte sie sich nach so viel mehr.

»Der Mistkerl stiehlt dir deine Tugend, ruiniert dich für jeden anderen Mann, und dann will er dich in ein Kloster stecken? Dich vor allen verbergen? Er muss dich zum Weib nehmen!«

Lizzy lachte verbittert. Wenn jeder Mann die Selbstbeherrschung von Lord Maxwell besäße, könnten die Frauen dieser Welt ihre Keuschheitsgürtel im nächsten Fluss versenken! »Schon gut, Celeste! Meine Jungfräulichkeit ist unangetastet.«

»Tja, aber sie sollte es wohl besser nicht sein.« Celestes Worte waren ebenso anzüglich wie das Funkeln in ihrem Blick. Eindeutig heckte sie etwas aus. Lizzy sah, wie es in ihrem Kopf arbeitete, während sie mit einem Finger im Wasser rührte, so dass Lizzy kleine Wellen über die Schultern schwappten.

»Was schlägst du vor? Dass ich ihn verführe?« Allein das Wort auszusprechen, brachte Lizzys Zunge zum Kribbeln. »Ich verführe den Mann nicht, um eine Heirat zu erzwingen, die ich gar nicht will. Ich kann nicht heiraten, Celeste. Und ich möchte lieber nicht über die Gründe sprechen.«

»Wie du meinst.« Celeste tänzelte munter durch das Zimmer, sammelte Lizzys Kleider zusammen und ging zur Tür. »Ich bringe sie nach unten in die Wäscherei und frage nach frischen Nachthemden für uns. Brauchst du sonst noch etwas, Mylady?« Celeste schlüpfte mühelos in ihre Rolle zurück und machte sogar einen Knicks.

Lizzy traute ihr nicht, ging doch alles ein wenig zu abrupt vonstatten. Zudem könnte Celeste sich leicht verplappern, wenn sie mit den Bediensteten ins Plaudern kam. »Sei vorsichtig, mit wem du redest! Denk daran, wer dein Ehemann ist und in welcher Gefahr er schwebt, allein weil er hier ist! Vertraue niemandem!«

»Ich kann schweigen wie ein Grab. Genieße du dein Bad! Ich bin schnell wieder hier, und dann reden wir darüber, wie du Lord Maxwell verführst.« Die Tür fiel hinter ihr ins Schloss, und zum allerersten Mal seit Tagen war Lizzy ungestört.

Natürlich würden sie nicht über Verführung sprechen. Lord Maxwells Selbstbeherrschung war stärker als die Mauern des Towers, und Lizzy verspürte nicht das geringste Verlangen, abermals seine Zurückweisung zu fühlen.

Nachdem sie sich den Staub von drei Tagen heruntergewaschen hatte, folgte sie Celestes Rat und genoss einfach ihr wohlig warmes Bad.

Leider war es ein Fehler, die Augen zu schließen und ihren Gedanken freien Lauf zu lassen.

Prompt erschien Lord Maxwell in ihrem Kopf. Sie hörte seine Stimme, roch seinen muskatigen Duft, fühlte seine Lippen auf ihren.

»Lass mich in Frieden!«, sagte sie zu niemandem.

Ihre Augen fielen erneut zu, und da war er wieder – nackt und prächtig. *Zum Teufel mit seiner Hartnäckigkeit!*

Sie versuchte, sich auf ihre Zahlen zu besinnen, endete jedoch damit, die Male zu zählen, die seine Lippen in ihrer Phantasie ihre berührten. Als Nächstes versuchte sie, an unbelebte Gegenstände zu denken. Eine Tür – er schritt hindurch; ein Stuhl – er hängte seine Kleider über die Lehne; ein Bett – er liebte sie darin ein ums andere Mal, bis das Brennen in ihr endlich erloschen war.

Mit der Einsicht, dass sie den Verstand verloren hatte, gab sie auf. Sie spielte mit der Seife, strich den hellen Schaum über ihre Brüste, die sich plötzlich empfindlicher und voller anfühlten. Ihre Finger glitten über eine feste schmerzende Spitze. Als sie behutsam kniff, spürte sie, wie die Hitze geradewegs von ihrem Busen in ihren Schoß fuhr.

In ihren Gedanken waren es Lord Maxwells Finger, die das taten. Sie malte sich seinen Mund auf ihrer Brust aus, seine Hände auf ihrer nackten Haut, die sie streichelten, liebkosten und ihr unvorstellbare Wonnen bereiteten. Zwischen ihren Schenkeln pochte es, verlangend nach seiner Berührung. Lizzys Wangen glühten, so erregte es sie, an ihn zu denken.

»Gütige Maria!«, schalt sie sich laut. Noch niemals hatte sie sich selbst berührt, nie auch nur das Bedürfnis verspürt. Aber jetzt wanderte ihre Hand nach unten zu ihrem Schenkel, und Lizzy kämpfte mit ihrem ungestillten Verlangen.

Rote und goldene Banner hingen von dem Balkon im ersten Stock, wo sich Lautenspieler, Jongleure und Narren tummelten. Auf der Empore vor Broc tanzte eine spärlich bekleidete Frau, die sich durchsichtige rote Schleier um die Schultern drapiert hatte und goldene Armreife trug. Sie schlängelte ihre Arme über dem Kopf und bewegte verführerisch den Bauch im Takt zu ihren wiegenden Hüften. Die Tänzerin erinnerte ihn an Lizbeth – abgesehen von den schwarzen Haaren, den braunen Augen und den schmalen Lippen.

Was für ein Blödsinn! Sie ähnelte seinem Engel überhaupt nicht. Weder besaß sie Lizbeth' volle seidige Lippen noch ihre dunkelroten Locken oder das entschlossene kleine Kinn. Und ihre Augen wirkten furchtbar stumpf, verglichen mit dem feurigen Blick Lizbeth'.

Trotzdem war es immer nur Lizbeth, die er sah, wenn er die Frauen betrachtete, die ihren Tanz vor den lüsternen Rittern aufführten. Er wollte keine Dirne, egal, wie sehr die Dunkeläugige sich um seine Aufmerksamkeit bemühte.

Mit John und Smitt hatte man ihn in die große Halle geführt, wo Frauen tanzten, Höflinge auftischten und jeder Mann nach Herzenslust beides genoss.

»Ich bin gestorben und ins Paradies gekommen.« Smitt stand rechts neben Broc und drückte die üppigen Hintern zweier Mädchen in goldenen Ringen und dünnen Seidengewändern, die ihn umgarnten.

Sein Cousin verkraftete gewiss auch noch eine dritte für die Nacht, also konnte er Broc vor den kühnen Avancen der Tänzerin retten.

»Vielleicht lässt sie dich, wenn du ihr eine Münze gibst«, schlug John leise vor, weil er die Engländer nicht beleidigen wollte.

»Oder sie strengt sich noch stärker an, um mehr zu bekommen.« Broc ließ seinen Beutel im Wams und stürzte den restlichen Met aus seinem Becher herunter. Das alles hier machte ihn krank, war es doch nichts als eine protzige Zurschaustellung des Lotterlebens, das die Adligen führten.

»Verzeih, Mylord!«, unterbrach Celeste ihn, die händeringend neben ihm erschien.

Sofort suchte Broc nach Lizbeth, aber sie begleitete Celeste nicht. Stirnrunzelnd griff er nach seiner Waffe. »Was ist passiert?«

»Es ist wegen Lizzy. Zwei Männer kamen in das Gemach und …«

»Wo ist sie?« Die englischen Bastarde würden sterben, sollten sie Lizzy angefasst haben!

»Südwestturm, erster Stock, sechste Tür rechts«, antwortete Celeste und schubste John auf seinen Stuhl zurück, als dieser Anstalten machte, mit Broc zu gehen.

Er hätte ihn ohnehin kaum eingeholt, denn Broc rannte aus der Halle. Ihm war gleich, ob er sich verdächtig machte. Mit Riesenschritten sprang er die Turmstufen hinauf, die von goldenen Binsenlichtern erhellt waren. Es war ein Fehler gewesen, herzukommen. Sein Wunsch, Gloucester aus dem Norden zu vertreiben, brachte Lizbeth und sie alle in Gefahr. Er hätte sie gleich nach Schottland bringen sollen.

Einen Dolch in der Hand betrat er den Korridor und lauschte, ob er sie schreien hörte, während ihm der Pulsschlag am Hals flatterte. Eilig zählte er die Türen ab und stieß die sechste mit seinem Fuß weit auf, so dass sie innen gegen die Wand knallte. Ein Schwall feuchter blumenduftgeschwängerter Luft schlug ihm entgegen.

Auf einen erstickten Schrei folgte ein lautes Platschen.

Lizbeth drehte ihren Kopf so schnell zu ihm, dass ihre nassen Locken flogen. Ein kurzer Blick genügte, um Broc zu bestätigen, dass hier keinerlei Gefahr lauerte.

*Autsch!* Er war überlistet worden. Kein Engländer bedrohte Lizbeth' Leben. Vielmehr hatte Celeste ihn hinters Licht geführt. Er steckte seinen Dolch wieder ein und überlegte, ob er Celeste bei nächster Gelegenheit schelten oder ihr danken sollte.

»Bist du von Sinnen? Wo ist Celeste?«

Eine nackte Schulter ragte über den Wannenrand und lockte ihn auf eine Weise, gegen die er sich nicht mehr wehren wollte. »Ich fürchte, deine Zofe ist nach unten gegangen.« Er sah sich nach einem Handtuch um, konnte jedoch keines entdecken. Bis auf ein hauchdünnes Gewand, das auf dem Bett lag, war hier kein einziger Fetzen Kleidung. Broc lachte innerlich. Ja, Celeste hatte sehr gründlich geplant. »Wie es scheint, hat Celeste dich verlassen.«

»Dann geh sie holen!«, befahl Lizbeth und sank tiefer ins Wasser.

»Nein.« Broc versuchte nicht einmal, zu gehen, denn er war es gründlich leid, sein Verlangen nach dieser Frau zu ignorieren. Schließlich hatte sie ihn angefleht, ihr Erinnerungen zu schenken. Das sollte er tun – zum Teufel mit den Folgen!

Er schloss die Tür und näherte sich der Wanne. Lizbeth tauchte ihre Hände ins Wasser und bemühte sich, ihre Brüste zu bedecken. Ihre Wangen waren rosa gefärbt, ihre Haut von einem feuchten Film überzogen, und ihre Unterlippe schien noch voller, als er sie in Erinnerung hatte. Sein Engel sah eindeutig wie eine unbefriedigte Frau aus – wie Broc sie höchst selten in seinem Bett zu Gesicht bekommen hatte.

Er kniete sich halb vor die Wanne und stützte seine Ellbogen auf den Rand.

»Was meinst du mit Nein?« Auch ihre Augen waren eine Nuance dunkler.

Als sie schwer atmete, schwappte das Wasser an ihrem Schlüsselbein auf und ab. Broc blickte weiter nach unten, wobei ihre Hand seinem Blick folgte. Nun fehlte ihr eine Hand, um all ihre drei Schätze zu verbergen. Ihre Knie ragten ein wenig aus dem Wasser, etwas gespreizt und zitternd. Sie presste sie zusammen.

Hätte er es nicht besser gewusst, hätte er behauptet, dass sie äußerst erregt war.

»Ich meinte Nein. Du willst deine Zofe, dann geh sie selbst holen!«, antwortete er mit einem breiten Grinsen.

Sie schnaubte wütend, was kleine Seifenbläschen über das Wasser trieb. Derweil betrachtete Broc eine vollkommen geformte Brust, wohlgerundet und mit fest aufgerichteter Spitze. Unter seiner Erektion, gegen die er nichts auszurichten vermochte, wurden seine Hoden steinhart. Kein Ochsengespann würde ihn aus diesem Zimmer bringen!

»Reich mir ein Handtuch, und hör auf, mich anzugaffen!«

»Kann ich nicht.«

»Wieso nicht?«

»Weil du nackt bist.« Er tunkte seinen Zeigefinger ins Wasser und rührte ein bisschen. »Es ist heiß.« Immer noch schaute er die vom Wasser umgebene Brustspitze an. Sie sollte weich, rund und zartrosa sein. Stattdessen war sie so hart wie sein Gemächt. »Du bist erregt.«

»Was?!«, schrie sie, sichtlich außer sich vor Scham.

»Du bist allein, nackt in einem Bad, ganz deinen Gedanken überlassen, und du bist vollständig erregt. Leugnest du es etwa?«

Sie knurrte nur.

»Sag, Lizbeth, spricht Edlynn wieder zu dir?« Er glitt mit seinem Finger über ihren Hals bis hinunter ins Wasser. Zwischen ihren Brüsten hielt er inne und vollführte die Bewegung von Neuem.

»Ich will dein Spiel nicht spielen.« Sie biss sich auf die Unterlippe.

»Es ist kein Spiel. Erzähl mir, woran du dachtest, bevor ich ins Zimmer kam!« Er hätte es nicht für möglich gehalten, aber ihre Wangen wurden noch röter. Wellen bildeten sich um ihre bebenden Knie, und durch ihren heftigen Atem hoben sich ihre Brüste dichter an die Oberfläche. Die Versuchung war schlicht zu groß.

Er kniff sanft einen Nippel zusammen.

Mit einem Aufschrei packte sie sein Handgelenk, leistete allerdings keinen Widerstand, als er die kleine Knospe zwischen Zeigefinger und Daumen hin und her drehte. Ihr Kopf sackte leicht zur Seite, und ihre Augen zuckten hinter den geschlossenen Lidern. »O Gott!«

»Verrate mir«, begann er, während er beobachtete, wie ihre Knie sich langsam spreizten, »dachtest du an mich, oder gibt es einen anderen Mann, der dich brennen macht?«

Sie riss die Augen auf, die förmlich Funken sprühten. »Es

gibt keinen anderen Mann, wie du sehr wohl weißt! Und jetzt nimm die Finger von mir und trete zurück!«

Gehorsam tat er, wie sie ihm befahl, konnte jedoch nicht wegsehen. Er fühlte sich wie berauscht, aber der Schwindel in seinem Kopf rührte nicht vom Met, den er getrunken hatte.

Sie sah ihn wütend an. »Gib mir die Robe auf dem Bett!«

Wortlos nahm er das feine Leinen und hielt es ihr ausgebreitet hin. Bis zu der Stelle, an der er stand, brauchte sie mindestens drei Schritte. Doch zu seinem großen Erstaunen richtete sie sich in der Wanne auf, so dass ihr Wasser über die Schultern, die Brüste und geradewegs in das dunkle Lockendreieck zwischen ihren Schenkeln rann. Wahrscheinlich funkelte sie ihn böse an, was er weder bemerkte noch ihn kümmerte, denn sein Blick war vollständig von ihren phantastischen Beinen und ihrer glatten hellen Haut gebannt. An solch göttlicher Haut konnte ein Mann sich über Stunden ergötzen, genüsslich alle Stellen liebkosen, deren Berührung ihr ein Stöhnen und Seufzen entlockten. Er benetzte sich die Lippen und schluckte.

Blitzschnell entriss sie ihm die Robe und hüllte sich darin ein. Sie hätte indessen ebenso gut nackt bleiben können, denn im nächsten Augenblick hatte ihre nasse Haut den dünnen Stoff durchnässt, der alles durchscheinen ließ, angefangen von der weichen Rundung ihrer Hüften über die Konturen ihrer Schenkel bis hin zu den dunklen Kreisen ihrer Brustwarzen. Sie zurrte das breite Band an ihrer zierlichen Taille fest und senkte den Kopf. Wieder einmal versteckte sie sich.

»Danke für deine Hilfe, Mylord. Du kannst jetzt gehen«, sagte sie leise und wandte sich zur dunkelsten Ecke des Zimmers, während sie sich das Haar seitlich über das Gesicht strich.

*Nein!* Er wollte sie schütteln. Die sinnliche Frau verschwand, und statt ihrer kehrte die scheue, ängstliche Lady Ives zurück.

Mit zwei Schritten war er hinter ihr, legte eine Hand an ihre Schulter und fing die dichten nassen Locken ein, die er beiseitezog, um sie auf den Hals zu küssen. Er fühlte, wie ihr Leib erbebte. »Wo ist sie?«, flüsterte er ihr ins Ohr.

»Wer?«

»Die Frau, die das Feuer in dir zum Lodern bringt. Ich will sie wiederhaben!« Er knabberte an ihrem Ohrläppchen.

»Du hast sie abgewiesen.«

»Das war ein Fehler. Hol sie zurück! Ich werde sie kein zweites Mal zurückweisen.«

Ihr Kopf sank an seine Brust, und die Hände, die ihre Robe umklammerten, lockerten ihren Griff. »Du würdest sie umbringen, tätest du es.«

Er schob den dünnen feuchten Stoff auf ihrer Schulter beiseite und enthüllte einen vollkommenen braunen Schönheitsfleck. Diesen küsste er, sog an ihm und schabte mit seinen Zähnen darüber. Es gab kein Zurück mehr. Sie wollte ihn, und er würde sie nicht abweisen. Um die Schwierigkeiten, die sein Handeln ihm eintrug, würde er sich sorgen, wenn er wieder in Schottland war. »Ich weise dich nicht zurück.«

»Schwöre es bei deiner Seele!«

»Ich schwöre.« Er drehte sie in seinen Armen um und hob ihr Kinn an. »Alles wird gut. Bring sie zurück!«, flüsterte er und fing ihre Unterlippe mit seinem Mund ein.

Sie sog an seiner Oberlippe, allerdings nicht mit der Leidenschaft, von der er wusste, dass Lizbeth sie besaß. Er öffnete ihren Mund mit dem Daumen und inhalierte ihren Atem. »Ich will meinen Engel.«

Sehnsüchtig wartete er auf ihren Kuss, suchte ihn, verzehrte sich nach ihm. Dann, endlich, war sie da, befeuchtete seine Lippen mit ihren. Sie liebkoste seinen Mund mit köstlicher Zärtlichkeit, ehe sie mit ihrer Zunge in ihn eintauchte. Und mit jeder Bewegung, die ihre Lippen vollführten, spürte er, wie sie fordernder wurde.

Broc öffnete sich ihr ganz, um den Kuss zu vertiefen, und sie wimmerte leise, was in seinen Ohren wie hellster Glockenklang war.

Er hob sie hoch und trug sie zum Bett, wo er sie hinlegte. Ihre Augen glänzten, und ihre Lippen waren gerötet. Der Umhang fiel vorn auf, als sie die Beine aneinanderrieb – ihre phantastisch langen Beine. Die Spitze seines Glieds ragte oben aus der Hose. Er würde platzen, wenn er sie nicht nahm. Nachdem er seine Waffen scheppernd zu Boden geworfen hatte, streifte er sich die Stiefel ab und zog sich Wams und Tunika in einem aus. Zarte Stimmen in seinem Kopf mahnten ihn, sich sein Tun zu überlegen, aber sein Verlangen nach ihr löschte alle Bedenken aus.

Ein Knie zwischen ihren Schenkeln, sah er sie an. Die Eindringlichkeit, mit der sie ihn betrachtete, ließ sein Herz so fest pochen, dass es ihm gegen sein Rückgrat hämmerte. Ihre Lippen öffneten sich, und er küsste sie, auf dass alle Worte verstummten, während er mit einer Hand über ihren Schenkel und unter die Robe glitt, um ihr herrliches Hinterteil zu drücken. Ihre Finger spielten auf seiner Brust, seinen Armen, seinem Bauch, kitzelten ihn unterhalb seines Nabels. Er musste an sich halten, um das Tier in sich zu bändigen, das sie mit Haut und Haar verschlingen wollte.

Mit einem leisen Laut rieb sie sich an seinem Knie.

»Lizbeth, ich sollte dich warnen. Zuerst könnte es schmerzen, aber ich …«

Sie löste den Gürtel ihrer Robe, so dass er nicht weitersprechen konnte. »Ich habe weder vor dir noch vor dem, was geschehen wird, Angst. Ich mag unschuldig sein, aber …«

»Edlynn?«, fragte er rasch, um ihr die Erklärung zu ersparen, die er nicht hören wollte.

»Ja.«

Er strich mit einem Finger von ihrem Kinn bis zu den rotbraunen Locken hinunter. Sobald er ihren Venushügel berührte, hielt sie hörbar die Luft an.

»Ich verweigere dir und mir nichts mehr«, raunte er, beugte sich vor und ließ seine Zunge über eine harte Brustspitze flattern. Er neckte sie, biss sie sanft, kitzelte sie, bevor er sie in seinen Mund einsog. Gleichzeitig liebkoste er die andere mit seiner Hand.

Lizbeth tauchte beide Hände in sein Haar und drückte ihn fester an sich. »Broc!«, hauchte sie und spreizte ihre Beine. Sie wusste, was sie wollte, und er würde sie nicht zwingen, es auszusprechen.

Halb über sie gelehnt, küsste er sie erneut und glitt langsam mit einem Finger in die festen seidigen Lippen zwischen ihren Schenkeln. Sie schrie auf, doch er kannte keine Gnade. Sein Daumen umkreiste die unberührte Knospe, bis er fühlte, wie sie für ihn anschwoll. Er nahm noch einen Finger hinzu und neckte sie, bis ihre Zehen sich zusammenkrümmten, ihr Leib erbebte und ihr Atem zu kleinen wimmernden Lauten wurde. Sie krallte ihre Finger in das Laken, um sich an etwas festzuhalten.

Ihre Erregung war erstaunlich groß.

»Heilige Maria!« Sie bog ihren Rücken durch.

Ein Schwall Flüssigkeit floss über seine Hand, der ihn schockierte. Noch nie hatte er erlebt, dass eine Frau so schnell zu höchsten Wonnen gelangte. Das nächste Mal, wenn sie den Höhepunkt erreichte, wäre er in ihr.

Er richtete sich auf und riss sich eilig die Hose herunter, um sein schmerzhaft geschwollenes Glied zu befreien. Dann kniete er sich zwischen ihre gespreizten Schenkel. Der Duft ihrer Erregung, der ihm entgegenströmte, machte ihn halb wahnsinnig vor Verlangen. Schweiß rann ihm über den Rücken, als er sich an ihrer Öffnung plazierte. »Sag, dass du mich heiratest!«

Unsicher öffnete sie die Augen. In ihnen erkannte er Verwirrung und Befriedigung. »Was?«, fragte sie atemlos.

Die Spitze seines Schaftes drang zwischen ihre Schamlippen, worauf ihm ein kehliges Stöhnen entwich. Ein Stoß, und er würde kommen, aber er könnte sie ja wieder und wieder lieben. »Ich nehme dir deine Unschuld nicht, bis wir Mann und Frau sind. Versprich mir, dass du mich zum Gemahl nimmst!«

»Nein! Ich will keinen Ehemann.«

Ihre Worte machten ihn rasend. In seinem Schädel regte sich eine maßlose Wut. In den letzten vier Tagen hatte er alles erreicht, was er sich jemals gewünscht hatte: die Zukunft des Maxwell-Clans, Lady Juliana, die Chance, seinen Clan und sein Land zu beschützen. Das alles wollte er für sie aufgeben, und sie lehnte es ab?

Er sprang von ihr, fuhr sich mit den Händen durchs Haar und war – erstmals, soweit er sich entsann – sprachlos. Eilig streifte er seine Hose über, hob seine restliche Kleidung vom Boden und zog sich an.

»Ich kann dich nicht heiraten. Bist du von Sinnen?« Sie setzte sich auf und stieg aus dem Bett, wobei sie die Robe vor sich hielt, um ihre gerötete Haut zu bedecken.

Er wusste um ihre Ängste, wusste, was sie davon abhielt, seine Hand zu akzeptieren, und sie war eine Närrin, an seinem Schutz zu zweifeln. Zornig rannte er zur Tür und griff nach dem Riegel.

Das leise Geräusch kleiner Schritte ließ ihn innehalten. »Broc, bitte!«

»Ich blieb meinem Schwur treu, dich zu beschützen. In meinem Clan besitze ich dieselbe Macht wie dein teurer Gloucester hier. Ich schütze die Grenzen eines ganzen Landes. Denkst du, ich würde zulassen, dass unsere Söhne dem Fluch durch den Beruf deines Vaters unterstehen?« Er riss die Tür auf und stampfte auf den Korridor hinaus. Dabei verdammte er ihren Vater, weil es ihm gelang, ihr eine solch tiefe Furcht einzuflößen.

# Kapitel 12

*Weiber!* Sie wären noch Schottlands Ende. Welch Glück für Schottland, dass *diese* eine Frau ihn zurückgewiesen hatte! Broc konnte Lizbeth nicht heiraten, denn es wäre eine Schande für seinen Clan. Er war Lady Juliana versprochen. Dad würde ihn enterben, sollte er eine andere Braut heimbringen.

Broc blieb auf dem Korridor stehen, um seine Waffen zu richten, wobei seine Hände vor Zorn zitterten. Wie konnte er sich so sehr in sie vernarren? Aiden hätte keiner Frau jemals die Ehe angetragen. Sein Bruder besaß wenigstens die Klugheit, sich ohne Versprechen in eine Frau zu versenken. Verdammt, wahrscheinlich konnte sogar Ian es inzwischen, und der zählte knapp zwanzig Lenze.

In dem Moment, in dem Broc gewiss wäre, dass Gloucester seine Nachricht von Lizbeth empfangen hatte, würde er nach Hause reiten. Fürs Erste jedoch musste er seine Lust auf dieselbe Weise stillen wie jeder andere Schotte.

Mit Whisky und Weibern.

Der strenge Geruch von Wein und Lust führte ihn die gewundene Treppe hinunter und zu den Feierlichkeiten zurück. John, Celeste und Smitt hatten sich offenbar zurückgezogen, aber die dunkelhaarige Verführerin tanzte noch inmitten der Betrunkenen. Sie neckte sie mit ihren Bewegungen, beugte sich genau in die Stellungen, die ihnen erlaubte, sie sich nackt vorzustellen.

Broc griff sich zwei Becher Met vom Tablett einer vorbeigehenden Bediensteten. Der bernsteinfarbene Trunk berührte nicht einmal seine Zunge, so schnell stürzte er ihn hinunter. Dann wischte er sich den Mund mit dem Handrücken ab und beobachtete das Treiben. In seinem Kopf sah er nur Lizbeth' Gesicht.

Eilig trank er den zweiten Metbecher. Er sollte an Lady Juliana denken, nicht an Lizbeth, und vor allem sollte er nicht die Dirne angaffen, die tanzte wie eine Frau in höchster Leidenschaft. Sie fing seinen Blick ein und lächelte ihm über die Schulter zu. Mit halbgesenkten Lidern verführte sie ihn. Ihre Zunge fuhr über ihre Oberlippe, und ihre Finger umfassten ihre Brustspitze, die sie leicht drückten.

Broc biss die Zähne zusammen, bis er sicher war, dass er sie in Krümel malmte. Er spürte seinen Puls in den Lenden, und jeder Muskel seines Leibes wollte, dass er die Schönheit mit ihm spielen ließ.

*Zur Hölle mit der Ehre!*

Zwei Mal Fingerschnippen, mehr brauchte das Mädchen nicht. Barfuß kam sie zu ihm getänzelt und rieb sich an ihm. Sie war genau das, was er brauchte, um seinen Drang zu stillen. Ihre langen Finger strichen über seinen Bauch und den harten Schwanz. »Ah, *mon dieu!*« Ihre Augen leuchteten auf, und ihr Lächeln wurde breiter. »Wollt Ihr mich?«

»Wie viel?«

»Drei Dukaten.«

Er packte das Handgelenk des Mädchens und zog sie aus der Halle. Hinter ihnen verebbten Musik und Fröhlichkeit, aber ihre kratzende Stimme füllte die Leere.

»Habt Ihr einen Namen, den ich benutzen soll?«

»Julian«, antwortete er, ohne nachzudenken.

Das Mädchen plapperte weiter, ein paar Worte auf Englisch, ein paar auf Französisch, aber er verstand ohnedies nichts, denn in seiner Brust hämmerte es viel zu laut. Sie musste drei Schritte für jeden von seinen machen, denn vor Zorn ging er besonders schnell, um dieser Festung zu entkommen. Er fühlte sich hier eingesperrter als im Tower.

Sechs Torbögen führten sie in den Burggarten. Binsenlichter flackerten um einen Fischteich, der von Skulpturen umstanden war, die allesamt Nackte abbildeten. Die vermengten Aromen von Obstbäumen und Kräutern lenkten Brocs Aufmerksamkeit auf die üppigen Blumen. Sie waren überall. Exotische Düfte schlugen ihm entgegen und brachten ihn fast dazu, stehen zu bleiben. Im Geiste sah er Lizbeth in einem Feld blauer Blumen.

*Beim Gekreuzigten!* Er weigerte sich, an sie zu denken, und zog die Schönheit weiter hinter sich her ein paar Steinstufen hinunter. Der Eingang zu einem Labyrinth bot zwei Möglichkeiten: nach links oder nach rechts. Er wandte sich nach rechts und schritt durch Wände grüner Hecken, bis er vollständig von Dunkelheit umfangen war. Dann blieb er stehen, ließ das Mädchen los und hielt sich die schmerzende Brust. Das Mädchen beugte sich keuchend halb vor, die Hände auf den Knien. Immerhin belästigte sie ihn jetzt nicht mehr mit ihren lächerlichen Fragen.

Broc stellte die Beine auseinander und legte seinen Kopf in den Nacken. Was tat er? Das war keine Lösung. Er zahlte nicht für Vergnügen. Die Dorfmägde hatten ihm in seiner Jugend manche Gunst erwiesen, aber seit er im Kloster gewesen war, wählte er seine weibliche Gesellschaft sehr viel sorgfältiger.

»Wünscht Ihr mich nackt?«, fragte das Mädchen und griff nach der Goldbrosche, die ihre wenige Bekleidung über den Brüsten zusammenhielt.

»Nein.« Er wünschte das hier nicht. Wünschte sie nicht. Er wollte Lizbeth.

Das Mädchen zuckte mit einer Schulter und ging vor ihm

auf die Knie. Mit Rehaugen sah sie zu ihm auf, während eine Hand seine Hoden streichelte und die andere nach dem Band seiner Hose griff.

»Teufel!« Er zog sie nach oben. »Verzeih mir, Mädchen! Ich habe mich umentschieden.«

»Gefalle ich Euch nicht?« Ihre schwarzen Brauen formten einen seltsamen Winkel.

»Doch.« Broc holte fünf Dukaten aus seinem Wams und drückte sie ihr in die Hand, um sie loszuwerden. »Geh!«

Sie ging nicht, sie rannte aus dem Labyrinth und überließ ihn seinen finsteren Gedanken. Er schloss die Augen und atmete tief durch. Indem er seine gespreizten Fingerspitzen gegeneinanderstemmte, vertrieb er jedwede unerwünschte Lust aus seinem Kopf, wie Bruder Mel es ihn gelehrt hatte. Zwei Jahre Meditation und Einsamkeit hatten ihn beinahe um den Verstand gebracht, aber dank Bruder Mels Anleitung hatte er gelernt, seinen Körper zu beherrschen. Er musste seine Gefühle bändigen und seine Stellung wie seine Pflichten annehmen. Nach der Übung verschränkte er die Hände hinter seinem Rücken und begann zu gehen.

Der Maxwell-Clan bedurfte eines Anführers, der Krieger und Beschützer war. Er brauchte einen Mann, der willens war, sein Leben für den Schutz seiner Brüder zu geben, und keinen, der alles für den Schutz einer Frau aufgeben wollte. Englands Krone würde einem Zwölfjährigen aufgesetzt. Der Übergang würde die Regierung einiges kosten, und Schottland täte gut daran, diese Zeit zu nutzen, um den Schutz in den Ebenen auszubauen und Verbündete zu gewinnen, einschließlich Frankreichs. Mit etwas Glück würde Gloucester den Norden in Ruhe lassen, bis sein Neffe gekrönt wurde. Der Junge brauchte Ratgeber, Anleiter, und die Adligen würden sich um diese Posten schlagen. Gäbe es doch nur einen Weg, wie er

Lizbeth' Dokument seinem König als Beweis eines Staatsstreiches bringen konnte, der ganz England angreifbar machte! Ohne einen solchen Beweis blieb ihm nur sein Wort, das bei König James wenig gelten dürfte.

Dad und sein Rat wüssten, was zu tun wäre.

Er zählte die schottischen Adligen durch, die Dad und er nach seiner Rückkehr sprechen müssten, und überlegte, welche Taktiken sie anwenden sollten, um den König zu überzeugen. Vielleicht sollte er eher darüber nachdenken, wie sich ein Frieden mit England erhalten ließe, statt andere zu suchen, die sich mit ihnen gegen England verbündeten? Zwei Heckenmauern schlossen ihn ein. Er ging zurück, zählte seine Schritte, wobei er einen kleinen Zweig an jeder Ecke abschnitt, um einen Weg aus dem Labyrinth zu suchen. Aber jede Biegung sah wie die letzte aus, bis er schließlich jede verfluchte Kurve kannte.

Diese Strafe verdiente er dafür, dass er eine Frau verlassen hatte, um sich eine andere zu suchen. Die Mondsichel arbeitete sich den Weg nach oben unter die Sterne, was ihm verriet, wie viel Zeit er hier vergeudete. Er blieb stehen und bemühte sich, den Grundriss des Labyrinths in seinem Kopf nachzuzeichnen.

Das Geräusch eines knackenden Zweigs klang wie ein fallender Baum in seinen Ohren. Dann folgte Flüstern.

»Traust du deinem Boten?«

»Ja, er ist mein eigener Bruder. Er wurde von einem Ratsherrn bei Hofe aufgezogen und sagte, der Bischof hätte die Sakramente erteilt. König Edward hat seinen letzten Atemzug am Mittwochabend getan.«

Broc lauschte. Es waren zwei, vielleicht drei Stimmen, an einer östlichen Heckenmauer.

»Hast du das Mädchen aufgespürt?«

»Sie ist in der Burg und treibt es mit dem dreckigen Schotten, den sie aus dem Tower befreite. Soll ich sie mir schnappen und für immer wegschaffen, Mylord?«

Es gab nur eine Frau, auf die diese Beschreibung passte: Lizbeth.

Brocs Kiefer verkrampften sich, wie auch seine sämtlichen Muskeln. Er umklammerte den Griff seines Dolches mit tödlicher Entschlossenheit.

»Finde sie, aber ich will sie lebend! Bring sie und das Dokument zu mir, ehe sie meine Verbindung zum Anstifter der Rebellion enthüllt! Sag ihr, ihr Vormund wäre hier, um sie zu holen und in den Tower zurückzubringen. Sollte sie sich weigern – und das wird die kleine Hure gewiss –, sag ihr, wenn sie sich nicht wohlverhält, bilde ich ihren ältesten Neffen aus, um ihres Vaters Beil zu schwingen!«

Der Mann log. Lizbeth hatte ihm erzählt, dass ihre Neffen tot waren.

Ein anderer Mann spuckte aus. »Was ist mit dem Schotten und seinen Freunden?«

»Soll Gloucester sie kriegen. Ich habe keine Verwendung für sie.«

*Beim Gekreuzigten!* Broc hielt den Atem an, bis die Schritte hinter der Hecke verklungen waren. Er musste Lizbeth und die anderen von hier wegschaffen – heute Nacht.

Ihr Vater hatte braune Augen – eine ähnliche Farbe wie ihre, nur dunkler. Früher hatte er viel geschnitzt, meistens diese albernen Vögel. Und er besaß große Hände. Lizzy boxte in das Polster unter ihrem Kopf, während sie versuchte, sich an die guten Eigenschaften ihres Vaters und die Gründe zu erinnern, weshalb sie ihn retten wollte. Ihr war, als dächte sie bereits seit Stunden nach, und alles, was sie aus ihrer Kindheit entsann, war, dass der Mann mit großen Händen Sachen geschnitzt hatte – mit Händen, die sein Beil geschärft, die seine Peitsche geschwungen und die seinen Zinnbecher gehalten hatten, wenn er sich Abend für Abend in die Besinnungslosigkeit trank.

Broc wollte sie heiraten, und sie wies ihn ab, ebenso wie sie sich selbst die Chance versagte, jemals eine Ehefrau, Mutter und Geliebte zu sein. Alles wegen ihres Vaters.

Stöhnend warf sie sich hin und her, bis ihre Robe sich hoffnungslos um sie verknotet hatte. Das Gewicht der schweren Bettdecken erdrückte sie fast. Verärgert trat sie Überdecke und Laken an den Fuß des Bettes und entwirrte sich aus der dünnen Robe. Kühle Luft wehte ihr über die klamme Haut, jagte ihr ein Kribbeln über den Rücken. Das Gefühl ähnelte dem, das Brocs Berührung in ihr ausgelöst hatte. Zwar hatte Edlynn ihr vieles erklärt – in sehr bildhaften Einzelheiten –, nicht jedoch die Intensität erwähnt, das Sehnen, das man verspürte, bis plötzlich ein blendender, fast unerträglicher Moment reinster Wonne eintrat.

*Heilige Maria!* Auf Schlaf brauchte sie wohl nicht zu hoffen, zumal sie schwitzte wie eine Frau, die von einem tödlichen Fieber befallen war. Sie starrte an den Mahagonihimmel des riesigen Bettes, der von den vielen Kerzen hell erleuchtet war, und betete um Besonnenheit. Sie musste weise Entscheidungen treffen, nicht allein für sich, sondern für die Menschen, die sie liebte, die lebenden wie die toten.

Seit sie in Middleham war, schrumpfte ihre Courage beständig. Ihre Aufregung wegen der bevorstehenden Audienz beim Duke of Gloucester machte sie rastlos und schrecklich angespannt. Aber die Leute von York glaubten, dass er ein gerechter Mann war. Er würde ihre Bemühungen als nobel betrachten und sie entsprechend belohnen. Dann würde Lord Hollister dort enden, wo er so viele schon hingeschickt hatte:

auf dem Schafott. Sie musste wahnsinnig sein, denn bei der Vorstellung von Lord Hollisters Kopf auf dem Henkersblock empfand sie eine unanständige Freude.

*Klick.*

Sie setzte sich im Bett auf und zog sich die Decke bis zum Hals hinauf. »Celeste?«

Die Tür schwang weit auf. Im ersten Moment setzte ihr Herz beim Anblick der blanken Klinge aus, aber der Arm, der sie hielt, gehörte zu dem Mann, der ihre Furcht mit einem einzigen Blick eindämmen konnte. Ein beruhigendes Gefühl von Sicherheit brachte sie zum Lächeln.

Dann jedoch sah er sie an.

Die finstere, entschlossene Miene machte seine Züge kantiger, und Lizzy sank auf das Bett zurück.

»Steh auf – wir verschwinden!« Broc schloss die Tür und blickte sich düster im Zimmer um.

»Was meinst du mit ›Wir verschwinden‹? Und warum musst du dauernd mit gezückter Waffe hereinkommen?«

»Weil es immer Menschen gibt, die uns töten wollen.« Er steckte seinen Dolch wieder ein und schritt zum Bett, ohne sie nochmals anzuschauen. Sein Gesicht und sein Hals waren von einem dünnen Schweißfilm bedeckt, sein schwarzes Haar zerzaust, und das Blitzen in seinen Augen deutete Angst an. Grob packte er ihren Oberarm und zog sie aus dem Bett. »Wir müssen gehen!«

Dieser Mann hatte den Verstand verloren! Sie entwand sich ihm und zog die Robe fester um sich. »Nein! Ich kann nirgends hingehen, denn ich habe keine Kleider. Was ist nur mit dir?«

»Wir haben keine Zeit für Erklärungen.« Seine unruhigen blauen Augen wanderten von ihrem Gesicht über ihren Leib. »Ich muss die anderen suchen und weg von hier, und du kommst mit uns!« Wieder packte er ihren Arm.

»Warum? Was ist geschehen?« Wenn sie eine Begabung hatte, dann die, sich dem Griff anderer zu entwinden. Sie lief zum Fenster, an dem erloschenen Feuer vorbei und wieder zurück. Leider schien das Zimmer mit ihm darin weniger groß.

»Hör auf, vor mir wegzulaufen, närrisches Weib!« Seine Oberschenkelmuskeln zuckten unter der engen schwarzen Hose.

Wenigstens gelang es ihr, auf die andere Seite des Bettes zu fliehen. Als er sich nach rechts bewegte, tat sie es gleichfalls, so dass sie das riesige Möbel schließlich einmal umrundeten. »Warum bist du überhaupt hergekommen, wenn du abreisen willst, ehe ich Gloucester das Dokument gegeben habe?«

»Das Dokument oder Gloucester sind nicht mehr von Bedeutung. Ich will dich einzig lebend von hier fortbringen.«

»Nicht mehr?« Sie wusste, dass er seine eigenen Gründe gehabt haben musste, sie hierherzubegleiten. »Verrate mir, warum du mitgekommen bist! Und lüg mich nicht an!«

Er rieb sich die Schläfen. »Wir verfolgen dasselbe Ziel, mein Engel: unsere Familie und unser Land zu schützen. Und ich gestehe, dass mich einst verlockte, was du in deinem Besitz hast.«

»Das Dokument?«, fragte sie und bemühte sich, den Schmerz zu verdrängen, der sich in ihr regte. Was ihr nicht gelang. Sie war dumm gewesen, etwas anderes zu glauben. War ihm das Dokument wichtig genug, dass er ihr deshalb die Ehe antrug? »Ich war nie mehr als ein Mittel zum Wohl deines Landes?«

»Nein! Du bist mehr als das, und das weißt du.«

Nein, sie wusste es nicht. Stattdessen war sie zunehmend unsicher, wem sie noch trauen konnte. »Erzähl mir, welchen Nutzen das Papier für dich hat!«

Broc sah erst zur Tür, dann zum Fenster. »Dein Dokument ist der Beweis, den ich brauche, um den schottischen König von einem Bündnis mit Frankreich zu überzeugen.«

»Und weshalb hast du es dir dann nicht genommen?«

»Weil es dir gehört.«

Sie schüttelte den Kopf, denn sie wollte ihm nicht glauben. »Und Gloucester? Ich vermute, du brachtest mich bloß her, damit ich Gloucester das Dokument übergebe. Inwiefern nützt es dir?«

»Der Duke of Gloucester führte seine Armee vor zwei Jahren über die Grenze nach Dumfriesshire. Sie brannten das Dorf nieder, schändeten die Frauen und ließen nichts als Schutt und Asche zurück. Viele aus meiner Familie starben in jener Schlacht, auch Lilian und Mattie. Meine Schwestern waren jungvermählt. Es war daher meine Absicht, deinen Herzog aus dem Norden zu vertreiben.«

Sie hielt inne, und ihre Züge wurden merklich weicher. Sosehr seine Worte sie auch verletzten, fühlte sie doch mit ihm. »Dein Verlust tut mir leid.«

»Es ist eine alte Wunde, die ich nicht wieder aufreißen will, wenn es bedeutet, dass ich dabei umkomme. Ich muss fort. Sie wissen, dass ich Schotte bin und ebenfalls, dass ich mit John, Celeste und Smitt reise. Ich kann nicht allein gegen ganz York antreten.«

»Und ich kann nicht einfach fortgehen. Ich habe zu viel auf mich genommen, um herzukommen. Ich habe in Treppenhäusern gelauert, mich in Kerkerzellen versteckt und die ergebene Dienerin gespielt, die sich Lord Hollisters Launen auslieferte. Er hat mir jeden genommen, der mir lieb und teuer war. Es ist an der Zeit, dass er bestraft wird.« Während sie die Worte aussprach, begriff sie, dass ihr Wunsch nach Rache für die geliebten Menschen ebenso stark war wie ihre Entschlossenheit, ihren Vater zu retten.

»Lord Hollister ist hier … in Middleham.«

Ihre Knie gaben nach, so dass sie sich am Bettpfosten festhalten musste. Während sie auf das grüne Traubenmuster des Teppichs blickte, war sie sicher, dass sie ohnmächtig würde.

»Er und seine Männer müssen vor uns in Yorkshire angekommen sein.«

»Woher weißt du das?«

»Ich hörte sie zufällig reden.«

Sie richtete sich wieder auf. »Lord Hollister kennt dein Gesicht. Wie kommt es, dass er nicht gleich die Engländer auf dich hetzte?«

Er verdrehte die Augen gen Himmel. »Ich bin ein Spion, Lizbeth, mithin durchaus imstande, anderer Gespräche mit anzuhören, ohne gesehen zu werden. Hollister will sich das Dokument holen, bevor du Gloucester sprichst, und dich in den Tower zurückbringen.«

Ihr Magen verkrampfte sich, und die Brust wurde ihr eng vor Furcht. »Ich kann nicht zurückgehen«, flüsterte sie.

»Bitte, Lizbeth!«, beschwor Broc sie und reichte ihr die Hand. »Komm mit mir! Ich bringe dich in Sicherheit.«

Sie fühlte sich schwach, weil sie mit ihm gehen wollte, denn das war, als würde sie Kamden und Emma, Edlynn, ihre Neffen und ihren Vater im Stich lassen. Als sie zu Broc aufblickte, wollte sie weinen, schreien, irgendetwas tun, um den Druck zu lindern, der auf ihrer Brust lag. »Dann gewinnt er. Hollister gewinnt. Gloucester wird nie erfahren, dass er sich mit Buckingham zur Ermordung des Königs verschworen hat.«

»Dein König ist tot.« Broc trat ans Fenster und blickte in den Burghof hinunter.

Die Nachricht vom Tod ihres Herrschers schockierte sie nicht, denn sie hatte gewusst, dass seine Tage gezählt waren.

»Ich kann nicht warten, bis du dich entschieden hast. Vertrau mir oder Gloucester, aber du musst jetzt wählen!«

Die Wahl fiel ihr leicht. Zwar hatte Gloucester ihr gegenüber Mitgefühl bewiesen, allerdings nur ein einziges Mal. Broc hingegen hatte ihr schon reichlich Grund gegeben, ihm zu glauben, dass er sie retten wollte. Und nun musste sie ihn retten. Sie würde nicht zulassen, dass Lord Hollister ihr Broc wegnahm. Broc war der weitaus überlegene Kämpfer, doch Lord Hollister hatte zu viele Männer hinter sich. Leise ging sie zu ihm ans Fenster und berührte seinen Arm. »Ich vertraue dir.«

Blitzschnell drehte er sich zu ihr um, nahm sie in seine Arme und küsste sie aufs Haar. »Komm mit mir, Lizbeth – nach Schottland!«

»Als deine Gemahlin?«, fragte sie hoffnungsvoll.

»Als meine Freundin.« Sein trauriges Lächeln weckte Reue in ihr, doch dieses Gespräch musste warten.

Sie nickte. »Wir müssen die anderen suchen.«

Broc führte sie zur Tür. »Celeste ist wahrscheinlich bei John in den Quartieren der Ritter. Smitt dürfte schwieriger zu finden sein.«

»Lord Hollister wird sie umbringen, wenn er denkt, dass sie mir etwas bedeuten. Es ist seine Art, andere zu quälen, indem er ihnen die geliebten Menschen nimmt.« Es nagte an ihrem Gewissen, dass sie ihrem Vater nicht mehr helfen konnte.

»Ja, dieser Mann kennt keine Skrupel.« Broc zog seinen Dolch, öffnete die Tür und blickte sich auf dem Korridor um. »Er hatte vor, dir mit der Ermordung deiner Neffen zu drohen, um an das Dokument zu gelangen.«

Lizzy blieb abrupt stehen, so dass er ihre Hand losließ. »Meine Neffen sind tot. Er sperrte sie in den Tower, nachdem Emma ihm erzählt hatte, dass sie von Kamden stammen. Er hat sie umgebracht.« Sie ballte die Fäuste, während ihr das Blut in den Adern zu Eis gerann und die Erinnerungen auf sie einstürmten. »Ich sah ihre blutgetränkten Kleider. Lord Hollister erzählte mir, sie wären tot.« Sie trat einen Schritt zurück.

»Er würde alles sagen, damit er das Pergament bekommt.«

»Wenn auch nur die leiseste Hoffnung besteht, dass Eli und Martin noch leben, muss ich etwas tun, um sie zu schützen. Lord Hollisters Hass auf sie ist größer als sein Wunsch, mich zu bestrafen. Die Jungen sind für ihn eine Erinnerung an alles, was Kamden ihm nahm. Ich darf sie nicht im Stich lassen.« Sie wandte ihr Gesicht ab, weil sie nicht ertrug, in seine flehenden Augen zu sehen. Schon so brach es ihr das Herz. »Ich gehe zurück. Du musst deine Familie beschützen, ich die meine.«

Er raunte einen Fluch und nahm seinen Dolch herunter. Alle Lebendigkeit schien aus ihm zu weichen. »Ich lasse dich nicht hier. Sobald du sicher in Schottland bist, hole ich deine Neffen.«

Ihre Tränen erstickten sie beinahe. Aber sie weigerte sich, ihn oder andere ihrer Wünsche wegen in Gefahr zu bringen. Broc überlegte, wie er ihr helfen könnte. Sie jedoch wusste, dass sie umgehend Gloucester sprechen musste, bevor Lord Hollister sie fand. Broc davon zu überzeugen, dürfte ungefähr so leicht sein, wie ihn zum Treueschwur gegenüber einem englischen König zu bewegen. Also musste sie lügen.

Mit einem Schritt schmiegte sie sich in seine Arme und küsste ihn mit jener Leidenschaft, die er in ihr entdeckt hatte. Zugleich schöpfte sie Kraft für das, was ihr bevorstand.

Dann nickte sie und fühlte, wie sein Leib sich merklich entspannte. Was nun? Sie blickte an sich hinab. »Ich habe keine Kleider. Unmöglich kann ich in dieser dünnen Robe aus der Burg reiten. Es würde Aufmerksamkeit erregen. Das Mädchen sagte Celeste, dass die Wäscherei unten im Keller ist. Ich hole mir dort etwas zum Anziehen, während du die anderen aus der Burg schaffst.«

Er schüttelte den Kopf. »Nein. Du kommst mit mir.«

Natürlich würde er nicht ohne sie gehen. Und Lord Hollister würde ihn umbringen, um sie zu quälen. Ihr wurde übel bei dem Gedanken. Und sosehr es ihr widerstrebte, ihn zu betrügen, blieb ihr nichts anderes übrig. »Du musst! Es ist deine Pflicht, sie zu schützen. Bei Celeste ist etwas unterwegs.«

»Ein Kind?«

Sie tat, als wäre die Frage ungemein dumm, dabei hatte sie dieselbe gestellt. »Ja. Du musst sie sicher aus Middleham bringen, und wir treffen uns vor den Toren. Sag mir nur, wo.«

»Ich gehe nicht ohne dich.« Er seufzte, hin- und hergerissen zwischen seinen Pflichten und Wünschen. »Du gehst in die Wäscherei, holst dir ein Kleid und kehrst nicht in dieses Zimmer zurück!« Er raufte sich die Haare, bevor er eine Hand in ihren Nacken legte. »Triff mich im Hof, in der Mitte des Labyrinths!« Dann hob er ihr Kinn mit zwei Fingern und sah sie fest an, auf dass sie sich konzentrierte. »Zähle zwei Schritte nach rechts, vier nach links, einen nach rechts und fünf nach links.«

»Zwei, vier, eins, fünf«, wiederholte sie und prägte sich die Zahlenfolge mühelos ein.

Broc küsste sie wieder, dann verschwand er im Korridor.

Kaum war er fort, überkam sie einen Moment lang Panik. Sie holte tief Luft, drehte sich rasch um und lief zum Bett, unter dem sie ihre Satteltasche mit dem Dokument hervorholte, von dem sie sich fast wünschte, es befände sich nicht in ihrem Besitz. Sie wickelte es zusammen mit dem Rosenkranz ihrer Mutter in einen Schal und eilte aus dem Zimmer. Ein Binsenlicht neben einem Wasserbecken beleuchtete den Weg eine Wendeltreppe hinunter. Erst als ihre Zehen den kalten Boden berührten, fiel ihr auf, dass sie ihre Schritte nicht gezählt hatte – keinen einzigen. Heute trieb sie keine Furcht an, sondern wilde Entschlossenheit. Falls Eli und Martin lebten, würde sie dafür sorgen, dass sie in Schottland aufwuchsen, in einem Land, über das Gott seine Hand hielt und das von Kriegern beschützt wurde. Dort wären sie frei – sie alle.

Eine Flügeltür führte sie zum Dienstbotenbereich. Der beißende Geruch von Natronlauge brannte in ihrer Nase, und Wasserdampf benetzte ihr Gesicht, ehe sie die Wäscherei auch nur betreten hatte. Obgleich es früher Morgen war und die Gäste auf Middleham zweifellos noch in tiefem Schlummer lagen, herrschte in der Wäscherei bereits chaotischer Betrieb. Mägde unterschiedlichsten Alters gingen ihrer Arbeit nach, weichten Laken und Tischtücher ein oder färbten Roben in allen erdenklichen Farben.

Eine stattliche Frau, deren Haar unter einer weißen Haube verborgen war, beugte sich über ein Mädchen, das eine Robe in einen Holzbottich mit violetter Färbelösung tunkte. Die Frau wandte sich zu Lizzy um und sah sie missmutig an. »Du musst Adeles Cousine sein. Du bist zu spät.«

Entweder war sie die oberste Wäscherin oder die Gewandmeisterin. Auf jeden Fall verfügte sie über einige Autorität. Sie kam geradewegs auf Lizzy zu und beäugte ihren fragwürdigen Aufzug vorwurfsvoll. »Was du in deiner freien Zeit machst, geht mich nichts an, und ich weiß, dass ihr Mädchen euch gern ein paar Münzen extra verdient, aber wenn du dich noch mal verspätest, weil du einem Ritter gefällig sein wolltest, brauchst du gar nicht mehr zu kommen!«

Lizzy nahm die Zurechtweisung gelassen, denn die Wäscherin stellte im Gegensatz zu Lord Hollister keine ernste Bedrohung für sie dar.

»Fürs Zuspätkommen ziehe ich dir zwei Pence von deinem Lohn ab. Und jetzt geh dir einen Kittel anziehen!« Sie zeigte auf eine Reihe Wandhaken, an denen besagte Arbeitskleidung hing.

»Ja, Herrin.« Lizzy widersprach ihr nicht. Sie brauchte etwas zum Anziehen, und ihr war gleich, was es war. Rasch streifte sie sich einen blütenweißen Kittel über die Robe, da sie keine andere Unterwäsche besaß. Anschließend wand sie sich Stofftaschen und eine graue Schürze um. Nachdem sie ihr ungekämmtes Haar gleichfalls unter eine Haube gestopft hatte, fühlte sie sich schon etwas ruhiger. Ihre Verkleidung dürfte sehr glaubwürdig wirken.

»Hast du einen Namen?«, fragte die Wäscherin, die sich die rote Nase rieb.

»Emma«, nannte Lizzy den ersten Namen, der ihr in den Sinn kam. Nicht dass sie hier unten einen falschen Namen brauchte, wo niemand sie kannte.

»Hilf Penny, die Handtücher Seiner Lordschaft vorzubereiten!«, befahl die Wäscherin und deutete mit ihrem Blick in Pennys Richtung. »Und trödel nicht! Seine Lordschaft steht früh auf und will seine Handtücher noch warm.«

»Ja, Herrin.«

Die Wäscherin widmete sich wieder anderem, so dass Lizzy weitere Tadel erspart blieben. Vor allem aber hatte sie nun einen exzellenten Weg gefunden, um unauffällig zu Gloucester zu gelangen. Lizzy stellte sich neben Penny und ahmte ihre Bewegungen nach. Im Gegensatz zu den Waschmägden im Tower, die ausnahmslos gesenkten Hauptes und stumm vor Angst ihrer Arbeit nachgingen, arbeiteten die Frauen hier alle sehr vergnügt an ihren vier riesigen Bottichen mit dampfendem Wasser.

»Sybil, du grinst wie eine, die die Taschen voller Münzen hat. Hast du dir letzte Nacht ein bisschen was verdient?«, wollte Penny wissen.

Lizzy blickte neugierig auf, weil sie wissen wollte, wie solch ein Grinsen wohl aussah. Unter den vier Mädchen, die Laken und Tücher schrubbten, stach das eine mit dem schimmernden schwarzen Haar, den dunklen Augen und herzförmigen Lippen wirklich heraus. Ein vielsagendes Lächeln lag auf ihrem Gesicht, und beneidenswerte Kurven zeichneten sich unter ihrem Kittel ab, den sie oben weit genug offen ließ, um ihr beeindruckendes Dekolleté zu zeigen.

»Fünf Dukaten hat er mir bezahlt«, prahlte besagte Sybil, die einen melodischen Akzent hatte, »und ich bat ihn nur um drei.« Sie tauchte eine Hand unter ihre Schürze und zeigte den anderen die Münzen. »Ein fescher Engländer war er, genauso schwarzes Haar wie ich. Dem wäre ich auch für weniger zu Diensten gewesen, aber er wollte so viel zahlen.« Mit blitzenden Augen sah sie von einer Magd zur anderen.

»War er groß?«, fragte eine andere kichernd.

»*Ouais!* Zwei Köpfe größer als ich, große Hände, breite Brust und …« Sie nahm eine Hand aus dem Waschwasser und formte ein »C«, wobei ihr Waschlauge den Arm hinunterrann. »Sein Schwanz war so dick wie mein Unterarm. *C'était magnifique!*«

Obwohl die vulgäre Sprache Lizzy entsetzte, machte sie sich im Geiste ein Bild von dem Mann, den Sybil beschrieb, während die anderen Frauen vor Lachen quiekten. Smitt wäre gewiss froh, zu erfahren, dass die Wäscherinnen sein bestes Stück priesen.

»Sybil, halt dein dreckiges Maul, oder ich wasche es dir mit Asche aus!«, brüllte die Wäscherin über das Gegacker hinweg. »Macht eure Arbeit, ihr alle, oder ich kürze euch den Lohn!«

Alle Mädchen beugten sich wieder über ihre Arbeit, sahen jedoch weiter zu Sybil, die prompt fortfuhr.

»Er hat mich quer durch die Burg gezerrt«, erzählte sie leise, »und ins Labyrinth. Ich würde sagen, seine Mätresse hatte ihn abgewiesen, denn er war halb toll vor Lust.«

Was nicht nach Smitt klang.

»Hat er dir seinen Namen verraten?«

»*Ouais*, Julian.«

Lizzys Puls raste, und sie ballte ihre Hände unter Wasser zu Fäusten. Zwar war sie nicht Brocs Mätresse, aber sie hatte ihn sehr wohl abgewiesen, und das in mehr als dieser einen Hinsicht. Er war aus ihrem Zimmer geflohen und Stunden später mit einem exakten Plan des Labyrinths im Kopf wiedergekommen. Sie hatte ihn nicht einmal gefragt, warum er die Anlage so gut kannte.

Penny lugte über die Schulter nach der Wäscherin, ehe sie flüsterte: »Hat *Julian* dich erfreut, oder hast du dir bloß deine Münzen verdient?«

Lizzy fühlte, wie der Stoff in der Lauge einriss, weil sie zu heftig daran zerrte.

Eine von Sybils Brauen bog sich nach oben, und sie blinzelte mehrmals. »Ich verdiene mir immer meine Münzen, aber ich gebe zu, dass ich ihn auf Knien darum bat.«

Noch nie war Lizzy eifersüchtig gewesen, doch genauso musste es sich anfühlen, dieser primitive, schmerzliche Wunsch, jemanden zu schlagen. Sie bündelte ihr Wäschestück zusammen und wrang es aus. Wäre es doch Brocs Hals! Nein, es sollte sie nicht scheren. Dieser Mann war weder ihr Ehemann noch ihr Geliebter – was leider nichts an dem Stechen in ihrer Brust änderte. Sie vertraute ihm, hatte ihm ihre Wünsche und Sehnsüchte offenbart. Und er hatte sie an Stellen berührt, die kein Mann jemals berührt hatte, bevor er ihr Bett verließ, um es mit einer Dirne zu treiben.

Unweigerlich sah sie auf Sybils Lippen und fragte: »Hat er dich geküsst?«

»Julian hat mich nicht bezahlt, um ihn zu küssen«, erwiderte Sybil spitz.

Lizzy biss sich auf die Unterlippe, senkte den Blick und dankte Gott, als sie den schweren Atem der Wäscherin hinter sich hörte.

»Ihr vier, nehmt eure Eimer, und bringt heißes Wasser ins Privatgemach!«

Lizzy war froh, dass die Unterhaltung damit endete, und folgte den anderen. Alle Gedanken an Broc und Sybil schob sie weit von sich und besann sich auf ihr Vorhaben.

Mit einem Eimer Wasser in jeder Hand ging sie hinter den anderen her zum Ostflügel der Burg. Zwei Ritter bewachten das Privatgemach der Herzogsfamilie. Die Duchess of York saß ruhig auf einem samtbezogenen Sofa, die Knöchel überkreuzt und die Hände im Schoß gefaltet. Fasziniert starrte Lizzy sie an. Sie war wunderschön, jung und hatte eine Alabasterhaut, die im aufgehenden Sonnenlicht zu leuchten schien. Eine Zofe stand hinter ihr und hielt eine Schale mit Toilettenartikeln in den Armen, während sie ruhig ins Leere blickte.

Die Mädchen leerten ihre Eimer in eine Holzwanne in der Mitte des Raumes, verneigten sich tief vor der Duchess und zogen sich auf ihr Kopfnicken hin gehorsam zurück. Einzig Lizzy stellte ihre leeren Eimer ab und blieb pochenden Herzens zurück. Sie faltete die Hände vor sich und trat zur Duchess. »Bitte vergebt mir, Mylady! Ich bitte um die Erlaubnis, zu sprechen.«

Die Herzogin nickte abermals.

»Ich bin keine Magd. Ich kam aus London her, um Euren Gemahl zu sprechen, in einer Angelegenheit von größter …« Ehe das letzte Wort heraus war, wurde sie von den beiden Rittern an den Armen gepackt, die ihre Schwerter vor ihr kreuzten.

Die Duchess zuckte nicht einmal mit der Wimper, ebenso wenig wie ihre Zofe.

»Bitte, meine Absichten sind ehrenhaft! Ich muss dringend mit Eurem Gemahl reden!«, flehte Lizzy, doch die Wachen hoben sie bereits hoch. »Ich besitze einen Beweis für eine Verschwörung gegen die Krone!«

Jetzt hielt die Duchess eine Hand in die Höhe. »Lasst sie los!«

Die Wachen stellten sie wieder hin. »Bitte vergebt mir, dass ich Euer morgendliches Bad störe, aber mein Leben ist in Gefahr.«

Eilige Schritte näherten sich von rechts, und der Duke of Gloucester persönlich kam herein. Jedwede Erleichterung mochte voreilig sein, dennoch war Lizzy froh, ihn zu sehen. Er war von angenehmer Erscheinung, wie sie ja bereits wusste, groß und schlank von Statur. Was sie indessen befremdete, war der distanzierte Blick in seinen müden Augen.

»Was macht ihr da? Lasst sie los!«, befahl er. »Fürchtet ihr, sie könnte euch gefährlich sein?«

Ihre Finger kribbelten, als die Wachen sie losließen, da deren fester Griff den Blutfluss in ihren Armen behindert hatte.

»Wie lautet dein Name?«, fragte Gloucester, der auf sie zukam. Er trug eine dunkelrote Robe und Sandalen an den nackten Füßen.

»Ich bin Lady Lizbeth Ives.«

Sie erschrak, als er ihr Kinn anhob und ihr die Haube vom Kopf riss. »Ich kenne dich.«

»Ja.« Sie packte ihre Schürze mit beiden Händen und betete, sie möge aufhören, zu zittern. »Wir begegneten uns letztes Jahr in London, vor Weihnachten. Ich bin die Tochter des Scharfrichters.« Hierauf gingen beide Wachen sogleich auf Abstand, als wäre es eine ansteckende Krankheit, Osborn Ives' Tochter zu sein. Was sie an all die Gründe erinnerte, weshalb sie hier war.

»Ich habe einen Beweis für eine Verschwörung«, wiederholte sie eilig, und prompt näherten die Wachen sich wieder.

Gloucester wehrte sie mit einer lässigen Geste ab, verzog jedoch keine Miene. »Lady Ives, möchtet Ihr mich vielleicht zur Morgenmesse in die Kapelle begleiten? Danach könnten wir beim Frühstück über Euren Beweis sprechen.«

Warum blieb er so ruhig? »Aber die Angelegenheit ist von höchster Dringlichkeit!«

Er lachte leise. »Mir werden täglich Angelegenheiten von höchster Dringlichkeit unterbreitet. Sollte ich mich jeder von ihnen sofort zuwenden wollen, würde meine Seele leiden und ich wäre mittlerweile verhungert.«

Lizzy pflichtete ihm bei. Wie närrisch von ihr, dass sie seine morgendliche Andacht störte! »Sehr wohl, Euer Lordschaft.«

Hinter ihm stand die Duchess auf. »Joan, bringt Lady Ives in mein Ankleidezimmer, und lasst ihr von der Gewandmeisterin Kleider bringen, die ihrem Stande entsprechen! Danach begleitet ihr sie zur Kapelle.«

Eskortiert von den beiden Wachen, folgte Lizzy der Zofe in ein Ankleidezimmer. Kurz darauf wurden ihr Kleider sowie Wasser gebracht, und man ließ sie vorübergehend allein. Nachdem sie Schürze, Kittel und Robe abgelegt, sich gewaschen und Unterkleider angezogen hatte, kam die Zofe wieder und kleidete sie in ein Gewand aus nachtblauem Damast mit einer breiten Schleppe, die hinter ihr über den Boden hing. Zwei Zöpfe an ihren Schläfen wurden mit Bändern nach hinten gewunden, wo sie sich unter dem durchsichtigen weißen Schleier eines Hennins trafen.

Sowie die Zofe mit ihrer Erscheinung zufrieden war, folgte Lizzy den beiden Wachen zur Kapelle. Das steife Korsett drückte ihr auf den Brustkorb, so dass sie nur kleine flache Atemzüge machen konnte. Gewiss hätte der bittere Weihrauchduft sie beruhigt, wäre sie nicht in die hinterste Bank der Kapelle geführt worden. Ihre Kleidung mochte sie als eine Lady ausweisen, doch der Platz, den man ihr zuwies, verriet deutlich, welchen Status der Duke ihr einräumte.

Gloucester kam in einem blauen Samtwams mit weiten Ärmeln herein, hinter ihm eine ganze Prozession von Bürgern, Prälaten und Bediensteten, die in eleganten Gewändern durch den Mittelgang schritten. Seine Missachtung stachelte Lizzys Trotz an, die ihr Kinn reckte und den dunklen Stoff über dem Dokument glattstrich. Sie nahm den Rosenkranz ihrer Mutter hervor und beobachtete Gloucester genau. Würde er ihr helfen? Oder nahm er ihr das Pergament ab, für das sie ihr Leben riskiert hatte, und brachte sie danach für immer zum Schweigen? Offenbar galt ihr Rang bei diesen Yorkern nichts, so wie ihr Leben bisher nie etwas gegolten hatte.

Sie kniete sich hin und folgte der Messe, während sie an den einzigen Menschen dachte, der ihr jemals gesagt hatte, sie wäre es wert, gerettet zu werden. An denselben Mann, der sie wahrscheinlich in diesem Moment im Labyrinth erwartete. Allerdings war es auch derselbe, der die frühen Morgenstunden mit einer anderen Frau verbracht hatte. Broc hatte zugegeben, dass nach Middleham zu kommen seinen Zwecken diente, auch wenn er diese inzwischen nicht mehr verfolgte. Lizzy verstand seine Abneigung gegen Gloucester, denn der Krieg schuf nun einmal Feinde. Es war nicht anders als das Leben im Tower; einzig das Schlachtfeld war größer.

Sie schlang den Rosenkranz um ihr Handgelenk. *Führe mich, Mutter! Sag mir, was ich tun soll!* Ihre Finger strichen über die kühlen blauen Perlen, bis Gloucester das heilige Sakrament der Kommunion empfing. Alle anderen folgten ihm nach vorn. Auch Lizzy stand auf, doch die Wachen, die am Ausgang ihrer Kirchenbank standen, bedeuteten ihr stumm, auf ihrem Platz zu bleiben. Sie kniete sich hin und bekreuzigte sich wütend. Niemandem durfte sie trauen.

Als sie nach der Messe den Wachen am Labyrinth vorbei folgte, hielt sie den Blick gesenkt und zählte Brocs Wegbeschreibung im Geiste auf. *Zwei, vier, eins, fünf.* Für einen Moment überlegte sie, sich aus der Prozession zu lösen und zu Broc zu rennen, aber ihr Verstand wie ihre Angst um sein Leben hielten sie davon ab. Sie würde sie nicht zu Broc führen. Falls Lord Hollister sich in Middleham aufhielt, würde Gloucester ihn finden, und ihre Neffen wären vor seiner Grausamkeit sicher.

In der Burg brachte man sie in ein Zimmer, in dem die Tische sich unter Fleisch, Käse, zahlreichen Früchten und runden Milchbrotlaibern durchbogen. Sechs Wachen bedienten sich an den Köstlichkeiten, ehe sie ihre Posten an den Steinwänden bezogen. Lizzy setzte sich auf den Platz an einer Tischecke, den man ihr zuwies, knabberte an einem Stück Milchbrot und wartete.

Als Gloucester endlich aufstand, wollte sie tief Luft holen, was ihr das enge Korsett jedoch nicht erlaubte. Er verabschiedete sich von der Duchess und ihren Dienern, bevor er sich auf die Bank Lizzy gegenüber setzte. Nun hatte sie sein Gehör. Sechs Monate lang hatte sie sich auf diesen Moment vorbereitet, und jetzt, da er gekommen war, brachte sie vor lauter Furcht den Mund nicht auf.

»Also, was soll dieses Gerede von einer Verschwörung?«

Sie tastete nach dem Dokument unter ihrem Rock und beschloss, es noch ein wenig länger versteckt zu halten. »Der oberste Wächter des Londoner Towers verschwor sich mit dem Duke of Buckingham, den König zu ermorden. Er wurde durch meinen Wächter, Lord Hollister, vergiftet. Wie ich hörte, starb Euer Bruder am vergangenen Mittwoch.«

Gloucester schloss die Augen und runzelte die Stirn, als hätte er noch nicht vom Tod des Königs gewusst.

»Ich bedaure, dass ich Euch diesen Kummer bereiten muss, aber ich hielt es für meine Pflicht gegenüber meinem König, die Verräter bloßzustellen, die sich gegen ihn verschworen.«

Er sah sie an, und was sie am Tag von Kamdens Hinrichtung an Mitgefühl in seinen Augen erblickt hatte, war nicht mehr da. »Weiß sonst jemand von dieser Verschwörung?«

»Nein«, log sie, denn sie hielt Vorsicht für geboten.

»Ihr habt England einen großen Dienst erwiesen, indem Ihr herkamt. Ich vermute, Ihr äußert derlei Anschuldigungen nicht ohne Beweis.«

Sollte sie ihm das Dokument aushändigen, wäre ihr Leben nichts mehr wert. Sie bezweifelte inzwischen, dass er ihr Schutz gewähren würde, wie sie ehedem fest angenommen hatte. Doch sie war nicht den weiten Weg gereist, um vor ihm klein beizugeben. »Ich kann es anhand eines schriftlichen Dokuments beweisen. Es befindet sich hier auf Middleham, aber ich möchte Euch im Austausch dagegen um einen Gefallen bitten.«

»Was verlangt Ihr von mir?«, fragte er und sah zu seiner Wache.

Lizzy setzte sich sehr gerade hin, denn sein Gebaren sollte sie gewiss einschüchtern. Eine Stimme in ihrem Kopf warnte sie, vor ihm zu fliehen, aber er wartete auf ihre Forderungen. »Der oberste Wächter hält meine Neffen im Tower gefangen. Ich möchte Euer Wort, dass sie in meine Obhut übergeben werden. Außerdem bitte ich darum, dass mein Vater seiner Pflichten entbunden wird.«

Gloucester starrte sie an. Dann stahl er sich ein Käsestück von ihrem Teller. »Ihr wollt, dass ich den Henker in einer solchen Zeit entlasse, da ich ihn am meisten brauche?«

»Es ist nur eine kleine Bitte gemessen an der Bedeutung des Dokuments.« Sie hielt sich mit beiden Händen an der Bank fest. Ihr brach der Schweiß aus, und sie bekam zu wenig Luft.

»Ich gehe davon aus, dass Ihr Arrangements für Eure Neffen und Euren Vater getroffen habt, sollte ich Euren Bedingungen zustimmen.«

»Ich hoffte, in Fountains Abbey Zuflucht zu finden. Meines Vaters Seele braucht dringend Beistand.«

Gloucester lehnte sich zurück und verschränkte die Arme vor seiner Brust. Mit einem Finger tippte er nachdenklich auf seinen Ellbogen, dann winkte er drei Wachen herbei, die mit Schwertern bewaffnet waren. »Seid Ihr ohne Begleitung hergereist, Lady Ives?«

»Ja.« Sie wagte nicht, Broc in Gefahr zu bringen.

Kaum merklich nickte er dem größten Mann von den dreien zu, auf dessen Lippen sich ein träges Lächeln ausbreitete. Bei der Art, wie er das Heft seines Schwertes streichelte, wurde Lizzy angst und bange. Hätte sie Gloucester nicht so aufmerksam beobachtet, wäre ihr der stumme Befehl gewiss entgangen, so jedoch wusste sie, dass Broc recht gehabt hatte, was Gloucester betraf: Er bot ihr keine Hilfe an.

Verdammt! Zwar wollte sie Broc und seine Gefährten nicht gefährden, doch ihre Wahlmöglichkeiten waren äußerst begrenzt. Rasch musterte sie die Wachen. Jede von ihnen trug lediglich eine sichtbare Waffe, und die eine war nicht größer als sie.

»Wo ist der Beweis?«, erkundigte Gloucester sich streng.

»In Eurem Labyrinth.« Sie betete, dass Broc sein übliches Waffenarsenal bei sich führte. »Ich werde ihn Euch allerdings nur aushändigen, wenn Ihr mir zusagt, meine Bedingungen zu erfüllen.«

Er beugte sich vor. »Ich wurde von Seiner Majestät beauftragt, seine Söhne und das englische Königreich zu schützen. Eure *Bedingungen* sind der Erfüllung meiner Pflicht nicht förderlich. Als eine Untertanin Englands erwartet man dieselbe Königstreue von Euch wie von mir. Solltet Ihr folglich entscheiden, dieses Dokument nicht an mich auszuhändigen, wird man es als Akt des Verrats an Eurem König und Eurem Land werten. Da Ihr die Tochter des obersten Henkers seid, brauche ich Euch wohl nicht zu erzählen, welche Strafe auf ein solches Vergehen steht.« Mit einem Brauenzucken kommandierte er die Wachen hinter sie. »Begleitet Lady Ives ins Labyrinth, und bringt mir das Dokument!«

# Kapitel 13

Wo zum Teufel ist sie?« Broc stapfte auf dem kurzen Wegstück vor der Hecke auf und ab. Er hatte schon reichlich Zeit gebraucht, um Smitt zu finden und die anderen durch die Burgtore zu schaffen, weshalb er geglaubt hatte, bei seiner Rückkehr Lizbeth im Labyrinth anzutreffen. Inzwischen war er oben in ihrem Gästegemach gewesen und sogar in der Wäscherei, doch die Wäscherin hatte ihm nichts sagen können.

Die Sonne brannte heiß herab. Broc blieb stehen und lauschte angestrengt, ob er ihre Schritte hörte. Ein paar Hecken weiter zum Ausgang hin hatte er ein gestohlenes Pferd bereitstehen.

*Zum Teufel noch mal!* Er fuhr sich mit der Hand durchs Haar und verfluchte sich, weil er sie überhaupt allein gelassen hatte. Hollister musste sie entdeckt haben, das fühlte Broc buchstäblich in seinen Knochen. Sie befand sich in den Klauen des Mistkerls! Er packte den Griff seines Dolches, den er liebend gern in die Brust des Schurken gerammt hätte.

»Es ist nicht weit.«

*Lizbeth!*

Beim Klang ihrer lieblichen Stimme atmete Broc erleichtert auf. Dann jedoch zählte er mehrere Schrittgeräusche, schwerere, die eindeutig von Männern stammen mussten. Sie war nicht allein. Hollister. Broc nahm sein *Sgian dubh* aus dem Stiefel und hielt es wurfbereit. Regungslos stand er da und konnte es kaum erwarten, das Blut dieses Mannes auf seiner Klinge zu sehen. Als Erstes erschien eine Stiefelspitze an der Heckenbiegung. Ohne zu zögern, schleuderte Broc die kleine Klinge in den Hals der Wache. Der Mann kippte nach vorn, würgend an seinem Blut, das ins Gras sickerte.

Als Nächstes kam Lizbeth, die Augen weit aufgerissen, die Wangen gerötet und gekleidet wie eine verfluchte Königin.

Ein helles Klingen verriet, dass Schwerter gezogen wurden. Rasch nahm Broc sein Breitschwert vom Rücken und stach es durch die Hecke. Er fühlte, wie es traf, die Spitze sich in menschliches Fleisch bohrte, wie er es aus den Schlachten kannte. Rasch ließ er das Schwert los, lief zu Lizbeth und riss sie an ihrem Kleid über die Wache zu ihren Füßen. Als er sie hinter sich geschoben hatte, stand er Auge in Auge mit einer dritten Wache.

»Mein Gott!« Dem Mann quollen die Augen aus dem Kopf. Eilig drehte er um und rannte zurück.

Seinen Dolch in der Hand, setzte Broc ihm nach. Er lief so schnell, dass die Hecken zu beiden Seiten wie grüne Schleier an ihm vorbeiflogen. Zum Glück für ihn war die Wache weniger mit dem Labyrinth vertraut, und so fand er den Mann hinter einer Ecke ein Stück weiter in der Falle. »Du hättest nach links laufen sollen.«

Der Mann fuhr herum. Sichtlich zitternd zog er sein Schwert. Ein paar kleine Schwünge schaffte er, bevor Broc den Tanz beendete, indem er dem anderen mit einem Hieb die Kehle durchschnitt.

Broc wischte sein Breitschwert an dem dunkelroten Wams des anderen ab. Alle drei Wachen trugen Gloucesters Farben. Wütend stapfte er zurück. Das dunkelblaue Kleid mit der Goldstickerei hatte Lizbeth gewiss nicht in der Wäscherei gefunden. Als er sein Breitschwert aus der Wache auf der anderen Seite der Hecke zog, hörte er, wie Lizzy die Luft anhielt. Er bog um die Ecke zu ihr und reinigte seine letzte Waffe, ehe er die Frau schließlich ansah. »Du warst bei ihm, nicht wahr? Du hast Gloucester gesprochen, nachdem ich dir sagte, ich würde deine Neffen aus dem Tower holen. Bedeutet mein Versprechen dir gar nichts?«

»Sie sind meine Familie. Wenn irgendjemand sterben sollte, weil er sie schützen will, muss ich das sein. Bitte vergib mir, Mylord!« Dass sie die Augen gesenkt hielt, ärgerte ihn umso mehr.

»Lass dieses ewige ›Mylord‹!«, knurrte er und ging an ihr vorbei. Ob sie ihm folgte oder nicht, interessierte ihn nicht. Er hatte es satt, sie zu retten. Drei Reihen und vier Ecken weiter war er am Ausgang bei seinem Pferd. Er stieg auf und wartete.

Als Lizbeth endlich kam, sah er nichts als den weißen Schleier, der ihren spitzen Hut und ihren Kopf bedeckte. Sie machte kleine verhaltene Schritte, und wieder einmal knüllte sie ihre Ärmel unten zusammen. Scheu blieb sie neben dem Pferd stehen und harrte seiner Worte. Er wollte sie ohrfeigen oder wenigstens übers Knie legen. Warum zweifelte sie fortwährend an ihm? »Hast du nichts zu sagen, *Lady Ives?*«

Sie blickte zu ihm auf. Zu seiner Verblüffung blitzten ihre Augen vor Wut. »Ich möchte von hier fort.«

Immerhin dachte sie endlich an sich selbst. Mit einem kräftigen Schwung hob er sie hinter sich auf das Pferd. »Und wo würdest du gern hinreiten, Mylady?«

Vertrauensvoll schlang sie ihre Arme um ihn und lehnte ihren Kopf an seinen Rücken. »Nach Schottland.«

Zehn Dukaten kostete es ihn, aus Middleham zu gelangen. Die Engländer waren fürwahr leicht zu bestechen. Gloucester würde seine toten Wachen im Labyrinth entdecken, doch bis dahin waren sie längst weit weg. Hollister würde fraglos nach ihr suchen, und so Gott wollte, würden die Wege der beiden Männer sich kreuzen und sie sich gegenseitig umbringen.

Schweigend lenkte Broc ihren Hengst über den Weg nach Bolton. Er brachte es einfach nicht fertig, sie zu fragen, was sie erfahren hatte. Ihr mangelndes Vertrauen schmerzte ihn mehr, als sie sich ausmalte, aber sie befanden sich in Sicherheit. Und das war alles, was zählte. Heute stand Gott auf ihrer Seite, der sie aus der Hölle und fort von ihren Feinden führte.

»Konntest du die anderen aus der Burg schaffen?«

Über das Hufgetrappel hinweg hörte er sie kaum. »Ja, wir sollten sie vor Stunden außerhalb des St.-Thomas-Klosters treffen. Ich gab ihnen Weisung, zur Grenze weiterzureiten, sollten wir bis mittags nicht dort sein. John wollte nicht recht, aber Celeste überzeugte ihn, indem sie ihm verriet, dass sie sein Kind trägt. Ich schätze, dass wir den Rest unserer Reise allein bestreiten werden.«

Sie umklammerte ihn ein bisschen fester. »Du hast richtig entschieden. John muss Celeste in Sicherheit bringen.«

»Ja.« Anscheinend wollte Lizbeth ihn versöhnlich stimmen, nur stand ihm der Sinn noch nicht nach freundlichem Geplänkel. Also hielt er stumm ihre Hand, während das Pferd sie durch die Moorlandschaft trug. Irgendwann sank sie gegen seinen Rücken und fiel in einen tiefen Schlaf. Ab und zu zuckten ihre Finger. Wie er wusste, waren es ihre Dämonen, die sie im Schlaf heimsuchten. Was sollte er mit ihr machen? Seine Familie erwartete ihn in zwei Tagen. Die anderen kämen einen halben Tag früher an und würden ihn dem Clan ankündigen. Das Bekanntmachen dürfte recht bizarr ausfallen. *Mam, Dad, darf ich euch Lady Ives vorstellen? Sie ist Engländerin und die Tochter des Mannes, der jenen tödlichen Schlag ausführte, mit dem Aidens Leben endete.*

Er sah die Enttäuschung in Mams Gesicht schon vor sich.

Verdammt, er fühlte sogar die Schuld, die ihn überkommen würde! Dad würde Lizbeth laut und deutlich seine Meinung sagen und sie vor allen erniedrigen. Und Lizbeth würde alles demütig hinnehmen, sich wieder ganz in sich zurückziehen und zur unterwürfigen Lady Ives werden, wie sie es über Jahre vor ihrem eigenen Vater getan hatte. Keiner von ihnen würde sie als die Frau wahrnehmen, die er in ihr sah, die niemals an sich selbst dachte, die quer durch England reiste, um ihren Vater zu retten, und die sich eine Zukunft verwehrte, um Söhne zu schützen, die sie noch gar nicht hatte. Egal, wie Lizbeth sich selbst sah – für ihn war sie die tapferste Frau, die er kannte.

Er ließ nicht zu, dass sie von seinen Leuten verletzt wurde, denn sie verdiente nicht, von ihnen gering geachtet zu werden.

Vielleicht sollte er sie gleich zu Bruder Mel bringen. Broc hob ihre Hand an seine Lippen und küsste sie.

Wen narrte er? Sie würde niemals nach Dryburgh gehen.

Denn er wollte sie bei sich behalten. Solange Dad der Laird war, musste Broc Lady Juliana nicht heiraten.

Das gelegentliche Rabengeschrei über ihnen erinnerte ihn an stündliches Glockengeläut. Am späten Nachmittag kamen sie durch Penrith. Lizbeth schlief immer noch. Obgleich von Norden eine scharfe Brise wehte, brannte die Sonne auf sie herab. Brocs Tunika unter dem Wams klebte an seiner Haut, so dass die Narben an seinem Rücken juckten, und allmählich machte sein Schlafmangel sich deutlich bemerkbar. In wenigen Stunden setzte die Dämmerung ein, und vorher wollte er mit Lizbeth in einem Gasthaus sein. In einem netten Gasthaus mit Essen, Wasser und einem Bett – möglichst einem schmalen Bett.

Broc führte den Hengst am Fluss entlang, wo das Wasser über einige natürliche Stufen nach unten fiel. Das Rauschen übertönte den Klang der Hufe im Kiesbett des Flusses weiter unten.

»Lizbeth, wach auf! Ich will das Pferd eine Weile ruhen lassen. Möchtest du dir vielleicht ein wenig deine Beine vertreten?«

Weder antwortete sie, noch rührte sie sich. Als Broc sich umdrehte, fiel sie beinahe vom Pferd. Mit einer Hand hielt er sie fest, schwang sich aus dem Sattel und fing sie auf. Sie war vollkommen nassgeschwitzt und ohnmächtig. Das Haar hing ihr in nassen Klumpen unter dem verschleierten Hennin, und Schweiß glänzte auf ihren tiefroten Wangen. Die Sonne hatte sie in ihrem dunklen Kleid förmlich gebacken.

»Gott – Allmächtiger, Weib! Warum zum Teufel hast du nichts gesagt?« Er legte sie vorsichtig an den Wasserrand, ihren Rücken auf seinen Arm gestützt, schöpfte mit einer Hand Wasser und goss es ihr über die ausgedörrten Lippen. Das meiste tröpfelte über ihr Kinn und ihren Hals. »Lizbeth!«

Flatternd öffnete sie ihre Augen halb. »Ich fühle mich recht gut.«

*Zum Teufel mit ihr!* »Kannst du dich denn nicht einmal beklagen wie jede normale Frau?« Die nächste Handvoll Wasser schaffte es in ihren Mund, aber es war nicht genug. »Ich hole einen Becher.« Sanft ließ er sie ins Gras hinunter und suchte in ihren Satteltaschen. Sie lag würgend auf der Seite, als er zurückkam. Eilig riss er den Schleier zurück und raffte ihr Haar hinten zusammen.

»Kannst du mir vielleicht eine Zofe holen?«, keuchte sie zwischen unregelmäßigen Atemzügen.

»Kannst du vielleicht mir zutrauen, dir zu helfen?«, konterte er, tunkte den Becher ins Wasser und strich ihr sanft eine Locke hinters Ohr. Sobald sie ruhiger atmete, griff sie nach dem Becher und verschüttete den halben Inhalt, ehe er ihre Lippen erreichte. Unaufgefordert füllte Broc nach und half ihr, denn bitten würde das sture Frauenzimmer ihn ohnehin nicht. Dann legte er sie wieder hin, stapfte durch das Wasser ein Stück weiter und zog ihr die Stiefel aus, um ihre Füße in das kühle Wasser zu tauchen.

»Broc!«

»Ich bin hier, Engel.« Er blickte zu ihr auf, während er mit beiden Händen die dicken Stoffschichten zu ihren Schenkeln hinaufschob.

»Bring mich vom Wasser weg!«

»Du erstickst in deinen Kleidern.«

»Dann zieh sie mir aus, aber bring mich vom Wasser weg!« Sie strampelte ihre Beine frei, stemmte ihre Fersen in den schlammigen Boden und kämpfte sich höher. Ihr ganzer Leib bebte vor Anstrengung, als sie hilflos versuchte, weiter nach oben zu gelangen.

Broc hob sie hoch und trug sie zu einem kleinen Flecken Gras, der von weißen Gänseblümchen getupft war. Dort knöpfte er ihre falschen Ärmel ab, wand die Bänder ihres Mieders auf und zog ihr die steifen Sachen aus, um darunter auf ein weiteres dickes Kleidungsstück zu stoßen, das ihr fest um den Brustkorb geschnürt war. Fünf Knoten bekam er gelöst, den sechsten riss er kurzerhand auf, um sie aus diesem furchtbaren Ding zu befreien.

Sie holte so tief Luft, dass sie ihren Rücken durchbog, während Broc sich ihren Röcken zuwandte.

»Drei Röcke?«, fragte er entgeistert. »Wer zum Teufel braucht drei verdammte Röcke? Wer hat dich angekleidet?«

»Die Zofe der Duchess«, antwortete sie mit geschlossenen Augen.

Gloucester benutzte die Zofe seiner Frau, um Lizbeth umzubringen? Wie ein ungeschickter Junge machte Broc sich an den Befestigungen in ihrer Taille zu schaffen, bis er endlich alle drei über ihre Knöchel zurrte.

»Schockschwerenot!« Eine Wolltunika. »Ich weiß, dass du da drinnen bist, Lizbeth«, scherzte er in der Hoffnung, dass sie vor Belustigung munter wurde.

Als er sie bis auf eine helle Untertunika entkleidet hatte, richtete er sich auf. Er war jetzt selbst vor Anstrengung außer Atem. Weiße Blüten umfingen sie wie ein Garten der Unschuld, und mittendrin rahmten zimtfarbene Locken ihr Engelsgesicht. Ihre Zehen krümmten sich im weichen Gras, und sie hatte die Arme weit ausgebreitet. Das Glühen war aus ihren Wangen gewichen, und sie schimmerten nur noch rosig vor Glück. Was ihn am meisten faszinierte, war der friedliche Ausdruck auf ihrem wunderschönen Gesicht. Sie konnte unmöglich ahnen, wie sehr er sie begehrte.

In ihm nämlich tobte ein Inferno, das seine Männlichkeit in eine pulsierende Erektion verwandelte.

Ihm war entsetzlich heiß und wurde noch heißer, als er sie betrachtete. Durch die verschwitzte dünne Untertunika zeichneten sich ihre Brüste, ihre schmale Taille und das Tal zwischen ihren Schenkeln ab. Broc musste sie sofort haben.

Hinter ihm gab es nichts als das Rauschen des kleinen Wasserfalls, das alles andere übertönte: das Scheppern seiner Waffen, die zu Boden flogen, das Rascheln und das Auftreffen seiner Kleidung im Gras, aus der er sich eiligst befreite. Und dann sank er auch schon zwischen ihren Schenkeln auf ein Knie, zog ihre Tunika oben etwas weiter herunter und öffnete das blaue Band, das sie zusammenhielt.

Blinzelnd öffnete sie ihre Augen und ergriff seine Hand. »Es reicht, Mylord.«

Nein, es reichte nicht. Es würde nie reichen, solange er nicht tief in ihr war. »Meinst du nicht, dass wir über die ›Mylords‹

hinweg sind?«, fragte er und tauchte eine Hand in das Tal zwischen ihren Brüsten, wo die Tunika aufklaffte und er ihr Herz pochen fühlte.

Sie holte hörbar Atem. »Wir sind über nichts hinweg. Du bist ein Lord in deinem Land, also werde ich dich deinem Stand gebührend anreden.«

»Da ist wieder die unterwürfige Lady Ives, nicht wahr? Scheuch sie weg! Ich will eine andere.« Seine Hand glitt unter den Stoff und umfing ihre Brust, deren Spitze er mit Daumen und Zeigefinger neckte.

Sie schlug seine Hand beiseite. Plötzlich wich das spielerische Funkeln in ihrem Blick purer Feindseligkeit. »Und welche wäre das? Vielleicht eine wie die, mit der du dich in den Hecken vergnügt hast?« Sie stieß ihn weg.

Knurrend fiel er auf den Rücken. »Von wem sprichst du? Ich erinnere mich an keine Vergnügungen in den Hecken!«

»Du verdammter, verlogener Schotte!« Sie setzte sich auf. »Ich lernte Sybil in der Wäscherei kennen.«

»Wer zum Teufel ist Sybil?«

»Die Frau, die du in das Labyrinth zerrtest, nachdem du mein Bett verlassen hattest«, erklärte sie wütend.

Jetzt dämmerte es ihm: die Tänzerin. »Ich rührte sie nicht an. Falls die Frau behauptet hat, ich hätte mich mit ihr vergnügt, lügt sie.« Mit geschlossenen Augen raufte er sich die Haare.

Für einen Moment schwiegen sie beide. Dann drückte Lizbeth' Knie fest gegen seine Hoden, und schlagartig riss er die Augen auf.

Lizbeth war über ihn gebeugt, ihre Hände zu beiden Seiten von ihm aufgestützt und den Kopf hoch erhoben. »Und wie kommt's, dass sie wusste, wie groß dein Schwanz ist?«

Bei jedem Atemholen streiften ihre Brüste ihn, was ihn

umso mehr quälte. Jede andere Frau wäre davongestapft und hätte geschmollt. Nicht aber Lizbeth, die Kämpferin. Er warf sie herum und hielt ihre Hände im Gras fest. »Du hast mich abgewiesen, und ich war wütend. Also wollte ich mich austoben, was ich dann doch nicht tat. Ich schickte die Frau mit Extramünzen fort. Hätte ich sie bestiegen, wäre mir vielleicht Schlaf beschieden gewesen. Stattdessen irrte ich die halbe Nacht in dem gottverdammten Labyrinth umher.«

Lizbeth sah ihn prüfend an. Ihr Atem ging langsamer, und ihre Fäuste entkrampften sich. Er ließ zu, dass sie ihn auf den Rücken zurückwarf. Dann hockte sie sich rittlings auf ihn und beugte sich zu ihm, so dass ihr Gesicht über seinem schwebte. »Hast du sie berührt?«

»Nein!« Er wollte ihre Wangen streicheln, beschränkte sich jedoch darauf, ihr das Haar hinter die Ohren zu streichen. Wie bei einem verlassenen Kitz wagte er auch bei ihr nicht, vorschnell zu handeln. Sie zeigte erste Anzeichen von Vertrauen, aber nicht mehr.

»Hast du sie geküsst?«, wollte sie wissen.

»Nein.«

Sie streifte seine Nase mit ihrer und drückte ihre Schenkel fester um seine. »Schwöre es bei deiner Seele!«

»Ich schwöre es. Ich wollte sie nicht. Ich begehre keine andere, nur dich.«

Lizzy begehrte ihn auch. Sie wollte ihm trauen, ihm glauben, dass er stets für ihre Sicherheit sorgen und ihr Herz beschützen würde. Sie wollte das Leben, das er ihr anbot, und sie wollte sich nicht das Glück verwehren, das damit einherging. Er war ihr Licht in der Dunkelheit, und sie war es leid, sich zu verstecken, war es leid, sich immerzu zu fürchten.

Sie neigte ihren Mund zu seinem, verband sie beide in einem

Kuss. Während ihr Herz wie von Sinnen pochte, tanzte ihre Zunge mit seiner. Das Flattern in ihrem Bauch stieg wie ein Feuerwerk in ihre Brüste, und ein rohes, heißes Verlangen erfasste ihren ganzen Leib. Sie löste sich von seinen Lippen und zog die Tunika über ihren Kopf, so dass sie vollständig nackt war. »Ich bin dein.«

Er streckte seine Arme aus, umfasste ihre Wangen und zog sie zu sich, bevor er sie auf den Rücken warf, unter sich. Dann küsste er sich ihren Hals hinab, verwöhnte ihre Haut mit seiner warmen Zunge. Seidiges Gras kitzelte sie, kühle Luft wechselte sich mit seinen Küssen ab, und bald regte sich dasselbe Flattern in ihrem Bauch wie in der Nacht zuvor.

Aus ihren Seufzern wurde ein Wimmern. »Broc!« Sie wollte ihre Hände benutzen, doch er hielt sie neben ihrem Kopf fest. Derweil liebkoste sein Mund ihre Brüste aufs Lieblichste, bis sie sich hart aufrichteten. Sie konnte nicht stillhalten, also rieb sie ihre Füße an seinen Waden. »Berühre mich!«

»Diesmal nicht, Engel.« Er stand auf und zog sich die Hose aus.

»Heilige Maria!«, rief sie aus und wünschte sogleich, sie hätte geschwiegen. Sein Glied ragte steil und groß vor seinem Bauch auf, fast bis zum Nabel, und seine Hoden spannten die Haut darunter straff. Freudig und auch etwas ängstlich krallte sie ihre Zehen ins Gras.

Er kniete sich hin, wobei er ihre Schenkel weit auseinanderspreizte. Dann begann er, sie zu streicheln. Ein Finger glitt über ihre geschwollene Scham, so dass sie zuckte, aber dann war er fort.

Diesmal wusste sie, was sie erwidern würde, sollte er ihr die Ehe versprechen, und wartete darauf, dass er es sagte.

Stattdessen blickte er ihr voller Schmerz und Unsicherheit in die Augen. Er benetzte seine Lippen, doch es kamen keine

Versprechen, während er sein Glied an ihre Öffnung führte und vorsichtig eindrang.

Er stieß gegen die Barriere ihrer Jungfräulichkeit. »Es tut mir leid«, raunte er ihr zu und durchstieß sie.

Lizzy schrie auf, hatte sie doch nicht erwartet, dass es sich anfühlen würde, als zerrisse ihr Innerstes. Mit beiden Händen klammerte sie sich an seine Schultern.

Er rührte sich nicht in ihr. Die Augen geschlossen, beugte er sich zu ihr und küsste ihre Brustspitzen. »Es geht vorbei, glaub mir!«

Sie glaubte ihm und wartete, bis ihre Muskeln sich dehnten und seiner Größe anpassten. Tatsächlich kehrte nach einem Moment die flammende Begierde zurück. Lizzy wackelte ein wenig mit ihren Hüften, um ihn zu ermuntern, etwas zu tun. Was, wusste sie nicht, aber da musste noch mehr sein. Ihr Leib verlangte jedenfalls nach mehr. »Soll man sich jetzt bewegen?«

Er hob seinen Kopf und lächelte sie verwegen an, wobei sich die Grübchen in seinen Wangen zeigten. Dann zog er sich aus ihr zurück.

Sofort schlang sie ihre Beine um seine Hüften, weil sie ihn festhalten wollte, aber er glitt vollständig aus ihr. *Nein!*, schrie es in ihrem Kopf. Das war viel zu kurz! »Bist du fertig?«

Er lachte leise. »Nein, aber lange halte ich nicht durch. Du bist sehr eng.«

Bevor sie begriff, was er vorhatte, drückte er ihre Knie nach oben. Er sah sie wie berauscht an und gab ihr das Gefühl, die begehrenswerteste Frau auf der Welt zu sein.

Zaghaft legte sie ihre Hände flach auf seine Brust. Bereute er schon, was er tat? »Broc?«

Erneut drang er in sie ein. Und wieder. Seufzend ahmte sie seine Bewegungen nach, die zunächst in einem ruhigen Rhythmus erfolgten, dann aber schneller wurden. Broc richtete seinen Oberkörper weiter auf und stieß tief in sie hinein. Er erbebte, ließ eines ihrer Beine los und griff zwischen sie.

Mit zwei Fingern rieb er kreisend die geschwollene Perle zwischen ihren Schamlippen. »Genieße es, Lizbeth!«

Was sie auch tat. Sie stürzte in einen Rausch der Ekstase, bis alles um sie herum nur noch strahlend weißes Licht war.

Broc brüllte in dem Moment, in dem sie aufschrie und ihre Welten gleichsam in ihrem Schoß zusammenfielen.

# Kapitel 14

Pechschwarze Finsternis. Lizzys Augen standen offen, dennoch war sie vollkommen blind. Der Boden unter ihr war fest, felsig, und zu ihrer Rechten hörte sie Wasserplätschern sowie das Klimpern von Zaumzeug und leises Wiehern. Die verrutschte Wolldecke setzte ihre Haut der kühlen feuchten Nachtluft aus. Dann spürte sie einen Schwall Hitze an ihrem Hals. Broc war auf ihr, kniete zwischen ihren Beinen und küsste sich ihren Brustkorb hinunter. Schlagartig war die letzte Schläfrigkeit verflogen, und sie fühlte sich erfrischt, lebendig, als hätte sie tagelang geschlafen. Vielleicht hatte sie das ja.

Er neckte ihre weichen warmen Brüste, eine mit seiner Hand, die andere mit seinem Mund. Ein Blitz zuckte im selben Moment über den Himmel, indem sie ein verlangendes Beben durchfuhr. Sie erschauderte.

»Hab keine Angst! Ich bin hier.« Broc legte seine starken Arme um sie und hielt sie fest.

Aber in dieser Dunkelheit lauerte kein Schrecken. Keine Gesichter, keine Ungeheuer verfolgten sie. »Ich habe keine Angst«, flüsterte sie, erwiderte die Umarmung und küsste seinen Hals, auf dass all ihre Sinne von ihm erfüllt sein mochten. Er schmeckte würzig, duftete nach Waldsauerklee und fühlte sich an wie das Paradies. »Eigentlich sollte mir die Finsternis den Atem rauben, doch das tut sie nicht.«

»Weil du darauf vertraust, dass ich dich beschütze.« Er knabberte zärtlich an ihrem Schlüsselbein, während seine Hände zu ihrem Po wanderten.

»Ja«, gestand sie freimütig. Diese neue Courage, die er in ihr weckte, faszinierte und stärkte sie. Sie tauchte die Finger in sein Haar, um ihn dicht an sich zu halten. »Wo sind wir?«

»In einer Höhle am Fluss. Ich bin in einem Bett von Wildblumen neben einem zufriedenen Engel aufgewacht – einem nackten zufriedenen Engel«, korrigierte er mit seidig tiefer Stimme, »und dachte mir, ich sollte dieses wunderbare Geschöpf vor dem Gewitter in Sicherheit bringen.«

»Zufrieden, ja?« John würde sagen, er klänge voller Pisse und Nesseln.

»O ja, sehr zufrieden. So befriedigt, würde ich behaupten, dass du davon ohnmächtig wurdest.«

Sie versuchte, sich an die Zeit nach ihrem Liebesakt zu erinnern, aber sie wusste wirklich kaum noch etwas. Er hatte sie in seine Arme genommen und sie schützend gehalten, bis sie in einen tiefen Schlummer fiel. Es war gut möglich, dass sie ohnmächtig geworden war. Und sie würde es vielleicht wieder, sollten seine Lippen sich noch tiefer bewegen. »Dachtest du auch daran, die Kleider des nackten Engels mitzunehmen?«

»Ja, wir liegen auf ihnen. Drei dicke Samtröcke bilden eine angenehme Schlafunterlage.« Seine Zungenspitze tauchte in ihren Nabel.

Nach Luft ringend, zog sie den Bauch ein, um seiner neckenden Zunge zu entkommen.

»Ich bin ausgehungert.« Seine Zähne kratzten sanft über ihre Hüfte.

»Ich könnte dir einen Haferkeks geben«, bot sie ihm an.

Lachend küsste er ihren Venushügel, und sie begriff, dass sein Appetit nicht mit Essen zu stillen wäre. Bei dem Gedanken, dass er sie *dort* küsste, begannen ihre Ohren zu glühen.

Er hockte sich auf. »Nein, einen Haferkeks will ich nicht. Ich möchte dich kosten, aber dein Duft macht mich mall.«

Eine feste Hand umfasste ihre Wade und hob ihren Fuß an seine Lippen, so dass ihr Bein nach oben gestreckt war. Er liebkoste ihr Fußgewölbe, dass es kitzelte, bevor er ihren Knöchel an seine Schulter lehnte und sich vorbeugte. Ihre Beine waren nun weit gespreizt, und seine Erektion rieb an ihren Schamlippen. »Ich kann mich nicht beherrschen, wenn ich bei dir bin.«

Seine Schnelligkeit wie auch die Stellung, in der sie lagen, erschreckte sie umso mehr, als ein Blitz seine große Gestalt zwischen ihren Schenkeln erleuchtete. Er wollte sich erneut mit ihr vereinen, und das schnell, doch sie fürchtete, dass es zu rasch wäre. Dann aber stützte er sich mit einer Hand auf und fing an, ihre Scham mit der anderen zu streicheln, so dass sie aufs Neue ein überwältigendes Verlangen empfand. Stöhnend gab sie sich seinen Zärtlichkeiten hin, während ihr Geist sich danach sehnte, dass er ihr Treue schwor und die Ehe versprach.

Bei dem süßen Duft ihres Geschlechts und dem Klang ihrer Seufzer vergaß Broc, wer er war. Er zog seine Finger aus ihr heraus und drang mit seinem Glied in sie ein. Langsam bewegte er sich in ihr. »Lizbeth«, flüsterte er, »fass mich an!«

Ihre Hände waren überall, auf seinen Schultern, seiner Brust, seinen Brustwarzen, die sie kitzelte, und dann auf seinem Hintern.

Er hatte die Frau in ihr zum Leben erweckt, und er wollte sie ganz allein für sich. Fester und schneller stieß er in sie hinein, bis er mit Leib und Seele von ihr eingenommen war. Hinter seinen geschlossenen Lidern sah er nichts als ihre goldenen Augen. Er roch nichts außer ihrem Duft. Und er könnte niemals genug von ihr bekommen.

Sie schrie auf, dass es durch die Höhle hallte. Ihre Bauchmuskeln umklammerten seinen Schaft, und ihre Finger gruben sich in seinen Hintern.

»Ahh!« Wahrscheinlich würde *er* gleich ohnmächtig. Er stemmte seine Fäuste neben ihren Hüften auf, drückte seine Brust gegen ihr Bein und stieß wenige Male in sie hinein, bevor Sterne in seinem Kopf explodierten. Sein Leib erbebte, pumpte seinen Samen in sie, markierte sie und machte sie …

*Mein.*

Vollkommen befriedigt sackte er neben sie. Beide waren sie außer Atem. Die Höhle drehte sich um ihn, und ein Gefühl der Schwerelosigkeit überkam ihn, bei dem er sich am Boden festhalten musste. Mit der anderen Hand ertastete er Lizbeth und verschränkte seine Finger mit ihren.

Diese Frau schaffte es, den beherrschten Krieger in ihm zu besiegen. Er hätte seine Lust bändigen müssen, imstande sein sollen, ihrem erotischen Duft wie auch der Unschuld ihrer Berührung zu widerstehen. Sein Gewissen regte sich. Schon jetzt konnte sie mit seinem Kind schwanger gehen. Er hatte sie ruiniert, sich genommen, was ihm nicht gehörte.

Sein Dad hatte Mätressen, was alle im Clan wussten, einschließlich Mam. Dads Kegel lebten als ausgezeichnete Krieger unter ihnen. Sogar sein Seneschall war sein eigen Fleisch und Blut, auch wenn er nicht seinen Namen trug. Die Clan-Mitglieder sahen über Magnus Maxwells Seitensprünge hinweg, weil er der mächtige Chieftain war. Und er behauptete, er würde eine Armee aufbauen, die ganz Schottland schützte. Aiden war auf dem besten Wege gewesen, es genauso zu halten. Broc hingegen hatte die Ausschweifungen der beiden nie gutgeheißen. Dennoch brachte er sich in dieselbe Lage. Während Dad keine Bedenken haben würde, sollte Broc Lizbeth als seine Mätresse behalten wollen, bestünde er zweifellos darauf, dass er der Übereinkunft mit Laird Scott entsprach und Lady Juliana ehelichte.

Wie sollte er Lizbeth das erklären?

Sie drehte sich zur Seite und schmiegte sich an ihn, ein Bein über seines gelegt. Dann erkundeten ihre Finger seine Brust, seine Schenkel und schließlich seine Hoden, bevor sie sein weiches Glied streichelten. Das bald nicht mehr weich war. »Ach, Lizbeth, was machst du mit mir?«

Er fühlte an seinem Hals, wie sie lächelte, während sie seinen Penis losließ und ihn weiter erforschte. Rasch wurden ihre Leiber zu einem wirren Knäuel aus ineinander verschlungenen Armen und Beinen. Der Clan-Führer in ihm befahl, dass er sich zur Heimreise bereitmachen sollte, aber der Mann in ihm sträubte sich. Nur noch ein wenig länger wollte er hierbleiben, ein bisschen mehr fühlen, auf dass ihm seine Zeit mit Lizbeth für eine Ewigkeit genügen würde.

Also blieb er auf dem Rücken liegen und ließ sich von ihren sinnlichen Küssen verwöhnen, mit denen sie seine Brust bedeckte. Nach und nach wurde sie kühner, traute sich mehr und wanderte tiefer. Während ihre Zunge seinen Nabel kitzelte, glitten ihre Brüste über sein steifes Gemächt.

Er vergrub seine Finger in ihrem Haar. Sollte er sie nicht zurückhalten? *Als ob er das könnte!* Er lachte, was sich jedoch eher wie ein Stöhnen anhörte, durch das Lizbeth sich wiederum angespornt fühlte. Bis das erste graue Licht der Morgendämmerung zu sehen war, quälte sie ihn aufs Köstlichste. Mit der Dämmerung setzte ein sanfter Regen ein. Im Höhleneingang hingen schimmernde Tropfen, und von ferne war Donnergrollen zu hören.

Er schoss so schnell hoch, dass Lizbeth, die nun rittlings auf seinem Schenkel hockte, vor Schreck zusammenfuhr.

»Was ist?«, fragte sie und verspannte sich spürbar.

»Es regnet.«

Sogleich entkrampfte sie sich wieder. »Danke, dass du mir das sagst.«

»Du magst den Regen, nicht wahr?« Er sprang auf und zog sie mit sich nach oben.

»Ja, ich mag Regen ganz gern, aber mir scheint der Gedanke, den ganzen Tag hindurchzureiten, nicht besonders reizvoll. Also verzeih, wenn ich deine Begeisterung nicht teile.«

Broc blinzelte in den Dunst, der sich in der Höhle bildete. Gezackte Steine hingen von der Decke, deren Gegenbilder aus dem Felsboden nach oben ragten. Stumm zog er Lizbeth mit sich über den feuchtglänzenden Fels zum Höhleneingang.

»Wo willst du hin?« Sie versuchte, sich ihm zu entwinden, denn offenbar hielt sie ihn für verrückt.

Die Wahrheit war, dass er sich wirklich ein kleines bisschen verrückt fühlte. Zumindest schien sein Verstand ihm heute Morgen nicht zu gehorchen. Er hegte den merkwürdig dringenden Wunsch, zu tanzen, dabei hatte er seit Tante Radellas dritter Hochzeit nicht mehr getanzt. »Komm, Lizbeth!«

»Aber ich bin nackt!«

»Ja, du bist nackt«, bestätigte er und lächelte über seinen Einfall. »Dadurch wird es umso vergnüglicher.«

»Broderick Maxwell! Was hast du vor?«

Er drehte sich zu ihr und umfing ihre Taille, als sie ihm entwischen wollte. »Wir wollen spielen.«

»Spielen?!«, schrie sie ihn an.

»Edlynn würde es wollen.«

»Edlynn ist nicht hier.«

»Vielleicht ist sie es doch.« Er lachte laut, berstend vor unbeherrschbarer Energie. »Sie könnte zur Abwechslung einmal in meinem Kopf herumspuken.« Broc hob Lizbeth hoch und trug sie zu einer kleinen von Kiefern umstandenen Lichtung. Der Regen fiel langsam und stetig, so dass sie beide sofort von Kopf bis Fuß nass waren. Broc stellte Lizbeth wieder hin und küsste sie, um jede Widerrede zu ersticken. Dann drückte er sie an sich und tänzelte seitwärts mit ihr im Kreis. »Hast du jemals im Regen getanzt, mein Engel?«

»Ich habe noch niemals getanzt, geschweige denn nackt im Regen.« Die Tropfen wegblinzelnd, schaute sie zu ihm auf und folgte seinen Bewegungen.

Broc nahm ihre Hände, streckte ihre Arme weit aus und begann jenen Brauttanz, den er bei vielen Hochzeiten gesehen hatte. Ihre Brüste an seiner zu spüren, erregte ihn, mehr noch aber faszinierte ihn die Freiheit, die er in ihren Armen empfand. »Tanz mit mir, mein Engel!«

»Jetzt bist *du* mall!«, schalt sie ihn, obgleich sie die sinnlichen Schritte um ihn herum fortsetzte.

»Das bin ich«, gestand er und wirbelte sie im Kreis herum, bis sie laut lachte. Obgleich ihr Lachen vor allem ihrer Unsicherheit geschuldet sein durfte, klang es in seinen Ohren wie Violenmusik. Sie lachte viel zu selten, woran er künftig etwas ändern wollte.

Nasses Gras wickelte sich um ihre Waden, als Broc sie durch den Tanz führte. Er drehte sich in ihren Armen, ohne ihre Hände loszulassen, und warf seinen Kopf in den Nacken. Regentropfen prasselten ihm ins Gesicht. Zwar war die Sonne hinter grauen Wolken verborgen, doch Broc wusste, dass sie bereits aufging. Der Tanz diente vor allem dazu, den Aufbruch hinauszuzögern. Sie hätten vor Stunden weiterreiten sollen. Nur noch ein wenig wollte er die Lizbeth genießen, die zum Vorschein gekommen war.

Als er sich vornahm, die leidenschaftliche Frau in ihr hervorzukitzeln, war er sich nicht gewahr gewesen, dass sie im selben Zuge den Mann in ihm wecken würde. Einen Mann, dem kleine Erinnerungen wie diese heilig waren und der Lizbeth dennoch erklären musste, warum er sie nicht wählen durfte. »Als ich ein Junge war, lief ich mit meinen Brüdern jeden Morgen vor der Messe um die Wette zum See vor den Toren von Skonóir Castle. Aiden gewann immer. Einzig ein Mal war ich schneller, an einem Regentag wie dem heutigen.«

Er drehte sich abermals, so dass seine Brust an ihrem Rücken war, und versuchte, sich auf seine Geschichte zu konzentrieren statt darauf, wie seine Erektion gegen ihren Po drückte. Mit einer Hand hielt er ihre Hüften umfangen und küsste sie auf die Schulter. »Ich zählte zwölf Lenze und beherrschte endlich meine langen schlaksigen Beine. Ian war sehr viel jünger, so dass er meist schon vor dem Torhaus aufsteckte. Aber an jenem Tag konnte ich mit Aiden mithalten und ihn letztlich überholen.« Broc lächelte bei dem Gedanken an das Triumphgefühl von damals.

»Hast du mich in den Regen gezerrt, um mir diese Geschichte zu erzählen?« Sie neigte den Kopf, so dass sie ihm ihren Hals seitlich entblößte.

Natürlich musste er diesen auch sofort küssen. »In jenen Tagen war ich frei. Aiden war der Älteste, der einst den Clan führen und beschützen sollte. Dad ließ ihn von den stärksten Kriegern ausbilden. Währenddessen wurde ich nach Dryburgh geschickt, wo ich lernen sollte, mein Verlangen zu bändigen.«

»Verlangen wonach?«

»Nach allem, was Aiden hatte. Und nun, da es mein ist, fürchte ich, dass ich es nicht mehr will.«

»Wie kannst du so etwas sagen?« Sie wollte sich umdrehen, doch er hielt sie davon ab, weil er nicht ertrug, in ihre Augen zu schauen.

»Du hast das Herz eines Anführers, wurdest geboren, um zu beschützen. Warum willst du solch ein Privileg abweisen?«

»Weil ich die Wahl haben möchte.« Er schloss die Augen und wartete, dass sie begriff. Sie sollte verstehen, warum er sie nicht zur Frau nehmen konnte.

»Wir wählen unser Erbe nicht, ebenso wenig wie wir ändern

können, wer wir sind. Ich habe mir nicht ausgesucht, die Henkerstochter zu sein. Du bist der Sohn des Lairds und besitzt die Macht, deine Leute zu schützen. Es wäre selbstsüchtig von dir, etwas anderes zu wünschen.«

»Was du sehr wohl tust. Erzähl mir nicht, du würdest dir keinen anderen Vater wünschen!«

»O doch, ich wünsche es mir täglich, aber mein Vater ist und bleibt ein Mörder.« Sie versteifte sich spürbar.

Dass sie wütend wurde, war nicht seine Absicht gewesen. Sie hatte das Gespräch in eine gänzlich falsche Richtung gelenkt, denn er wollte ihr sagen, dass er gezwungen wäre, Lady Juliana zu heiraten. Das zu tun, fehlte ihm jetzt allerdings der Mut.

Um sie zu beschwichtigen, schob Broc ihr das Haar über die Schulter und wollte ihren Nacken küssen, doch sie trat aus seinen Armen. Als er ihren Rücken sah, packte ihn eine Wut, die er kaum zähmen konnte. Er ergriff ihre Oberarme, damit sie stehen blieb.

Zwei weiße Narben verliefen parallel über ihre Schulterblätter, eine gerade, die andere gewellt. Beide führten zu ihrer Wirbelsäule.

»Bei Gott, Lizbeth! Wurdest du ausgepeitscht?«

Sie fuhr zusammen.

»Wer hat dir das angetan?«, fragte er, wobei er im Geiste schon ihren Vater verdammte.

Lizbeth neigte ihren Kopf, aber er wäre verflucht, wenn er ihr gestattete, sich ihm zu verschließen, bevor er einen Namen erfuhr.

»Antworte mir!«, forderte er grob.

»Lord Hollister.« Nun riss Lizbeth sich von ihm los und lief zum Höhleneingang.

Er folgte ihr nicht. Stattdessen starrte er auf seine Hände

und malte sich aus, wie er sie benutzen könnte, um den Dreckskerl umzubringen. Endlich verstand er, warum sie unbedingt aus dem Tower hatte fliehen wollen. Sie mochte glauben, dass sie ihres Vaters Seele rettete, doch im Grunde rettete sie ihre eigene.

Der Regen wurde zu einem Nieseln, bis Broc sich hinreichend beruhigt hatte, um in die Höhle zurückzukehren. In ihrer Untertunika und das Haar zu einem dicken Zopf geflochten, stand sie da und wand die Bänder ihrer Strümpfe. Broc zog sich seine Hose an und betrachtete Lizbeth. Der Wunsch, sie zu rächen, wurde mit jedem seiner Atemzüge stärker.

»Es geschah vor langer Zeit. Nach dem Feuer im Tower entdeckte Lord Hollister schließlich, dass ich mit dem Unglück zu tun hatte, bei dem fünf Männer ums Leben kamen. Und dann fand er heraus, dass ich den Gefangenen gerettet hatte.«

»Du warst der Feuerengel.«

Sie wischte sich die Augen und zupfte an ihren knitterigen Kleidern. »Er dachte, mich für immer zu zeichnen wäre eine kluge Bestrafung. Es sollte symbolisch dafür stehen, dass er mir die Flügel abschnitt.«

Sehr klug, fürwahr! Auch Broc konnte klug sein. »Und die Narbe neben deinem Ohr?«

»Ein Unfall.« Sie kehrte ihm den Rücken zu und zog sich die Übertunika an. »Nach Mutters Tod bestimmte Lord Hollister, dass ich fortan auf dem Schafott stehen und die Gnadenmünzen einsammeln sollte. Eines Tages brachten die Wärter eine Frau, die des Ehebruchs angeklagt war. Sie stand kurz vor der Niederkunft, und die Menge hatte Mitleid mit ihr, so dass der Korb sich rasch mit Münzen füllte. Mein Vater wäre ihr gnädig gewesen.« Lizbeth schlüpfte in ihre Stiefel. »Ihr Ehemann, wie ich vermute, entriss mir den Korb und schleuderte die Münzen in die Menge zurück. Lord Hollister sagte, es wäre meine Schuld, und stellte mich direkt hinter meinen Vater. Die Frau bekam zehn Peitschenhiebe für ihr Vergehen. Beim achten traf die Peitsche mich.« Ihre Stiefel waren inzwischen verschnürt, aber immer noch blickte sie nicht auf. »Es war das einzige Mal, dass ich meinen Vater schwitzen sah.«

»Wenn ich deine Neffen hole, bringe ich Lord Hollister um.«

Jetzt drehte sie sich zu ihm und schaute ihm ins Gesicht. »Manche Menschen sind es wert, gerettet zu werden. Lord Hollister zählt nicht zu ihnen.«

Er war froh, dass sie ihm nicht widersprach. »Womit es beschlossen ist. Sobald du sicher in Schottland bist, treffe ich alle Vorkehrungen, um nach London zurückzukehren.«

Nachdem sie kurz genickt hatte, hob sie das furchtbare Ding hoch, das sie tags zuvor beinahe erstickt hatte. Sie legte es sich um den Brustkorb und kam zu ihm.

»Du bist von Sinnen, wenn du denkst, ich würde dir mit diesem Ding helfen! Lass es weg, und zieh auch einen Rock weniger an. Ich möchte nicht, dass du ohnmächtig wirst, bevor wir die Grenze erreichen.«

»Na gut.« Sie warf das Korsett beiseite und ließ sich von ihm mit den Bändern des Mieders helfen.

»Ich gebe zu, dass ich dich lieber ausziehe als ankleide«, neckte er sie, konnte sie aber leider nicht zum Lachen bringen. Anscheinend ging ihr zu vieles durch den Kopf. Und er hatte ihr nichts versprochen, außer ihre Neffen zu holen. Als er einen Rock hochnahm und ihn ausschüttelte, fiel ihr Rosenkranz zusammen mit dem zerknickten Dokument heraus. Broc hob es auf und starrte auf Buckinghams Signatur. »Hast du es Gloucester nicht gegeben?«

»Nein. Ich traute ihm nicht. Er weiß jedoch davon. Das genügt.«

*Und das Dokument würde König James genügen,* dachte Broc.

# Kapitel 15

Die Hufschläge wurden langsamer und hielten ganz inne, als sie den Hügelkamm erreichten. Lizzys Kopf fiel ein wenig nach vorn, als Broc tief einatmete.

»Das ist Skonóir«, verkündete er voller Stolz.

Lizzy blickte auf und folgte seinen Augen. Sogleich bekam sie Herzklopfen. Über den Tälern und Schluchten erhob sich ein Zinnenturm in den Nachthimmel. Sie hatten sein Zuhause erreicht.

Broc stieg vom Pferd und half ihr aus dem Sattel. »Denkst du, du kannst stehen?«

Sie lächelte. »Allmählich habe ich mich daran gewöhnt, den ganzen Tag im Sattel zu verbringen.« Und sie hatte sich auch daran gewöhnt, von diesem starken Krieger festgehalten zu werden.

Er ließ sie los, kniete sich hin und küsste die Erde. Dann bekreuzigte er sich, neigte den Kopf und sprach ein Gebet auf Latein.

Schließlich hockte er sich zurück auf seine Fersen und blickte zu ihr auf, wobei der Mondschein seine Augen leuchten machte. »Nun wird alles gut, mein Engel. Du bist hier sicher.«

»Ich danke dir.« Vor lauter Erleichterung wurde ihr beinahe schwindlig. Sie war frei! Und während sie Gott dankte, dass er ihr Broderick Maxwell geschickt hatte, wünschte sie inständig, ihnen bliebe mehr gemeinsame Zeit.

»Man hört beinahe die Sterne funkeln, so nahe sind sie.«

Sie kniete sich neben ihn und ergriff seine Hände. »Schottland ist genauso wunderschön, wie du es beschrieben hast.«

»Warte, bis du die Blumen siehst! Du wirst sie immerzu pflücken und neue Duftessenzen aus ihnen schaffen wollen.« Er streichelte ihre Hände. »Tante Radella und Tante Jean werden gewiss deine Geheimrezepturen erfahren wollen.«

Tränen stiegen ihr in die Augen, und rasch senkte sie den Blick. Er wusste ja nicht, wie sehr sie sich ersehnte, Teil seines Lebens, seiner Familie zu sein. »Planst du noch, mich nach Dryburgh zu bringen?«

»Nein!«, antwortete er entsetzt. »Ich bringe dich zu Großmutter.« Obgleich es nicht die Antwort war, die sie erhofft hatte, nickte sie und stieg mit ihm in den Sattel zurück. Das letzte Stück der Reise war kurz, sehr kurz. Sie waren kaum den Hügel hinabgeritten und der Hengst in einen steten Trott verfallen, als Broc ihn zum Stehen brachte und abstieg.

»Warum halten wir wieder?«

»Dies ist der Grund meiner Großmutter.« Er zeigte auf eine Lichtung, die zu drei Seiten von Wald eingefasst war.

Lizzy sah verwundert zu dem seltsamen Haus, das wie eine zu kleine Burg wirkte. Ein Weg führte zu einem kleinen zweigeschossigen Turm mit drei Fenstern, von denen lediglich eines erleuchtet war. Hinter dem Turmhaus befanden sich eine Scheune mit durchhängendem Dach, ein Kutschenschuppen und zwei weitere Außengebäude.

»Lebt sie so weit von eurer Burg weg?«, fragte Lizzy, die dies als eine verabscheuungswürdige Missachtung der Alten empfand.

»Ich sagte dir doch, dass sie gemein ist.« Er hob sie vom Pferd. »Nachdem er Mam geheiratet hatte, wollte Dad Großmutter nicht mehr auf der Burg haben. Er behauptet, sie hätte sich zu sehr in seine Angelegenheiten eingemischt.« Broc zog einen Dolch und führte Lizzy die Stufen zu einem Seiteneingang hinauf.

»Du betrittst das Haus deiner Großmutter mit gezogener Waffe?« Lizzy wollte ungern bei einer Dame unterkommen, deren Enkel es für nötig hielt, sich zu schützen, wenn er sie besuchte.

»Ich betrete jedes Haus bewaffnet. Wir sind in Schottland.«

»Aber du sagtest, ich wäre hier sicher.« Sie blieb erschrocken stehen.

»Sicher vor deinen Feinden, nicht vor meinen.« Mit einem Ruck hatte er sie an seine Brust gezogen und küsste sie auf die Lippen, wobei er ihr einen nicht besonders sanften Klaps auf den Po gab. Dieser Mann stellte ein einziges Rätsel dar.

Die schwere Holztür quietschte und knarzte in den Angeln, als er sie öffnete, so dass Lizzy eine Gänsehaut bekam. Dies war kein Ort, an dem sie bleiben wollte. Als sie eintrat, streifte sie ein Spinnennetz, und sofort wurde sie halb hysterisch. Sie wich zurück und wischte sich über das Gesicht.

Broc sah sie an. »Erzähl mir nicht, du hast auch vor diesen kleinen Kreaturen Angst!«

»Ich fürchte sie nicht. Ich mag sie nur nicht besonders.« Sie suchte ihre Kleider nach Seidenfäden ab.

»Großmutter!«, rief er.

Lizzy zuckte zusammen.

»Entschuldige, Engel! Ich wollte dich nicht erschrecken.« Er steckte seinen Dolch wieder ein und wandte sich zu ihr.

»Broc, ich …«

»Wer ist da?« Eine Kerzenflamme kam um die Ecke und mit ihr Brocs Großmutter. Sie entzündete zwei Wandfackeln, so dass ein hässlich möblierter großer Raum erhellt wurde. Dann erst schaute sie die beiden an.

Zweifellos war sie das älteste Weib, das Lizzy jemals gesehen hatte. Ihre unzähligen Runzeln sowie das mondbleiche

Haar verliehen ihr etwas Unheimliches. Sie trug eine karierte Wolltunika und stützte sich auf einen Gehstock, als sie durch die Bodenbinsen schlurfte. Erst als sie näher hinsah, erkannte Lizzy, dass ihr Gehstock in Wahrheit ein Breitschwert war.

»Ich bin es: Broderick.« Er zog Lizbeth mit einem Arm hinter sich.

»Ich hatte einmal einen Enkel dieses Namens, aber der Taugenichts besucht mich schon lange nicht mehr.« Sie streckte einen krummen Finger aus und piekte ihn in die Brust.

»Autsch!« Er beugte sich hinunter und küsste sie auf die Wange. »Vergib mir, ich war in London.«

»Ah ja, du stinkst nach Engländer.« Sie neigte sich vor, um Lizbeth anzusehen. »Wen bringst du da?«

Broc trat hinter Lizbeth. »Großmutter, das ist Lizbeth.«

Lizzy verneigte sich. »Ich bin sehr erfreut, dich kennenzulernen.«

Die Frau streckte ihre gichtige Hand nach Lizzys Gesicht aus, so dass diese ängstlich wurde. Dann befingerte sie eine ihrer dunkelroten Locken. »Ist sie Schottin?«

»Nein«, antwortete Broc.

»Engländerin?« Noch mehr Falten bildeten sich auf dem alten Gesicht.

»Ja, aber sie lernt, ihre Leute nicht zu mögen.«

Die Großmutter inspizierte Lizzys dunkles Kleid, so dass diese sich wie ein Gegenstand vorkam. »Trägt sie Trauer?«

»Nein«, kam Lizzy ihm zuvor. Sie war nicht den weiten Weg gereist, um mit derselben Missachtung behandelt zu werden, die sie im Tower ertragen musste.

»Willst du sie schwängern?«

»Kann sein.«

*Kann sein?* Was für eine Antwort sollte das sein? Wollte er sie zu seiner Gemahlin machen oder nicht? Natürlich sprach

Lizzy die Fragen nicht aus. Stattdessen drückte sie seinen kleinen Finger, so fest sie konnte.

»Wenn du vorhast, Maxwell-Kinder zu gebären, sollten wir dafür sorgen, dass du ein bisschen Fleisch auf die Rippen kriegst.« Sie kniff Lizzy in den Arm. »Kommt mit! Ich habe einen Eintopf auf dem Herd.«

Lizzy rieb sich die schmerzende Stelle und wollte ihr folgen, als sie merkte, dass Broc ihre Hand losließ. Sie drehte sich zu ihm um.

»Ich muss nach Skonóir«, erklärte Broc, der einen Schritt zurücktrat.

»Du lässt mich hier?«

»Nee, Mädchen«, antwortete seine Großmutter hinter ihr. »Er versteckt dich hier.«

Lizzy fiel auf, dass die alte Frau dieselbe trotzige Haltung einnahm wie sie: die Fäuste in die Hüften gestemmt und mit strengem Blick zu Broc.

»Der Ältestenrat erwartet mich, und ich muss alles für meine Rückkehr nach London vorbereiten. Sei nett zu ihr, Großmutter! Sie ist schreckhaft. Ich komme morgen wieder.« Kaum hatte er ausgeredet, war er auch schon fort.

Lizzy machte wütend *Hmmpf*. Warum nahm er sie nicht mit? Schämte er sich ihrer?

»Komm mit mir, Mädchen!«, forderte seine Großmutter sie auf.

Wieder schnaubte Lizzy, folgte der Alten aber durch einen Türbogen. »Hast du einen Namen?«, erkundigte sie sich, weil sie nicht wusste, wie sie die Frau anreden sollte.

»Großmutter«, gab sie achselzuckend zurück. »So nennen mich alle – oder Hexe.« Sie kicherte. Gewiss war das ein Scherz, und wie Broc fand seine Großmutter ihre eigenen Witze weit amüsanter als alle anderen.

Ein salziger Duft wehte ihr entgegen, als sie den nächsten Raum betrat. Die Großmutter füllte zwei Schalen und schlurfte zu einer Bank. Da Lizzy nicht wagte, sie zu beleidigen, hockte sie sich auf die Bank gegenüber und nahm einen Bissen von dem Fleisch aus dem Eintopf. Es war sehr salzig, aber allemal besser als Haferkekse.

»Du bist also Engländerin. Eine Bäuerin?«

»Nein.«

»Dann hast du einen Titel? Bist du vielleicht sogar die Tochter von einem Herzog?«

Lizzy seufzte und hielt sich gerade noch davon ab, die Augen zu rollen. Immerzu drehte sich alles um die Herkunft! Sie schob sich eilig einen weiteren Bissen in den Mund, um die Antwort zu umgehen, doch die Großmutter wartete. Derweil schlürfte sie drei Löffel voll Eintopf durch ihre ungefähr fünf Zähne.

»Der Eintopf ist gut. Was ist darin?«

»Schaf und Rüben. Ist dein Vater ein Baron?«

*Verdammt!* »Wusstest du, dass, wenn du Erdschlüsselblumenblüten in den Eintopf gibst, das Bittere der Rüben verschwindet?«

»Ein Herzog?«

Offenbar konnte man dieser Frau nicht ausweichen. »Ich gelte in London als ›Lady‹, weil mein Vater der oberste Scharfrichter Seiner Majestät ist.«

*»Das 'n Ding!«* Die Falten der Großmutter hoben sich dort, wo ehedem Brauen gewesen sein durften. »Na, da sollten wir ja interessant plaudern können. Erzähl mir von deinem Dad!«

Lizzy stöhnte. »Es ist seine Pflicht, das englische Recht zu vertreten, indem er die Verbrecher bestraft.«

»Wie bestraft er sie?«

Offensichtlich war diese Frau senil, wenn sie beim Abendessen über den Beruf von Lizzys Vater reden wollte. »So wie die Henker Verbrecher seit Jahrhunderten bestrafen: Köpfen, Hängen, Folterbank.«

»Rädern und vierteilen sie auch noch, wie sie es mit unserem großen Wallace taten?«

»Zum Glück musste ich diese Strafen nie mit ansehen.« Rädern und Vierteilen waren nur den übelsten Vergehen vorbehalten. Vielleicht würde Buckingham es mit Lord Hollister an seiner Seite wieder verstärkt einführen.

»Ich sah in den Highlands einmal einen Mann am Pranger. Habt ihr so etwas auch in London?«

»O ja.« Lizzy nahm noch einen Bissen. »Ich hätte allerdings lieber meine Hände und meinen Kopf in den Pranger gezwängt als meine Füße der Menge und ihren Federn ausgesetzt. Manche im Tower sprachen vom Pranger als der ›Kitzelbank‹.« Dieser Scherz stammte von Emma.

Die Großmutter kicherte und schlürfte weiter ihren Eintopf. Für Lizzy waren all diese Bestrafungen längst alltäglich, aber auch die Großmutter schien nicht ein bisschen angewidert, sondern aß munter weiter.

Schließlich stand die alte Frau auf, wiegte sich ein paarmal hin und her, bis auch ihr rechtes Bein ihr gehorchte, und trat einen Schritt vor. »Mein Ogilvys Whisky steht in der Speisekammer.« Sie zeigte mit ihrem Schwert auf die Tür zur Vorratskammer. »Wir nehmen noch ein paar Schluck, ehe wir uns schlafen legen.«

Da Lizzy es gar nicht erwarten konnte, ins Bett zu gehen, widersprach sie nicht. Die Flasche hatte sie schnell gefunden, mit der sie der Großmutter zu den Stühlen am Feuer folgte. Der Mond warf sein fahles Licht durch ein grobes farbiges Fenster. Obgleich die Nacht die Ränder zu dunkel tünchte, konnte Lizzy das Bild einer Frau erkenne die mit kleinen Händen ein Schwert wetzte. *Neart, Grá agus Onóir* stand da in großen Lettern über dem Bild. »Stärke, Liebe und Ehre«, sagte Lizzy, die sich an Brocs Tätowierung erinnerte.

Die Großmutter sank in den einzigen Sessel im Raum. »Mein Gemahl ließ mir das Fenster vor Jahren in Spanien fertigen.«

»Du bist die Frau?«, fragte Lizzy fasziniert.

»Ja. Die Hände, die mich aufhalten wollten, waren die meiner Kinder. Mein Gemahl wollte mir auf diese Weise sagen, ich solle mein Schwert ablegen.« Die Großmutter schüttete ihren Whisky herunter, ihr Schwert an ihr Bein gelehnt.

»Du bist in die Schlacht gezogen?«

»Ja, mehr als ein Mal.«

Lizzys Blick fiel auf die Fensterbank. Was sie zuvor für Stoffreste und Zweige gehalten hatte, waren in Wirklichkeit kleine Puppen, aus getrockneten Gräsern gebunden. Garn hielt sie zusammen und unterschied Mädchen von Jungen. Aber alle waren in rot und grün karierten Stoff gekleidet. Merkwürdig, wie das war, beschwor der Anblick eine alte Erinnerung herauf. »Früher schnitzte mein Vater. Zumeist waren es Vögel, aber einmal schnitzte er eine Puppe.«

»Meine Puppen stehen für meine Nachkommen. Vierundachtzig an der Zahl. Ich habe die Hälfte des Clans geboren, der innerhalb der Burgmauern von Skonóir Castle lebt.«

Und Brocs Vater verbannte sie wie eine Aussätzige. Lizzy beschloss auf der Stelle, den Mann nicht zu mögen, ungeachtet seines Ranges als Chieftain. Die Großmutter begann, die Namen und Ränge besagter Nachkommen herunterzubeten und ob sie tot oder lebendig waren, was ihre Stellung in der Reihe entschied. Die Lebenden standen aufrecht, während die Toten auf einem Haufen lagen. Die Hälfte ihrer Abkommenschaft war tot.

»Welcher ist Broc?«

»Aiden, Broc und Ian sind diese drei.« Obgleich ihr krummer Finger in den Korridor wies, als sie auf die Puppen zeigen wollte, konnte Lizzy die Figuren ausmachen, die an der Wand lehnten, eine größer als die andere. Sie blies den Staub von der mittleren.

»Nee, der Große ist mein Broderick. Ich habe ihn stärker als Aiden gemacht. Den Jungen lehrte ich selbst, das Schwert zu schwingen, o ja! Genau wie Ian.«

Lizzy schmunzelte, als sie sich den jungen Broc vorstellte, wie er mit dieser Frau den Schwertkampf übte.

Die Großmutter schenkte sich Whisky nach. »Er versteht mehr von Ehre als Aiden, habe ich recht?«

»Leider habe ich Aiden nicht kennengelernt, bevor er starb.«

»Starb?«

Sofort bereute Lizzy ihre Worte, aber nun musste sie sie erklären: »Ich bedaure sehr, dir solche Neuigkeiten zu überbringen, aber Aiden ist vor wenigen Tagen in London gestorben.«

Die Alte kam zu Lizzy ans Fenster, raunte: »Verfluchte Engländer!«, und legte Aidens Puppe auf den Haufen der toten Angehörigen. Offenbar war sie an den Tod gewöhnt, denn sie vergoss keine einzige Träne. Stattdessen drehte sie sich um und bedeutete Lizzy, ihr zu folgen. »Ist schon spät. Ganz oben ist ein Gästezimmer. Ruh dich ein bisschen aus, denn wir fangen noch vor dem ersten Hahnenschrei mit der Arbeit an.«

»Wann starb er?« Seinen Kopf in die Hände gestützt, saß Broc da und starrte auf den Steinboden der Ratskammer.

»Magnus traf im März der Schlag«, antwortete seine Mutter mit bebender Stimme.

Gern hätte Broc die Frau getröstet, die ihn zur Welt gebracht hatte, aber sie kehrte ihm den Rücken zu und blickte aus dem Fenster. Eine leichte Brise wehte ihr das silbergestreifte Haar in den Nacken. »Es tut mir leid, dass ich dir in deiner Trauer nicht beistehen konnte.«

»Hätte ich gewusst, wo ihr seid, hätte ich eine Nachricht gesandt, und du wärst mit Aiden nach Hause gekommen«, entgegnete sie kalt.

Machte sie ihm oder sich selbst Vorwürfe? »Du darfst dir nicht die Schuld an Aidens Tod geben.«

»Dann sag mir, wem ich sie geben sollte!« Sie drehte sich so rasch um, dass ihre gestreifte *Arisaid* in rotschwarzen Wellen um sie herumwirbelte. Ihre braunen Augen funkelten vor Rachsucht. »Ich will den Schuldigen auf Knien vor dem Maxwell-Clan sehen!« Mit geballten Fäusten wartete sie auf Brocs Antwort, nur konnte er ihr nicht geben, was sie wollte.

Der Mann, unter dessen Peitsche Aiden seinen letzten Atemzug getan hatte, war nicht unbedingt der, der ihn umbrachte. Oder glaubte Broc nur daran, weil es sich um Lizbeth' Vater handelte? Er wappnete sich und hoffte, er könnte den Zorn seiner Mutter aushalten. »Aiden starb bei einem Verhör. Wenn du einen Schuldigen willst, richte deinen Zorn gegen England.«

»Ja, für dich ist es leicht, ein ganzes Land für dein Scheitern zu verdammen! Du hast ihn nur aus einem einzigen Grund begleitet: um ihn zu beschützen. Du hast versagt!« Sie beugte sich zu ihm. »Wie du schon bei Lilian und Mattie versagt hast.«

Broc stand von dem Schemel auf und griff nach dem Heft seines Breitschwerts. Er hatte die Vorwürfe nicht verdient. »Ich bin nur ein Mann.«

»Der Chieftain hat mehr zu sein als ein Mann«, konterte sie scharf. »Er muss Fertigkeiten und Kräfte besitzen, welche die jedes Normalsterblichen übersteigen. Er muss ein Held, ein Beschützer der Menschen sein. Aiden war all das und mehr. Ihm war bestimmt, zu herrschen. Es war sein Geburtsrecht, den Clan zu schützen.«

Jedes Wort, jeder Blick von ihr gab ihm das Gefühl, klein und schwach zu sein. Der Junge in ihm sehnte sich nach ihrer Anerkennung, aber der Mann sah zu den Maxwell-Tartschen, die an den Wänden der Ratskammer hingen, den Schilden, die seine Angehörigen in der Schlacht getragen hatten. Seine Brüder würden ihr Leben für ihn geben, und Broc wollte sie nicht enttäuschen. »Ich werde ein Führer sein, der den Maxwell-Clan mit Stolz erfüllt.«

»Ja, der Verlust des Clans ist dein Gewinn. Nun bist du der Laird, wie du es stets wolltest. Glaubst du, du könntest die Grenze schützen, wenn es dir nicht einmal gelang, deinen Bruder zu mir nach Hause zu bringen?«

Broc zählte im Geiste … *drei, vier, fünf.* »Aiden war mein Bruder, den ich liebte. Ich sah mit an, wie Dad ihn zum Krieger ausbildete, zum Anführer, aber auch er war nur aus Fleisch und Blut. Auch er hatte Wünsche, und diese führten letztlich dazu, dass wir gefangen genommen und er getötet wurde. Ihr gabt ihm alles, aber er vergaß seine Pflicht und jagte stattdessen den englischen Röcken nach.«

»Wag es nicht, den Namen deines Bruders zu besudeln!«, schrie sie ihn an.

Doch sie wollte die Wahrheit, also sollte seine Mum sie auch hören. »Wir endeten im Tower, weil der Earl of Kressdale sein Weib im Bett mit deinem Sohn ertappte! Vermutlich prahlte er mit seinem Rang, weshalb Lady Kressdale uns rasch als schottische Spione entlarvte und sich auf diese Weise vor der Auspeitschung rettete.«

Broc hatte nicht übel Lust, sich das Hemd vom Leib zu

reißen und seiner Mam zu zeigen, was er wegen seines Bruders Leichtsinn hatte ertragen müssen. Allerdings bezweifelte er, dass es ihm helfen könnte. »Wäre Aiden seiner Verlobten treu geblieben, hätte der Earl of Kressdale ihn kaum halb totgeprügelt. Dann wäre Aiden jetzt hier, und du könntest ihm die Füße küssen.«

Knurrend kniff sie die Augen zusammen, packte einen Kelch und schleuderte ihn nach Broc.

Er wich aus, worauf der Kelch scheppernd gegen die Wand krachte und sein blutroter Inhalt sich über die Mauersteine ergoss. Einen Moment lang dachte Broc, seine Mam würde mit dem Schwert auf ihn losgehen, was bei den Damen seiner Familie nicht unüblich war, und er wappnete sich für diesen Extremfall.

Aber sie streckte ihre Schultern durch und giftete: »Und dich ärgerte es, weil du meintest, Aiden sollte deiner Lady Juliana treu sein.«

»Sie ist nicht *meine* Lady Juliana!«

Mams Lachen klang böse. »Broderick Maxwell, du gierst schon Laird Scotts Tochter nach, seit das Mädchen anfing, erste Kurven zu zeigen. Es ist überflüssig, deine Gelüste jetzt noch zu leugnen.«

»Ich gestehe, dass mir eine Heirat mit Lady Juliana einst wünschenswert erschien.«

»Was du wünschst oder nicht, ist nicht von Belang. Lady Juliana gehört dir, zusammen mit ihrem Vermögen und ihrem Titel.«

»Ich wünsche nicht mehr, Laird Scotts Tochter zu heiraten.«

»Wir brauchen die Unterstützung des Scott-Clans. Es ist deine Pflicht, sie uns zu sichern. Du wirst am Sabbath das Aufgebot bestellen, und in drei Wochen schwört Lady Juliana dir und unserem Clan die Treue!«

Besäße sie doch nur halb so großes Vertrauen in ihn, wie sie es in Aiden gesetzt hatte! »Ich muss mich nicht mit Lady Juliana vermählen, um die Clans im Grenzgebiet zu einen, wenn ich Frankreich auf meiner Seite weiß.«

»Frankreich?«

Mams Pflichten im Clan waren die, das Dienstpersonal zu beaufsichtigen und sich um die Belange der Frauen zu kümmern. Sie war nie bei den Ratssitzungen Dads und der Ältesten anwesend gewesen. »Der Rat sandte Aiden und mich vor sechs Monaten nach England, damit wir Informationen einholten, die König James überzeugen würden, sich mit Frankreich zu verbünden.«

Überheblich reckte sie ihr Kinn. »Aber du hast deinen Auftrag nicht erfüllt.«

»Doch«, korrigierte er prompt. »Aiden hat ihn nicht erfüllt, ich hingegen schon. König Edward ist tot, und ich habe den Beweis, dass Englands Adel einen Krieg um die Krone anzettelt. Mein Plan war, dass Dad nach Edinburgh reist, wo er König James den Beweis aushändigt und ihn überzeugt, sich mit Frankreich zu verbünden. Nun wird Ian gehen müssen, denn ich habe andere Angelegenheiten, derer ich mich annehmen muss.«

Sie schnaubte. »Ian kann den Clan nicht vor dem König von Schottland vertreten. Er hat nicht deinen Rang, und außerdem habe ich ihn seit Magnus' Tod nur ein einziges Mal gesehen.« Seine Mam schritt in dem schmalen Gang zwischen Ratstisch und Wand auf und ab. »Du musst nach Edinburgh, und nach deiner Rückkehr wirst du die Vereinbarung erfüllen, die Magnus mit dem Scott-Clan traf.«

»Nein – Dad traf das Abkommen, nicht ich.«

»Solltest du dich weigern, Lady Juliana zu heiraten, beleidigst du damit den Scott-Clan, was einen Grenzkrieg zur Folge hätte.«

»Ich werde mit Laird Scott verhandeln, sobald ich aus London zurück bin.« Bei dem Gedanken an Lizbeth wurde er ruhiger. Mam mochte an seinen Fähigkeiten zweifeln, doch Lizbeth traute ihm zu, ihr Held zu sein. Weder sie noch seinen Clan würde er enttäuschen.

»London? Bist du mall?« Mam warf die Hände in die Luft. »Der Maxwell-Clan ist seit fast zwei Monaten ohne Anführer. Du schickst den Seneschall deines Vaters nach London – soll er in deinem Namen verhandeln!«

»Meine Rückkehr nach London gilt keinen politischen Verhandlungen.« Broc stand da und verschränkte seine Hände auf dem Rücken. »Ich gab jemandem mein Versprechen und werde es halten.«

Seine Mam musterte ihn misstrauisch. »Ist dieser Jemand zufällig die Engländerin, die du John zufolge nach York eskortiert hast?«

»Ja«, antwortete Broc lächelnd.

Ihre Lippen wurden zu schmalen Linien, als sie näher zu ihm trat. »Ich hoffe, du hast sie bei Gloucester gelassen.«

»Nein, ich brachte sie her.« *Und deine Bosheit ist der Grund, weshalb ich sie bei Großmutter unterbrachte.*

»Um ihretwillen würdest du einen Bruch zwischen den Clans riskieren?« Unter ihrem rechten Auge zuckte es. »Du beschämst den Maxwell-Clan, indem du eine englische Hure auf meinen Grund und Boden bringst!«

Wären sie sichtbar, hätte Broc seiner Mam die Hörner vom Kopf gerissen. »Dies ist nun mein Grund und Boden. Du missachtest mich als deinen Sohn und Laird. Du beleidigst mich mit deinen Anschuldigungen. Die Frau, die ich herbrachte, rettete mich aus dem Tower. Du schuldest ihr Dankbarkeit, keine Bosheiten, die mit gespaltener Zunge vorgetragen werden!«

Die Nasenflügel seiner Mam bebten, und ihre Hand traf seine Wange, ehe Broc begriff, dass sie zum Schlag ausholte.

Diese Frau war seine Mam, und er würde sich nicht erlauben, sie zu hassen. Gegenwärtig jedoch empfand er so wenig Zuneigung für sie, dass er es für das Beste hielt, auf dem Absatz kehrtzumachen und zur Tür zu gehen.

»Sag mir, Broderick: Wer wird den Maxwell-Clan anführen, solltest du in London sterben?«

Er blieb stehen und fühlte, wie sie ihn anstarrte.

»Ian?«, fragte sie. »Er zählt kaum zwanzig Lenze und hat das Schlachtfeld in seinem Leben erst ein Mal gesehen. Statt mit der *Mesnie* zu trainieren, treibt er sich mit einer Horde Plünderer an der Grenze herum. Er ist kein Anführer.«

Broc drehte ihr sein Gesicht nur halb zu, ohne sie anzusehen. »Du hast zwölf Kinder geboren. Vielleicht hättest du mehr als eines von ihnen zum künftigen Laird ausbilden sollen.«

Hinter ihm raschelten ihre Röcke. »Gehst du zu ihr?«

Das hätte er gern getan, denn immerfort dachte er an Lizbeth' goldene Augen und ihre weichen Lippen. Und jedes Mal brannte ein Feuer in seiner Brust und überkam ihn eine so starke Sehnsucht nach ihr, dass er seine Seele geben wollte, um bei ihr zu sein. Er verlangte schmerzlich nach ihr, wollte die Nacht in ihren Armen verbringen. Dann aber wurde er gewahr, wie erschöpft er war. »Ich bin fast sieben Tage durchgeritten. Jetzt bin ich müde, und morgen früh habe ich viel zu tun.«

»Du wirst feststellen, dass dein Gemach anders aussieht als bei deiner Abreise. Nach Magnus' Tod ließ ich meine Sachen vom Nordturm bringen, um ein Privatgemach vorbereiten zu lassen für …«

»Für Aiden?«

»Ja, für Aiden, aber nun gehört es dir. Geh dich ausruhen.

Ich schicke dir eine Magd.« Viel zu schnell schlug sie einen sanfteren Ton an.

»Nein.« Er wusste, dass sie etwas im Schilde führte. »Ich brauche weder eine Magd noch eine Mätresse. Dad mag welche unterhalten haben, aber ich bin nicht Dad und auch nicht Aiden. Gute Nacht, Mam.« Kaum war er draußen, atmete er tief durch und schob alle Schuld von sich, die sie ihm einreden wollte. Nun begriff er, warum Dad die Großmutter weit weggebracht hatte. Mam wäre nie zufrieden. Sie würde alles tun, was sie konnte, damit die Vereinbarung mit dem Scott-Clan eingehalten wurde. Er hatte ihr noch nicht erzählt, wer Lizbeth' Vater war, und schon hasste Mam sie. Aber wo zum Teufel steckte Ian?

Wie sollte er nach Edinburgh und London zugleich reisen?

# Kapitel 16

Lord Maxwell hatte sie in der Obhut einer Frau gelassen, die so alterswirr war, dass Lizzy vermutete, sie schlief mit ihrem Schwert. Falls der Tanz, den die Großmutter letzte Nacht unter der Birke aufgeführt hatte, noch nicht genug Beweis für ihren Irrsinn war, dürfte es allemal die Art sein, wie sie mit ihrem Schwert sprach.

»Zwei verfluchte Tage«, stöhnte Lizbeth laut, als sie den letzten Stall auskehrte. Broc hatte sie auf dieses kleine Anwesen gebracht, auf dass sie für sich selbst sorgte, und war mit dem Dokument, ihren Satteltaschen und ihrer Seife davongeritten. Folglich gehörte der säuerliche Geruch, der sie überallhin begleitete, leider zu ihr, so dass sie ihm nicht entfliehen konnte.

Sie stellte ihre Forke beiseite, wischte sich den Schweiß von der Stirn und betrachtete ihr Werk. Sechs Ställe hatte sie heute Nachmittag gesäubert. Die Scheune war genauso vernachlässigt worden wie der Hühnerstall, den sie am Morgen zuvor gereinigt hatte. Wie konnten Tiere in solchen Behausungen überleben? Und warum eine alte Frau so viel Vieh und Kleinvieh brauchte, war Lizzy erst recht ein Rätsel. Zwei Dutzend Hühner, vier Ziegen und eine Herde Schafe, die dringend geschoren werden mussten, lebten hier. Die Großmutter begab sich offenbar nie von ihrem Grund, also wozu hielt sie zwei Pferde – selbst wenn es sich um klapprige Schindmähren handelte?

»Denkst du, dass du das Dach ausbessern kannst?«

Lizzy fuhr herum. Gespenstergleich tauchte die Großmutter hinter ihr auf und wies mit dem Schwert auf die Löcher im Reetdach. Als Lizzy vor Schreck einen stummen Schrei ausstieß, bewegte sich das Spinnennetz vor ihr. Sie wischte ihre Hände an dem karierten Kittel ab, den die Großmutter ihr gegeben hatte, und zähmte ihre Wut. »Nein, ich kann dein Dach nicht ausbessern – ebenso wenig, wie ich den Ofen in deinem Kräuterzimmer oder den Spaten an deinem Pflug reparieren kann.«

Die Großmutter zuckte mit den Schultern. »Dann melk die Ziegen, sonst vertrocknen sie! Ich bereite uns den Whisky vor und schlage die Federbetten auf. Und eile dich, sonst bin ich im Bett, ehe du kommst!« Mit diesen Worten schlurfte sie aus der Scheune.

Lizzy war unsagbar müde, denn seit zwei Tagen hagelte es einen Befehl nach dem nächsten von der Alten. »Die Ziegen melken, ja?« Sie blickte hinab zu den armen Kreaturen, die ihr den ganzen Tag nachliefen und an ihren Röcken knabberten.

Große blasse Augen mit dichten weißen Wimpern schauten zu ihr auf. »*Baaaah!*«

Lizzy rieb die langen Hängeohren. »Ich bin nicht baah. Das ist sie. Und wie könnt ihr es wagen, euch mit ihr zu verbünden?«

Trotzdem ging sie zur Scheunentür, um Eimer und einen Schemel zu holen. Über den Bäumen beschwor die einsetzende Dämmerung ein wildes Lichtspiel herauf. Graue Wolken jagten einander vor der rötlichen Abendsonne. So schön er auch sein mochte, würde Lizzy keinen weiteren Sonnenuntergang in Schottland erleben, wie sie auch keinen weiteren Tag unter den Argusaugen der Alten verbringen wollte.

Kaum hockte sie sich auf den harten Schemel, stellte sich eine der Ziegen vor sie. Lizzy zog an den Zitzen, dass dicke gelbliche Milch in den Eimer spritzte. Bei dieser monotonen

Tätigkeit schweiften ihre Gedanken ab. Das erste Bild, das vor ihrem geistigen Auge erschien, war eines von Eli und Martin, gefangen in einer kleinen Kammer. Und sie saß hier und molk eine Ziege! Sie hätte gleich gestern im Morgengrauen aufbrechen sollen. Ihre Neffen brauchten sie, und sie musste den Mut aufbringen, zu ihnen zurückzukehren, selbst wenn das bedeutete, dass sie allein ritt. Ihr kam es vor, als würde sie eine Welt von ihnen trennen. Wie selbstsüchtig sie gewesen war, hierherzukommen! Ein närrischer Traum hatte ihr Urteilsvermögen getrübt. Doch ganz gleich, welche Gefühle sie für Broc hegte: Sie wusste, dass weder in seinem Leben noch in seinem Herzen Platz für sie war. Andernfalls hätte er ihr das Dokument nicht weggenommen und sie bei seiner Großmutter versteckt.

Die zweite Ziege kam zu ihr, und ohne nachzudenken, nahm Lizzy den anderen Eimer zur Hand. Wie sie ihre Neffen aus dem Tower befreien wollte, wagte sie nicht im Einzelnen zu bedenken. Ihr bliebe keine andere Wahl, als ihren Vater um Hilfe zu bitten. Vielleicht legte er sein Beil nieder und floh mit ihnen. Sie konnten nach Westminster gehen.

Nein, zu nahe.

Fountains Abbey wäre auch keine geeignete Zuflucht mehr, denn dort wäre sie Gloucester zu nahe. Könnten sie in die Bath Abbey? Wohin auch immer, es musste ein Ort sein, an dem sie vor Lord Hollister sicher waren. Lizzy hatte drei Eimer gefüllt, bevor die letzte Ziege sich vor ihr aufstellte. Während sie ihre Zitzen ausdrückte, beschloss sie, noch vor Sonnenaufgang über die Grenze zu reiten. Sie würde der Großmutter eines ihrer Pferde und möglichst auch eine oder zwei Waffen abkaufen. Gewiss besaß die Alte mehr als genug. Leider wusste Lizzy zwar, wie man eine Klinge wetzte, konnte jedoch kein Schwert schwingen.

Ihr graute vor den kommenden Tagen, und sie bereute, jemals mit dem Schotten aus dem Tunnel gestiegen zu sein und sich von ihm ihr Herz stehlen zu lassen.

»Wie ich sehe, hat Großmutter Verwendung für dich gefunden.«

Vor lauter Schreck fuhr sie auf dem Schemel herum und spritzte Milch auf die Erde. Ihr Atem stockte. Dort im Türrahmen lehnte ihr Schotte, gewandet in die Tracht seines Landes. Ein rotgrüner Stoffüberwurf war über seine eine Schulter drapiert und in der Taille mit einem dicken Lederband gegürtet. Darunter formte der weite Stoff einen Rock, der nicht ganz Brocs Schenkel bedeckte. Bei Gott, er war ein ausgesprochen gutaussehender Mann!

Lizzy bekam eine Gänsehaut. *Verflucht! Er hat dich hier zurückgelassen, du Närrin!,* schalt sie sich, konnte sich jedoch nicht rühren. Broc wirkte erfrischt und glattrasiert, wohingegen sie sich wie die dreckigste Bäuerin vorkam. Grinsend strich er sich mit einem Strohhalm über den Mund. Arroganz. Eine überlegene Autorität. Sogleich erinnerte sie sich an alle Gründe, aus denen sie gehen und sich nicht von ihm berühren lassen durfte.

»Guten Abend, Mylord. Ich hoffe, du hattest zwei recht unbeschwerte Tage.« Ihre Wut hatte er nicht verdient.

»Im Gegenteil. Es ergaben sich mehr Komplikationen, als du dir vorstellen kannst.« Er schlenderte auf sie zu, wobei ein schelmisches Lächeln auf seinen Lippen lag. »Ich wollte gestern Morgen zu dir kommen, aber meine Ältesten lauerten mir auf, desgleichen meine Mam, zwei Mal, meine Cousins und … andere.«

»Andere, ja?« Zweifellos willige Mägde, seinem zufriedenen Ausdruck nach.

»Andere«, wiederholte er und hockte sich neben sie. Sein Blick fiel auf den Ausschnitt ihrer Tunika, der in ihrer gegenwärtigen Haltung weit nach unten hing, und er benetzte sich die Lippen.

Lizzy verfluchte ihn, weil er wie eine frische Kleewiese duftete. Und warum zum Hades schmerzten ihre Brüste?

Wieder spritzte Milch auf die Erde.

Broc glitt mit seinen Fingern über die Bänder ihrer Tunika. »Im *Plaid* siehst du hübsch aus, aber noch lieber sähe ich dich ohne alles.«

Ob Lord, Laird oder sonst was: Auf keinen Fall würde er sie hier verführen! Ebenso wenig würde sie ruhig sitzen bleiben und sich wie eine billige Hure von ihm begaffen lassen. Kurzentschlossen schlang sie ihre Finger um eine der Ziegenzitzen und schoss einen Milchstrahl in Brocs Gesicht.

»Autsch!« Er hielt sich eine Hand vor die Augen.

Ein Strahl reichte ihr nicht. Sie beugte sich zur Seite und sprühte ihn voll, bis ihm die blassgelbe Flüssigkeit den Hals hinunter und in sein blütenweißes Hemd troff. Ihr kleiner Wutausbruch war eine solche Wohltat, dass Lizzy leise kicherte.

Als Broc blinzelte, tropfte ihm Ziegenmilch aus den Wimpern und über die Wangen. »Du dreistes Mädchen!« Er leckte sich die Milch von den Lippen. »Ich sollte dich übers Knie legen!«

»Kann sein«, gestand sie, denn sie wusste, dass sie sich kindisch verhalten hatte, und außerdem klang seine Drohung eigentlich nicht wie eine richtige Strafe.

Seine Augen wanderten zu dem vollen Eimer neben ihrem Bein.

Lizzy schaffte es, vom Schemel zu springen, doch sie war nicht schnell genug, um dem Guss zu entkommen, der auf ihren Kopf niederregnete. Sie biss die Zähne zusammen, während ihr die warme Milch über Haar und Tunika lief. »Du gehörntes Vieh!«

»*Baaa-a*«, stimmte die Ziege ein.

Ohne lange zu überlegen, griff Lizzy den zweiten Eimer und schleuderte Broc den Inhalt gegen die Brust.

»Beim Gekreuzigten, Weib!«

Ihre Blicke begegneten sich. Lizzy sah als Erste zum dritten Eimer.

Als sie sich beide gleichzeitig danach bückten, stießen sie mit den Köpfen zusammen.

»Au!«, beklagte sie sich.

Broc stieß den Eimer um und rieb sich die Stirn. »Genug.«

Sie schwankte hin und her, bis sie keine Sterne mehr vor Augen sah. »Die Großmutter wird nicht erfreut sein. Wir haben die gute Milch vergeudet.«

»Stimmt, deshalb sollten wir sie nicht ganz verschwenden.« Er zog sie an sich und beugte sich hinab, um die Milch von ihrem Hals zu lecken. Kaum erreichte seine Zunge ihre Brustwölbungen, durchfuhr Lizzy ein Wonneschauer.

»Lass!« Sie schob ihn von sich. »Ich bin nicht irgendeine Maid, die du im Wald versteckst, damit sie deine Lust befriedigt, wann immer dir der Sinn danach steht!«

Er neigte sich zu ihr. »Wollte ich meine Lust stillen, hätte ich es heute Morgen mit den zwei Mägden getan, die Mam mir in mein Privatgemach schickte.«

Das waren weder die Worte, die Lizzy hören wollte, noch die Bilder, an die sie denken mochte. Was für eine Mutter schickte ihrem Sohn Frauen ins Bett? Sie strich die Milch aus ihrem Haar und wollte zur Scheunentür eilen. »Ich gehe.«

Sein leises Lachen machte sie noch wütender. »Und wohin, bitte, willst du gehen?«

»Du verfügst nicht über mich, und ich werde hier keine Gefangene sein, während meine Neffen im Tower darben. Ich reite nach London zurück!«

»Nein!«, donnerte er streng, packte sie beim Kittel und riss sie in seine Arme. »Das lasse ich nicht zu!«

Sie erstarrte. Broc hatte ihr nie Anlass gegeben, ihn zu fürchten. Stets war er sanft, freundlich und beherrscht gewesen.

Bis jetzt.

Er hielt ihre Kleider so fest, dass sie sich um ihre Taille spannten. Die Fäuste unter ihrem Kinn geballt, kniff Lizzy die Augen zu und zählte. *Eins, zwei, drei …*

*Nicht er!*

Im nächsten Moment gab er sie frei und trat einen Schritt zurück. »Verzeih mir! Ich war nicht bei Sinnen.«

Eine ganze Weile standen sie schweigend da, ehe er langsam eine Hand nach ihr ausstreckte. Er tat es vorsichtig, als wäre sie ein verschrecktes Wild. Und genau so fühlte sie sich auch.

»Bitte, Lizbeth, ich würde dir niemals weh tun.«

Weiterhin hielt sie den Blick gesenkt und strich sich das schmutzige Haar nach hinten. Misshandlungen waren ihr nicht fremd. Während ihr Vater nie die Hand gegen sie erhoben hatte, hatte Lord Hollister sie häufig geschlagen. *Er ist nicht Lord Hollister. Lass dich von ihm nicht ängstigen!* In den kommenden Tagen musste sie stark sein. »Erhebe nie wieder die Stimme gegen mich!«

»Das werde ich nicht – niemals! Ich schwöre es bei meiner Seele!«

Immer noch wartete sein ausgestreckter Arm.

*Vertrau ihm!* Ohne sich umzudrehen, reichte sie ihm die Hand, die er sanft umfasste. Warum schmerzte es so, ihn zu berühren?

»Wir müssen reden«, sagte er ruhig und führte sie nach hinten zur Scheune hinaus, wo ein pfirsichfarbener Mond ihnen den Weg leuchtete.

Ihre Finger klebten an seinen, ihr Haar an ihrer Wange, und

die Unterseiten ihrer Brüste schienen an ihren Rippen zu haften. »Ich muss mich waschen.«

»Vermutlich möchtest du nicht im See baden.«

»Nein.«

»Ich kann Wasser in der Kräuterküche wärmen und eine Wanne holen.«

Sein Angebot klang verlockend, und sie hätte es wohl angenommen, wäre ihr nicht wieder eingefallen, was in York geschah. Sie durfte nicht nochmals mit ihm das Bett teilen. Und zum Glück hatte sie eine gute Ausrede. »Ein Ziegel im Ofen ist zerbrochen, deshalb brennt er nicht.«

»Das habe ich ausgebessert.«

»Wann?«, fragte sie verwundert.

»Ehe ich in die Scheune kam.«

»Du lässt mich zwei Tage hier, und wenn du endlich kommst, richtest du den Ofen, bevor du mich siehst?« Sie löste ihre Hand aus seiner und stapfte weiter. »Der Brunnen reicht mir vollkommen.«

»Der Ofen musste gerichtet werden. Großmutter wartete schon ewig darauf«, rechtfertigte er sich viel zu vergnügt.

Sein Humor war gänzlich unangebracht.

Er folgte ihr zum Brunnen, lehnte sich über die runde Steinmauer und zog einen Eimer kaltes Wasser herauf. »Ich hole dir Seife«, murmelte er und verschwand in der Kräuterküche.

Dort würde er keine finden. Lizzy hatte tags zuvor das Turmhaus von oben bis unten geputzt und keine Seife entdecken können. Wortlos blickte sie ihm nach. Was mochte er vorhaben?

In der Hoffnung, dass es ihre Wut kühlen würde, spritzte sie sich Wasser ins Gesicht. Als sie die Augen wieder öffnete, stand Broc mit einem Handtuch neben ihr. Erschrocken trat sie einen Schritt zurück. Ihr Blick wanderte zur Kräuterküche und wieder zu ihm. Er hielt eine Wolldecke, eine weiße Seidenrobe, einen Seifenriegel und einen Kamm in Händen.

Nachdem er die Sachen auf die Brunnenkante gelegt hatte, schaute er Lizzy an. »Ich wasche mich drinnen und sorge dafür, dass Großmutter genug von Onkel Ogilvys Whisky trinkt. Warte in der Kräuterküche auf mich, wenn du fertig bist! Wir müssen einiges besprechen.«

Er umfing ihr Kinn sanft und streichelte mit seinem Daumen über ihre Wange. »Und dann werde ich dich lieben.« Mit diesen Worten ließ er sie stehen.

Worte, bei denen sie am liebsten sofort zur Grenze geflohen wäre und ihr Herz beschützt hätte, die sie zugleich aber auch hatte hören wollen.

Bibbernd vor Kälte schlang Lizzy die Wolldecke fest um sich und öffnete die Tür zur Kräuterküche. Wohlige Wärme schlug ihr entgegen, begleitet von einem ausgeprägten Narzissenduft. Alle Tische an den Wänden waren mit weißem Tuch bedeckt, das von hellgelben Blütenblättern gesprenkelt war. Laternen erfüllten den Raum mit sanftem Licht, und ein Feuer züngelte im offenen Ofen, das goldene Schatten auf Brocs Gesicht warf. Weder lächelte er noch runzelte er die Stirn, was auch nicht nötig war, denn seine Absichten waren mehr als deutlich.

Eine rot und grün gemusterte Wolldecke war auf einem Arbeitstisch in der Mitte ausgebreitet und mit denselben Blütenblättern verziert. In der Mitte lag eine aus gelben Blumen geflochtene Krone. Broc stand Lizbeth in einer scharlachroten Robe gegenüber, ein goldenes Kruzifix um den Hals. Wie ein Gott, der an seinem Altar ihrer Opfergabe harrte. Noch feucht vom Bad, glänzte sein Haar wie schwarzes Öl. Er hatte keinerlei Waffen an sich, überhaupt nichts Bedrohliches, und dennoch wagte sie nicht, die Tür hinter sich zu schließen.

»Komm, Lizbeth!« Er zeigte zum Tisch. »Stell dich vor mich!«

Als würde er ihre Füße befehligen, trat sie an den Mitteltisch. Sein Blick machte ihren Puls rasen, und das Atmen fiel ihr schwer. Sie wandte die Augen ab, damit er ihre Furcht nicht sah … was er trotzdem täte. Er kannte sie viel zu gut.

»Meine Hände haben Männer in der Schlacht getötet, aber noch nie erhob ich sie gegen eine Frau. Bruder Mel lehrte mich, das Leben zu achten, zu ehren und anzunehmen. Aber vor allem lehrte er mich, meine Gefühle zu beherrschen und Verantwortung für mein Tun zu übernehmen. Ich bitte dich, sieh mich an, hör dir unvoreingenommen an, was ich zu sagen habe, und fürchte mich nicht!«

Nun schaute sie zu ihm auf, und ihm in die Augen zu sehen, verlieh ihr Kraft. »Ich höre.«

»Mein Dad starb, während ich in London war.«

»Das tut mir leid.«

Er hob eine Hand. »Magnus Maxwell hatte ein langes erfülltes Leben, das er nach Kräften auskostete. Er starb friedlich und wird als starker Krieger und ehrbarer Mann in Erinnerung bleiben.«

Offenbar ging Broc auf seine Weise mit dem Tod um, also nickte Lizzy nur stumm.

»Als sein ältester lebender Sohn fällt mir das Privileg zu, sein Vermögen wie seinen Titel zu erben. Folglich bin ich nun der Laird meines Clans und Herr über die West Marches. Meine Pflicht besteht darin, die Grenzen Schottlands zu schützen und den Frieden zu meinen Nachbarn aufrechtzuerhalten.« Er schloss seine Augen.

»Du wirst deinem Clan ein guter Anführer sein.«

»Dem würde meine Mam widersprechen. Sie und die Ältesten wünschen, dass ich mich an eine Vereinbarung halte, die mein Dad mit Laird Scott traf, dem Chieftain eines benachbarten Clans – was ich jedoch ablehne.«

Broc war ehrenhaft und seinem Clan ergeben. »In Kriegszeiten sind Verbündete wichtig, wie selbst ich weiß. Was hält dich davon ab, der Vereinbarung zu entsprechen?«

Zweimal hob und senkte seine Brust sich, ehe er antwortete: »Du.«

»Ich verstehe nicht.«

»Aiden war über zwei Jahre Laird Scotts Tochter versprochen, bevor wir nach London gingen. Er fühlte sich durch das Abkommen eingeengt und wollte Dads Tage ausleben, indem er jede Maid nahm, die ihm unter die Augen kam.«

War sie gleichfalls nur eine Maid, die Broc nehmen wollte? Sie fingerte an einem gelben Blütenblatt auf dem Plaid herum. »Und mit deines Vaters Titel erbst du auch alles, was Aiden bestimmt war.«

»Ja, zu seinem Erbe gehörte die Hand von Lady Juliana Geddies Scott.«

*Juliana Scott.* »Ist es Zufall, dass der englische Name, den du dir zur Tarnung ausgewählt hast, dem deiner Verlobten glich – Sir Julian Ascott?«

»Nein, ist es nicht. Ich begehrte sie einst.«

Lizzy wurde schwindlig, und ihre Beine drohten nachzugeben, denn was er sagte, kam ihr wie eine Strafe vor. Er erniedrigte sie. Nichts konnte sie ihm bieten, was diese Lady Juliana zu übertreffen vermochte. »Warum erzählst du mir das? Warum hast du mich hergebracht und dir solche Mühe gegeben, mit mir das Bett zu teilen?« Sie zeigte auf den Tisch, der so verführerisch hergerichtet war. »Ich werde nicht deine Mätresse.«

»Ich will keine Mätresse. Ich will eine Gemahlin. Und ich will, dass du diese Gemahlin wirst.«

Vor Schreck schlug sie beide Hände vor ihre Brust. Er hatte sie schon einmal gebeten, ihn zu heiraten, aber da war er von fleischlichem Verlangen getrieben, halb von Sinnen vor Lust, was er jetzt nicht war. »Ich kann deinem Clan keine Reichtümer, keine Ländereien und keine Verbündeten bieten.«

»Aber du machst mich stolz und gibst mir den Glauben, dass ich ganz Schottland schützen kann. Ich brauche eine Frau an meiner Seite, die an mich glaubt und mir vertraut.«

Bei ihm klang alles so einfach. »Wird das genug für deine Leute sein?«

»Nein. Doch du besitzt etwas, das sie schützt und dir ihren Respekt sichert.« Er griff in seine Robe und zog das Dokument hervor, das er zwischen ihnen auf den Tisch legte und glättete. »Ich möchte dein Dokument zu meinem König bringen.«

»Du willst mich heiraten, damit das Dokument rechtmäßig dir gehört?«

Er verdrehte die Augen. »Ich will dich nicht heiraten, um an das Dokument zu gelangen. Ich habe es bereits. Wollte ich nur dieses Pergament, hätte ich dich vor Tagen töten und es an mich nehmen können. Du hörst mir nicht zu. Ich gebe dir die Chance, dir die Achtung meiner Leute zu verdienen, die künftig auch deine sein werden, wenn du mich heiratest.«

»Aber dieses Schriftstück ist alles, was ich besitze. Wenn ich es dir gebe, werden meine Neffen sterben. Du kannst nicht von mir verlangen, dass ich zwischen euch wähle!«

»Ich bitte dich gar nicht, zu wählen, sondern mir zu vertrauen. Ich habe dir gesagt, dass ich deine Neffen holen werde, und bisher brach ich dir gegenüber noch nie einen Schwur. Werde meine Frau, und ich rette deine Neffen!«

Sie konnte nicht denken. »Und wenn ich mich weigere?«

Seine dunklen Brauen zogen sich ein wenig zusammen. »Ich

stehe zu meinem Wort. So oder so werde ich Eli und Martin aus London holen.« Er sah zu den gelben Blumen in der Tischmitte. »Aber ich könnte euch nicht gestatten, hierzubleiben. Ich müsste dich und deine Neffen nach Dryburgh bringen.«

»Dürften wir nicht unter deinen Leuten leben?«

»Nein. Ich brauche eine Gemahlin, die mir Söhne gebärt. Solltest du mich abweisen, werde ich Lady Juliana heiraten. Aber ich werde nur einer Frau treu sein, und ich gestehe, dass mir die Kraft fehlt, meinem Treueschwur gerecht zu werden, solange du innerhalb meiner Burgmauern lebst.«

Vielleicht war sie selbstsüchtig, aber sie wollte ihn für sich. »Was geschieht mit Eli und Martin, wenn ich deine Frau werde?«

»Das ist ganz einfach. Ich ziehe sie wie meine eigenen Kinder auf und lehre sie, Krieger zu sein.«

Was er ihr anbot, war wie ein Traum – ein närrischer Traum. »Lord Hollister wird nicht warten. Er tötet sie.«

»Er hält sie seit sechs Monaten am Leben. Wenn er sie tötet, hat er nichts mehr, was er dir im Tausch gegen das Dokument versprechen kann.«

»Ich traue ihm nicht.«

»Traust du mir, Lizbeth?«

»Ja.«

Broc nahm das Dokument in die Hand und riss es in der Mitte durch.

»Du Narr!«, schrie sie und hielt sich sofort eine Hand vor den Mund.

»Ich bringe die Hälfte mit Buckinghams Signatur zu meinem König. Die andere gebe ich Smitt mit nach York, wo er nach Hollister suchen soll. Falls er mit seinen Männern bereits nach London zurückgekehrt ist, wird Smitt ihm dorthin folgen. Ich werde Hollister vom Tod meines Dads berichten und ihn um eine zwölftägige Trauerruhe bitten, bevor ich in den Tower komme und ihm die andere Hälfte im Austausch gegen deine Neffen übergebe. Ich habe Männer zusammengestellt, die mich nach Edinburgh und Smitt nach London begleiten. Wir brechen morgen früh auf.«

Lizzy überlegte, konnte jedoch keine Fallstricke in seinem Plan entdecken … bis auf einen. »Lord Hollister wird auch mich wollen.«

»Er bekommt dich nicht, sondern ich.« Broc legte das Pergament beiseite und nahm zwei goldene Ringe aus seiner Robe. Dann bekreuzigte er sich, küsste den Plaid und beugte seinen Kopf zum Gebet. Als er wieder zu Lizzy aufsah, lächelte er. Dieser Mann stellte alles dar, was sie sich früher einmal erträumt und auf das sie längst nicht mehr zu hoffen gewagt hatte. Er war nicht bloß ihr Beschützer, sondern darüber hinaus der Wächter ihrer Seele. Der Druck in ihrer Brust war schmerzlich schön, und sie wusste, dass das Gefühl Liebe sein musste.

»Komm zu mir, Lizbeth!«

Sie ging um den Tisch herum und blieb vor Broc stehen. Schweigend nahm er ihr die Wolldecke von den Schultern, legte sie beiseite und küsste Lizzy auf die Stirn. Er war vollkommen ernst und so still, dass sie sich tatsächlich nach seinem Geplauder sehnte. »Du warst gut vorbereitet. Ich schätze, du warst zuversichtlich, dass ich ja sagen würde.«

»Welche Frau, die bei Verstand ist, würde mich nicht heiraten wollen?«

»Du vergisst, dass ich keine Frau im Vollbesitz ihrer geistigen Kräfte bin. Ich bin, wie du es nennst, mall.«

»Ja, das bist du.« Lachend glitt er mit seinen Fingern über ihre Robe. »Aber vor lauter Liebe zu mir. Du weist mich nicht ab, weil ich dich entflamme«, raunte er ihr zu und küsste ihr Ohr. »Ich bringe dich zum Lachen.« Er richtete sich wieder auf und sah sie mit Augen an, die dieselbe Farbe hatten wie der Sommerhimmel. »Ich bin das Licht in deiner Finsternis.«

*Wie konnte er davon wissen?* Sie starrte ihn an.

»Bist du nun bereit?«, fragte er.

»Ja.«

Er wandte sich wieder zum Tisch. »Tante Radella half mir mit den Blumen. Sie sagte, gelbe Blumen stehen für Hoffnung und Glück. Sie sollen Mut machen, wenn man sie als Geschenk überreicht.« Er nahm die Krone aus gelben Blumen und setzte sie ihr auf.

Dabei brauchte Lizzy keinen Mut, um ihn zum Ehemann zu nehmen.

Als Nächstes legte er ihr den größeren der beiden Ringe in die Hand und nahm den anderen auf. »Mit Gott als meinem Zeugen vermähle ich mich dir, Lady Ives. Ich will dich schützen, dich ehren und dir ein treuer Ehemann sein.« Er küsste den Ring und steckte ihn ihr an den Finger. Dann hielt er ihr seine Hand hin – seine zitternde Hand – und neigte den Kopf.

Dass auch ihr großer starker Krieger nervös war, wärmte ihr das Herz. Sie hielt seine Hand. »Ich vermähle mich dir, Broderick Maxwell. Ich schwöre, dich zu unterstützen und zu ehren als deine treue Gemahlin.« Damit steckte sie ihm seinen Ring an.

Mit der anderen Hand zog er sie zu sich, hob ihr Kinn an und besiegelte ihre Vereinigung mit einem Kuss, der zugleich leidenschaftlich, sanft und fordernd war und den Lizzy mit derselben Innigkeit erwiderte.

»Fertig? Soll ich mich dann zurückziehen?«, neckte sie ihn und strich ihm über den seidigen Rand seiner Robe.

»O nein! Wir müssen die Ehe noch vollziehen, was bedeutet, dass du mir auch deinen Leib geben musst.« Dabei streichelten seine Hände über ihre Hüften.

Sie lehnte sich an ihn. »Das taten wir bereits.«

»Dann tun wir es noch einmal«, flüsterte er ihr ins Ohr und wand den Gürtel ihrer Robe auf. Er umfasste ihre Taille und hob sie auf den Tisch. »Beweg dich nicht!«

Das hätte sie gar nicht gekonnt, selbst wenn sie gewollt hätte. Er schien vollkommen Herr seiner selbst, während sie das Gefühl hatte, all ihre Empfindungen hätten sich in ihrem Schoß gebündelt. Diese dominante Seite an ihm erregte sie in einem Maße, wie sie es bislang noch nicht gekannt hatte.

Broc drehte sich um und holte zwei kleine Holzschalen, ein Tuch und ein Glasfläschchen von einem Tisch neben dem Ofen. Die Schalen stellte er neben ihren Schenkeln an die Tischkante, füllte eine mit Wasser und goss Öl aus dem Fläschchen in die andere. Dann befeuchtete er das Tuch mit Wasser und ging halb auf die Knie, um ihre baumelnden Füße zu waschen. Anschließend hob er ihre Beine eines nach dem anderen und presste seine Lippen zuerst auf ihre Knöchel, dann auf ihre Waden.

Sanft zog er Lizzy etwas näher an die Tischkante, sah ihr in die Augen und spreizte ihre Knie. Kühle Luft wehte über ihre Scham, die jedoch nicht das Feuer zu lindern vermochte, das in ihr loderte. Sie klammerte sich am Tisch fest, als sein heißer Mund ihre Innenschenkel liebkoste.

Ein Kribbeln jagte durch ihren Körper, und sie biss sich auf die Lippe, während sie sich unter ihm wand und schamlos erregt wurde. Sein Ritual gab ihr das Gefühl, eine Königin zu sein, weckte aber auch den Wunsch in ihr, ihn an den Haaren nach oben zu ziehen und sich mit ihm zu vereinen.

Er stand auf und schob ihr die Robe von den Schultern, so dass sie vollkommen nackt vor ihm saß. »Nun gehörst du mir«, sagte er. Nachdem er zwei Finger in das Öl getunkt hatte, strich er damit von ihrer Wange bis zu ihrem Schlüsselbein.

Sie zuckte zusammen, weil sie nicht erwartet hatte, dass das Öl warm war. »Was tust du da?«

Lächelnd beugte er sich vor und küsste die Stelle an ihrem Hals, an der ihr Puls flatterte. »Dein Leib ist mein. Ich markiere die Stellen, die ich mir anzueignen gedenke. Die alten Krieger führten dieses Ritual mit Blut durch.«

Und schon bereute sie, gefragt zu haben.

Er nahm ihr Handgelenk und spritzte Öl auf die blaue Vene, die er sodann küsste. »Dein Puls symbolisiert Leben. Solange er schlägt, gehörst du mir.«

Lizzy runzelte die Stirn. Sie brauchte wahrlich keinen weiteren Mann, der Besitz von ihr ergriff – nicht wie Lord Hollister, der sie beherrschte, sie unterdrückte und quälte. Sie wollte Brocs Gefährtin sein, nicht sein Eigentum. Deshalb tauchte sie gleichfalls zwei Finger in das Öl und strich ihm über den Hals. »Und solange du lebst, gehörst du mir.«

Seiner Miene nach hatte er nicht erwartet, dass sie das Ritual so kühn abwandelte. Unbeirrt wand sie seine Robe auf und schob sie über seine Schultern, so dass sie zu Boden glitt. All die Kraft und Schönheit gehörten ihr. Mit dem Öl markierte sie die Haut oberhalb seines Herzens. Sie wollte mehr als seinen Leib. Sie wünschte sich seinen Respekt, seine Liebe, seine Hingabe. Nachdem sie die Stelle geküsst hatte, legte sie ihre flache Hand auf sein Herz. »Ich will dies.«

Seine Augen wurden eine Nuance dunkler, und seine Brust hob und senkte sich unter ihrer Hand, ehe er ihre Wangen umfasste und sie fest küsste, bis sie nach Atem rang.

Danach drückte er sie mit dem Rücken auf den Tisch und hob ihre Füße auf die Tischkante. Er ummalte ihre Brüste mit dem Öl und wanderte von dort ihren bebenden Bauch hinab. Ihre Knie drückten gegen seine Seiten, als seine Zunge seinen Fingern folgte und sie mit einem fiebrigen Sehnen erfüllte. Er richtete sich wieder auf und strich Öl auf ihre Innenschenkel, wobei seine Finger sie so federleicht berührten, dass sie beinahe den Verstand verlor.

Stöhnend krallte sie ihre Finger in die Wolldecke und fuhr zusammen, als er die Locken auf ihrem Venushügel streifte. »Broc, bitte! Du bringst mich um.«

Abermals tunkte er seine Finger in das Öl, dann öffnete er ihre Schamlippen. »Mein!«, hauchte er, bevor seine warme Zunge in sie hineinglitt.

»Heilige Maria!«, stieß sie erschrocken aus, doch ihre Überraschung wich umgehend höchstem Verzücken.

Er verschlang sie. Seine Hände glitten über ihre Brüste, neckten die Spitzen, indem er sie mit Daumen und Zeigefinger zusammendrückte. Eigentlich hätte es weh tun müssen, aber stattdessen erregte es sie noch mehr. Sie vergrub die Finger in seinem Haar, während die Anspannung in ihr beständig größer wurde. Bald schrie Lizzy auf und fühlte, wie ihre inneren Muskeln sich anspannten und pochten. Als er ihre empfindlichste Stelle zwischen seine Zähne sog, war ihr, als würden ihre Seele wie ihr Schoß explodieren – sie waren ohnehin ein und dasselbe.

Broc genoss ihren Höhepunkt. Ihr exotisches Aroma berauschte ihn, und er nahm ihren süßen Nektar wonnig mit der Zunge auf. Er hatte sie mit dem Mund sein eigen gemacht und fühlte sich dadurch gestärkt. Noch niemals hatte er eine Frau auf diese Weise gekostet. Er hatte es auch bei keiner gewollt. Aber Lizbeth verlockte ihn zu sehr, als dass er irgendwelche Grenzen kannte.

Der Liebesakt mit ihr war, als würde er alles zum allerersten Mal erleben. Nie wieder würde er einen Atemzug tun, ohne sich zu wünschen, er wäre von ihrem Duft erfüllt, nie wieder etwas kosten, ohne an ihr Aroma zu denken. Sein Schaft war zum Bersten angeschwollen.

Er stand direkt an der Tischkante, seine Erektion unmittelbar vor ihrer feucht schimmernden Scham. Ein Tropfen sammelte sich an der Spitze, und er konnte es nicht abwarten, seinen Samen in sie zu ergießen. Irgendwo in der Frau vor ihm, die noch ganz in ihrer Ekstase gefangen war, versteckte sich die unterwürfige Lady Ives, die ihr Leben lang von Männern beherrscht worden war. In diesem Moment jedoch war sie ganz seine Lizbeth. Sie hatte sich behauptet, als er närrischerweise versuchte, sie zu dominieren. Und so stolz er war, die Frau in ihr entdeckt zu haben, sorgte er sich zugleich, er könnte sie zu weit hervorlocken.

Er nahm ihre Hände und zog sie zum Sitzen auf. Die Decke rutschte mit ihr dichter an die Tischkante. Mit einem Arm stützte Lizbeth sich auf und leckte sich das Öl von ihren rosigen Lippen.

»Lizbeth, öffne die Augen! Ich möchte, dass du zusiehst, wie wir eins werden.«

Sie tat es. Ihr Blick fiel zwischen ihre Leiber, wo sein Penis in ihr verschwand. Ihre Leiber passten wunderbar zusammen, als wären sie füreinander geschaffen. Lizbeth schlang ihre Beine um ihn und seufzte wohlig, während er in ihre seidige Öffnung hinein-, und wieder aus ihr herausglitt. Könnte er doch Stunden in diesem Akt verbringen! Aber so lange könnte er sich nicht zurückhalten, dazu fühlte sie sich viel zu gut, zu heiß und zu eng an.

Ihre Scheide umfing ihn in pulsierenden Wellen.

»O Broc!«, schrie sie und bewegte sich mit ihm, so gut sie konnte.

Er stieß wieder und wieder in sie hinein, bis er sicher war, dass seine Beine ihn nicht länger halten konnten. Seine Lider wurden schwer, trotzdem konnte er nicht aufhören, auf jene Stelle zu schauen, an der sie verbunden waren.

Überwältigende Wonne spannte seine Hoden an und schoss seine Erektion hinauf, aber er wollte sein Hochgefühl mit ihr teilen. Also streichelte er die geschwollene Knospe zwischen ihren Schamlippen und beobachtete, wie sie stöhnend ihren Kopf in den Nacken warf.

Abermals schrie sie auf, während eine Welle flüssiger Wärme über ihn hinwegfloss. Dann sah sie ihn wieder an. Ihre Augen hatten die Farbe geschmolzenen Goldes. Mit beiden Händen packte sie seinen Hintern und hielt ihn fest, als er sie mit Leben füllte.

»Mein!«, keuchte er.

# Kapitel 17

*Broderick Maxwell!«*

Instinktiv schwang Broc einen Arm über seinen kleinen Bruder und schlug die Augen auf. Ins grelle Licht blinzelnd, zähmte er seine Panik, indem er sich besann, dass er neunundzwanzig Lenze zählte, keine zwölf, und nicht Ian neben ihm lag, sondern sein süßes Weib.

Ein alberner Kindheitstraum. Er legte sich in das weiche Federbett zurück, das er aus der Scheunenwohnung in die Kräuterküche geholt hatte, nachdem Lizbeth und er ihr Liebesspiel beendet hatten. Liebevoll strich er eine dunkelrote Locke aus ihrem Gesicht. Seine kleine Frau hatte ihm einen tiefen Schlummer beschert. Er legte eine Hand auf ihren weichen Po, die andere auf ihre Brust. Seine Lenden spannten sich an, und sein Schaft richtete sich an ihrem Bauch auf. Wenn er jeden Morgen so aufwachte, würde er als glücklicher Mann sterben.

Eine Windböe heulte vor der Tür. Nein, genau genommen klang es eher wie ein gurgelndes Zetern, beinahe animalisch.

»Broderick Maxwell! Ich weiß, dass du da drin bist. Komm sofort heraus!«

»Beim Gekreuzigten!« Broc schoss auf, so dass Lizbeth an den Rand des Federbetts kullerte.

Sie krabbelte schläfrig auf die Decke zurück. »Wer ist das?«

Stöhnend hielt er sich beide Hände vor die Augen und wünschte, die krächzende Stimme würde ihm nicht umgehend Schuldgefühle bescheren. Wie zum Teufel hatte sie ihn hier gefunden? »Das ist meine Mam.«

»Sie klingt wütend.« Lizbeth starrte mit weit aufgerissenen Augen zur Tür, während sie die Wolldecke bis an ihr Kinn hinaufzog.

Broc stand auf und streifte sich die Tunika über den Kopf. »Maxwell-Frauen werden nicht wütend. Sie kämpfen.« Fahrig richtete er die Falten seines Überwurfs. »Zieh dich an, mein Engel!« Er wies zu dem Stapel Kleider, den er gestern Abend bei seiner Großmutter zusammengerafft hatte. »Und schnür dir deine Stiefel schön fest!«

Ohne zu zögern, schlüpfte Lizbeth in eine Tunika und einen karierten Kittel. Mit einer Brosche befestigte sie eine *Arisaid* an ihrem Hals. Dann kämmte sie ihr zerzaustes Haar mit den Fingern und zog es nach vorn, um die Narbe neben ihrem Ohr zu bedecken.

*Verdammt!* Ihre sorgenvolle Miene beschämte ihn. Er hätte sie nicht in aller Heimlichkeit heiraten sollen! Stattdessen hätte er ein Aufgebot bestellen, drei Wochen mit seiner Mam streiten, mit den Ältesten kämpfen und mit seinen Leuten zanken sollen … bevor er sie heiratete.

Nachdem er das Schwert an seine Hüfte gegürtet hatte, gab Broc Lizbeth einen Kuss auf die Nasenspitze, um ihr Mut zu machen, und ging zu einem kleinen Fenster, wo er den Fellvorhang beiseitezog. In dunkelgrünem, goldbesticktem Samt repräsentierte seine Mam ihren Status aufs trefflichste. Ihre Haltung indessen entsprach ganz der einer Kriegerin. Eine Hand in die Hüfte gestemmt, in der anderen ein Schwert, funkelte sie ihn mit einer geradezu bedenklichen Boshaftigkeit an. »Tja, sie sieht ein bisschen verärgert aus.«

Smitt lehnte hinter ihr an einem Baumstamm, die Arme verschränkt und die Knöchel überkreuzt. Offenbar freute er sich auf ein unterhaltsames Schauspiel. Broc hatte Smitt Order gegeben, ihn bei Sonnenaufgang hier zu treffen. Und nun kam sein Cousin nicht bloß zu spät, sondern brachte auch noch die Hölle mit.

»Ist sie bösartiger als die Großmutter?«, fragte Lizbeth, die hinter ihn trat und sich auf Zehenspitzen stellte, um ihm über die Schulter zu linsen.

»O ja! Also zeig ihr gegenüber keine Schwäche, sonst frisst sie dich mit Haut und Haaren!«

»Sie hat ein Schwert!«

»Ja. Ich weiß, dass dir Waffen missfallen, Mädchen, aber du musst wenigstens lernen, mit einem Dolch umzugehen. Wenn du im Grenzgebiet wohnst, ist das überlebenswichtig. Komm!« Broc legte einen Arm um sie. »Du kannst dich nicht vor ihr verstecken.«

»Ich gehe da nicht raus!«, flüsterte Lizbeth entsetzt und entwand sich ihm. »Sie ist deine Mutter, die deinen Namen kreischt. Geh du und rede mit ihr!«

»Aber sie ist hergekommen, um dich zu sehen. Wir können schlecht hier drinnen bleiben, mein Engel. Smitt ist hier, um das Dokument zu holen; ich muss meine Männer sammeln und nach Edinburgh aufbrechen.«

»Und wo soll ich hin?«

»Nach Skonóir Castle. Die Burg ist dein Zuhause.«

»Bei ihr?« Lizbeth schüttelte den Kopf und schwenkte ihre Hände vor sich, doch er konnte sie immerhin bis zur Tür zurückdrängen. »Nein. Ich bleibe hier bei deiner Großmutter.«

»Du bist meine Gemahlin und musst innerhalb der Festungsmauern bleiben.« Broc langte zwischen ihrem Arm und ihrem Brustkorb hindurch nach dem Riegel, während er sie gleichzeitig fest an sich drückte und küsste. Damit wurde ihr Protest erstickt, und er hoffte, dass er ihr zugleich Mut machte. Ihr Stöhnen vibrierte auf seiner Zunge, was ihn veranlasste, den Kuss länger zu genießen als beabsichtigt.

»Wenn du leben willst, komm lieber mit einer Waffe heraus!«, drohte seine Mam ihm von draußen.

Lizbeth stemmte ihn von sich weg. »Im Moment mag ich dich nicht.« Mit ihrem Ärmel wischte sie sich den Mund ab, um jeden Beweis für den Kuss zu vernichten.

»Gut, dass du es sagst, denn ich hätt's nicht gemerkt«, erwiderte er augenzwinkernd. »Kopf hoch, Lady Maxwell, alles wird gut! Ich schwöre es. Denk daran, dass dein Stand im Clan ein höherer ist als ihrer!«

Blitzschnell stieß Broc die Tür auf und schwang Lizbeth einem Schild gleich vor sich, ehe er sie mit einem kleinen Schubs in das helle Morgenlicht stieß.

Lizbeth reckte ihr Kinn und trat fest zwei Schritte vor. Mehr brauchte es nicht, dass Broc mächtig stolz war, sie zur Frau zu haben.

Eine Hand auf dem Heft seines Schwertes, schritt er dicht hinter sie und hob Lizbeth' Hand, um ihren Ehering zu zeigen. »Mam, ich möchte dir meine Gemahlin vorstellen: Lizbeth.«

»Glaubst du, dieser Ring macht sie zu deinem Weib?«

»Wir haben uns gestern Abend vermählt.«

»Ihr hattet keine Zeugen!«, zischte seine Mam und ließ ihre Schwertklinge durch die Luft sausen.

Als er eine Hand auf Lizbeth' Rücken legte, fühlte er, wie sie zusammenzuckte. »Gott war mein Zeuge. Ich brauche keinen anderen.«

»Damit das Gelübde bindend ist, brauchst du den sehr wohl.«

Die Großmutter humpelte neben Smitt hervor, der nicht einmal versuchte, seine Belustigung zu verbergen. Er fand dies hier also witzig, ja?

»Ogilvy, tritt vor!«, befahl Broc.

»Ogilvy?«, fragte Lizbeth.

Broc wusste zwar, dass dies nicht der Moment für Scherze war, aber er konnte nicht anders. »Ja, sein Taufname ist Ogilvy, nach seinem Vater. Er zieht allerdings Smitt vor, weil er meint, die Frauen würden sich von ihm ebenso gern nageln lassen wie die Stuten vom Schmied.«

Smitt trat gehorsam in den kleinen Kreis, jedoch war sein Grinsen nicht mehr ganz so breit.

Broc drehte Lizbeth herum und hielt sie an den Schultern fest. »Ich, Broderick Maxwell, vermähle mich dir, Lizbeth Ives.« Dann nickte er ihr zu, auf dass sie ihrerseits ihren Treueschwur wiederholte, und als sie zögerte, schüttelte er sie.

Ihr Mund stand offen, aber ihr Kopf wandte sich langsam dem bedrohlichen Schwert seiner Mam zu.

Broc umfasste ihr Kinn, damit sie ihn ansah, und bedeutete ihr mit seinem Blick, tapfer zu sein. »Sprich die Worte, mein Engel!«

»Ich, Lizbeth Ives, vermähle mich dir, Broderick Maxwell.«

»Also, da hätten wir es noch einmal mit Zeugen«, erklärte Broc und blickte zu seiner Mam. »Bist du zufrieden, oder sollen wir die Ehe auch noch einmal vor dir vollziehen?«

Seine Mam zitterte sichtlich, bevor sie einen kehligen Schrei ausstieß, der durch den Wald hallte.

Binnen eines Herzschlags machte Smitt einen Satz rückwärts und Brocs Mam schwang ihr Schwert hoch über ihren Kopf, worauf Broc sofort Lizbeth beiseitestieß. Die Beine leicht gespreizt, zog er sein eigenes Breitschwert, um den Hieb zu parieren. Metallenes Scheppern durchschnitt die Stille, als er die Klinge abwehrte. Seine Mam vollführte eine komplette Drehung und holte mit Schwung seitlich nach ihm aus.

Wieder blockierte er den Schlag. Den Zorn seiner Mam mit dem Schwert zu bekämpfen war weit leichter, als ihr mit Worten Paroli zu bieten.

»Hört auf! Hört auf!«, schrie Lizbeth.

Brocs Mam fand ihr Gleichgewicht mühelos wieder und holte mit dem Ellbogen aus, um ihr Schwert gerade nach vorn zu stoßen. Ja, sie zielte direkt auf sein Herz und stieß zu.

»Nein!« Lizbeth warf sich vor ihn, beide Arme über ihren Kopf haltend.

Sein Herz setzte aus.

Die Klinge seiner Mam stoppte um Haaresbreite von Lizbeth' Rückgrat.

Broc umfasste ihren zitternden Leib mit einem Arm und schob sie zur Seite, außer Gefahr. »Genug!«, brüllte er seine Mam an. »Nimm deine Waffe herunter!«

Tatsächlich senkte seine Mam ihr Schwert und blickte Broc und Lizbeth verdutzt an. »Ist sie mall?«

»Mag sein, aber gewiss nicht mehr als du.«

Lizbeth wand sich von ihm los und sah beide an. Ihre goldenen Augen wirkten im frühen Morgenlicht wie züngelnde Flammen. »Welche Frau erhebt das Schwert gegen ihre eigenen Kinder?«

»Dachtest du, ich wollte ihn töten? Er ist mein Sohn!«

»Und er ist mein Gemahl.« Lizbeth trat auf seine Mam zu, und Broc betete, dass seine kühne Gemahlin sie nicht herausforderte. »Zwar ist mir die Art nicht vertraut, wie ihr Zwistigkeiten in eurer Familie beilegt, aber wo ich herkomme, stirbt jemand, wenn Klingen geschwenkt werden.« Mit beiden Händen raffte sie ihre Röcke und stürzte sich in Großmutters ausgebreitete Arme.

»Schon gut!«, tröstete Brocs Großmutter sie. »Gehen wir hinein. Ich hole uns einen Krug Whisky.«

»Hol lieber zwei!«, rief Smitt, der den beiden folgte.

Broc steckte sein Schwert in die Scheide und wünschte, er wäre nicht zu Eis erstarrt, als er neben seiner Mam stand, aber leider hatte sie stets diese Wirkung auf ihn. Er hatte sich bemüht, ihre Zuneigung zu gewinnen, hatte gehofft, sie würde eines Tages den starken Krieger in ihm erkennen und ihn voller Stolz ihren Sohn nennen, aber selbst jetzt stand sie regungslos da. Wie sollte er diese Frau jemals dazu bringen, seine Gemahlin zu achten, wenn sie nicht einmal ihn achtete?

Seine Mam schloss ihren Mund und malte mit der Schwertspitze einen verschlungenen Pfad auf die Erde. »Glaubst du, ich hätte vorgehabt, dich zu töten?«

»Nein, aber sie glaubte es.«

»Sie hat dich geschützt«, entgegnete seine Mam ruhig.

Darüber hatte Broc nicht nachgedacht. Und auf einmal überkam ihn ein seltsames Gefühl. Stolz? Liebe? »Ja, ich glaube, das hat sie. Das Mädchen muss mich wohl ein bisschen gern haben.«

»Gern haben?!«, fragte sie in dem üblichen vorwurfsvollen Ton. »Kein Krieger, ob Mann oder Weib, stellt sich aus einer derartigen Regung heraus vor ein Schwert. Wäre unser Kampf ein echter gewesen, hätte sie ihr Leben für dich geopfert!«

»Ja.« Broc konnte sein Lächeln nicht mehr zurückhalten. Seine kleine, zierliche Frau hatte ihn beschützt!

Unterdessen suchte seine Mam die Erde ab, neigte den Kopf einmal hier-, einmal dorthin. »Denkst du, Lady Juliana hätte sich vor dich geworfen?«

Schlagartig erstarb sein Lächeln. »Lady Juliana bekümmert mich nicht mehr. Ich werde mich mit Laird Scott und den anderen Hütern der Marches zusammensetzen, sowie ich aus Edinburgh zurück bin.« Broc wollte seine Pläne näher ausführen, doch seine Mam hörte ihm gar nicht zu.

»Es ist wahr.« Ihr Blick wanderte zu dem Weg, der nach Skonóir Castle führte und zurück zu ihm. »Ich bin nicht sicher, ob ich dasselbe für meinen Magnus getan hätte.« Sie bekreuzigte sich aus Achtung vor ihrem verstorbenen Gemahl. »Ich liebte deinen Dad, gebar ihm ein Dutzend Kinder, ja, aber …«

»Hat sie sich deinen Respekt verdient?«, fragte er, als Mam nicht weitersprach. Hoffentlich konnte Lizbeth sich mit ihrem mutigen Akt die Anerkennung seiner Mam verdienen.

»Sie ist recht mutig, nicht wahr?« Mam strich sich ein paar graugestreifte Strähnen ihres braunen Haars zurück.

»O ja!« *Vielleicht sogar ein bisschen zu mutig, tief in ihrem Innern.*

»Für eine Engländerin ist sie ganz ansehnlich. Das bisschen Rot in ihrem Haar hilft.« Mam tippte mit einem Finger an ihre Unterlippe. »Die Tanten werden sie bereitwillig annehmen, wie auch deine Schwestern. Bei den Ältesten wird es einiger Ermunterung bedürfen. Können wir bei den anderen Gefälligkeiten als Gegenleistung dieser Heirat einfordern? Hat sie einen Titel?«

Broc wusste, in welche Richtung sich dieses Gespräch bewegte, und obgleich er Lizbeth' Geheimnis eigentlich wahren wollte, hielt er es doch für das Beste, wenn seine Mam die Wahrheit kannte. »Sie bringt keine Mitgift ein und trägt den Titel ›Lady‹ nur, weil ihr Vater einen Lord-Rang in England hält.«

»Sie ist die Tochter eines Earls – eines Marquis gar?«, erkundigte seine Mam sich aufgeregt.

Ein Rückwärtsschritt gab ihm genug Abstand, um nötigenfalls sein Schwert zu ziehen. »Lizbeth ist die Tochter des obersten Henkers Seiner Majestät.«

»*Mo chreach!*«, hauchte sie und starrte ihn an, wobei sich eine seltsame Faszination auf ihren Zügen zeigte. »Dann kann sie mit Waffen umgehen?«

Broc musste den Kopf senken, um seine Belustigung zu verbergen. Lizbeth war so viel mehr als die Henkerstochter! »Sie ist eine Heilerin wie Großmutter, aber, wie mir scheint, ein kleines bisschen begabter in dieser Kunst. Sie ist ihrer Familie sehr verbunden und wird eine sehr sanfte Mutter sein. Aber sie mag überhaupt keine Waffen. Stattdessen hegt sie eine tiefe Liebe zu Blumen und stellt Duftessenzen aus ihnen her.« Während er seiner Mam Lizbeth' Vorzüge beschrieb, wurde ihm umso klarer, welches Glück er hatte, sie gefunden zu haben.

»Man kann Schottland nicht mit Blumen beschützen. Sie wird lernen müssen, das Schwert zu schwingen.«

Broc schnaubte. »Du solltest nichts überstürzen, Mam. Du hast sie eben erst kennengelernt, und schon willst du sie Schwerter wetzen lassen. Vielleicht könntest du mit etwas weniger Bedrohlichem anfangen. Sagen wir, du führst sie in ihre häuslichen Pflichten ein.« Er bot seiner Mam seinen Arm und war erleichtert, als sie ihn nahm. Gemeinsam gingen sie den Weg zu Großmutters Haus hinauf. »Kann ich dir trauen, sie sicher auf der Burg zu behalten, solange ich fort bin?«

»Sie wird sicher sein.« Seine Mam wandte sich ab und blickte auf ihr Schwert.

»Gehorche mir, Mam, oder du findest dich bei Großmutter wieder, wo du Ziegen melkst!«

»Schhh!«

*Kicher.*

*Was ist das für ein Geruch?* Lizzys Nase wachte vor dem Rest von ihr auf. Stöhnend umschlang sie das weiche Kissen auf Brocs Bett, ihrem Bett – einem sehr großen und vor allem sehr leeren Bett. Als sie die Beine ausstreckte, lugten ihre Füße unten aus der seidigen Decke heraus. Ach, bei dem Gedanken, was sie alles mit ihrem Gemahl in diesem Bett tun könnte, wurde ihr an jenen Stellen heiß, die noch ein wenig wund vom exzessiven Liebesspiel waren. Gestern Morgen, bevor er nach Edinburgh aufgebrochen war, mochte er über sie bestimmt haben, doch bald schon würde sie ihn ihrem Willen beugen.

Sie malte sich aus, wie sie ihn necken und reizen könnte – beispielsweise, indem sie ihn nackt auf der gepolsterten Fensterbank vor dem Buntglasfenster erwartete, durch das sanftes Nachmittagslicht auf ihre Haut fiel. Sie würden sich auf dem dunklen, grün und rot gemusterten Teppich vor dem knisternden Kaminfeuer lieben. Ja, Broc ahnte nicht einmal, was sie alles plante!

Nachdem sie ausgiebig gegähnt hatte, schnupperte sie abermals. *War das Schmutz? Wonach roch es hier?* Dann erkannte sie eine Note von Pfirsichmarmelade auf geröstetem Brot.

*Kicher.*

»Schhh …«

Sie schlug die Augen auf und zog sich sofort die schwere Überdecke bis zum Kinn. Kinder. Sie roch Kinder, von denen eine unglaubliche Schar grinsend und kichernd vor ihrem Bett versammelt war. *Zwei, vier, sechs, acht …* zählte sie.

*Heilige Maria!* Das waren achtzehn Kinder, manche mit blauen, andere mit grünen und einige mit dunkelbraunen, fast schwarzen Augen. Es waren schmutzige Jungen mit Holzschwertern und sommersprossige Mädchen mit Zöpfen, in die Blumen geflochten waren. Lizzy starrte sie an, denn was sonst konnte sie tun? Schließlich war sie nackt. Broc hatte ihr gesagt, sie sollte schlafen, wie Gott sie schuf, und möglichst oft an ihn denken, solange er fort war. Und warum hatte sie auf ihn gehört?

»Guten Tag, Mylady«, sagte ein Mädchen mit feuerroten Haaren, das seinen Kittel raffte und einen Knicks machte. »Wir wollten dich kennenlernen, deshalb haben wir uns heute Morgen hergeschlichen.«

Die anderen Kinder nickten.

»Ich bin Lucy, die Tochter von Radella«, fuhr die Kleine fort.

»Brocs Tante?«, fragte Lizzy.

Alle Kinder schüttelten entgeistert die Köpfe.

»Nein, die Schwester des Mylords. Mylords Tante Radella ist die Schwester meiner Großmutter, aber nicht der alten Großmutter, die in der kleinen Burg an der Grenze wohnt.«

Wieder bestätigten alle stumm. Ein kleiner Junge mit schwarzem Haar, riesigen dunklen Augen und einem von der Stirn bis zum Kinn schmutzverschmierten Gesicht streckte seine gleichfalls schmutzige Hand aus und zwickte Lizzy in den Zeh.

Sie riss ihren Fuß zurück. Abgesehen von Eli und Martin hatte sie keinerlei Erfahrung mit Kindern. Und zwei waren deutlich weniger als achtzehn. Dabei waren diese hier noch längst nicht alle, wie sie bereits wusste. Wie sollte sie einen solch gigantischen Haushalt jemals führen können? Der kleine Junge hielt sich eine Hand vor das Gesicht, um sein schelmisches Grinsen zu verbergen.

»Broderick, benimm dich!«, schalt Lucy.

*Broderick?* »Bist du Mylords Neffe?«, fragte Lizzy, deren Herz sich gleich für den Kleinen erwärmte.

Er nickte, streckte seine Brust heraus und zwickte sie nochmals in den Zeh. Keine Frage, dieser kleine Mann war ungezogen, vorlaut und würde eines Tages genauso umwerfend aussehen wie sein Onkel.

»Steh auf!«, befahl er ihr wie zum Beweis dafür, dass er ganz nach seinem Namensgeber kam.

Lizzys Wangen glühten, während sie alle warteten, dass sie Brodericks Aufforderung folgte – was selbstverständlich nicht geschehen würde. »Vielleicht könnt ihr mich einen Moment allein lassen?«

Sie nickten, rührten sich jedoch nicht. Die Mädchen schwangen ihre Röcke vor und zurück, aber die Jungen starrten Lizzy nur mit großen Augen an. Hatte sie sich falsch ausgedrückt? In Schottland redeten sie schließlich anders. »Ich möchte meine Morgenwäsche gern allein machen.«

Wieder ein allgemeines Nicken, aber keines der Kinder ging. Lizzy saß in der Falle. Als der kleine Broderick auch noch ein Knie auf das Fußende stützte, geriet Lizzy allmählich in Panik.

»Ihr kriegt alle mächtigen Ärger!«, dröhnte eine tiefe Frauenstimme.

Hinter der Kinderschar erschien eine große Frau, die ihre Fäuste in die Hüften stemmte und die Kleinen streng ansah.

Nun setzte ein wildes Getrappel ein, als alle Kinder zur Tür huschten. Der kleine Broderick sprang vom Bett und verschränkte die Hände auf seinem Rücken wie die anderen auch.

»Ihr dürft vor dem Mittagessen die Treppe schrubben, und ihr Jungen, her mit den Schwertern! Heute wird nicht mehr gespielt. Ab in die Stallungen, und macht eure Arbeit! Mädchen, ihr marschiert in die Küche und helft beim Frühstückmachen! Danach geht ihr in den Garten und zupft Unkraut mit Tante Jean!«

Wie eine Schafherde drängten die Kleinen sich aus dem Zimmer. Holzschwerter klapperten vor der Frau zu Boden.

»Du auch, kleiner Broderick!« Sie zeigte zur Tür.

»Sei nett zu ihr!«, erwiderte er, hob mahnend einen kleinen Knubbelfinger und drehte sich zu Lizzy um. Er kniff beide Augen fest zusammen und öffnete sie wieder, was wohl ein Zwinkern darstellen sollte. Dann rannte er hinaus.

Vor Erleichterung lächelte Lizzy, wenn auch nur verhalten, weil sie nicht einschätzen konnte, in welcher Stimmung die

Frau sein mochte. Wenigstens trug sie kein Schwert. Ihre Ähnlichkeit mit Broderick war unübersehbar. Auch sie hatte welliges schwarzes Haar, leuchtend blaue Augen und volle Lippen. Lizzy vermutete, dass sie eine seiner vielen Schwestern war, und hoffte inständig, sie hätte nicht das Temperament ihrer Mutter geerbt. Allein bei dem Gedanken an die missmutigen Seitenblicke, mit denen Muira Maxwell sie auf dem Weg nach Skonóir Castle bedacht hatte, wurde ihr mulmig.

Zunächst hob die Frau die vielen Holzschwerter auf. »Vergib ihre Neugier, Mylady! Ich versichere dir, dass sie hart bestraft werden.«

»Nein, bitte nicht!« Sofort stiegen Lizzy Tränen in die Augen, was lächerlich war, aber angesichts ihrer eigenen Erfahrung mit harten Strafen wurde ihr fast schlecht bei der Vorstellung, den Kindern könnte etwas Vergleichbares blühen. »Sie wollten mich doch nur kennenlernen. Und im Grunde ist es meine Schuld. In jüngster Zeit habe ich nicht allzu viel Schlaf bekommen, und deshalb zog ich mich gestern Abend sehr früh zurück.« Die Wahrheit war, dass sie nach Brocs Fortgang nicht mehr gewagt hatte, aus dem Zimmer zu gehen und sich allein seiner Familie zu stellen.

Die Frau lächelte, wobei sie die gleichen Grübchen wie Broderick zeigte. »Vier der Kinder sind von mir und meinem Gemahl, Gregor, einschließlich des winzigen Broderick. Ich erzähle den Kleinen, dass du ihnen erspart hast, die Zisterne zu putzen. Übrigens bin ich Deirdre, Brodericks Schwester.«

»Vergib mir bitte, dass ich nicht aufstehe!«, sagte Lizzy, der peinlich war, dass sie sich immer noch unter den Decken versteckte.

»Johns Frau ist auf dem Korridor. Soll ich sie hereinschicken, damit sie dir hilft, dich für die Morgenmesse anzukleiden, oder willst du lieber eine Magd?«

»Danke, ich brauche keine Magd, aber schick mir bitte Celeste herein!«

»Ja, Mylady.« Deirdre verbeugte sich.

Lizzy wünschte, sie hätte Deirdres Unterwürfigkeit verdient, doch im Moment war ihr damit eher unwohl. »Es war sehr nett, dich kennenzulernen. Ich bin Lizzy.«

»Ja, ich weiß. Meine Mam hat uns Frauen den ganzen Abend von dir erzählt. Wir sind alle ganz gespannt, dich kennenzulernen, auch wenn wir uns besser zurückhalten können als die Kinder.« Sie lachte. »Willkommen auf Skonóir, Mylady! Ich hoffe, es gefällt dir hier.« Mit beiden Armen voller Schwerter machte sie einen Knicks und rauschte zur Tür hinaus.

Lizzy würde sich hier sehr wohl fühlen, stellte sie fest, ebenso wie ihre Neffen. Schon jetzt konnte sie sich vorstellen, wie Martin inmitten der anderen Kinder Krieger spielte und ein Holzschwert schwang. Gleichzeitig fiel ihr auf, dass sie kaum mehr an ihren Vater dachte, seit sie erfahren hatte, dass ihre Neffen noch lebten. Selbst wenn sie den Mut aufbrachte, Broc zu bitten, ihrem Vater zu helfen, bezweifelte sie, dass er jemals nach Schottland käme, geschweige denn einem schottischen Lord die Treue schwor. Er würde den Rest seines Lebens im Tower verbringen und dem nächsten König Englands dienen. Und danach würde er eine Ewigkeit in der Hölle für seine Sünden bezahlen. Folglich blieb ihr nichts anderes übrig, als weiterhin für seine Seele zu beten und zu hoffen, dass Gott ihm gnädig wäre.

»Lizzyyyy!«, kreischte Celeste, die in das Privatgemach gestürmt kam, die Tür hinter sich zuknallte und geradewegs auf das Bett hüpfte, so dass Lizzy auf der weichen Federmatratze wippte. »Wie schön, dich wohlauf zu sehen, meine Liebe!«

Celeste legte sich auf die Seite und stützte einen Ellbogen auf. »Du hattest recht, Lizzy: Schottland ist herrlich. John hat ein Cottage im Außenhof der Burg. Es ist nicht besonders groß, aber mehr brauche ich nicht, um unser Kind auf die Welt zu bringen.«

»Verzeih mir bitte, dass ich Lord Maxwell dein Geheimnis verriet! Ich war bloß um dein Wohlergehen besorgt.«

»Schon gut! John freut sich, genau wie alle anderen in seiner Familie.« Celeste rollte sich auf den Rücken und blickte zum Betthimmel hinauf. »Ich muss dir so viel erzählen! Beatrice hat sich bestens bei den anderen Hennen eingelebt und lässt sich nichts von dem Hahn bieten. Er ist ein verschlagener, eingebildeter Gockel, ähnlich wie viele Schotten, die ich kenne.«

»Danke, dass du sie in Sicherheit gebracht hast. Sie ist reichlich weit gereist und gewiss froh, endlich zur Ruhe zu kommen.« Lizzy war dankbar, etwas zu haben, das sie an Edlynn erinnerte.

»Du wirst hier auch glücklich sein«, meinte Celeste und sah Lizzy an. »Hier ist es, als wäre jeden Tag Kirmes. Abend für Abend kommt der ganze Clan in der großen Halle zusammen, wo sie essen, trinken, singen, tanzen und sich wie die Narren aufführen. Warte, bis du Radella und Jean kennenlernst. Die beiden bringen dich zum Lachen, bis dir der Bauch wehtut.«

»Brocs Tanten?«, fragte Lizzy, die nicht sicher war, ob sie die vielen Namen irgendwann richtig zuordnen könnte.

»Ja, sie können's gar nicht erwarten, dich zu sehen. Wieso liegst du überhaupt noch im Bett? Bist du krank?«

»Ich bin nackt.«

Kichernd sprang Celeste aus dem Bett und lief ins Ankleidezimmer voraus. Bis sie munter von allen erzählt hatte, die sie bisher hier kannte, war Lizzy vollständig angekleidet und frisiert. Sie trug ein dunkelrotes Samtkleid und eine karierte *Arisaid*. Ihr Haar war zu einer Krone aus Zöpfen aufgesteckt, in denen farbige Schmucksteine steckten. »Du siehst wie eine

Königin aus«, stellte Celeste bewundernd fest, »gar nicht mehr wie eine Henkerstochter.«

Prompt packte Lizzy die weiten Ärmel ihres Kleides, um ihre Hände stillzuhalten. »Celeste, bitte sag, dass du mein Geheimnis für dich behalten hast!«

Celeste wurde blass. »Ich habe es nur John verraten, sonst keinem. Dem Clan habe ich nichts gesagt, ehrlich! Das war Lady Maxwell.«

»Der ganze Clan weiß es?« Lizzy sank auf das Bett und griff nach dem Rosenkranz ihrer Mutter in ihren Rockfalten. Sie gehörte nicht hierher, nicht in dieses Kleid, nicht in dieses Gemach. Zuerst würden alle sie fürchten, und dann würden sie entdecken, dass sie furchtbar feige und ängstlich war. Sie könnte es nicht ertragen, dass Eli und Martin wegen ihrer Herkunft schlecht behandelt wurden.

»Mach dir keine Sorgen! Lady Maxwell hat den Frauen schon erklärt, dass du kein Beil bei dir hast.« Celeste kicherte, zog Lizzy vom Bett und führte sie zur Tür.

Brocs Mutter würde es ihr schwer machen, und Lizzy wusste nicht, ob sie die Kraft hatte, sich gegen diese Frau zu behaupten. »Was hat Lady Maxwell sonst noch gesagt?«

»Ich hörte nur zufällig, wie sie mit Radella und Jean sprach. Sie sagte, dass sie beabsichtigt, dich auszubilden.«

»Mich ausbilden? Was bedeutet das?«

Celeste zuckte lächelnd mit den Schultern und schob Lizzy auf den Korridor.

# Kapitel 18

Fünf Tage in Muira Maxwells Klauen fühlten sich wie eine Ewigkeit an.

Lizzy rückte den schweren Helm auf ihrem Kopf zurecht und schielte am Nasenschutz vorbei zu Brocs Mutter. Nur ein Mal wollte sie diese Frau schlagen. Vielleicht hätte sie dann einen Moment Ruhe.

Brocs Familie hatte sich um den Fechtplatz aufgestellt und feuerte sie an – Männer, Frauen und Kinder, sämtlichst in bunte Karos gewandet. Celeste stand neben John, die Hände vor ihrem Gesicht, und linste nur dann und wann durch ihre Finger. Anscheinend war sie die Einzige, die sich um Lizzy sorgte.

»Na los, Lizbeth, Haltung!« Muira hielt ihr Schwert bedrohlich angewinkelt, so dass Lizzy keine andere Wahl hatte, als ihre Verteidigungsstellung einzunehmen.

Nachdem sie tagtäglich bis zur Dämmerung mit Muira gekämpft hatte, musste Lizzy immerhin zugeben, dass ihr nicht mehr unbehaglich wurde, sowie sie das Schwertheft umfasste. Wäre sie nicht gezwungen gewesen, solch schwere Schutzrüstung zu tragen, hätte sie sogar eine würdige Gegnerin abgeben können.

Muira umkreiste sie einmal, ehe sie einen weiteren Hieb ausführte – den Lizzy blockierte.

Das Metallklirren hallte ihr durch den Kopf, und die Tageshitze machte ihre Bewegungen träge. Zudem bescherte ihr der schwere Helm einen schmerzenden Nacken. In ihrem Kettenhemd, der Herrenhose und mit den dicken Schutzpanzern vor den Beinen hatte sie ihre liebe Not, sich überhaupt noch zu rühren.

»Deine Verteidigung ist heute erbärmlich.« Muira holte weit mit ihrem Schwert aus und hob angewidert eine Hand. »Du hast eine Gelegenheit zum Angriff versäumt. Denkst du, du könntest deinen Feind mit Verteidigung allein töten?«

Kochend vor Wut, zähmte Lizzy ihre Zunge, obgleich sie die Hexe am liebsten beißen wollte.

»Vielleicht braucht das Mädchen noch ein bisschen Stärkung«, rief Tante Radella, die einen Scone in die Höhe hielt. Offensichtlich hatten die Tanten sich der Aufgabe verschrieben, Lizzy dick und rund zu füttern, auf dass sie besser für die Mutterschaft gerüstet wäre. Sollten sie es wagen, ihr noch eine Hammelpastete, ein geröstetes Fladenbrot oder einen vermaledeiten Räucherfisch aufzudrängen, würde sie ihnen ihre Tranchierbretter über die rotgelockten Schädel ziehen! Zwar wollte sie unbedingt von Brocs Leuten gemocht werden, aber sie fürchtete, ihr Körper würde das nicht gut überstehen.

»Iss ihn selbst, Rae!«, entgegnete Muira, die ihr Schwert nach oben hob. »Das Mädchen ist weich genug.«

*Klirr!* Lizzy blockierte einen weiteren Hieb, dessen Wucht in ihrem Arm und ihrer Schulter nachvibrierte. Ihr Magen revoltierte gegen das überreichliche Essen, ihre Muskeln brannten, und ihr schwirrte der Kopf von den täglichen Anweisungen. Lange würde sie es wohl nicht mehr aushalten, unter diesen Leuten zu leben. Trotz der dicken Handschuhe waren ihre Hände voller Schwielen. Und in den Männersachen, die nach Leder und Schweiß rochen, fühlte sie sich gar nicht mehr wie die Frau, die Broc geheiratet hatte.

»Schwing dein Schwert, Mylady!«, brüllte Gregor, Deirdres Gemahl, während der kleine Brodcrick mit seinem Holzschwert Muiras Bewegungen nachahmte.

»Beide Hände ans Heft und zuschlagen!«, schlug Reynold vor, Beth' Gatte.

Sie riss ihre Arme weit hoch, um den nächsten Hieb zu parieren. »Mylady, bitte! Es reicht für heute.«

»Es ist nicht einmal Mittag«, erwiderte Muira, die sich die Ärmel ihrer Tunika bis zu den Ellbogen aufkrempelte, einen kleinen Seitensprung vollführte und ihr Schwert auf Lizzy hinabsausen ließ.

Geschwind brachte Lizzy ihre Klinge über ihrem Kopf in die Horizontale, so dass ihr der Zusammenprall der beiden Schwerter durch Mark und Bein fuhr. Zur Hölle mit dieser Frau und ihrem Schwert! Lizzy warf ihre Waffe hin, zog die Lederhandschuhe aus und nahm ihre Rüstung ab.

»Willst du aufgeben? Soll dein Gemahl nicht stolz auf dich sein, wenn er aus Edinburgh zurückkehrt?«

Broc war der einzige Grund, weshalb Lizzy sich Tag für Tag mit dieser teuflischen Gegnerin herumschlug. Für ihn wollte sie stark sein und ihn stolz machen, doch sie war es leid, ein fügsames Spielzeug zu sein. Mit bloßen Händen und ungleich leichter nahm sie ihr Schwert auf. Ohne das ganze Metall am Leib fühlte sie sich verblüffend beweglich. »Wenn ich gewinne, lässt du mich dann den Rest des Tages zufrieden?«

Muira schnaubte verächtlich. »Selbst wenn du das Glück haben solltest, würdest du die Stunden ohnedies nur damit verbringen, dich um das Wohlergehen deiner Neffen zu sorgen. Dein Tower-Wärter hat Broderick die Trauer- und die Reisezeit zugestanden. Die Bedingungen in seiner Botschaft waren eindeutig.«

Bedingungen, bei denen Lizzy beinahe das Herz stillstand, als sie die Nachricht gelesen hatte. Ein englischer Page hatte sie vor drei Tagen gebracht. Lord Hollister verlangte, dass sie in die Obhut ihres Vaters zurückkehrte und ihm die zweite

Hälfte des Dokuments übergab. Ansonsten würde er den Jungen ab Sabbat nichts mehr zu essen geben. »Ich traue diesem Mann nicht.«

»Er wird sein einziges Tauschmittel nicht umbringen. Und du kannst nichts weiter tun, als zu trainieren und auf deinen Gemahl zu warten. Das hält dich vom Grübeln ab.«

Je näher der Sabbat rückte, umso ungeduldiger und ängstlicher wurde Lizzy. Ihre Sorge galt nicht ihr selbst, sondern Eli und Martin.

Und während sie wartete, kämpfte sie. »Heute könnte ich durchaus vorhaben, mich um meinen Gemahl zu sorgen – oder darum, wo Smitt und die fünf Maxwell-Krieger sein mögen, die noch nicht zurückkehrten.«

»Sie sind schottische Schwerenöter. Smitt ist oft monatelang verschwunden, genau wie Ian. Wahrscheinlich hüpfen sie gerade von einem Bett zum nächsten. Falls du also nichts anderes anbieten kannst, werden wir dich weiter mit dem Schwertkampf beschäftigt halten.« Muira neigte lächelnd den Kopf.

Selbst wenn Lizzy zum Tower zurückwollte, konnte sie nicht, denn Broc hatte verboten, dass sie die Burg verließ. Seit ihrer Ankunft war ihr untersagt, sich außerhalb der Festungsmauern zu bewegen, weshalb sie sich wieder einmal wie eine Gefangene fühlte. »Wenn ich gewinne, möchte ich ein Bad … allein. Und ich wünsche, Blumen zu pflücken … allein. Und morgen arbeite ich den ganzen Tag in der Kräuterküche.«

Muira verdrehte die Augen, was Lizzy an Broc erinnerte. »Abgemacht.«

Nun hatte Lizzy etwas, wofür es sich zu kämpfen lohnte: Ruhe vor all diesen Leuten. Sie stellte ihre Beine leicht auseinander und drückte ihre Ellbogen an den Oberkörper, wie sie es gelernt hatte. Jeden Schlag Muiras wehrte sie ab, auch wenn ihre Schultern gar nicht mehr aufhören wollten zu zittern.

»Mylady, Mylady!«, schrie es um sie herum. Lizzy wusste nicht, ob Brocs Familie Muira oder sie anfeuerte, und es war ihr auch egal. Sie wollte ein Bad mit Ölen – Duftölen – und etwas von Tante Radellas besonderer Seife. Sie wollte einen friedlichen Abend allein in ihrem Privatgemach. So seltsam es war, sehnte sie sich nach genau dem, was sie im Tower am meisten verabscheut hatte: Einsamkeit.

»Falls du vorhast, diesen Kampf zu gewinnen, musst du wenigstens ein Mal nach mir schlagen.«

Diese arrogante Frau wäre nicht einmal im Hades erwünscht, dachte Lizzy, hob ihr Schwert und schwang es mit aller Kraft.

Sie hieb daneben und verlor das Gleichgewicht.

Muira lachte sie aus. »Das nennst du einen Hieb? Für mich sieht es eher nach einem Tanz aus. Schwing dein Schwert, Mädchen, und stich zu! Stich! Stell dir vor, du hättest deinen schlimmsten Feind vor dir.«

Im Geiste sah Lizzy Lord Hollister vor sich. Nun griff sie an, einmal, zweimal. Mit jeder Attacke wurde sie schneller.

Aber Muira blockierte ihre Hiebe. Niemals könnte Lizzy gewinnen, und folglich bekäme sie auch keine Ruhe. Sie verfluchte Broc, weil er sie diesen Barbaren überließ. Knurrend holte sie mit dem Schwert nach oben aus.

Und traf.

*»Mo chreach!«*

Lizzy hatte Muira am Oberschenkel erwischt. Entsetzt sah sie, wie Blut durch die braune Hose sickerte. »Heilige Maria! Bitte, vergib mir, Mylady!«

Atemlos wischte Muira sich den Schweiß von der Stirn und winkte einen Knappen herbei, der ihr das Schwert abnahm. »Ein Krieger bittet nie um Vergebung. Du hast mich geschlagen, ich blute, du gewinnst.« Sie verneigte sich, und die Menge applaudierte. »Du bist bereit.«

»Bereit wofür?«, fragte Lizzy, die gleichfalls außer Atem war.

»Dich selbst zu verteidigen, Mädchen, falls du angegriffen wirst.«

Siegesgewissheit erfüllte sie. Ihr war, als könnte sie umgehend nach England marschieren, die Tower-Stufen hinaufschreiten und Hollister mit ihrem Schwert niederstrecken. Bei dieser Vorstellung klammerte sie ihre Finger fester um das Heft.

»Komm! Ich lasse dir von den Mägden Badewasser bringen.« Muira wollte zur Burg gehen.

»Zuerst möchte ich Blumen pflücken.« Ihr Schwert mit der Spitze nach oben an die Schulter gelehnt, machte sie sich auf den Weg zur Zugbrücke.

»Wo willst du hin?«

»Sofern es keinen anderen Weg über den Burggraben gibt, nehme ich diesen«, antwortete sie und wies zur Brücke.

John und Reynold standen so plötzlich vor ihr, dass sie erschrak. Sie musste nicht zu Muira schauen, um zu wissen, dass sie sich ihr auf Lady Maxwells Geheiß in den Weg gestellt hatten.

»Du darfst die Burg nicht verlassen. Dein Gemahl hat es verboten, weil es zu gefährlich ist.«

»Eure Grenzen sind Täler entfernt. Außerdem wohnt die Großmutter auch außerhalb der Burg, und dort ließ er mich zwei Tage allein.«

»Zu der Zeit wart ihr noch nicht vermählt, und niemand will Großmutter. Als Gemahlin des Lairds hingegen bist du in steter Gefahr und musst innerhalb der Festungsmauern bleiben.«

Hier ging es nicht mehr ums Blumenpflücken, sondern um Status, und Lizzy besaß einen höheren Rang im Clan als

Muira. »Mylady, mein Leben lang war ich eingesperrt. Und nachdem ich nun dem ersten Gefängnis entkam, lasse ich mich von euch nicht gleich im nächsten festhalten. Ich habe den Kampf gewonnen, und jetzt gehe ich ins Tal. Als Gemahlin eures Chieftains befehle ich euch, mir aus dem Weg zu gehen!« Lizzy wollte unbedingt von Brocs Mutter fortkommen – egal, wie viele Wachen sie zur Begleitung mitnehmen musste. Sie wandte sich zu John und Reynold. »Würden die Herren mich bitte ins Tal begleiten?«

Sie blickten über ihre Schulter zu Muira, um deren Erlaubnis einzuholen, und sie musste genickt haben, denn beide Männer stimmten bereitwillig zu und traten ihr aus dem Weg. Kaum ging sie weiter, hörte sie mehrere Schritte hinter sich. Als sie sich umsah, bildete eine Armee von sechs Männern ihre Eskorte.

Mürrisch stapfte sie zum Torhaus. Wenn Broc wiederkam, würde sie ihn erwürgen!

Regen lag in der Luft, die sich auf Lizzys Gesicht klamm anfühlte und den zuckrigen Geruch der violetten Sonnenwenden betonte, die sie in Johns Arme schichtete. Der Duft beruhigte Lizzy, während das leichte Tröpfeln des Regens sie an Broc erinnerte. Beides zusammen hob ihre Stimmung und machte sie lächeln.

Neben einer Birke bückte sie sich, um noch einen Staudenstengel zu pflücken, den sie ebenfalls in Johns Arme legte. Als sie ihn ansah, bemerkte sie, dass er grinste.

»Celeste hat sich schreckliche Sorgen um dich gemacht. Es wird ihr guttun, zu hören, dass du glücklich bist.« John knickte seine Knie ein wenig ein, um ihr in die Augen zu sehen.

»Was bringt dich auf die Idee, ich sei glücklich?«

»Dein Lächeln. Es ist ansteckend.« John nickte zu den anderen Männern. »Ich wusste nicht einmal, dass Duffy Zähne hat.«

Sie kannte John und Beth' Gatten Reynold, war sich jedoch nicht sicher, welcher von den anderen vieren Duffy sein mochte. Und im Moment grinsten sie alle fünf Maxwell-Krieger wie schüchterne Jungen an. Sie waren baumlange kräftige Kerle, von denen jeder einen ganzen Berg Blumen in seinen Armen hielt, was im Verein mit den Schwertern, die sie auf den Rücken und an den Hüften trugen, sowie den schwarzen Dolchen, die aus ihren Stiefeln ragten, ziemlich komisch anmutete.

Lizzy erwiderte ihre amüsierten Blicke. Die Männer wirkten hier ähnlich deplaziert wie sie in ihrer Rolle als Lady Maxwell. Niemals könnte sie Muiras Titel gerecht werden. Schließlich war ihre Schwiegermutter schon seit über dreißig Jahren die Herrin von Skonóir Castle, bewegte sich wie eine Königin unter den Damen und wie ein Krieger unter ihren Clan-Mitgliedern. Ja, sie war sogar schon für den Clan in den Krieg gezogen. Lizzy hingegen war alles, was Muira nicht war: sanft, scheu, englisch.

Dennoch würde sie sich von der Frau nicht diesen Moment ruinieren lassen. Also wischte sie sich die Hände an ihrer Hose ab und sagte zu John: »Blumen machen mich glücklich, und der Regen erinnert mich an einen Tanz.«

»War es vielleicht einer, den du mit deinem Gemahl getanzt hast?«, fragte John augenzwinkernd.

»Hat er dir davon erzählt?«

»Nein.« Ihm entging natürlich nicht, dass sie rot wurde. »Aber ich habe richtig geraten, was?« Dann schaute er sich um. »Wir sollten zur Burg zurückgehen.«

John trieb sie schon die ganze Zeit zur Eile an, doch Lizzy war nicht danach, allzu schnell wieder in die dicken Mauern zurückzukehren. »Ich fürchte, ich gehöre nicht hierher.«

John schnaubte. »Stimmt. Die Gemahlin des Laird gehört nicht hierher, sondern dorthin«, antwortete John mit Blick zu Skonóir Castle.

»Nein, ich meinte nach Schottland. Muira mag mich nicht.«

»Diese Frau hat seit Jahren niemanden mehr im Schwertkampf ausgebildet. Und sie ließ dich gewinnen. Glaub mir, Mädchen, du hast ihren Segen.«

Lizzy strich über das Heft ihres Schwertes. »Sie ließ mich nicht gewinnen. Ich habe ihr eine Wunde zugefügt.«

»Tante Muira hat nicht aufgepasst. Aber ich kann dir versichern, dass du nie gewonnen hättest, wenn sie geahnt hätte, dass du die Burg verlassen willst.«

»Wir befinden uns auf Maxwell-Grund«, konterte Lizzy gereizt. »Die Zugbrücke von Skonóir ist gleich hinter dem Hügel. Sind eure Grenzen so schlecht geschützt, dass du uns in Gefahr wähnst?«

»*Wir* sind nicht in Gefahr, aber *du* bist es sehr wohl. Für unseren Clan bist du sehr wertvoll. In dem Augenblick, in dem Maxwell dich zum Weib nahm, wurdest du zur begehrten Beute für sämtliche Wegelagerer. Sie treiben sich in den Grenzgebieten herum, stehlen Vieh und alles, was sie zu klingender Münze machen können. Lord Maxwell würde eine Menge bezahlen, um dich auszulösen.«

»Warum hat Muira mir nichts davon gesagt?«

»Weil sie dich nicht beunruhigen will.«

»Mich nicht beunruhigen? Soll das, was sie mit mir anstellt, etwa beruhigend sein?« Lizzy lief dennoch in Richtung Burg. »Ich wette nicht, aber täte ich es, würde ich darauf setzen, dass Lady Maxwell mich in der Hoffnung gehen ließ, ich würde nicht zurückkommen. Jemand hätte mir von diesen Wegelagerern erzählen müssen. Ich will gewiss nicht, dass durch meine

Launen das Vermögen des Clans oder gar Leben aufs Spiel gesetzt werden. Vergib mir, dass ich nicht einzuschätzen wusste, was mit meinem neuen Titel einhergeht. Ich bin es nicht gewöhnt, von Wert zu sein.«

Johns Schritte wie auch die der anderen wurden schneller. »Man sollte meinen, dass eine Frau, die den Namen des Henkers trägt, mit Drohungen gegen ihre Person vertraut ist.«

»Nein, es ist eher wie eine Krankheit. Die meisten Menschen fürchten mich, wie sie auch meinen Vater fürchten.« Lizzy strich sich das Haar zurück und fragte: »Sehe ich wie eine Frau aus, die in der Watling Street Seidenbänder kauft und zwischendurch jemandem den Kopf abschlägt?«

»Nein«, antwortete er lachend. Schotten besaßen offenbar nicht halb so viele Vorurteile wie Engländer.

Plötzlich vernahm sie ein Gurgeln hinter sich und drehte sich um.

Einer der Maxwell-Männer sank auf die Knie. Die Butterblumen, die er trug, fielen ins Gras, während seine leeren grauen Augen ins Nichts starrten und ihm Blut aus dem Mundwinkel rann.

Lizzy stieß einen stummen Schrei aus. Um sie herum regnete es Blüten, als alle Maxwells ihre Schwerter zogen.

Gleichzeitig erwachte die Landschaft zu Leben. Aus den Sträuchern ragten Arme und Beine, die grüne Zweige von sich abschüttelten. Unter ihnen kamen kräftige Gestalten in scharlachroten und goldenen Wamsen zum Vorschein.

»Bring sie nach Skonóir!«, wies Reynold John an.

»Pisse und Nesseln!«, fluchte dieser, als er Lizzy beim Ellbogen packte und mit sich riss.

Aber ihre Beine waren nicht so schnell wie seine. »Wegelagerer?«

»Nein. Sie tragen die Farben Yorks.«

»Gloucesters Männer?«

Sie sah sich um. Auf jeden Maxwell kamen drei Angreifer. Lizzy stolperte, aber John hielt sie fest und zerrte sie weiter. Atemlos rannten sie den Hügel hinauf. Die Brücke war bereits zu sehen, als Hufgetrappel hinter ihnen ertönte.

John zuckte und war auf einmal fort.

Sie schrie auf, als sie John auf allen vieren neben sich sah, einen Dolch in seinem Rücken. »Lauf!«, ächzte er mit letzter Kraft.

Stattdessen zog sie ihr Schwert.

Gloucesters Mann sprang von seinem Pferd und landete auf ihr, sein Knie in ihren Bauch gedrückt. Er entriss ihr die Waffe, als wäre sie ein hilfloses Kind. Sein Gewicht erdrückte sie, was es ihr unmöglich machte, zu atmen. Sie wehrte sich entschlossen, schlug, kratzte und trat ihn, nur leider konnte sie gegen den sehr viel stärkeren Mann nichts ausrichten. Er packte ihre Handgelenke mit eisernem Griff und schleifte sie den Hügel hinunter.

Unten lag John, das Gesicht im Gras, und rührte sich nicht. »Nein!«, schrie sie, trat erneut nach dem Mann und grub ihre Fingernägel in seine Hände, während ihr Puls vor Wut raste. »Lasst mich los!«

Ihre Fersen pflügten die feuchte Erde, bis ihr der strenge Geruch von Blut gemischt mit Blumenduft in die Nase stieg. Sie hob den Kopf. Inmitten des Wildblumenmeeres lagen alle fünf Maxwell-Krieger. Rotes Blut tränkte die bunten Blütenblätter.

Lizzy wurde übel. Sie alle waren Söhne, Ehemänner und Väter. Bei dem Gedanken an Celeste und ihr ungeborenes Kind wollte Lizzy weinen, aber sechs Gloucester-Männer scharten sich um sie und pressten sie zu Boden. Ihr Blick verharrte auf einem Goldstreif, der eine Wolke umrahmte. Dieser

Streifen wurde durchbrochen, als der dunkelste Dämon ihrer Vergangenheit vor ihr erschien: Lord Hollister.

Schwarzes welliges Haar umrahmte sein hageres Gesicht, und sein böser Blick jagte Lizzy eisige Schauer über den Rücken. Zitternd wandte sie ihr Gesicht ab. Brocs Bemühungen, ihr Mut zu machen, waren vergebens gewesen, denn sie war starr vor Angst.

Lord Hollister strich mit seiner Schwertspitze von ihrem Kinn hinunter bis zwischen ihre Brüste. Die scharfe Klinge zerschnitt den Stoff und drohte, ihre Haut gleichfalls zu durchschneiden.

»Du zählst doch so gern, Lizbeth. Was glaubst du, wie viele Männer ich töten musste, um dich zu finden?« Er zog das halbe Pergament aus seinem Wams und schleuderte es ihr entgegen. »Ich will die andere Hälfte!«

»Glaubt Ihr, ich wäre so närrisch, es mit mir herumzutragen? Lord Maxwell versprach, es Euch im Austausch gegen meine Neffen zu bringen.«

»Ich traue weder einem Schotten noch seiner Hure.«

»Ich bin keineswegs seine Hure, sondern seine Ehefrau, und Ihr befindet Euch ohne Erlaubnis auf Maxwell-Grund«, konterte Lizzy.

»Wagst du es, mir zu drohen?« Er sank zu Boden und rammte ihr ein knochiges Knie zwischen die Schenkel. »Deine Wachen sind ausgeweidet, und dein Ehemann ist nicht hier, um dich zu schützen. Gerade du solltest wissen, dass der Tod ein Segen sein kann verglichen mit dem, was dir andere antun könnten. Sag mir, Lizbeth: Würde dein Gemahl dich noch wollen, wenn du von dreißig Engländern geschändet wurdest?«

Mit einem Finger strich er die Narbe neben ihrem Ohr entlang. Seine Berührung war ekelhafter als alle Schrecken der Hölle. Sie spuckte ihn an. »Er wird Euch töten!«

Seine Mundwinkel bogen sich zu einem widerlichen Grinsen. »Er brauchte ganz Schottland, um mich zu schlagen«, prahlte er und wischte sich ihren Speichel aus dem schwarzen Bart. »Ich reite mit Gloucesters Mannen, einer Armee von fast dreihundert, nach Northampton, wo wir den König abholen.«

Wie konnte das sein? »Aber Ihr habt Euch gegen die Krone verschworen, die Gloucester zu schützen schwor.«

»Und dennoch handle ich auf Gloucesters Befehl. Was glaubst du, wer König Edward auf den Thron folgt?«

»Prinz Edward«, antwortete Lizzy, ohne zu zögern.

»Nicht wenn Gloucester den Königssohn zum Bastard erklärt. In diesem Falle wäre es Gloucester selbst.«

»Nein, Ihr lügt! Gehörte Gloucester zu Eurer Verschwörung, wäret Ihr mir nicht nach York gefolgt. Ich stellte Euch und Buckingham als Verräter Englands bloß.«

Lord Hollister knurrte. »Doch du gabst Gloucester das Dokument nicht, womit er keinerlei Beweis besitzt. Ich konnte ihn leicht davon überzeugen, dass deine Anschuldigungen gegen mich und Buckingham erfunden sind, nachdem ich ihm berichtete, dass du einem schottischen Spion zur Flucht verhalfst. Gloucester hasst die Schotten und glaubt nun, du hättest dich mit ihnen gegen ihn verschworen.«

»Dann ist Gloucester ein Narr, denn seine Feinde befinden sich mitten unter seinen Leuten.«

»Sein Irrtum ist mein Gewinn.«

»Warum seid Ihr hier, da Ihr ihn doch schon glauben machtet, dass Ihr nicht sein Feind seid?«

»Buckingham sandte mich, um die andere Hälfte des Dokuments zu holen, und ich freue mich darauf, dich für deinen Diebstahl gründlich zu bestrafen.«

Lizzy bezweifelte nicht, dass er sich eine üble Strafe ausgedacht hatte. Die scheußlichen Bilder von allen Hinrichtungen, denen sie je beigewohnt hatte, jagten ihr durch den Kopf. Kamden war durch einen einzigen Beilhieb gestorben. Sie würde weniger Glück haben. »Warum hasst Ihr mich so sehr?«

»Weil du vom selben Blut bist wie der Schweinehund, der mir Weib und Söhne nahm.«

»Sie waren nie Eure Söhne.« Kaum waren die Worte über ihre Lippen gekommen, holte Hollister aus und schlug sie.

»Bindet sie auf ein Pferd!«

# Kapitel 19

Geh schon in die große Halle, und verkünde meine Ankunft!«, wies Broc seinen Seneschall an. »Ich möchte mit meiner Gemahlin sprechen, bevor meine Brüder über mich herfallen.«

»Sehr wohl, Mylord.« Sein Seneschall stieg vom Pferd, nahm die Zügel beider Hengste und übergab sie dem wartenden Knappen.

Broc, der es nicht erwarten konnte, Lizbeth zu sehen, sprang die Stufen zur Burg hinauf. Mit ein wenig Glück verharrten seine Angehörigen nach dem Abendessen noch in der Halle, und die Frauen wären zu sehr mit ihren Pflichten und ihren Kindern beschäftigt, um ihn zu bemerken, wie er die Turmtreppe hinaufschlich. Er lief in den Korridor, der tatsächlich ruhig und menschenleer war.

Zwei Stufen auf einmal nehmend, eilte er zum Nordturm. Seine Reise nach Edinburgh war erfolgreich gewesen, und Lizbeth wäre gewiss froh, zu hören, dass König James bereits Nachricht an den französischen Botschafter gesandt hatte und sogar erwog, Frieden mit England zu schließen. In der Zeit, die er fort gewesen war, hatte er endgültig erkannt, dass es sich bei seinen Gefühlen für sie nicht um eine Schwärmerei handelte. Lizbeth war ein Teil von ihm. Er konnte den Maxwell-Clan ohne ihre Unterstützung nicht leiten, denn sie machte ihn stark und furchtlos. Genau das wollte er ihr sagen, nachdem er sie geliebt hatte – zwei Mal möglichst oder drei Mal. Danach würde er nach London aufbrechen.

Als er jedoch die Tür zu seinen Privatgemächern aufstieß,

waren sie kalt und leer. Verdammt! Andererseits bedeutete ihre Abwesenheit, dass sie sich gut eingelebt hatte und wahrscheinlich unten mit den anderen Frauenzimmern plauderte.

Er lief die Treppe wieder hinunter und in die große Halle. Dort sollten alle Tische mit seinen Clan-Mitgliedern besetzt sein, doch es hielten sich lediglich seine Mam und einige Mägde da auf.

Etwas stimmte nicht. »Wo ist Lizbeth?«

Seine Mam drehte sich zu ihm um. Ihr Gesicht war kreidebleich, und sie hatte dunkle Schatten unter den rotgeränderten Augen. »Sie ist fort.«

»Was meinst du damit?« Broc durchquerte die nicht mehr ganz frischen Bodenbinsen mit großen Schritten.

»Gestern Nachmittag war deine Gemahlin außerhalb der Burgmauern, um Blumen zu pflücken. Sie kehrte nicht zurück«, antwortete sie und wandte ihr Gesicht zu dem leeren Kamin.

Unversehens wallte in ihm ein solcher Zorn auf, dass er nach dem Heft seines Breitschwertes griff. »Ich gab Weisung, dass sie innerhalb der Festung zu bleiben hat. Wer widersetzte sich meinem Befehl?«

Seine Mam schloss die Augen. »Ich erteilte ihr die Erlaubnis, zu gehen.«

»Was?!«, schrie er. Die Mägde ließen ihre Putzeimer fallen und huschten davon. Broc wollte nicht glauben, dass seine Mam einer solchen Bösartigkeit fähig war, nur leider hatte sie ihm niemals Grund gegeben, daran zu zweifeln. »Habt ihr die Brücke hochgezogen, nachdem sie ging?«

»Nein. Es war nicht so, wie du andeutest.« Seine Mam raffte ihre Röcke und kam auf ihn zu. Ein dumpfer, traurig flehender Ausdruck lag in ihren braunen Augen.

Trotzdem wich Broc zurück, weil er Abstand zu ihr halten

wollte. Er konnte sich so schon kaum beherrschen. Diese Frau war seine Mutter, und doch empfand er eine Wut auf sie, dass er sie auf der Stelle niederstrecken wollte. Wieso trug sie ihr Schwert nicht? »Es ist zwecklos, deine Abneigung gegen sie zu verbergen. Du gibst ihr die Schuld an Aidens Tod.«

»Warum sollte ich ihr die Schuld geben?«

Ihm fehlte die Geduld für ihre vorgetäuschte Dummheit. »Weil du eine kluge Frau bist, Mam. Was glaubst du, wer uns im Tower verhörte?«

Brocs Mam neigte ihren Kopf seitlich und sah ihn fragend an. »Du sagtest, Aiden wäre von einem eifersüchtigen Gatten verprügelt worden.«

»Verprügelt schon, nicht aber getötet. Lizbeth' Vater beendete, was der Earl of Kressdale begonnen hatte, aber ich schätze, das weißt du bereits. Deshalb hast du sie nach draußen geschickt, um sie für Aidens Tod zu bestrafen.« Er hatte gewusst, dass es geschehen würde. Dass er Lizbeth dem Schutz seiner Mam anvertraut hatte, war ein unverzeihlicher Fehler gewesen.

Sie presste eine Hand an ihren Busen. »Aiden ist tot, wofür ich deiner Gemahlin bis zu diesem Moment nicht die Schuld gab und sie ihr auch künftig nicht geben werde. Du klagst mich eines Verrats an, den ich nicht beging. Sie verließ die Burg nicht schutzlos. Sechs unserer Krieger begleiteten sie über den Hügel. Ich schickte deinen Onkel Ogilvy ihnen nach, als sie bei Einbruch der Dämmerung nicht zurück waren.«

»Und?«

»Er fand unsere Männer niedergemetzelt. Gil, Lucas und Fin waren tot, als Ogilvy bei ihnen ankam. Reynold hatte eine offene Brustwunde, die Deirdre nähen konnte. Duffy verlor seinen Schwertarm, und John steckte ein Dolch in der Schulter. Sie sind oben im Nordturm. Ich ließ Pater Salomon kommen, weil Johns Fieber nicht sinken will, seit sie ihn zurückbrachten. Ich fürchte, er übersteht die Nacht nicht.« Zittrig schöpfte sie Atem. »Der Fährtensucher konnte ein Regiment von zwanzig Mannen ausmachen und setzte seine Bluthunde auf die Spur an. Sie folgten ihr bis zum See, wo sie Smitt und die anderen an Pfähle gebunden und halb totgeschlagen vorfanden.«

»Beim Gekreuzigten!« Broc hätte hier sein müssen, um sie zu beschützen, sie alle. »Wer hat sie verschleppt?«

»Smitt sagte, Hollister wäre mit Gloucesters Männern geritten. Anscheinend wartete er seit Tagen vor der Burg auf Lizbeth.«

»Nein!« Vor lauter Zorn nahm Broc einen Schemel auf und schleuderte ihn quer durch die Halle. Das Krachen der Splitter ging in seinem Brüllen unter. Er wollte Hollister in Stücke reißen – und Gloucester gleich mit.

Dann erschienen die Leichen seiner Schwestern vor seinem geistigen Auge, ihr verbranntes Fleisch und die zerrissenen Kittel inmitten der Zerstörung, die Gloucester über Dumfriesshire gebracht hatte. Broc schluckte. Bis heute konnte er den Ruß schmecken, die Asche wie Schneeflocken um sie herum fallen sehen. »So wahr mir Gott helfe: Gloucester nimmt mir keinen Menschen mehr, den ich liebe!«

»Dein Seneschall hat die *Mesnie* auf dem Fechtübungsplatz versammelt. Sie erwarten deinen Befehl zum Aufbruch.« Eine Träne stahl sich aus dem Auge seiner Mam.

Doch er würde ihr kein Mitgefühl schenken; ebenso wenig wie er ihr jemals verzieh, dass sie seine Gemahlin nicht beschützt hatte. Er wandte sich ab. »Weinst du um Lizbeth oder um die Töchter, die Gloucester dir stahl?«

»Um sie alle. Ungeachtet deiner Anschuldigungen oder deiner Gefühle für mich bin ich stolz, Lizbeth meine Tochter nennen zu dürfen.« Ihre Stimme brach.

»Erzähl ihr das, wenn ich sie nach Hause bringe!« Während er auf die große Doppeltür zuschritt, zerriss ihm das Herz in der Brust.

Die Narren brachten ihre Pferde um.

Lord Hollister ließ sie die Tiere im vollen Galopp über die Grenze und durch die West Marches von England treiben. Sie ritten die ganze Nacht in freiem Gelände, geführt vom Mondlicht, und auch den Tag darauf. Jedes Tal, das sie durchquerten, und jeder Hügelkamm, den sie passierten, brachten Lizzy weiter von ihrem Beschützer fort. Ihre Knöchel waren mit einem Seil unter dem Bauch der erschöpften Stute gefesselt, und sie hatte alle Mühe, den Blutfluss in ihren Händen zu erhalten, die an den Gelenken gefesselt waren. Ein Trost bestand immerhin darin, dass Eli und Martin von Hollisters Grausamkeit verschont blieben.

Lord Hollister hatte vor Skonóir Castle auf seine Beute gelauert. Gott sei Dank, dass Broc nicht ins Tal mitgekommen war! Dann wäre Lord Hollister nun nicht bloß im Besitz der zweiten Dokumenthälfte, er hätte auch keine Sekunde gezögert, ihren Gemahl zu töten. Zu viele waren schon gestorben. Und nun fürchtete sie, dass sie einen hohen Preis für den Diebstahl zahlen musste. Allerdings würde sie die Strafe hinnehmen, solange niemand anders litt.

John fiel ihr ein, der regungslos im Gras gelegen hatte. Celestes Kind würde ohne Vater in diese Welt kommen. Zweifellos waren auch Smitt und die fünf Krieger, die ihn über die Grenze begleitet hatten, tot. Sie alle waren um ihretwillen gestorben. Was sie dem Clan für seine Treue bescherte, war nichts als Verlust.

Als sie an den uralten Steinen vorbeiritten, fragte Lizbeth sich, ob sie von ihren Vorfahren verflucht war. Anscheinend drohte jedem, der ihr teuer war, ein tragischer Tod, als hätte allein ihre Liebe sie alle verdammt. So närrisch es anmutete, wäre Broc sicherer, wenn er sie nicht liebte.

Ihr Blick fiel auf Lord Hollisters Rücken. Er war der Vollstrecker ihres Fluches, der urteilte, ohne Urteilskraft zu besitzen, genau wie er es bei Kamden und Emma getan hatte. Die Liebe hatte sie alles gekostet.

Während sie die Mähne der Stute kraulte, wünschte sie, sie hätte in ihrer Männerhose Platz für den Rosenkranz gehabt. Stattdessen rief sie die Erinnerung an ihre Mutter wach, die sie tröstete, und beobachtete, wie die Sonne hinter einem schwarzen Wald unterging. Im nächsten Tal säumte eine Reihe Zelte das Flussufer. Lizzy zählte einundzwanzig. Weißer Rauch stieg zwischen ihnen auf, und geschäftige Männer füllten das Lager mit Leben. Lord Hollister brachte seinen Hengst außerhalb des Lagers zum Stehen. Mit einer Handbewegung bedeutete er dem Yorker-Bataillon, weiterzureiten, bis auf den einen Mann, an dessen Pferd Lizzys gebunden war.

Bisher hatte ihr Feind sie kaum beachtet. Doch sobald seine Armee sie in seinen Klauen zurückließ, würde er gewiss seinem Verlangen nachgeben, sie zu bestrafen.

»Hol sie vom Pferd!«, befahl er, stieg aus seinem Sattel und trat ans Flussufer, um sich zu erleichtern.

Lizzy wurde übel vor Angst. Die Wache stand neben ihr und blickte mit blassgrünen Augen zu ihr auf, in denen sie einen Anflug von Mitgefühl erkannte. Er hatte ihre Stute während des gesamten Rittes geführt und Lizzy insgesamt dreimal zu einem Bach geführt. Derweil hatte er kein Wort mit ihr gewechselt. Nun schnitt er das Tau durch, das ihre Knöchel fesselte. Als er ihr wortlos seine Hilfe beim Absteigen anbot, schüttelte sie den Kopf und bat ihn stumm, seinen Befehlen nicht zu folgen. Der Feigling schloss die Augen! Zwar krallte

Lizzy ihre Finger fest in die Mähne der Stute, doch er schaffte es, sie aus dem Sattel zu zerren.

»Bitte, lass mich nicht mit ihm allein!«, flüsterte sie an seiner Schulter, doch er neigte das Kinn auf seine Brust, schritt beiseite und an ihr vorbei.

Lord Hollister drehte sich zu ihr, während er noch sein Glied zurück in die Hose stopfte. »Bring die Pferde ins Lager, und sag Buckingham, dass ich angekommen bin!«

»Wollt Ihr es ihm nicht lieber selbst sagen?«, schlug Lizbeth vor und sah, wie die Wache auf sein Pferd stieg und mit allen dreien davonritt.

Lord Hollister schnalzte mit der Zunge, wie sie es leider zu gut kannte. »Mir gefiel die Lizbeth besser, die ihre Zunge im Zaum zu halten wusste. Ich würde behaupten, der Schotte hat mehr getan, als dir deine Unschuld zu rauben.«

Als er näher kam, wurde ihr Atem flacher. Sein säuerlicher Geruch erinnerte sie an Blut, Lust, Schmutz … Hass. Er raffte sein schmieriges schwarzes Haar zum Zopf und sah dem Wachmann nach, der über den Hügelkamm verschwand.

»Komm, Lizbeth, ich fürchte, du bist schmutzig!« Mit diesen Worten packte er ihre Handfesseln und zog sie zum Ufer.

»Nein! Bitte!«, schrie Lizzy, bis ihre Zunge sich wund anfühlte. Sie grub ihre Fersen in den matschigen Boden, und vor lauter Angst nahm sie ihre Umgebung in einem merkwürdigen Winkel wahr. Gleichzeitig machte ihre Angst sie erstaunlich stark, so dass sie sich seinem Griff entwinden konnte. Leider packten gnadenlose Finger sie beim Zopf. Schreiend, zappelnd und strampelnd stürzte sie hinunter, rappelte sich wieder auf und krabbelte zurück, doch er packte sie bei den Schenkeln. Ihre Fingernägel füllten sich mit Schlamm, in dem sie keinen Halt fand.

Lord Hollister zog sie ins Wasser, bis es ihm zu den Knien

reichte. »Weißt du, was ich mit meiner Gemahlin tat, nachdem ich sie mit deinem Bruder im Bett gefunden hatte?«

Vor lauter Angst rauschte es in ihren Ohren, so dass sie seine Frage kaum verstand. Eisiges Wasser kroch ihr die Beine hinauf, und ihr war so übel, dass sie nicht zu antworten wagte.

»Ich ließ ihr ein heißes Bad bringen.« Er lüpfte eine Braue und stieß sie vor sich her, so dass ihr das Wasser bis zu den Hüften ging.

Eine starke Strömung riss an ihren Füßen, und unweigerlich klammerte sie sich an Hollisters Hand fest. »Bitte, ich …«

»Ich half Emma sogar, sich den Dreck von ihrer Haut zu schrubben – natürlich erst, nachdem das Wasser auf eine mir angenehme Temperatur heruntergekühlt war.« Er packte sie im Nacken und tauchte sie unter.

Schmerzliche Stille dröhnte in ihren Ohren, und sie war von Schwärze umgeben. Wasser füllte ihren offenen Mund.

Er zog sie wieder nach oben.

Luft. Süße, kühle Luft. Sie japste danach. Hustete.

»Ich rettete Emma. An dem Tag, als ich sie zum Weib nahm, sollte sie mit drei anderen Frauen auf dem Tower Hill hingerichtet werden. Ihr Vergehen: lüsterne Gedanken und unzüchtiges Benehmen. Sie sollte drei Tage am Pranger verbringen und danach mit einer geflochtenen Peitsche geschlagen werden. Ich hätte sie dieser Strafe überlassen sollen. Vielleicht hätte sie dann begriffen, zu wem sie gehört.« Sein Wangenmuskel zuckte. »Stattdessen spreizte sie ihre Hurenbeine für deinen Bruder.«

Der letzte Satz hallte durch Lizzys Kopf, während Hollister sie abermals untertauchte. Ihre Knie stießen auf das Flussbett, wo sie von scharfkantigen Steinen geschnitten wurden. Zitternd riss sie unter Wasser an seiner Hose. Und schrie.

Mit einem Ruck tauchte sie wieder auf. »Bitte, lasst ab!«, flehte sie keuchend.

»Kamden war für mich wie ein Sohn. Ich zog ihn mit auf, seit er ein Knabe gewesen war. Während dein Vater ihn lehrte, das Beil zu schwingen, brachte ich ihm bei, mit dem Schwert zu kämpfen. Und wie lohnte er es mir? Indem er mir die Ehefrau stahl!« Er drehte ihren Kopf um, damit sie ihn ansah. Aber sie konnte gar nichts anderes erkennen als verschwommene Schatten in einem weißen Lichtermeer.

Hollister schüttelte sie. »Kannst du dir vorstellen, Lizbeth, wie es war, zu entdecken, dass die Söhne, für die ich gesorgt und die ich geliebt hatte, nicht meine eigenen waren? Und sie wussten es! Diese kleinen Bastarde logen mich an, bis …«

Mehr hörte sie nicht, denn er drückte sie ein weiteres Mal unter Wasser.

Sie konnte sich immer weniger wehren, weil sie keine Kraft mehr besaß.

Brocs Gesicht erschien vor ihrem geistigen Auge. Sie schrie nach ihm – stumm, denn sie atmete nichts als Nässe ein.

Ihr Kopf durchdrang die Wasseroberfläche, aber ihre Atemwege waren zu sehr mit Wasser gefüllt, als dass sie hätte atmen können.

»Was in Gottes Namen tust du, Mann?«

Diese Frage aus weiter Ferne schien vollkommen abwegig.

»Ich hole sie aus dem Wasser.«

Lord Hollister zerrte sie tatsächlich ans Flussufer, wo er sie einfach fallen ließ. Ehe sie überhaupt Erleichterung verspüren konnte, krampfte ihr Bauch und sie spie Wasser wie eine Springbrunnenfigur. Danach holte sie keuchend Atem, prustete und keuchte, während sie versuchte, die Gestalt auszumachen, die auf dem Pferd am Ufer saß. Es war ein recht gutaussehender Mann, der auf einem leuchtend hellen Schimmel saß.

Buckingham.

Sie hatte ihn zuvor auf den belebten Straßen Londons gesehen. Wie es seinem Rang als Adligem gebührte, hielt er sich sehr aufrecht, und Lizzy war nicht sicher, ob sie froh oder verängstigt sein sollte. Das zu entscheiden, fehlte ihr ohnehin die Kraft.

Buckingham schwang sich elegant aus dem Sattel und strich sich den Staub von den schwarzen, mit Silberstickereien verzierten Ärmeln. »Glaubst du, ihr Gatte wird uns das Dokument im Austausch gegen ihre Leiche geben?«, fragte er Lord Hollister, der zu Lizzys Füßen im hohen Gras stand und beschämt den Kopf senkte. Der ansonsten so überhebliche, grausame Mann erinnerte Lizzy in diesem Moment eher an einen geprügelten Hund.

»Nein«, antwortete er, während er sie voller Verachtung und Wut ansah.

»Dann zähme deine abwegigen Gelüste, und geh dich ausruhen! Wir brechen im Morgengrauen nach Northampton auf.«

Buckingham kniete sich halb neben Lizzy und strich ihr das Haar aus dem Gesicht.

Dies kam so unerwartet, dass sie zurückwich. Dann setzte er sie auf seinen Schimmel, stieg hinter ihr auf und brachte sein Pferd in einen langsamen Trott. Bibbernd sank sie gegen seinen warmen Samtwams und wünschte, er wäre Broc statt der Mann, von dem sie annahm, dass er ihren König vergiftet hatte. Trotzdem war sie ihm dankbar. »Danke.«

»Ich bin weder dein Freund noch dein Retter, Lady Ives. Du solltest für deine Seele beten, denn ich werde dich Lord Hollister überlassen, sobald ich im Besitz des Dokuments bin.«

# Kapitel 20

In dem kleinen Tal außerhalb der East Midlands wartete Broc auf Nachricht von seinen Spionen, die er nach Stony Stratford geschickt hatte, sowie auf Smitts Rückkehr. Nachdem er Gloucester über Nächte durch England gefolgt war, hatte der Beschützer des Königreichs endlich den jungen Thronfolger bei der Familie der Königin abgeholt.

Die Lichter Northamptons spiegelten sich im Fluss Nene, und der Mond tauchte eine Reihe Zelte am Ufer in einen silbrigen Schein. Gloucesters Reiterzug hatte sein Lager häufiger auf- und abgebaut, als Broc zählen konnte. Würde diese verfluchte Armee nicht auf einem solchen Firlefanz bestehen, wären sie wahrscheinlich längst in London.

Am liebsten hätte Broc jedes einzelne Zelt in Fetzen geschlitzt, bis er Lizbeth gefunden hatte. Sie war dort in dem Lager, das spürte er. »Gott ist mein Zeuge, ich lasse dich nicht im Stich, Lizbeth!«, flüsterte er und küsste das goldene Kruzifix an seinem Hals.

»Ich weiß, wo sie ist.« Smitt, der in Gloucester-Farben gewandet war, zeigte auf ein Zelt am Ostufer. »Das vierte von der Brücke aus.«

»Wie viele Wachen?«

»Zwei. Beide sichern den Eingang. Soll ich sie umbringen?« Die Schwellungen und Blutergüsse in Smitts Gesicht waren überwiegend abgeklungen. Lediglich eine rosa Narbe in seinem Mundwinkel war geblieben, und sein linkes Augenlid hing ein wenig tiefer als früher.

»Warten wir ab.« Broc rüstete sich mit sechs Waffen und zog seinen dunkelroten Waffenrock aus, so dass er nur noch ein schwarzes Wollhemd, eine schwarze Hose und schwarze Stiefel trug. »Ich nähere mich vom Fluss aus. Sollte ich nicht zurückkommen, bring sie um, schnapp dir Lizbeth, und reite nach Hause!«

Broc nickte Smitt zu, dessen Unterstützung ihm viel bedeutete. Obgleich er sein eigenes Bataillon von Maxwell-Kriegern bei sich hatte, kamen sie nicht einmal auf ein Zehntel der dreihundert Yorker. Daher widerstand Broc dem Impuls, sich auf Gloucesters Armee zu stürzen, denn er wollte nicht noch mehr Männer verlieren. Zwar glaubte er gern, dass die Schotten jeden Krieg gewinnen könnten, aber er stellte seine Leute nicht gegen ein solches Heer.

Mit der geübten Lautlosigkeit des Kriegers schlich er durch die Bäume zum Ufer. Durch das letzte Stück offenen Geländes robbte er bis zum Fluss. Die Strömung war so gering, dass ihr Rauschen nicht einmal die zirpenden Insekten übertönte. Leise tauchte Broc erst einen Stiefel in das kalte Wasser, dann den anderen, holte tief Luft und tauchte unter die Oberfläche. Die Fackeln aus dem Lager leuchteten ihm den Weg und ermöglichten ihm, die Zelte abzuzählen. *Eins, zwei, drei, vier.*

Langsam tauchte er wieder auf und atmete betont ruhig und gleichmäßig, während er sich am Ufer umsah. Hier hinter den Zelten war alles dunkel und verlassen. Auf der anderen Seite brannte ein Feuer. Ein Minnesänger spielte eine Ballade zu Ehren seines toten Königs, so dass Broc unbemerkt aus dem Wasser steigen konnte. Seine Kleider klebten an ihm, als er bäuchlings das matschige Ufer zur Rückseite des Zeltes hinaufkroch.

Vor Lizbeth' Zelt lachte ein Mann mit heller Stimme. »Dem habe ich es gezeigt! Der Kerl hatte eine hübsche Handvoll Eier.«

»Was denn, ein jungfräulicher Knabe?«

»Ja – so hart, wie sein Schornstein war!«

Broc rieb sich die Ohren, die voller Wasser waren. Wenn er es richtig verstand, war Lizbeth zumindest vor einem ihrer Wächter sicher. Ohne weiter auf ihr Gespräch zu achten, schlich er sich näher an das Zelt und lauschte. Drinnen war alles still, nur atmete jemand sehr leise. Falls sich noch jemand in dem Zelt aufhielt, wäre er tot, denn niemand schlief ruhiger als sein Engel.

Er sehnte sich danach, sie in seine Arme zu nehmen und ihren Schlummer zu bewachen. Aber stattdessen sollte er beten, dass sie bereit war, mit ihm durch das Wasser zu entkommen. Einen anderen Weg gab es nicht.

Mit dem frisch geschärften *Sgian dubh* aus seinem Stiefel schlitzte er die Zeltplane auf. Sogleich wehte ihm ihr wunderbarer Duft entgegen: süß, schwindelerregend. Als er prompt eine Erektion bekam, verdrehte er die Augen. Das war nun wahrhaft das Letzte, was er brauchte, dass er in einem solch unpassenden Moment erregt war!

Er zog die Plane beiseite und blinzelte in das schwache Licht der einzelnen Laterne. Lizbeth lag ausgestreckt auf einem Feldbett, nahe genug, dass er ihr Haar hätte berühren können. Zu ihren Füßen, am Zelteingang, stand ein Tablett mit Essen.

Broc schlüpfte durch die Öffnung und legte ihr behutsam seine nasse Hand auf den Mund.

Lizbeth zuckte so heftig zusammen, dass die Laterne umkippte und sie beide in völlige Dunkelheit eintauchten.

»Schhh! Ich bin's, mein Engel. Jetzt wird alles gut«, flüsterte er und küsste das Haar an ihrer Schläfe.

Sie streckte ihre Arme nach hinten aus und umschlang seinen Nacken wohlig warm. Dann schüttelten stumme Schluchzer ihren Leib. Unter Tränen küsste sie sein Gesicht, während sein Herz wie wild pochte. Alles in ihm jubilierte, als er endlich wieder die Frau fühlte, die Gott ihm bestimmt hatte. Broc würde alles tun, um sie zu beschützen.

Einen winzigen Moment jedoch gönnte er sich, um die Stelle unterhalb ihres Ohrläppchens zu küssen, an der ihr Puls flatterte. Zugleich fasste er sie unter der Achsel und zog.

Metall klirrte, das sich wie die Kettenwinde einer Zugbrücke anhörte.

Draußen vor dem Zelt verstummten die Wachen.

*Bei der Dornenkrone des Gekreuzigten! Sie war angekettet!* Er stand kurz davor, sie wiederzubekommen, und nun könnte es sich als unmöglich herausstellen. Sanft umfing er ihr Kinn und streichelte ihre Lippen mit seinem Daumen, während er darauf wartete, dass die Wachen ihre Unterhaltung wieder aufnahmen. Dann schmiegte er seine unrasierte Wange an ihr Gesicht und flüsterte: »Sag bitte, dass du einen Schlüssel hast!«

Sie schüttelte den Kopf und hauchte: »Du musst gehen, sonst töten sie dich. Es sind schon zu viele meinetwegen gestorben. Ich lasse nicht zu, dass er dich mir wegnimmt!«

Wie immer sorgte seine Lizbeth sich um jeden außer sich selbst. »John hat den Angriff überlebt, genau wie Duffy und Reynold. Ich reite mit dreißig Männern, einschließlich Smitt, und wir sind hier, um dich nach Hause zu holen.«

Lizbeth flüsterte ein kurzes Dankgebet. »Du musst zum Tower reiten.«

»Ich kann dich nicht hierlassen.«

Ihre feste Umarmung stand in einem schmerzlichen Widerspruch zu ihren Worten. »Ich kann meinen Neffen nicht helfen, aber du kannst es. Hast du das Dokument bei dir?«

»Ja.«

»Lord Hollister will Eli und Martin umbringen, sobald er

zurück ist. Er hasst die Jungen und hat keine Verwendung mehr für sie, weil er mich jetzt hat. Solange er das Dokument von dir will, tötet er mich nicht.«

»Nein, ich nehme dich gleich mit. Wir reiten beide zum Tower. Zum Teufel mit dem verdammten Dokument!« Er musste Lizbeth hier wegschaffen, fürchtete allerdings auch um die Jungen. Sie konnte Hollister nicht davon abhalten, die beiden in dem Moment zu töten, da er in London eintraf.

Der Minnesänger verstummte, so dass sie ebenfalls still sein mussten. Auf die Bitte eines der beiden Wächter hin stimmte der Sänger ein fröhlicheres Lied an.

»Hollister darf nicht gewinnen. Er muss bestraft werden.«

»Ich bringe ihn um.« Was Broc ohnehin vorgehabt hatte.

»Dann gewinnt Buckingham.« Sie strich durch sein nasses Haar. »Reite zum Tower, such die Jungen und bring sie fort! Lord Hollister sperrte mich einmal in eine Kammer im Wardrobe Tower, dort könnten sie auch sein. Gloucester will am Sabbat in London sein. Bring ihm das Dokument! Du hast die Gelegenheit, Frieden zwischen unseren Ländern zu schaffen. Wäre sie das Wagnis nicht wert?«

»Nein«, erwiderte er ein bisschen zu laut. Verdammt! Sie spielte seine Schwächen aus.

Die Wächter unterbrachen ihr Gespräch. Broc hielt den Atem an, worauf es so still wurde, dass er Lizbeth' Herzklopfen zu hören glaubte. Es folgte ein Stiefelschaben, und ein gelber Lichtspalt erschien am Zelteingang.

»Brauchst du etwas, Lady Ives?«, erklang eine näselnde Stimme.

»Danke, Manfred. Ich würde dich nur bitten, meinen Nachttopf später auszuleeren«, antwortete sie rasch.

»Sehr wohl, Mylady. Sag mir Bescheid, wenn du so weit bist.« Kurz darauf nahmen die beiden ihre Unterhaltung wieder auf.

»Mir geschieht nichts. Lord Hollister ist damit beschäftigt, sich die Gunst von Buckingham zu erschleichen, der sich seinerseits um Gloucester bemüht.«

»Und warum bist du dann angekettet?« Broc spürte ihre Verzweiflung, aber würde sie lügen, um ihn zu überreden, sie hierzulassen und zu ihren Neffen zu eilen?

»Ich bin Lord Hollister schon oft entkommen, was seinem Rang als oberstem Wächter spottet. Er lebt für seine Autorität, aber was er am meisten liebt, ist, andere zu erniedrigen. Glaub mir, ich bin gegen seine Drohungen gefeit, und mir wird nichts geschehen, bis wir in London sind.«

Broc küsste ihre Hand. Sie konnte sich die Qualen gar nicht ausmalen, die er in den letzten Tagen gelitten hatte. »Bist du wirklich nicht verletzt worden?«

Als sie zögerte, verstärkte sich sein Verdacht, sie könnte ihn um ihrer Neffen willen belügen.

»Nein«, flüsterte sie schließlich. »Manfred wurde mir als Wärter zugeteilt, und ich versichere dir, dass er keinerlei Interesse an mir hat.«

Broc lehnte seine Stirn an ihre. »Wie kannst du von mir verlangen, dich hierzulassen?«

»Bitte, geh, bitte! Du musst die Jungen befreien. Ich treffe dich in zwei Tagen an der Stelle, wo sich der Tunnel teilt – um Mitternacht. Erinnerst du dich an den Weg?«

»Ja.« Broc musste dem Wahn verfallen sein, diesen Plan auch bloß in Erwägung zu ziehen.

»Bitte!« Sie legte ihre Hände an seine Wangen und zog ihn näher zu sich.

Seine Nase berührte ihr Kinn, als er sie küsste. Es gab so vieles, das er ihr sagen wollte, doch tot nützte er ihr nichts. »Ich werde Männer am Tower postiert haben. Sie sind als Yorker gewandet. Du erkennst sie an einem Grashalm, der in ihren linken Stiefel eingeschnürt ist. Geh mit ihnen! Sie bringen dich zu mir.« Er küsste ihre Lider. »Ich lasse dich nicht im Stich.«

»Ich weiß. Rette Eli und Martin, und dann rette mich!«

Broc hielt ihre Hand, solange er konnte, als er unter der Zeltplane hindurchkroch. Sollte Lizbeth etwas zustoßen, würde er sich das nie verzeihen. Die Schuld, die er am Tod seiner Leute trug, lastete schwer auf seinem Gewissen; doch sollte er Lizbeth und ihre Neffen nicht retten können, wäre seine Seele auf immer verwundet.

*Geh mit Gott!* Angstgepeinigt schlug Lizzy sich beide Hände auf den Mund. Heiße Tränen liefen über ihre Schläfen. Sie war nicht mutig, aber hätte sie einen Anflug von Schwäche gezeigt, hätte Broc sie nie hiergelassen.

Und entdeckte man sie zusammen, könnte keiner von ihnen ihre Neffen retten. Sie setzte sich auf der Pritsche auf, die Knie fest an ihre Brust gedrückt, und starrte in die Dunkelheit. Lord Hollister hatte ihren Geist gefoltert, indem er ihr versprach, Elis und Martins Leben nach seiner Rückkehr schnell zu beenden. In seinem kranken Verstand nahm sich das wie ein Geschenk an sie aus. Gnade. Ein Ende ohne die Qualen der Folter.

Ihr hingegen würde er keine Gnade gewähren.

Heute Morgen war er geradezu aufgekratzt gewesen, als er ihr das Urteil verkündete: *peine forte et dure* – Tod durch Zerquetschen. Fraglos würde er den Prozess hinauszögern, bis Broc das Dokument übergab. Erst dann würde Lord Hollister befehlen, dass man ihr Eisengewichte auf die Brust stapelte, bis sie tot war. Sie wusste nicht, wie sie die Strafe aushalten sollte, aber wenigstens gab der Vorgang ihr Zeit, um ihren Vater anzuflehen, sie zu befreien. Die Jungen wären in Sicherheit, und das war alles, was zählte. Gloucester würde Lord Hollister ebenso wie Buckingham bestrafen. *Alles wird gut.*

In dem Wollrock, den Buckinghams Zofe ihr anzog, griff sie nach dem Rosenkranz ihrer Mutter, aber die Tasche war leer. Also faltete sie ihre Hände und betete. *Schütze meinen Gemahl!* Broc hatte sie Stärke und Ausdauer gelehrt, gab ihr Mut; vor allem aber hatte er ihr gezeigt, wie es sich anfühlte, geliebt zu werden.

Im Geiste sah sie eine blühendes Mohnblumenfeld. Eli und Martin liefen mit ihren eigenen Söhnen und Töchtern durch das Blumenmeer, und ihr Vater, der endlich Frieden mit seinen Dämonen geschlossen hatte, schaute den Kindern aus der Ferne zu. Broc hielt sie in seinen Armen und küsste sie auf ihr Haar. Dabei flüsterte er ihr süße Worte zu – Worte, die sie nur in ihren Träumen hörte. Worte der Liebe.

Im Schatten des kleinen Tals wählte Broc zehn Krieger aus, die ihn nach London begleiteten. Die übrigen zwanzig sollten weiter Lizzy folgen. Mit Smitt an seiner Seite ritten sie im Mondlicht gen Süden nach Stony Stratford, wo Gloucester seine Wachen an der Hauptstraße postiert hatte. Sie brauchten sich nicht im Wald zu verstecken, denn in ihrer Gewandung als Yorker behaupteten sie einfach, sie würden den Weg nach London für Gloucesters Reiterzug sichern.

Während England schlief, trieb Broc seinen Hengst in beängstigendem Tempo durch die Nacht. In seinem Innern tobte ein Sturm, der ihn zu verschlingen drohte. Dörfer, Schänken und Wälder, die er passierte, nahm er wie durch einen dunklen Nebel wahr.

Die London Bridge ragte vor ihnen in der Morgendämmerung auf. Broc schlug seinem Pferd auf die Flanken und trieb es weiter.

Smitt holte ihn ein und ritt vor ihn, so dass Broc gezwungen war, seinen Hengst zum Stehen zu bringen. Das Tier wieherte und bäumte sich auf.

»Halt!« Smitt hob beide Hände.

»Bei Gott, Mann!« Das reglose Pferd unter ihm ließ das Beben umso stärker erscheinen, das Brocs Körper erschütterte. Er fühlte sich wie im Fieber. Seine verschwitzte Haut kribbelte, sein Atem ging unregelmäßig, und er konnte nicht klar denken.

»Willst du über das Stadttor fliegen?«, fragte Smitt mürrisch und wischte sich keuchend den Schweiß von der Stirn.

Smitt war nie mürrisch, und atemlos erst recht nicht. Als er sich umdrehte, stellte Broc fest, dass auch die anderen vollkommen entkräftet waren. Diese Männer würden ihm in die Hölle folgen, und genau in die führte er sie auch.

»Ich muss pinkeln«, erklärte Smitt, der auf einen kleinen Bach zutrottete. »Denkst du, dass wir dafür Zeit haben?«

»Ja.« Broc nickte den anderen zu, dass sie ebenfalls kurz rasten sollten. Als er abstieg, hatte er das Gefühl, seine Beine könnten ihn kaum halten. Auch er musste dringend Kraft schöpfen. In ihrem gegenwärtigen Zustand konnten sie Lizbeth' Neffen nicht helfen.

Broc brachte sein Pferd zum Wasser und ging zu Smitt. »Vielleicht sollten wir ein wenig ausruhen.«

»Ja, das sollten wir. Verzeih meine Respektlosigkeit, Mylord!«

Fast wollte Broc schmunzeln, was er jedoch ließ. Es war das erste Mal, dass Smitt seinen Titel würdigte. »Schon gut, Cousin! Ich musste aufgehalten werden. Wir schließen für ein paar Stunden die Augen, ehe wir in die Stadt reiten. Hast du eine Idee, wie wir am besten in den Tower kommen?«

»O ja«, antwortete Smitt mit einem vielsagenden Grinsen. »Und meine Idee sieht eine Menge Blutvergießen vor.«

Broc führte seinen Hengst in die Watling Street und bedeutete seinen Gefährten, es ihm gleichzutun. Auf den engen Straßen herrschte reges Treiben, denn die Stadt bereitete sich auf die Ankunft des Thronfolgers vor. Kaufleute füllten ihre Stände mit Waren – Pech, Wachs, Bänder und sonstiges –, während die Stadtältesten Ausrufer in sämtliche Stadtteile schickten, um den neuen König anzukündigen.

Die Maxwell-Krieger mischten sich mit ihren scharlachroten Wamsen und den geschmückten Pferden in das Durcheinander aus farbigem Brokat. Zwei Yorker auf gescheckten Hengsten trugen Flaggen mit dem Gloucester-Wappen. Grüßend ritten sie an Broc und seinen Männern vorbei. Er erwiderte ihre Geste.

Mit einer Handbewegung dirigierte er Smitt sowie einen anderen Cousin zu einer weinberankten Tür. Gregor band ihre beiden Pferde vor dem Herrenschneider an, unweit jener Stelle, an der Broc und Lizbeth vor einer Woche das Pferd der Königsgarde gestohlen hatten.

Sobald seine Männer den Geheimgang betreten hatten, führte Broc den Rest seiner kleinen Truppe die Tower Street hinunter. Stolz und Schuld rangen in ihm. Seine Männer waren die Nacht durchgeritten, ohne sich zu beklagen. Sie gehorchten jedem seiner Befehle, und Broc verdankte ihrer Treue sein Leben.

Am Tor zum Tower kam ihnen ein Rabe entgegen, der mit weit ausgebreiteten schwarzen Schwingen krächzend über ihnen kreiste, als wollte er sie warnen. Broc lief ein Schauer über den Rücken. War sein Plan wirklich fehlerfrei? Hatte er alle Möglichkeiten bedacht? Zwar hatte er überlegt, all seine Männer durch den Tunnel zu schicken, aber sie mussten sich frei im Tower bewegen können, wollten sie jede Nische und jeden Winkel nach Eli und Martin absuchen. Er würde die beiden

Jungen nach Schottland bringen, wo sie die Liebe einer Familie kennenlernten – seiner Familie. Und er musste schnell handeln, denn die Zeit war knapp.

»Halt! Erklärt euch und eure Absicht!«, rief der Torwächter hinter dem eisernen Fallgitter.

Mühelos schlüpfte Broc in seine Rolle. »Ich bin Sir Julian Ascott und komme auf Befehl des Duke of Gloucester, um den Tower zu sichern.«

Der Torwächter kam näher. Er war in einen schlichten rostfarbenen Wams, braune Hosen, eine schwarze Samtkappe und spitze Schuhe gewandet. »Wo ist euer Befehl?«

»Ich erhielt ihn mündlich«, antwortete Broc mit der typischen Arroganz des Adligen. »Dein oberster Wärter schickt mich an seiner statt, um alle Vorbereitungen für die Ankunft Seiner Hoheit, unseres Königs, und seines Onkels zu treffen.«

Seine Worte verunsicherten den Wärter sichtlich, der durch das Gitter zu den anderen Maxwell-Kriegern sah. »Ohne schriftlichen Befehl darf ich euch keinen Einlass gewähren.«

»Denkst du, ich würde diesen scheußlichen Ort betreten, wäre es mir nicht befohlen? Heb das Fallgitter, und lass uns ein! Andernfalls wirst du dich Lord Hollister gegenüber verantworten müssen.« Broc konnte nur hoffen, dass Hollister sich mehr Feinde als Freunde gemacht hatte.

Der Torwächter umklammerte seine Lanze und zog den Kopf ein, worauf er ein Doppelkinn bekam. »Auch wenn ich nicht erpicht bin, den obersten Wärter zu verärgern, habe ich strikte Weisung, niemanden einzulassen.«

»Nun gut. Dann ruf deine Wachen zusammen, und sichert den Tower selbst! Verlegt sämtliche Gefangene in den Nordwestflügel des inneren Traktes, und entfernt allen Schmutz aus den Kerkern. Sagt der Wäscherin und eurem Küchenjungen, dass sie heute Abend eine größere Anzahl von Wärtern und

Bediensteten unterbringen und verpflegen müssen. Wir warten hier.« Broc verschränkte seine Arme vor der Brust.

»Heute Abend?«

»Heute Abend.« Broc hob einen Finger. »Eines noch: Lass Lady Ives' Gemach bereitmachen, und unterrichte den obersten Scharfrichter Seiner Majestät, dass seine Tochter von dem dreckigen Schotten befreit wurde und morgen in London eintrifft!«

»Ist das wahr?« Die Augen des Mannes leuchteten. »Lizzy kommt nach Hause?«

Offenbar dachte nicht jeder schlecht von der Henkerstochter – lediglich diejenigen, die sie nicht kannten. »O ja! Ich sprach sie gestern Abend in Northampton. Einer meiner Männer hat sich mit Malvasierwein betrunken, und Lady Ives bot ihm einen Trank gegen seinen schmerzenden Schädel. Sie ist eine sanftmütige Maid mit einer seltsamen Augenfarbe, nicht wahr?«

»Golden – Lizzys Augen sind golden.« Der Torwächter winkte dem Pförtner zu, und ein Kettenrasseln ertönte, bevor das Fallgitter sich langsam hob, das Broc und seine Männer einließ. »Lady Ives hat mir den Fuß gerettet, kann ich dir sagen – also zumindest das meiste davon. Den kleinen Zeh verlor ich, aber du hättest ihn sehen müssen, ehe sie sich meiner annahm! Mir fiel das Fleisch vom Knochen, sage ich dir!«

Broc hätte Lizbeth' Namen früher erwähnen sollen. Er und seine Männer stiegen von ihren Pferden und übergaben die Zügel den wartenden Stallburschen. Dann ging Broc neben dem Torwächter her und heuchelte Interesse an seinen Erzählungen von seinen vielfältigen Beschwerden, während sie den Hof durchquerten. Am Eingang zum White Tower blieb Broc stehen. »Danke für deine Begleitung, Sir. Vielleicht kannst du mir später helfen, Lady Ives' Gemach herzurichten.«

»Sehr gern, Sir. Falls ihr irgendetwas benötigt, schickt eine der Wachen zum Tor. Mein Name ist Godfrey. Ich glaube, ich nannte ihn noch nicht.« Als er grinste, bildeten sich unzählige Falten auf seinen Wangen.

»Ich danke dir, Godfrey. Du warst eine große Hilfe.« Broc sah dem Wächter nach, bis er außer Hörweite war, und wies seine Männer an: »Durchsucht alle Ecken des Turmes, die ich euch zugeteilt habe! Wenn ihr die Jungen findet, bringt sie in den Tunnel, wo Smitt sie übernimmt und in Sicherheit bringt. Wir suchen, bis wir sie haben, verstanden?«

Alle nickten ernst und strömten auseinander.

Broc folgte seiner Nase zum Wardrobe Tower. Ihn wunderte nicht, dass der Eingang unbewacht war. Hier stank es so streng nach Exkrementen, dass es kein Wärter auf dem Posten aushielte. Im Turm zündete Broc eine Binsenfackel an und hoffte, der Qualm würde ein wenig von dem beißenden Gestank vertreiben. Er mochte sich nicht einmal vorstellen, dass Eli und Martin unter solch widerlichen Bedingungen hausten.

Von der Wendeltreppe gingen viele Räume ab: mehrere Munitions- und Waffenkammern, Kleider- und Schmuckkammern. Ihm schien es, als würde er stundenlang suchen, ohne auch bloß einen Hinweis zu entdecken, dass hier in letzter Zeit jemand gewesen war, geschweige denn hier gewohnt hatte. Auf der dritten Ebene gelangte er in eine Kammer, die voller Kisten stand. Im Spätnachmittagslicht, das durch das Fenster hereinfiel, erkannte er zwei aus Holz geschnitzte Vögel auf dem Sims.

Wo hatte er solche Vögel schon einmal gesehen? Er nahm erst den einen, dann den anderen in die Hand, während er sich zu erinnern versuchte. War es in Market Cross in Leicestershire gewesen? Nein! Jetzt wusste er es wieder: Sie hatten auf dem Kaminsims in Edlynns Cottage gehockt, und nun entsann er sich, dass er sich über die runden dicken Vögel gewundert hatte. Lizzy hatte nebenher gesagt, dass ihr Vater sie geschnitzt hätte. Broc sah sich genauer um.

In einer Ecke stand ein Schemel, zu dessen Füßen Holzspäne verteilt lagen. Unweit des Schemels, halb hinter drei Kisten versteckt, befand sich ein bogenförmiger Durchgang. Broc steckte seine Fackel in eine Wandhalterung, räumte die Kisten beiseite und fand sich vor einer kleinen Tür. Seine Nackenhaare sträubten sich, und er hielt den Atem an, als er den Riegel hob und die Tür weit öffnete.

Der Verwesungsgeruch war unerträglich. Broc hätte fast gewürgt.

Er holte seine Fackel und hielt sie in die Kammer. Zwei kleine halb verfallene Körper in blassen Gewändern lagen Arm in Arm auf einer Strohmatratze. Broc drückte seinen Unterarm vor Mund und Nase und sah sich um – bemüht, nur nicht auf die beiden toten Kinder zu schauen. Wie sollte er Lizbeth sagen, dass Hollister gelogen hatte? Dieser Schurke setzte auf ihre Liebe zu den Neffen, um sie gefügig zu machen.

Broc ging auf ein Knie hinunter, bekreuzigte die beiden Jungen, die er wie seine eigenen Söhne hatte aufziehen wollen, und betete für ihre Seelen.

Im flackernden Fackelschein bemerkte er, dass drei Namen in den Stein an der Wand hinter ihnen geritzt waren: Eli, Martin, Lizzy. Dünne weiße Linien formten Ovale um jeden der Namen. Als er näher hinsah, erkannte er noch mehr primitive Muster an allen vier Wänden. Dann sah er die Zahlen. Lizbeth' Zahlen.

Der Schweinehund hatte sie hier drinnen eingesperrt. Im Dunkeln.

»Zur Hölle mit ihm!«, verfluchte Broc ihn laut und wünschte, Hollister stünde vor ihm, damit er ihm die Augen herausreißen und ihn ebenso blind machen könnte, wie er Lizbeth gemacht hatte.

»Wer bist du?«

Erschrocken drehte Broc sich um und zog gleichzeitig sein Schwert. »Ich bin Sir Julian Ascott. Ich sichere den Tower auf Befehl von Lord Hollister.« Erst nachdem er gesprochen hatte, erkannte er Lizbeth' Vater.

Der oberste Scharfrichter wirkte weniger streng, als Broc ihn im Kerker gesehen hatte. Vor ihm stand vielmehr ein schlichter alter Mann mit dunklem graugesprenkeltem Haar und einem eingefallenen blassen Gesicht. Anstelle des schwarzen Kapuzenumhangs und der Peitsche trug er eine braune Hose, eine helle Tunika und eine Trinkflasche.

»Ich kenne dich.« Lord Ives neigte seinen Kopf und musterte Broc mit stumpfen braunen Augen. »Du bist kein Engländer. Du bist der Schotte, der meine Tochter entführte.«

»Ich habe sie nicht entführt. Sie befreite mich aus dem Tower.«

»Und du bist zurückgekehrt. Zu welchem Behufe?«

»Um ihre Neffen zu retten.«

Lord Ives' Blick fiel auf seine toten Enkel. »Du kommst zu spät, Monate zu spät.« Er sank auf den Schemel und starrte durch das winzige Fenster auf den weißen Himmel. »Ich hatte nicht einmal gewusst, dass sie meine Enkel waren, bevor mein Sohn aus dem Krieg zurückkam.«

»Hast du Eli und Martin getötet, um ihnen deinen Fluch zu ersparen?«, fragte Broc vorwurfsvoll.

Der Henker war tief in Gedanken versunken, wie Broc an seinem leeren Blick sah, und er hatte das Gefühl, dass der Mann viel Zeit auf diesem Schemel zubrachte. »Ich habe sie nicht beschützt.«

Diese Antwort wollte Broc nicht hören. Lilian und Mattie

waren gestorben, weil er sie nicht beschützt hatte, genau wie Aiden. War das dasselbe, als hätte Broc die Waffe gehalten, die sie tötete?

»Leg dein Schwert ab, und sag mir, wie es meiner Lizzy geht!« Er nahm einen großen Schluck aus der Flasche.

Das Benehmen des Henkers hatte etwas Unwirkliches, als wäre der Mann nicht bei Sinnen. Verwirrt trat Broc an ihm vorbei, schloss die Tür der Vorkammer und kehrte zurück. Er steckte sein Schwert ein und die Fackel in den Wandhalter. Zwar traute er dem Henker nicht, doch eine Bedrohung stellte er gewiss nicht dar. Notfalls konnte Broc ihn mit bloßen Händen umbringen.

»Hat sie Zuflucht gefunden?«, fragte Lord Ives.

»Könnte man sagen.«

Lizzys Vater blickte zu ihm auf und drehte seinen Kopf ein wenig zur Seite. »Was war das? Sprich lauter!«

»Ich sagte, das könnte man so sagen«, wiederholte Broc etwas lauter. Lizbeth hatte nie erwähnt, dass er schwerhörig war.

Lord Ives schloss die Augen. »Dann geht es ihr gut?«

»Sie weint im Schlaf. Sie zählt in der Dunkelheit, und sie betet für ihre Familie. Sie ist der selbstloseste Mensch, den ich kenne, deshalb fällt es mir schwer, zu glauben, dass sie von einem Mann wie dir gezeugt wurde.«

Der Henker nahm noch einen Schluck aus der Flasche und wischte sich mit dem Ärmel über den Mund. »Warst du jemals im Krieg? Hast du jemals deine Klinge in den Leib eines anderen gerammt?«

»Auf dem Schlachtfeld tötete ich für die Ehre«, antwortete Broc gereizt.

»Dann sind wir so verschieden nicht, du und ich. Wir beide sind Mörder. Du tötest, um dein Land zu beschützen. Ich töte, um die zu bestrafen, die Verbrechen gegen mein Land begehen.«

Broc gefiel der Vergleich nicht. »Und welches Verbrechen beging dein Sohn gegen dein Land?«

Wieder schloss Lord Ives die Augen. »Kamden beging gar keines.«

»Dennoch hast du dein Beil gegen ihn erhoben.«

Der Scharfrichter schüttelte den Kopf und stützte die Ellbogen auf seine Knie. »Ich richtete meinen Sohn nicht hin.«

»Dann war es Hollister?« Angesichts des Hasses, den Hollister gegen Lizbeth' Bruder hegte, war dies naheliegend.

»Nein. Ein Wärter zog sich auf Hollisters Befehl meinen Umhang an und nahm mein Beil, während ich im Kerker angekettet war. Hollister hätte es selbst getan, würde ihm bei Hinrichtungen nicht übel. Unser oberster Wärter hat einen empfindlichen Magen, musst du wissen. Es ist das Blut. Ich habe ihn schon bei simplen Amputationen in der Folterkammer kotzen gesehen. Versteh mich nicht falsch – er findet großes Vergnügen an seiner Stellung. Es verleiht ihm Macht, Hinrichtungen zu befehlen, und er empfindet sogar Freude dabei, Todesurteile zu verhängen.«

*Tod und Teufel!* Broc wollte Lizbeth' Vater nicht bedauern. Er wollte ihn verachten. Und wahrte er dieses Geheimnis vor ihr, würde auch Lizbeth ihn hassen, aber eine solche Täuschung ließe Brocs Ehrgefühl nicht zu. »Warum hast du deine Tochter in dem Glauben gelassen, dass du Kamden gerichtet hast?«

»Es ist das Beste, wenn sie mich hasst. Sie ist zu sehr wie ihre Mutter: eine Träumerin, die sich stets Dinge wünschte, die sie nicht haben konnte.«

»Dinge wie einen Ehemann und eine Familie?«

»Lizzy kann niemals heiraten.« Lord Ives runzelte die Stirn und sah Broc an, als wäre *er* derjenige, der von Sinnen war.

»Zu spät, Lord Ives. Ich habe sie bereits geheiratet.«

»Nein!« Der Henker sprang auf, blinzelte ungläubig, und seine Wangenmuskeln zuckten. »Sie darf keine Söhne gebären! Der Fluch würde sie treffen.«

»Dein Beruf ist kein Fluch, aber er stirbt mit dir.«

Der Henker trank und griff an seine Hüfte. Dicke blaue Adern traten an seinem Hals hervor, und die Haut unter seinem rechten Auge pulsierte. Derweil fasste seine Hand ins Nichts. Trotzdem nahm er eine Angriffshaltung ein und schwang sein imaginäres Schwert. Glaubte dieser Mann wirklich, er hielte eine Waffe?

Broc zog sein Schwert, war sich allerdings nicht sicher, ob er den Mann töten oder sich vor seinen Halluzinationen schützen wollte.

Eine Glocke läutete, gefolgt von raschem Stiefelgetrappel auf der Steintreppe. Bevor Lord Ives seinen erhobenen Arm wieder herunternehmen konnte, standen ein Dutzend Tower-Wachen an der Tür, ihre Lanzen auf Broc gerichtet.

Godfrey schritt vor. »Dieser Mann ist ein Betrüger«, erklärte er dem Scharfrichter und warf Broc einen enttäuschten Blick zu.

Er hatte eine einzige kurze Unterhaltung mit dem Torwächter geführt, also warum fühlte Broc sich schuldig? »Was macht dich an meinem Wort zweifeln?«

»Du hast behauptet, dass ihr den Tower im Auftrag des obersten Wärters sichern sollt«, erklärte Godfrey, »aber Lord Hollister ist soeben gekommen, um selbst alles vorzubereiten.«

# Kapitel 21

Er ist der letzte der Männer, die mit dem Schotten kamen, Mylord.« Der Wächter stieß Gregor im Tower-Hof auf die Knie.

Die Hände gefesselt und von zwei Wachen festgehalten, konnte Lizzy nichts tun, als hilflos mit anzusehen, wie die Maxwell-Krieger in eiserne Handschellen gelegt und Schulter an Schulter unter der großen Ulme aufgestellt wurden. Gregor stand neben Tante Jeans Sohn, daneben drei Söhne von Tante Radella.

Die letzten drei in der Reihe waren Brocs Cousins, die Lizzy bei den Schwertübungen manch wertvolle Ratschläge erteilt hatten. Durch ihren Tränenschleier starrte sie auf das Gras zu ihren Füßen. Ihr verzweifelter Wunsch, ihre Neffen zu befreien, würde sie alle das Leben kosten.

»Entkleidet sie, und bereitet sie für die Hinrichtung vor!«, befahl Lord Hollister dem Wächter.

»Nein, bitte, Ihr habt mich! Ihr braucht sie nicht«, flehte sie und kniff die Augen zu.

Krachend flog die Tür des White Tower auf.

Lizzy drehte sich um.

Godfrey führte eine Gruppe von Wärtern heraus, in deren Mitte, sie alle überragend, Broc ging. Purer Zorn funkelte in seinen Augen. Er war ihr Ehemann, ihr Held, und er bewegte sich in den Mauern ihres meistgehassten Feindes.

Aus dem Augenwinkel sah Lizzy, wie Lord Hollister zufrieden lächelte, eine dicke Braue hochzog und seine Arme in den weiten Samtärmeln verschränkte. Er feierte schon seinen Triumph. »Lasst sie gehen, ich bitte Euch! Kennt Ihr denn keine Gnade?«

»Wann gab ich dir jemals Grund zu der Vermutung, ich sei gnädig?«, gab Lord Hollister hämisch zurück und versetzte ihr eine Ohrfeige.

Ihr Kopf schnellte zur Seite.

Im nächsten Augenblick ertönte ein dröhnendes Brüllen, als Broc sich von den Wärtern losriss und kraftvoll nach ihnen trat. Raben flatterten krächzend aus der Ulme auf. Broc lehnte sich halb vor, die Arme auf dem Rücken gefesselt, und rammte seine Schulter in Lord Hollisters Brust. Beide gingen zu Boden. Rittlings auf Lord Hollister hockend, richtete Broc sich auf seinen Knien auf und knallte seine Stirn in das Gesicht des Gegners.

Lizzy wollte zu ihm, doch ihre Wachen hoben sie einfach hoch.

»Ergreift ihn!«, schrie eine vertraute Stimme.

Lizzy wandte sich um.

»Und lasst sie frei!«, forderte ihr Vater von den beiden Männern, die sie hielten.

Vier Wärter, die sie seit Kindertagen kannte, griffen Broc an. Zwei packten ihn bei den Ellbogen, während ein dritter ihm mit der Faust in den Bauch hieb. Da er seine Arme nicht benutzen konnte, blieb ihm wenig anderes übrig, als die Schläge hinzunehmen.

»Hört auf! Hört auf!«, kreischte sie. Auf einmal stand ihr Vater neben ihr und schnitt die Taue durch, die ihre wunden Handgelenke fesselten. »Hilf ihm! Er ist mein Gemahl!«

»Du bist ein närrisches Kind.« Ihr Vater umfasste ihren Oberarm, zerrte sie von dem Tumult weg und setzte sie neben den jungen Mann, der ihm als Helfer zur Seite stand, seit ihre Mutter gestorben war. »Wäre er ein guter Ehemann, hätte er dich nicht hierher zurückkommen lassen.«

Lord Hollister rappelte sich wieder auf und betrachtete das Spektakel mit einem bösartigen Grinsen. Mit jeder Faser ihres Seins verabscheute Lizzy diesen Mann. Er widerte sie mehr an als der Leibhaftige selbst.

Kaum hatte Broc es geschafft, sich den Wärtern zu entwinden, hieb ein anderer ihm mit der breiten Seite seines Schwertes gegen den Rücken.

Er sackte auf die Knie.

Sein Leid war zu viel für Lizzy. Ihre Brust schmerzte, wie sie es noch nie erlebt hatte. Brennende Tränen schossen ihr aus den Augen, während ihr abertausend Dolche ins Herz fuhren. »Vater, bitte, ich liebe ihn!«, schluchzte sie.

»Genug!« Mit einem einzigen Wort beendete ihr Vater den Angriff.

Alles wurde still. Nichts außer schwerem Atmen war zu hören. War sie das, oder waren es die Wärter?

Broc.

Sie sah ihn an. Schweiß klebte ihm das schwarze Haar an die Schläfen, aber sein Zorn war fort. Stattdessen schaute er sie mit einem Blick an, der ihr Innerstes berührte. Sie spürte seine Zärtlichkeit deutlich, denn er lebte in ihr.

»Lizbeth!«, hauchte er.

»Bring sie in den Kerker!«, wies ihr Vater seinen Helfer Madoc an. »Später kommen sie ins Newgate-Gefängnis, wo sie auf ihren Prozess warten.«

»Prozess?«, fragte Lord Hollister, dem Blut aus dem dunklen Oberlippenbart sickerte. »Es gibt keinen Prozess. Ich bin hier der oberste Wärter, nicht du, und ich erteile die Befehle! Deine Tochter stahl mir ein Dokument und gab es ihrem Ehemann. Ich will es zurück, und du sorgst dafür, dass ich es bekomme!« Er faltete die Hände auf seinem Rücken. »Der Torwächter wird jede Viertelstunde die Glocke läuten. Mit jedem

Glockenschlag werden zwei seiner Männer exekutiert, bis du das Dokument in Händen hältst.«

»Nein!«, rief Lizzy. Könnte sie doch aus diesem Albtraum erwachen! Sie blickte Broc in die Augen, suchte nach der Kraft und der Lebendigkeit in seinen Zügen. Nachdem sie tief Luft geschöpft hatte, entwand sie sich ihrem Vater und sank vor ihrem Ehemann auf die Knie. Sie umfasste ihn, als könnte sie ihn retten, indem sie ihn nur fest genug hielt. »Gib ihm das Dokument!«

»Er wird uns so oder so hinrichten, ob ich es ihm gebe oder nicht. Lass ihn nicht in deinen Kopf, mein Engel!« Broc küsste das Haar über ihrem Ohr. »Hollister kann dir niemanden mehr wegnehmen. Eli und Martin sind tot. Er hat dich angelogen.«

Ein bleiernes Gewicht legte sich auf ihre Brust. Sie fühlte die Hufe des Teufels, der auf ihrem Herzen tanzte. Die Trauer, die sie vor Monaten erlitten hatte, kehrte mit doppelter Wucht zurück. Ihr wurde übel. Plötzlich griff eine eiserne Klaue in ihr Haar und zog sie von Broc weg. Sie drehte sich zu Lord Hollister um und erbrach ihre Angst auf seinen eleganten Wams.

Zwei gekreuzte Schwerter hinderten Broc daran, aufzustehen. Vier Wärter standen um ihn herum.

»Du dreckige Hure!«, schnauzte Lord Hollister, der sie auf Armeslänge von sich hielt und auf Madoc zeigte. »Bring das Quetschbrett und Eisengewichte zum Beauchamp Tower!« Dann blickte er zu Broc hinab. »Mit jedem Glockenschlag werden zwei Gewichte auf ihrer Brust hinzugefügt. Folge meinem Befehl, und sie wird nicht leiden! Wenn ich das Dokument habe, bekommt sie eine schnelle Exekution.«

»Ich hoffe, Satan frisst deine Seele!« Broc spuckte auf Lord Hollisters spitze Schuhe.

»Auf die Streckbank mit ihm!«

Lizzys Vater nickte. »Ihr blutet, Mylord.«

Lord Hollister wischte sich die Nase und starrte auf das Blut an seiner Hand, als könnte es ihm die Haut bei lebendigem Leib zerfressen. Gleichzeitig wurde er gespenstisch bleich. Er ballte seine Fäuste und schlang eine Hand um Lizzys Unterarm. »Du wirst noch vor Sonnenuntergang Witwe sein.«

»Lizbeth!«, brüllte Broc ihr nach, als Lord Hollister sie über den Tower-Hof zerrte.

Rötliches Licht schien durch das vergitterte Fenster und wärmte Lizzys Gesicht. Mit geschlossenen Augen beschwor sie Brocs Bild herauf. Sie weigerte sich, daran zu denken, dass sein starker Leib auf die Streckbank gefesselt war. Stattdessen stellte sie sich ihn an ihrer Seite vor, wie sie Hand in Hand durch ein Tal voller Lilien schritten – an einem Ort, von dem sie wusste, dass er nur der Himmel sein konnte.

Sie sehnte sich nach dem Tod, denn nur in ihm wäre sie frei von England und dem Monstrum, das sie auf dem feuchten Steinboden des Beauchamp Tower quälte. Entblößt bis auf ihre Wolltunika, Arme und Beine an vier Pfähle gebunden, bereitete Lizzy ihre Seele auf den Tod vor. Der harte Steinboden unter ihrem Kopf war nicht annähernd so schmerzhaft wie die Kiesel, die Lord Hollister unter ihren Rücken legen ließ. Vier Eisengewichte beschwerten das Brett auf ihrer Brust und drückten ihr die Rippen ein. Vier weitere könnte sie gewiss nicht ertragen.

Ein Bein lässig über die Armlehne seines hochlehnigen Stuhls gelegt, saß Lord Hollister zu nahe bei ihr, als dass sie ihn ignorieren konnte. Er goss Rotwein in seinen Kelch, während er in der freien Hand das nächste Gewicht balancierte.

Der Glockenschlag hallte durch ihren Kopf.

*Bitte, nicht noch mehr!* Sie flehte ihren Schöpfer an, die Maxwell-Männer am Leben zu lassen, betete für ihre Seelen und dass Gott sie auf ihrem Weg begleiten mochte.

»Welche Zahl ist das, Lizzy?« Lord Hollister glitt aus seinem königlichen Stuhl und hockte sich neben sie. Hässliches schwarzes Haar fiel in fettigen Strähnen über seine Wangen, als er sich über sie beugte und ihr das fünfte kegelförmige Gewicht vorführte, ehe er es auf ihre Brust legte. Ein sechstes hob er vom Boden auf und fügte es zu den anderen.

*O Gott, rette mich!* Es fühlte sich an, als würde ihr Brustbein an ihr Rückgrat stoßen. Sie benetzte sich die Lippen. Zu gern hätte sie ihm ins Gesicht gespuckt, aber sie besaß weder die Kraft noch den Speichel. Die Kiesel drückten sich tiefer in ihren Rücken. Wie jemand eine solche Malträtierung überstand, war ihr rätselhaft.

»Mit dem Glockenschlag stirbt der sechste Schotte. Mir scheint, deinen neuen Gemahl schert das Leben seiner Männer ebenso wenig wie dein Leiden.« Er kratzte sich am Hals. »Offenbar erwidert er deine Zuneigung nicht. Tja, wer könnte es ihm verübeln? Die Höflinge mögen dich ›Mylady‹ nennen, aber im Grunde stehst du nicht über einer Metzgerstochter.«

*Lass ihn nicht in deinen Kopf, mein Engel!*

Kühle Tränen liefen ihr über die Schläfen und sammelten sich in ihrer Ohrmuschel. Unter den Eisengewichten wurde jeder Moment zu einer Ewigkeit, und Lord Hollisters Beleidigungen ließen sich zusehends schwerer durch Brocs Worte abweisen.

»Du denkst an ihn, habe ich recht? Vielleicht an die Art, wie das Schwein dich gevögelt hat?« Lord Hollisters Hand glitt unter ihre Tunika und ihren Schenkel hinauf. Aber das Quetschbrett hinderte ihn daran, sie intim zu berühren. »Falls der Samen des Schotten Wurzeln schlug, könnte ich vielleicht sein Kind großziehen und ihm beibringen, das Beil des Vaters zu schwingen.«

»Niemals«, flüsterte sie, denn lauter konnte sie nicht sprechen. Sie ballte ihre gefesselten Fäuste, überwältigt von dem Wunsch, ihm die Zunge herauszureißen. Sollte er sie jemals freilassen, würde sie ihn umbringen und mit Freuden dafür aufs Schafott gehen.

»Ich habe einen König gestürzt. Glaubst du, du wärst mir eine ernstzunehmende Gegnerin?« Er kicherte scheußlich kehlig. »Du hättest auf deinen Vater hören und deine Unschuld bewahren sollen.« Lord Hollister setzte sich wieder auf seinen herrschaftlichen Stuhl und goss sich Wein nach. »Ein Jammer, dass dein Vater in die Jahre kommt. Einst dachte ich, Kamden könnte seinem König und seinem Land so treu ergeben sein wie dein Vater, aber wir beide wissen, wie die Geschichte ausging. Eli und Martin erwiesen sich gleichfalls als enttäuschend. Martin besaß die scharfe Zunge deines Bruders, und Eli war ein heulendes Würmchen wie du. Eigentlich wollte ich sie leben lassen, damit sie den Fluch übernehmen könnten, aber ich ertrug ihren Anblick nicht mehr, also habe ich sie vergiftet.«

*Zum Hades mit ihm!* Sie glaubte nicht mehr, dass er dem Wahn verfallen war. Das war ihr Vater. In Lord Hollister hingegen erblickte sie die Verkörperung des Bösen.

»Keiner von ihnen besaß die Talente deines Vaters. Ach, Osborn Ives hat mir in den Jahren gut gedient, und ich bezweifle nicht, dass er dem nächsten König mit derselben Treue dienen wird – wie ich auch. Unser Lohn wird reichlich sein. Buckingham versprach mir eines seiner Anwesen in Wales. Solltest du lernen, deine Zunge zu zähmen, erlaube ich dir vielleicht, mir dort zu dienen.« Mit diesen Worten prostete er ihr zu, als teilte sie seine Freude.

Nie wieder würde sie Lord Hollister dienen. Lizzy schloss die Augen und lauschte dem Gurgeln, mit dem der Wein seine Kehle hinabrann. Er war ein Widerling, besessen von Gier und Macht. Sein Verlangen nach Höherem, als ihm von Geburt aus zukam, hatte nicht bloß den König das Leben gekostet, sondern Lizzy auch das ihre.

Lord Hollister quälte ihren Geist. Bis der vierte Glockenschlag ertönte. Die Gesichter aller Maxwell-Männer erschienen in ihrem Kopf, als wären sie gekommen, um ihr Lebewohl zu sagen, bevor sie sich auf die Reise begaben. Sie blinzelte langsam und glitt in einen Zustand vollkommener Taubheit.

Lord Hollister erhob sich von seinem Stuhl, um das siebte und achte Gewicht vom Boden aufzuheben. »Ich fürchte, ich muss dich vor deinem Ehemann foltern, um sein Geständnis zu bekommen. Was meinst du? Soll ich dich noch einmal peitschen oder brandmarken lassen oder lieber wie meine Emma ersäufen?« Er hielt die Gewichte über ihre Brust.

Sie atmete in kleinen flachen Stößen.

Dann ließ er die beiden Eisenkegel auf sie fallen.

Weißes Licht explodierte vor ihren Augen und blendete sie.

Ihr war, als würde sie heftiges Flügelschlagen hören. Ein Engel erschien vor ihren geschlossenen Augen, dessen Federn vom sanftesten Weiß waren. Seine Haut war mit Gold bestäubt, und er lächelte feierlich. Bald würde Lizzy fliegen. Bald.

»Es ist vorbei!«, brach der Bariton ihres Vaters in ihre Vision ein.

Mühsam öffnete sie die Augen. Die Hälfte des Pergaments steckte aufgerollt in seiner Hand, die von einem Handschuh verhüllt war. Madoc stand in der Tür und wischte sich den Schweiß vom Hals.

Lord Hollister stieg über Lizzy und entriss ihrem Vater das Dokument, von dem rote Wachskrümel abbröckelten und zu Boden fielen. Kindisch vergnügt hielt er das Pergament über die offene Flamme einer Fackel. Die Reste des Wachssiegels liefen in Rinnsalen die Wandhalterung hinunter, und dichter Rauch stieg auf.

Er hatte gewonnen.

Lizzys letzte Kraft löste sich mit dem Dokument auf, das in schwarzen Ascheflocken zu Boden rieselte.

Ihr Vater kniete neben ihr und hatte bereits zwei der Gewichte entfernt, bevor sie begriff, dass er bei ihr war. Mit jedem Eisenkegel, den er wegnahm, wurden ihre Atemzüge tiefer. Ihre Herzensqualen jedoch waren noch lange nicht vorüber. Ein Schweißtropfen rann ihrem Vater von der grauen Schläfe und fiel auf ihre Wange, als er die Fesseln an ihren Händen löste. Nachdem er auch ihre Füße befreit hatte, hob er sie wie ein Kind hoch und schritt zur Tür. Sie fühlte seinen Blick auf ihrem Gesicht, wollte ihn aber nicht ansehen. Er war nicht der Mann, für den sie ihn einst gehalten hatte. Er war Lord Hollisters Handlanger, der sein Beil für ihn und für England schwang.

»Die Glocken rufen die Stadt herbei, sich am Tower Hill zu versammeln«, sagte ihr Vater zu Lord Hollister. »London erwartet die Hinrichtung des Schotten auf dem Schafott. Soll ich den Gefangenen hinbringen, nachdem ich meine Tochter in ihre Kammer gebracht habe?«

Nach einer längeren Pause blickte Lord Hollister von den roten Wachspfützen auf und wandte sich ihnen zu. »Lass sie herunter! Sie wohnt der Hinrichtung bei. Madoc, gib ihr deinen Umhang! Heute geht sie ihrem Vater zur Hand.«

Sie würde weitere Folter ertragen, aber sie konnte unmöglich bei der Hinrichtung ihres Ehemannes helfen. »Nein.«

»Lizbeth, halt den Mund!«, schalt ihr Vater sie, treuer Ergebener wie immer, und stellte sie hin.

Lord Hollister grinste. »Weigere dich, und ich lasse deinen Gatten in Stücke reißen, bis er ausgeblutet ist!«

Sie weigerte sich vor allem, ihren Tränen freien Lauf zu lassen. »Gewährt Ihr mir, vor der Exekution mit meinem Gemahl zu sprechen?« Ihre Bitte war nicht unüblich, nur dass dafür gewöhnlich Münzen fällig waren. Diese besaß Lizzy nicht, und sie wagte nicht einmal, zu hoffen, dass er ihr ein solches Privileg umsonst gönnte.

»Nachdem du deinem Vater sein Beil gereicht hast, darfst du die Zeit nutzen, die es kostet, deinen Gemahl an den Henkersblock zu fesseln, um mit ihm zu sprechen. Danach wirst du das Pferd reiten, das seinen kopflosen Leichnam durch die Straßen unserer großen Stadt schleift. Ich will den Kopf des Schotten auf den Lanzen der London Bridge, auf dass er Gloucester begrüßt, wenn er morgen in die Stadt einreitet.«

Es kamen keine Zahlen. Ein Teil von ihr suchte nach ihnen, aber die Frau, die Broc in ihr geweckt hatte, wollte die Zahlen nicht. Sie würde mutig jeden abwehren, der es wagte, ihn ihr zu nehmen. Nun stritten also zwei Frauen in ihr, als sie an Madocs statt zum Schafott ging. Für ihre zierliche Gestalt war die Kleidung viel zu groß, so dass sie es kaum schaffte, die spitzen Stiefel unter dem Umhang hervorlugen zu lassen. Silberspangen befestigten das einzige Unterkleid unter dem Umhang, ihre schlichte Tunika. Obgleich der Umhang schwer auf ihren Schultern wog, war die Last nichts gemessen an der, die sie in ihren Händen trug.

Ein Drittel ihres Lebens hatte ihre Mutter das Beil ihres Vaters getragen. Wie hatte sie trotzdem eine so sanfte, liebevolle und fürsorgliche Frau sein können? Allein den Griff zu halten, gab Lizzy schon das Gefühl, sündig zu sein.

Als sie die Holzstufen erreichte, die aufs Schafott führten, erstarrte sie, unfähig, hinaufzusteigen. »Es geht schnell vorüber, Mylady.«

Sie schüttelte den Kopf. »Ich kann nicht.«

»Du musst. Der Henker wartet auf dich.« Er schubste sie, so

dass sie gezwungen war, die Stufe hinaufzusteigen, wollte sie nicht nach vorn stürzen.

Sie kam sich wie eine Schauspielerin vor, die im Begriff war, auf die Bühne zu treten. Genau das war eine Hinrichtung: ein öffentliches Schauspiel. Blutrünstiger als diejenigen, die das Stück aufführten, kamen die Leute aus ganz London herbei, um der teuflischen Szene beizuwohnen. Lizzys dicke Kapuze dämpfte das Gejohle und die Rufe der Menge kaum. Sie linste ins Publikum. Dabei fiel ihr Blick auf ein kleines Kind, nicht älter als drei Lenze, das auf den Schultern eines Mannes hockte. Weizenblonde Locken umrahmten das Gesicht des Mädchens, das in die Hände klatschte, als wäre es bei einer Jahrmarktsvorführung, und auf die zwei Reihen Pferde zeigte, die vor dem Schafott standen.

In ihren schwarzen Kapuzenmänteln verkörperten Lord Hollisters Wachen eine unbarmherzige Macht. Ihre Pferde traten unruhig auf der Stelle, so dass die Menge sich in zwei Hälften teilte.

Im Zwielicht senkte sich wabernder Nebel über die Szene. Zwei der treuen Gefährten ihres Vaters flankierten Lord Hollister, der neben einem schwarzen Hengst auf einem Podest stand – ihrem Hengst, mit dem sie durch die Stadt reiten sollte. Er applaudierte ihr spöttisch. Es war ein Triumph für ihn, sie zu erniedrigen. Ja, solche Momente liebte Lord Hollister.

Lizzy zitterte am ganzen Leib, aber sie würde ihm nicht die Befriedigung gönnen, ihren Schmerz zu sehen. Gesenkten Blickes folgte sie den geflochtenen Tauen von dem Hengst in die Mitte des Schafotts zu den Knoten, mit denen die Fesseln an Brocs Knöcheln befestigt waren. Er kniete vor dem Henkersblock, eine Kapuze über seinem Gesicht. Die schwarze Tunika haftete schweißfeucht an seiner muskulösen Brust, und seine

Hände waren auf dem Rücken zusammengebunden. Der Korb, der seinen Kopf auffangen sollte, stand schon bereit.

Konnte sie das alles noch irgendwie aufhalten? Würde es ihn retten, wenn sie das Beil wegschleuderte, oder befahl Lord Hollister dann, dass man ihn in Stücke riss?

Madoc stellte sich rechts neben ihrem Vater auf. In den strengen Zügen erkannte Lizzy eine Spur jenes gütigen Mannes, der sie aufgezogen hatte. Mit demselben Ausdruck hatte er ihre Mutter angesehen, und Lizzy hielt es kaum aus. Dann blinzelte er und blickte über ihre Schulter zu Lord Hollister. Lizzy schien es wie Minuten, die er ihn anstarrte, bevor er ihr bedeutete, vorzutreten.

Er strich ihr über die Wange und küsste sie auf die Stirn. »Du machst mich stolz, Lizzy. Alles, was ich an deiner Mutter liebte, erkenne ich in dir. Ich möchte, dass du keine Angst mehr hast. Seit Generationen schwingen Ives-Männer das Henkersbeil. Ich bin der letzte von ihnen. Bete für meine Seele, Lizzy, denn ich kann ohne dich nicht in den Himmel kommen.« Er nahm ihr das Beil ab und wies auf Broc. »Geh zu deinem Gemahl!«

Sie wollte den Stolz ihres Vaters nicht, ebenso wenig wie sie weiter für ihn beten wollte. Die Welt drehte sich in bunten Farben. Lizzy begann, die bewaffneten Wachen auf dem Schafott zu zählen. *Acht, zehn, zwölf* … Könnte sie alle Männer hinunterstoßen? Wäre sie fähig, ihren Ehemann zu retten?

Sie stand zwischen Broc und dem Henkersblock und nahm ihm die Kapuze ab. Ihre Hand lag in seinem Nacken, als er zu ihr aufblickte.

Erleichterung leuchtete in seinen blauen Augen auf. »Dir geht es gut.«

»Nein, ich habe Angst.«

Der Narr lächelte. »Hab keine Angst, Lizbeth! Ich werde bald bei dir sein.«

Unter seiner Tunika lugte die Kette mit dem goldenen Kruzifix hervor. Er war ein gottesfürchtiger Mann, der den Tod akzeptiert und seinen Frieden mit dem Schöpfer gemacht hatte. Als sie den Mund öffnete, bebten ihre Lippen. Ihre letzten Worte sollten bedeutsam sein. Sie wollte ihm sagen, wie sehr sie ihn liebte, vor ihm knien und mit ihm beten. Stattdessen entfuhr ihr ein Schluchzen. »Sag mir, was ich tun soll!«

»Küss mich, Lizbeth!«

Sie schloss die Augen und presste ihren Mund auf seinen. Salzige Tränen rannen zwischen ihre Lippen. »Warte auf mich!«, hauchte sie.

»Steig auf das Pferd!« Er blickte von ihr weg in die Menge.

Im nächsten Moment zog Madoc sie an den Rand des Schafotts. Als ihre Knie nachgaben, fing er sie auf, setzte sie mit Hilfe der zwei Wachen, die neben Lord Hollister standen, auf das Pferd. Lizzy krallte ihre Hände in die Mähne, während ihr Bauch zu krampfen begann.

Alles wurde still, bis auf das Schreien eines Kleinkindes.

»Willst du nicht zusehen?« Beim Klang von Lord Hollisters Stimme wurde ihr übel. »Sein Kinn liegt auf dem Block.«

»Die Zeit, die wir auf Erden verbringen, ist nichts als eine Vorbereitung auf das ewige Leben. Ich werde bald mit meinem Gemahl vereint sein, im Paradies. Ihr, Sir, werdet für immer in der Hölle schmoren.«

Lord Hollister runzelte die Stirn.

»Möge Gott diesen Mann auf seiner Reise schützen!«, rief ihr Vater hinter ihr.

*Rumms.*

# Kapitel 22

Lizzy zuckte heftig zusammen.

Ein aufgeregtes Raunen ging durch die Menge.

Dann klatschte jemand seine Hand auf die Flanke ihres Pferdes, das sich hinter den anderen in Bewegung setzte. »Reite, Lizbeth!«

Ihre Kapuze fiel herunter, als sie erschrocken ihren Kopf nach links wandte. Broc saß auf dem Pferd neben ihrem, ein breites Grinsen auf dem Gesicht.

»Ergreift sie!«, brüllte Lord Hollister hinter ihnen.

Verwirrt blickte Lizzy sich um. Madoc und die beiden Wachen packten Lord Hollister bei den Armen. Keine der anderen Wachen folgte ihnen. Ihr Vater stand oben auf dem Schafott, ein beinahe jungenhaftes Schmunzeln auf den Lippen, und winkte ihnen nach.

»Dreh dich nicht um!«, rief Broc.

Lizzy beugte sich tief über die Mähne, hielt die Zügel fest und trieb ihr Pferd an. Sie war frei! Broc war frei! Einer der Wärter vor ihr schob seine Kapuze zurück und wandte sich zu ihr um.

Das war Smitt, der ihr zuzwinkerte.

Als Nächstes erkannte sie Gregor.

Unter den übrigen Kapuzen kamen gleichfalls Maxwells zum Vorschein. Sie lebten! Sie lebten und ritten Lizzy voran durch die abendliche Stadt, vorbei an Marktständen und Häusern mit spitzen Giebeln. Lizzy wusste nicht, was geschehen war, aber das kümmerte sie nicht. Sie wollte nur fort von hier und nie mehr zurückkommen.

Als sie sich dem Stadttor näherten, hob Broc einen Arm und winkte dem Torwärter zu. »Leb wohl, Godfrey!«

»Gott sei mit euch!«, rief er ihnen nach und ließ das Fallgitter hinter ihnen so schnell herunter, dass es scheppernd hallte.

Lizzy staunte. *Was tat Godfrey am Stadttor von London?* Er diente doch im Tower.

Zwielicht drang durch die sich auflösenden Wolken, während sie im Galopp durch Londons Außenbezirke donnerten. Am Horizont ging ein silberner Mond auf, umgeben von blinkenden Sternen. Lizzys Hengst setzte über eine Hecke, so dass sie für einen Moment flog und sich herrlich unbeschwert fühlte. Mindestens hundert Mal hatte sie sich nach hinten umgesehen, musste es aber dennoch ein weiteres Mal tun.

Hinter ihnen lag nichts als weite Wiesen und Felder. Wie konnte es sein, dass ihnen niemand folgte?

Smitt übernahm die Spitze ihres Reitertrupps, und Broc lenkte sein Pferd neben ihres. Sein Körper bewegte sich geschmeidig im Einklang mit dem Hengst. Er war Eleganz und Kraft in einem, ein Krieger – ihr Krieger –, und sie wollte ihn berühren, sich vergewissern, dass er wirklich bei ihr war.

Als er sie anblickte, bemerkte sie einen Ernst in seinem Ausdruck, wie sie ihn nie zuvor gesehen hatte. Dann blinzelte er und lächelte.

»Träume ich?«, fragte sie gerade laut genug, dass er es hören konnte.

»Vielleicht. Aber wach nicht auf, bis wir in Schottland sind, ja?« Broc kam noch näher, rutschte auf seinem Sattel nach hinten, packte Lizbeth bei ihrem Umhang und zog sie auf sein Pferd. Doch statt sie rittlings vor sich zu setzen, stellte er sie auf den Rücken des Tiers und hielt ihre Waden fest. »Du bist frei, mein Engel. Breite deine Flügel aus und flieg!«

Die Maxwell-Krieger fielen ein wenig zurück, fünf rechts,

fünf links von ihr, wie die V-Formation, in der Gänse flogen. Furchtlos breitete Lizzy ihre Arme aus. Der Wind blies ihr das Haar aus dem Gesicht und bauschte ihren Umhang weit auf. Sie schloss die Augen, atmete den Abendnebel, den süßlichen Grasgeruch und den würzigen Duft der Pferde ein. Freiheit!

Zum Himmel aufschauend, verabschiedete sie sich von den geliebten Menschen, die sie verloren hatte. In ihrem Geiste küsste ihre Mutter sie auf die Wange, umarmten und drückten sie Kamden und seine Söhne, und Edlynn strich ihr mit den krummen Fingern über das Haar. Sie alle würden für immer in Lizzys Herzen sein und ihr Kraft verleihen. Aber vor allem schenkten sie ihr Freiheit. »Ich danke euch«, flüsterte sie leise.

Sie öffnete ihre Augen gerade rechtzeitig, um eine Sternschnuppe zu sehen, die im selben Moment über den Himmel huschte, in dem Broc ihre Kniekehlen küsste. Erleichterung, Freude und Sehnsucht erfüllten sie, doch keines dieser Gefühle war so stark wie ihre Liebe.

Als Broc langsamer wurde, ritten die anderen Maxwell-Krieger mit Lizzys Hengst im Schlepptau voraus. Brocs Hände umfassten ihre Hüften, drehten sie herum und hoben sie zu ihm hinunter. Lizzy schlang Arme und Beine um ihn, wollte eins mit ihm sein. Sie war so unendlich dankbar, dass es ihn in ihrem Leben gab. *Ich lasse dich nie wieder los!*

Genüsslich rieb sie ihre Nase an seinem Ohr und sog seinen betörenden Duft ein. Eigentlich hatte sie erwartet, dass er zu reden begann, doch er schwieg. Sie fühlte seine starken Schenkel unter ihren, die das Pferd führten. Inzwischen waren die anderen Maxwells ein gutes Stück voraus. Broc umarmte Lizzy, und auf einmal spürte sie, wie er zitterte.

»Alles wird gut, mein Gemahl«, beruhigte sie ihn mit seinen eigenen Worten, während sie die weichen Locken in seinem Nacken streichelte.

»Ich hatte solche Angst, dass ich dich verliere«, gestand er und hielt sie fest an seiner Brust.

Als sie wimmerte, weil er ihre geschundenen Rippen drückte, lockerte er sofort seinen Griff.

»Kein Tag wird vergehen, an dem ich nicht bereue, dich bei ihm gelassen zu haben. Kannst du mir je verzeihen?«

»Es ist vorbei«, sagte sie und legte eine Hand an seine rauhe Wange. Ihren starken, furchtlosen Krieger zu trösten, war eine gänzlich neue Erfahrung.

»Ich konnte es nicht ertragen, dich in den Händen dieses Mistkerls zu wissen.« Sanft küsste er ihre wunden Handgelenke.

»Erzähl mir, was geschehen ist!«

Er ließ das Pferd einen ruhigen Trab gehen. »Nachdem Hollister dich weggeführt hatte, erzählte ich deinem Vater von seinem Komplott mit Buckingham und schloss einen Tauschhandel mit ihm. Ich sagte ihm, ich würde das Dokument übergeben, wenn meine Männer einen fairen Prozess bekommen und du in ein Kloster geschickt wirst.«

»Und du? Hast du nicht um dein Leben verhandelt?«

»Nein. Dieselbe Frage stellte dein Vater mir, als die Wachen uns in den Tunnel begleiteten, wo Smitt das Dokument für mich versteckt hatte. Ich fand es seltsam, dass dein Vater sich um mein Wohl scherte.« Wieder liebkoste er ihre Hände. »Ich gestehe, dass ich wegen seines Berufs schlecht von ihm denken wollte. Ich gab ihm die Schuld an deinen Ängsten und begriff nicht, warum du einen Mann retten wolltest, der …«

»Dessen Treue zu einem Monstrum stärker war als seine Liebe zu seinem Sohn«, beendete sie den Satz. Sie schämte sich, Lord Ives' Tochter zu sein.

»Nein, Lizbeth. Er hat Kamden nicht hingerichtet. Lord Hollister kettete ihn während der Hinrichtung im Kerker an.«

Lizzy blickte auf das dunkle Gras hinab, das unter dem Bauch des Pferdes vorbeirauschte. An jenem Tag hatte sie ihren Vater verflucht, doch er sagte ihr nie die Wahrheit. Er nahm ihren Zorn und ihren Hass hin, distanzierte sich von ihr und ließ sie allein.

Behutsam hob Broc ihr Kinn an. »Dein Vater ist nicht immer Herr seines Verstandes.«

»Warum sollte ich glauben, dass er Kamden tötete?«

»Ich denke, in seinem tiefen Kummer hielt er es für das Beste, wenn du ihn hasst – was nicht bedeutet, dass er dich weniger liebte.«

*Liebe.* Im Geiste wiederholte sie das Wort und verwob ihre Finger mit Brocs. Was sie für ihn empfand, war Liebe. Auch wenn ihr Vater sie liebte, er hatte es nie gesagt. Das letzte Mal, dass sie Worte der Liebe gehört hatte, war gewesen, als ihre Mutter ihren Rosenkranz in Lizzys Hände gelegt hatte und wenige Stunden später gestorben war. »Ich weiß nicht, ob mein Vater jemals geliebt hat. Er sprach es nie aus, nicht einmal Mutter gegenüber.«

»Er könnte seine Liebe für einen Fluch gehalten haben. Er ließ Kamden im Stich, dich und seine Enkel. Ich kenne seinen Schmerz. Ich weiß, wie es ist, jemanden zu verlieren, weil man ihm nicht helfen konnte. Dafür hasst man sich selbst. Und man will alles tun, um diese Schuld loszuwerden.«

»Vergleiche dich nicht mit meinem Vater! Du hast nichts mit ihm gemein.«

»Lizbeth, der Mann wurde wahnsinnig vor Reue.« Er hielt ihre Hand fester, als spürte er, dass sie sich ihm entwinden wollte.

»Hör auf, ihn zu verteidigen! Er ist ein Feigling.«

»Mag sein, aber ein Feigling, der alles tut, um dich in deinen Bemühungen zu unterstützen und seine Erben zu rächen.«

»Meine Bemühungen sind gescheitert. Ohne das Dokument gibt es nichts, was Lord Hollister mit Buckingham in Verbindung bringt.«

»Du hast zu wenig Vertrauen.« Er küsste ihre Stirn und legte ihre flache Hand an seine Brust.

»Vertrauen? Das Dokument ist fort. Lord Hollister hat gewonnen. Muss ich dich wirklich daran erinnern, was geschah? Du gabst meinem Vater das Pergament, er gab es Lord Hollister, und dieser verbrannte es. Warum das so verdammt lange dauerte, weiß ich noch nicht, aber meine Brüste werden nie wieder dieselben sein.«

Broc öffnete die Silberschnallen, die ihren Umhang zusammenhielten, und küsste ihre Brustwölbungen durch die Tunika. »Es tut mir leid, dass du leiden musstest.«

Die kühle Nachtluft und seine Zärtlichkeit machten sie erbeben. »Warum brauchte Vater vier Glockenschläge vom Tunnel zum Beauchamp Tower?«

»Wir haben die Fälschung so schnell angefertigt, wie wir konnten.«

»Fälschung?«

»Dein Vater lief vom Kerker zum Constable Tower, um Pergament und Tinte zu holen, während Madoc Vogelbeeren im Garten pflückte. Hätte Hollister sich Zeit genommen, das Dokument zu studieren, wäre ihm aufgefallen, wie schlecht Buckinghams Signatur gefälscht war. Das Wachssiegel bestand aus billigem Talg, mit Vogelbeersaft rot gefärbt und mit einer Dukate gestempelt. Es dauerte ewig, bis es hart war.«

Sie hätte wissen müssen, dass etwas nicht stimmte, als Vater verschwitzt in die Folterkammer gekommen war. Er schwitzte nie. »Ehrlich?« Sie wagte nicht, zu hoffen, dass es wahr war.

»Ehrlich. Ich schwöre es bei meiner Seele.« Broc hauchte Küsse auf ihren Hals und ihr Schlüsselbein.

Lizzy erschauderte, versuchte aber, sich trotz seiner heißen Lippen auf ihrer Haut zu konzentrieren. »Wo ist das Dokument jetzt?«

»Dein Vater hat es. Ich vermute, er wird den Mistkerl noch ein wenig foltern, ehe er ihn Gloucester übergibt.«

»Hollister verdient jede Strafe, die Vater ihm erteilt.«

Broc und ihr Vater hatten fürwahr einen recht ausgeklügelten Plan geschmiedet und ihn noch dazu in solch kurzer Zeit ausgeführt. »Wozu die gespielte Hinrichtung?«

»Das war nicht beabsichtigt. Dein Vater dachte, Hollister würde dich in seine Obhut entlassen, wenn er ihm das Dokument übergibt, so dass wir durch die Tunnel fliehen könnten. Aber Hollisters Wunsch, dich weiter zu quälen, zwang uns, neu zu planen. Während Hollister und Madoc dich zum Schafott eskortierten, haben wir in Windeseile die Wachen ausgetauscht. Deshalb war Godfrey am Stadttor und nicht im Tower.«

Ihr Vater war zweifellos ein mächtiger Mann, von vielen gefürchtet, und hatte Befehlsgewalt über die königlichen Garden. Aber sie wunderte sich, dass er sie Broc überließ. »Warum hat Vater dich befreit? Er hätte dich ohne weiteres hinrichten und mich in ein Kloster bringen können.«

Broc hob den Kopf und sah sie an. »Als wir im Tunnel waren, sagte ich ihm, dass ich aufs Schafott ginge, um dich zu schützen.«

»Weil du mir geschworen hast, mich zu beschützen?«, fragte sie und hoffte, dass es einen anderen Grund gäbe.

»Du bist meine Gemahlin. Ich könnte es nicht ertragen, dich im Stich gelassen zu haben.«

So wie er seine Schwestern nicht hatte beschützen können. Teils glaubte sie, sie füllte die Leere in seinem Herzen, die der Tod seiner Schwestern dort hineingerissen hatte. Sollte er aus

Ehrgefühl statt Liebe gehandelt haben, würde sie es hinnehmen. Eines Tages könnte er sie vielleicht halb so sehr lieben wie sie ihn.

Er legte eine Hand in ihren Nacken. »Weißt du, was ich am meisten fürchtete?«

Kopfschüttelnd blickte sie in seine traurigen Augen.

»Ich hatte Angst, nur mit der Erinnerung an dich zurückzubleiben, nie wieder deine Wärme, deine Küsse zu spüren. Dass ich dich niemals mit gewölbtem Bauch sehen oder noch einmal mit dir im Regen tanzen würde.«

Lizzy fühlte seinen Schmerz und wollte ihn trösten. Nie zuvor hatte er Schwäche gezeigt, und nun wünschte sie, sie könnte ihn so beschützen, wie er sie stets beschützt hatte. »Wir werden noch viele gemeinsame Erinnerungen sammeln.«

Er küsste sie sanft auf die Nasenspitze und das Kinn, nahm ihre Hand und legte sie erneut auf seine Brust. »Berühre mich, Lizbeth, bitte!«

Was sie auch tat. Ihre Hände wanderten über seinen Oberkörper, während seine Lippen ihre fanden. Ein Sturm brach in ihrem Innern los, sobald ihre Zungen sich begegneten.

»Ich möchte jetzt gleich etwas Erinnerungswürdiges«, verkündete er, zog sein Hemd über den Kopf und steckte es unter das Zaumzeug. Dann schob er ihr den Umhang von den Schultern, den er auf der Mähne des Pferdes drapierte.

Sie drehte sich um. Im Mondschein sah sie die zehn Maxwell-Männer, die über einen Hügel in das nächste Tal ritten. Die Welt gehörte ihnen. Es schien, als wären die Wiesen einzig für sie geschaffen worden, funkelnd im Sternenlicht und von den süßesten Düften erfüllt. Vereinzelte Wolken zogen über den Himmel, und der Mond leuchtete wie glänzende Tränen im Gras.

Nachdem Broc ihre Tunika aufgebunden hatte, schob er sie

ihr bis zur Taille hinunter und nahm Lizzy in seine Arme. Prompt überkam sie ein verzweifeltes Verlangen, mit ihm eins zu sein. Ein Beben jagte durch ihren Leib, als er federleichte Küsse auf ihr Gesicht hauchte, und sie hoffte, dass sie bald bei einem Gasthaus ankämen.

Stöhnend benetzte Broc seine Lippen und zog ihre Tunika hoch, bis ihre Schenkel entblößt waren. Unter ihrem Po schwoll sein Glied pulsierend an, so dass sie unwillkürlich ihre Beine fester um ihn schlang. Sie brauchte seine Liebkosungen, musste seinen warmen Mund auf ihrer Haut spüren.

Ihre Brüste wiegten sich im Rhythmus der Hufschläge, und Broc fing sie mit beiden Händen ein, um die Spitzen zu necken. Er verwöhnte sie mit Lippen und Zunge, bis sie sich fest aufrichteten. Zunehmend erregt, wand Lizzy sich auf ihm. Die Spannung wurde unerträglich. »Halten wir bald an?« *Bitte, sag ja!*

»Nein. Mit Smitt an der Spitze kann es gut sein, dass wir den ganzen Weg nach Schottland durchreiten.« Er hielt ihre Hände, um ihr Halt zu geben, und legte sie auf den Nacken des Pferdes. »Ich möchte dich sehen. Keine Angst, ich halte dich.«

Ihre Brüste schimmerten im Mondlicht, und der Wind wehte wie kühle Seide über ihre Haut. Mit seiner freien Hand bündelte Broc ihre Tunika in ihrer Mitte und streichelte sie überall. »Weißt du, dass ich mir das hier schon oft ausgemalt habe?«

Durch halb geöffnete Augen sah sie die Lust in seinem Blick, und die sinnliche Saite in ihr, die viel zu lange stumm gewesen war, erklang von Neuem. »Du hast dir vorgestellt, ich wäre nackt auf einem Pferd?«

»Ja.« Er kitzelte ihre Scham, die bereits sehr heiß war. »Ich habe mir dich schon nackt vorgestellt, als ich in dem Tunnel zum ersten Mal deinen Duft wahrnahm«, gestand er. »Aber nackt auf einem Pferd male ich mir dich erst seit dem Morgen aus, an dem wir das Gasthaus verließen. Du bist noch viel wunderschöner als in meiner Phantasie.«

Seine Worte brachten sie zum Erröten, was zur Folge hatte, dass ihr noch heißer wurde. Sie hätte ihn angefleht, sie zu berühren, wäre er nicht in diesem Moment mit zwei Fingern in ihre Scham eingetaucht. Mit dem Daumen umkreiste er die empfindliche Knospe, und lustvoll hob Lizzy ihm ihre Hüften entgegen. »Oh, Broc«, seufzte sie atemlos, »du musst das Pferd anhalten!«

»Nein.« Stattdessen trieb er den Hengst schneller über das freie Terrain, während er sie in immer größere Ekstase streichelte.

Sie bebte vor Wonne, hielt sich an Brocs Hand fest und schrie seinen Namen wieder und wieder in die Nacht. Ihr Höhepunkt stand unmittelbar bevor.

Dann verschwanden seine Finger.

*Nein!*

Er richtete sich in den Steigbügeln auf, löste die Bänder seiner Hose und befreite seine Erektion aus dem engen Stoff. »Ich brauche dich.«

»Wir sollen uns auf einem trabenden Pferd vereinen?«, fragte sie ungläubig.

»O ja!« Er hob sie auf sich und knabberte an ihrem Ohrläppchen. »Leg deine Arme um mich.«

Sie umschlang ihn und lehnte ihren Kopf in seine Halsbeuge, als er ihre Schamlippen spreizte.

»Lass mich dich lieben, Lizbeth!«, flehte er, glitt in ihre feuchte Öffnung und bewegte sich im Rhythmus des Pferdes in ihr.

Sie grub ihre Finger in seine Schultern, wiegte sich auf

seinem Schoß und ließ sich ganz von ihm ausfüllen. Das Pferd bestimmte das Tempo ihres Liebesaktes, bis die Reibung Lizzy den Atem raubte. Das Geräusch von Haut auf Haut steigerte ihre Wonne noch und erregte sie auf eine bisher ungekannte Weise.

Broc spreizte seine Hand auf ihrem Po, umkreiste die feste Öffnung und drang mit einem Finger ein, um dort die Stöße seines Glieds nachzuahmen. Sie schrie auf, presste die Muskeln zusammen und wollte, dass er aufhörte, aber auch, dass er schneller und fester zustieß.

»Du bist mein. Niemand wird dich mir wegnehmen«, stöhnte er tief und kehlig. »Mein.« Das Wort wiederholte er mit jedem Stoß.

»Mein.«

»Mein.«

»Mein!«, brüllte er und drückte sie auf sich, dominant und einnehmend. Sie wollte ihm zeigen, dass auch sie Macht über ihn besaß.

Er war ihr Gefährte, ihr Ehemann und ihr Geliebter. Angespornt von seiner Leidenschaft, neckte sie seine Brustwarzen und biss ihm in die Schulter. Wellen von Wonne jagten über ihren Körper.

Wie ein Tier, das aus dem Käfig befreit wurde, knurrte er so laut auf, dass es in Lizzys Ohren vibrierte, und kam zum Orgasmus. Sein heißer Samen ergoss sich Stoß für Stoß in sie, füllte sie mit Leben.

Sein Herz pochte in demselben schnellen Takt wie ihres, als er das Pferd langsamer den Hügel hinauftrotten ließ, auf dessen Kamm er es anhielt. Seine Stirn lag an Lizzys Schulter, und sein Atem wärmte ihrer beider Haut. »Ach, Lizbeth …«

Gespannt wartete sie, dass er es aussprach. Er musste sie lieben, das verriet ihr seine Berührung. Er war bereit gewesen, für sie zu sterben. Trotzdem wollte sie hören, dass er ihr seine Liebe gestand.

*Sag es!*

Als nichts kam, stiegen ihr Tränen in die Augen. Sie streifte seine Ohrmuschel mit ihren Lippen. *Liebe mich!*, flehte sie stumm. Vergebens.

# Kapitel 23

»Ist es wirklich nötig, das Haus deiner Großmutter mit gezücktem Dolch zu betreten?« Lizbeth schürzte die Lippen und zog die Brauen zusammen. Diese Miene hatte sie während der letzten paar Tage recht häufig gezeigt. Er vermutete, dass sie erschöpft war. Beinahe eine Woche lang waren sie geritten, hatten wenig geschlafen und jede Chance genutzt, um sich von den anderen wegzuschleichen und zu lieben. Vor dem Morgengrauen war Lizbeth besonders empfänglich für Leidenschaft. Zweimal war er aufgewacht und hatte sie rittlings auf sich gefunden, fest entschlossen, ihn zu beherrschen. Und beide Male hatte er sie rasch unter sich gebracht. Er konnte es nicht erwarten, nach Skonóir Castle zurückzukommen, aber sie hatte darauf bestanden, dass sie die Großmutter besuchten, solange die Sonne noch hoch am Himmel war.

Nun stand sie hinter ihm auf dem gepflasterten Weg, die Arme trotzig vor ihrer Brust verschränkt. Allerdings trat nicht ganz die erwünschte Wirkung ein, denn das dunkelviolette Kleid, das er ihr in Market Cross in Leicestershire gekauft hatte, war recht weit ausgeschnitten. Und so achtete Broc weniger auf ihre mürrische Miene als auf die Wölbungen ihrer Brüste, die von dem Goldsaum betont wurden, der sich in Form einer Zierborte über ihre Kurven bis hinunter zu ihren Füßen fortsetzte, von denen sie mit einem ungeduldig auf den Stein tippte.

»Lass das Zehentippen!«, verlangte er, worauf sie ihn anfunkelte und noch schneller mit der Stiefelspitze trommelte.

»Steck deine Waffe ein!«

»Großmutter piekt mich, wenn ich keinen Dolch schwinge.«

»Du bist ein närrischer Schotte. Geh beiseite!« Sie rauschte an ihm vorbei. Der süße Duft, der ihn streifte, erinnerte Broc an ihren morgendlichen Liebesakt in einem Garten voller weißer und roter Blumen – Levkojen, um genau zu sein. Warum diese Frau darauf bestand, ihn die Namen sämtlicher Blumenarten in England zu lehren, wusste er nicht, aber es brachte sie zum Lächeln, und das genügte ihm.

»Kommst du?« Sie streckte ihm von der Schwelle aus ihre Hand entgegen.

»Ja«, antwortete er, schob seinen Dolch in die Scheide zurück und nahm ihre Hand. In dem Moment, in dem sie die Eingangshalle der Großmutter betraten, fühlte er eine Schwertspitze an seinem Hals.

»Wurde aber auch Zeit, dass du zurückkommst!«

Für einen Moment glaubte Broc, sein Spiegelbild anzuschauen, nur dass der Mann vor ihm jünger war und einen *Plaid* trug. Im Licht von Großmutters bunten Fenstern hätte er Ian fast nicht wiedererkannt. Es war auch beinahe ein Jahr her, seit er seinen kleinen Bruder zuletzt gesehen hatte. »Du bist groß geworden.«

»Ja.« Ian steckte sein Schwert weg, nahm Brocs Hand und klopfte ihm auf den Rücken. »Ich habe die Grenze bewacht, solange du dich in England vergnügt hast. Ist das dein Mädchen?« Ian musterte Lizbeth, die bisher zu Großmutters Fenster gesehen hatte.

»Ja, das ist Lizbeth.«

»Ich bin seine Gemahlin«, korrigierte sie, »nicht sein Mädchen.«

»Ist doch ein und dasselbe«, bemerkte Ian mit einer Nonchalance, dass Broc auf dem Absatz kehrtmachen wollte. Der Junge hatte noch eine Menge zu lernen.

»Verzeih, aber das ist es keineswegs. Von einer Gemahlin wird erwartet, dass sie ihrem Ehemann treu ist, ihren Pflichten nachkommt, ihm zur Seite steht und ihm hilft, Entscheidungen zu fällen. Ein *Mädchen* ist eine Frau, mit der ein Mann es treibt, bevor er sich eine Gemahlin sucht, die ihn auf den richtigen Weg bringt.«

Broc hätte um ein Haar applaudiert. Zweifellos ängstigte ihre Stellung als Lady Maxwell sie, und wahrscheinlich fürchtete sie, einen so großen Haushalt nicht führen zu können. Vielleicht war sie deshalb so mürrisch.

Ian öffnete den Mund, schloss ihn aber gleich wieder. Eine Weile sah er Lizbeth staunend an, ehe er sich wieder an Broc wandte. »Warst du schon auf Skonóir?«

Lizbeth stieß einen verächtlichen Laut aus und ging zu dem Fenstersims mit den Puppen der Großmutter.

»Nein«, antwortete Broc, dem Lizbeth' Stimmung nicht behagte. »Warum bist du nicht auf der Burg?«

»Er versteckt sich.« Die Großmutter kam herbeigehumpelt. Zum Glück waren ihre piekenden Finger mit einem Whiskykrug, vier kleinen Bechern und ihrem Schwert beschäftigt.

»Ich verstecke mich nicht. Kann ein Mann nicht einmal seine Großmutter besuchen, ohne dass man ihn einer Schandtat verdächtigt?«, wehrte Ian sich, doch Broc ahnte, dass etwas nicht stimmte. Niemand besuchte die Großmutter – es sei denn, er wollte eine Medizin oder suchte einen Zufluchtsort.

»*Ah chac!* Du bist seit sieben Tagen hier, und weder das Scheunendach noch die Zäune sind ausgebessert!« Die Großmutter wandte sich von ihren Enkeln ab, stellte den Whisky und die Becher auf den Tisch und humpelte zu Lizbeth, die wie gebannt auf die Puppen schaute.

Broc zuckte zusammen. *Pieks sie nicht!*

»Bist du wohlauf, Kind? Du siehst ein wenig kränklich aus.« Sie strich Lizbeth mit ihren knochigen Fingern über das Haar.

Lizbeth antwortete nicht. Stattdessen ordnete sie stirnrunzelnd die Puppen.

»Sie ist wohlauf«, entgegnete Broc für sie, was er sogleich bereute, denn sie blickte verärgert zu ihm und tippte schon wieder mit dem Fuß.

»Deckst du sie?«, fragte Großmutter.

»O ja«, bestätigte Broc stolz, der Lizbeth' Erröten zunächst als Kompliment nahm, bis sie eine Braue hochzog.

»O ja? O ja? Ist es das, was du tust, *Lord Maxwell?* Dein Mädchen decken?« Lizbeth schnaubte, und im nächsten Moment bebte ihr Kinn. Ein Sonnenstrahl fiel auf ihre tränenfeuchten Augen, ehe sie rasch die Lider senkte.

»Lizbeth, ich wollte nicht …«

»Ich gehe in die Scheune«, fiel sie ihm ins Wort und eilte zur Tür.

»Wenn du Zeit hast, die Ziegen müssen gemolken werden«, verkündete die Großmutter.

Lizbeth lief nach draußen.

Kaum war sie außer Hörweite, lachte Ian. »Sie ist recht temperamentvoll, Bruderherz.«

»Ja.« Broc übernahm die volle Verantwortung für Lizbeth' scharfe Zunge, und ihm gefiel, dass sie sich zu wehren wusste. Sie war nicht mehr das ängstliche Reh, das er im Tunnel erlebt hatte, das an seinen Ärmeln zupfte und das Kinn auf die Brust drückte. Dennoch schien sie etwas zu bekümmern. Vielleicht war sie guter Hoffnung und deshalb launenhaft. Der Gedanke, ihren Bauch mit seinem Kind anschwellen zu sehen, machte seine Hoden hart.

»Lady Juliana würde nie wütend davonstürmen.« Ians Worte rissen Broc aus seinen Gedanken.

»Lady Juliana ist nicht mehr meine Sorge«, erwiderte er.

»Das sollte sie aber«, widersprach die Großmutter und bleckte grinsend alle fünf Zähne.

»Warum?« Broc wartete, bis sie ihnen Whisky eingeschenkt hatte, während Ian ein bisschen zu aufmerksam seinen *Sgian dubh* beäugte.

»Wie ich hörte, wartet Laird Scott seit gut sieben Tagen auf deine Rückkehr. Er und ein Dutzend seiner Leute haben sich auf Skonóir eingerichtet, mitsamt seiner Tochter. Er fordert eine Hochzeit, denn wie er behauptet, wurde Lady Juliana von einem Maxwell befleckt.«

Broc begriff sofort, was seine Großmutter ihm vorwarf. »Ich habe keiner Frau die Unschuld gestohlen. Seit drei Jahren war ich nicht einmal in ihrer Nähe. Falls der Mann glaubt, er könnte mich dessen bezichtigen, gibt es Krieg!«

Seine Großmutter nippte grinsend an ihrem Whisky. »Du bist nicht der Mann, den er bezichtigt, Jungchen.«

»Smitt?«, fragte Broc. Der Unhold war nur drei Tage zu Hause gewesen, bevor Broc ihn wieder nach England schickte. Verdammt! Sie brauchten ein Ochsengespann, um seinen Cousin vor einen Priester zu zerren.

»Nein.« Ian stürzte seinen Whisky hinunter. »Ich.«

»Du scherzt.« Broc hockte sich rittlings auf die Bank am Tisch und trank aus seinem Becher. Der Whisky brannte in seiner Kehle und wärmte ihm den Bauch. Unterdessen ließ sein Bruder den Kopf hängen wie damals als Junge, als er Aiden das Schwert stibitzt hatte. Nur war Ian offensichtlich kein Junge mehr. »Sie muss mindestens fünf Jahre älter sein als du.«

»Eines, Bruder – ein Jahr. Lady Juliana war achtzehn, als Laird Scott und Dad sie mit Aiden verlobten.«

Broc versuchte, sich an Lady Juliana zu erinnern, doch nicht einmal die Form ihres Gesichts wollte ihm einfallen. Die einzige Frau in seinen Gedanken war seine Lizbeth. Die Großmutter schenkte ihnen Whisky nach. Und bald war eine dritte Runde ausgeteilt. Schweigend tranken sie Onkel Ogilvys Gebräu.

»Was hast du vor?«, fragte Broc.

»Ich möchte sie heiraten.«

»Und warum versteckst du dich dann bei Großmutter?«

»Lady Juliana war Aiden versprochen. Zwar wollte er sie nicht, du hingegen schon.«

»Und als dir zu Ohren kam, dass ich mit einer anderen vermählt bin, bist du losgerannt und hast dem Mädchen die Unschuld geraubt?« Er war bitter enttäuscht.

»Nein!« Ian sprang auf und stemmte seine Hände auf den Tisch. »Ich traf mich beinahe ein Jahr lang heimlich mit Lady Juliana an der Grenze zwischen unserem und Laird Scotts Grund. Erst als ich erfuhr, dass du vermählt bist, habe ich meinem Verlangen nachgegeben.«

Broc wartete, dass er zornig wurde oder zumindest ein wenig eifersüchtig, aber Lady Juliana war nie die richtige Frau für ihn gewesen. Er war sein Leben lang Lizbeth bestimmt gewesen. »Du hättest sie erst heiraten sollen, Ian.«

»Ich wollte deine Erlaubnis.«

Broc war verblüfft. Oder lag es am Whisky? Sein Bruder achtete ihn, wie ihn auch der Clan künftig achten würde. Auf einmal tat es gut, der Anführer zu sein. Er goss ihnen allen nach und betrachtete die Kriegerfrau auf Großmutters farbigem Fenster, über deren Kopf die Inschrift *Neart, Grá agus Onóir* stand. »Kraft, Liebe und Ehre, Bruder. Mögest du durch Liebe und Ehre ebenso viel Glück und Kraft erhalten wie ich«, sagte er und hob seinen Becher.

»Dann habe ich deine Zustimmung?«, fragte Ian, der gleichfalls seinen Becher hob.

»Morgen früh bestelle ich das Aufgebot. Du wirst Lady Juliana in drei Wochen heiraten.«

In der Scheune blieb Broc lieber auf Abstand zu Lizbeth, die eine Ziege molk. Er wollte ungern in Ziegenmilch baden, bevor er nach Skonóir zurückkehrte. Seine Gemahlin war ziemlich finsterer Stimmung. Obgleich sie immer seltener im Schlaf weinte, trug sie eine Last mit sich herum, die er ihr abnehmen wollte.

Er lehnte sich in den Türrahmen, denn Onkel Ogilvys Whisky machte sich bemerkbar. Je länger er Lizbeth zuschaute, umso breiter wurde sein Grinsen. Sie schimpfte auf die Ziege ein. Ihre Worte konnte er nicht verstehen, doch ihre wilden Gesten waren eindeutig zornig. Gott, er liebte sein Weib! Wann er sich dessen gewahr geworden war, konnte er nicht sagen. Vielleicht als Hollister sie ihm weggenommen hatte. Aber mit jedem Tag, der verging, fühlte er sich stärker durch ihre Liebe. Sie gab ihm die Kraft, seinen Clan zu führen. Ja, sie passte sehr gut zu ihm.

Nachdem sie die vierte Ziege gemolken hatte, stand sie auf und wischte sich die Hände an dem teuren Samtkleid ab.

»Ziegenmelken ist kaum eine Arbeit für eine Lady.«

Lizbeth nahm zwei Eimer hoch und wollte schweigend an ihm vorbeigehen.

*Beim Gekreuzigten!* Was zum Teufel stimmte mit seiner kleinen Frau nicht? »Stell die Eimer hin!«

Sie blieb so abrupt stehen, dass Milch aus dem einen Eimer schwappte. Je länger sie stumm dastand, umso verärgerter wurde er. »Sag mir, was dich so aufgebracht macht!«

Nun drehte sie sich zu ihm. Vor Wut funkelten ihre goldenen Augen wie glühende Sonnen. »Weil du es befiehlst? Weil du der Anführer deines Clans bist und Macht über mich als dein Weib hast? Mein ganzes Leben lang musste ich mächtige Männer umsorgen, auf dass sie ja friedlich blieben. Ich besitze einen eigenen Verstand. Ich weiß, welche Pflanzen Bauchkrämpfe lindern. Ich konnte Frauen die Schmerzen nehmen, wenn sie ihre Kinder zur Welt brachten. Ich mag das Schwert nicht so schwingen können wie die Frauen deines Clans, aber ich kann das Leben deiner Leute sehr viel angenehmer machen – allerdings nicht, wenn ich dauernd hinter dir stehe.«

»Du stehst nicht hinter mir.« Er blickte über seine Schulter, um es zu beweisen.

»Doch, in ihren Augen tue ich es. Hast du die Puppen nicht gesehen?«

»Die Puppen?«, wiederholte er perplex.

»Großmutter hat mir eine Puppe gemacht. Sie stellte sie *hinter* dich auf den Sims.«

Broc wünschte, sie wäre weniger schwer zu verstehen. »Hier geht es nicht um Puppen.«

»Du bist das Oberhaupt deines Clans, und ich bin deine Gemahlin, nicht dein Mädchen. Ich muss an deiner Seite stehen.«

»Du bist an meiner Seite.« Diese Frau war mall.

»Nein, das bin ich nicht. Ich mache einen Schritt nach vorn, du machst zwei.« Lizbeth stellte die Eimer ab und wollte aus der Scheune gehen.

Broc stellte sich vor sie. »Geh nicht weg!«

»Siehst du? Du hast mich nicht von hinten aufgehalten. Du musst ständig über mir sein und mich von oben herab ansehen.«

»Na ja, ich bin größer als du.« Er hob hilflos seine Hände. Ebenso gut hätte sie in einer fremden Sprache reden können, denn er begriff überhaupt nicht, was sie ihm sagen wollte. Erwartete sie, dass er ihre Gedanken las? »Sag mir, was du willst, und ich gebe es dir!«

»So einfach ist es nicht.« Ihre Unterlippe bebte, und rasch biss sie darauf. Ihr gesenkter Blick jedoch zeigte deutlich, dass sie verletzt war.

Was konnte sie wollen? Er hatte sie beschützt. Sie geheiratet. Sie gelehrt, ihre Ängste zu überwinden. Bis zu diesem Moment war sie stets offen gewesen. Ihm fehlte ihr Lächeln und die Art, wie sie ihn spielerisch neckte. Er bückte sich und pflückte zwei Kleeblüten, die er ihr reichte. »Wenn du die roten Blütenstengel abzupfst, kannst du den süßen Nektar unten aussaugen.«

Statt zu lächeln, kräuselte sie die Stirn. »Das habe ich dir erzählt.«

»Ich weiß. Es war ein Scherz, weil ich dich lachen hören wollte. Ich möchte, dass du glücklich bist. Wenn du vorausgehen willst, werde ich hinter dir gehen.«

Sie nickte, wischte sich die Augen und nahm die Blüten. Aber das war es nicht, was sie von ihm hören wollte. Also würde er es erneut versuchen, sobald sie sich auf der Burg eingerichtet hatten. »Komm, Lizbeth! Wir haben eine Hochzeit vorzubereiten. Die Tanten werden dich die nächsten drei Wochen unzählige Blumen trocknen lassen.«

»Wer heiratet?« Sie sah zu ihm auf.

Die Tränen, die sie vor ihm verborgen hatte, waren noch zu sehen, und es brach ihm fast das Herz. »Ian und Lady Juliana.«

»*Deine* Lady Juliana?«

Broc verdrehte die Augen. »Sie ist nicht *meine* Lady Juliana.«

»Aber du wolltest sie doch heiraten, nicht wahr?«

»Vielleicht. Allerdings habe ich inzwischen erkannt, dass ich den Traum wollte, der mit ihr einherging, nicht die Frau selbst. Du hast es mir gezeigt.« Er küsste ihr trauriges Lächeln und wartete, bis sie den ersten Schritt nach vorn machte. Wenn sie vor ihm sein wollte, würde er sie lassen, denn er wollte sie wieder lachen hören. »Nach dir, Mylady.« Einen Arm hinter seinem Rücken, wies er mit dem anderen zu den Eingangsstufen von Großmutters Hütte und verneigte sich tief, um ihr ein Kichern oder auch nur ein spöttisches Schnauben zu entlocken. Er hätte sich sogar mit einem ihrer *Hmmfs* zufriedengegeben.

Aber nicht einmal das kam. »Danke, Mylord.«

Dann nahm er die Milcheimer auf und blickte ihr nach, wie sie ihre Röcke raffte und die Treppe hinauflief.

»Ich kann eine Attacke gegen einen Feind planen, und dennoch fehlt es mir an Geist, wenn es darum geht, mein Weib zu verstehen«, murmelte er vor sich hin.

# Kapitel 24

»Ich liebe diese Frau!«

Zustimmender Jubel eilte den dröhnenden Trommeln und Violenwirbeln voraus, als ein Schwarm fröhlich Feiernder sich zum nächsten Tanz in der großen Halle im Kreis aufstellte.

Lizzy saß an der hohen Tafel, allein, und stopfte sich den dritten Haferkeks mit üppigem Stachelbeermarmeladenbelag in den Mund. Sie beobachtete die Szene mit einem Neid, der ihre Schläfen pochen machte; aber vielleicht lag es auch an den zu stramm geflochtenen und zur Krone aufgesteckten Zöpfen. Als sie nach ihrem Ehemann Ausschau hielt, weil sie wissen wollte, ob er gehört hatte, wie sein jüngerer Bruder vor aller Welt sein Liebesgeständnis herausposaunte, stellte sie fest, dass Broc tief in ein Gespräch versunken war.

Laird Scott fesselte die Aufmerksamkeit ihres Gemahls, und Broc schien den Witz des benachbarten Clan-Oberhauptes zu genießen. Die beiden lachten wie Männer, die in zehnjährigem Wein gebadet hatten, und unterhielten eine ganze Horde von Clan-Mitgliedern mit ihren derben Scherzen. Broc in seinem karierten Überwurf spielte die Rolle des Chieftains ohne Fehl und Tadel. Sein blütenweißes Wollhemd bildete einen reizvollen Kontrast zu seiner sonnengebräunten Haut, und das mächtige Breitschwert an seiner Seite betonte seinen Rang. Er legte eine große Hand auf Scotts Schulter, beugte sich vor, um ihm etwas zuzuraunen, und brüllte vor Lachen. Seine Brüder lachten ausnahmslos mit.

*Hmmf*, machte Lizzy. Wenn ihr Gemahl sie schon nicht

beachtete, würde sie eben Tante Radella zufriedenstellen, indem sie aß, bis ihr der Bauch platzte.

Nachdenklich befingerte sie den Anhänger, den Broc ihr vor wenigen Tagen geschenkt hatte: goldene Flügel mit Bernstein und Granat. Es fühlte sich falsch an, so wütend zu sein. Natürlich liebte Broc sie. Er war ihr Ehemann, der für ihre Sicherheit sorgte. Jeden Tag brachte er ihr Blumen und arbeitete fleißig an dem Badehaus mit, das er eigens baute, damit sie schwimmen lernte. Nacht für Nacht hielt er sie in seinen Armen, schlief nie vor ihr ein und ließ ständig eine Laterne neben dem Bett brennen. Sie tanzten in ihrem Privatgemach, vereinten sich jeden Abend und jeden Morgen, und manchmal schlich er sich mittags aus dem Übungshof, um einen ungestörten Moment mit ihr zu verbringen. Alles, was er tat, sagte deutlich, dass er sie liebte.

Und warum sprach der Narr nie die Worte aus? Das gälische Wort für »Liebe« war ihm in den Arm tätowiert, also brauchte er bloß hinabzusehen und es abzulesen.

Lucy kam mit einer kleinen Schale roter und gelber Blüten, die in Honig schwammen, das Podest hinaufgehüpft. »Großmutter Rae sagt, du sollst dies kosten.«

»Ach, hat sie das?« Lizzy zupfte ein Blütenblatt ab und tropfte sich Honig auf das Mieder ihres rot-goldenen Kleides, als sie es zum Mund führte. Das Gänseblümchen schmeckte so intensiv süß-würzig, dass Lizzy das Wasser im Mund zusammenlief. Es war köstlicher als alles, was sie bisher gekannt hatte. »Sag deiner Großmutter Rae, dass sie göttlich schmecken.«

»Möchtest du noch eine Schale?«, fragte Lucy, während Lizzy sich ein weiteres Blütenblättchen nahm, weil sie herausfinden wollte, welches die Geheimzutat war, die Tante Radella hineingegeben hatte.

»O ja, das wäre sehr schön.« Drei weitere Blüten zerschmolzen auf ihrer Zunge. Sie kam sich furchtbar gierig vor, aber in jüngster Zeit konnte sie ihren Appetit auf Süßes nicht zügeln. »Ich glaube sogar, ich würde noch zwei Schälchen nehmen.«

»Sehr wohl, Mylady.« Lucy sprang davon, und Celeste setzte sich neben Lizzy auf die Bank.

»Warum tanzt du nicht mit deinem Gemahl?«, fragte sie und sah auf Lizzys Teller.

»Er widmet sich lieber seiner Rolle als Chieftain.« Lizzy leckte Honig von ihrem Mittelfinger und schaute zu Broc, der in diesem Augenblick zu ihr schaute. Prompt bekam sie eine Gänsehaut. Wie immer, sobald ihre Blicke sich begegneten, wurden ihre Brüste schwerer und die Spitzen hart. Als er zwinkerte, sah sie rasch beiseite. Warum konnte sie ihn nicht in dem Maße erregen wie er sie?

»Er sieht aus, als wollte er dich auffressen«, lachte Celeste.

»Was er durchaus noch tun könnte. Manche Tiere halten es so, nachdem sie sich fortgepflanzt haben.«

»Oder du könntest ihn vernaschen«, schlug Celeste mit einem kecken Schmunzeln vor und nahm sich einen Haferkeks von Lizzys Teller.

»Ja, das könnte ich.« Mehr als ein Mal hatte sie versucht, bei ihrem Liebesakt den Ton anzugeben, doch ihr Gemahl war niemand, der sich einer Frau fügte. Wieder schaute sie zu Broc, der sich zu Lucy beugte. Das Mädchen reichte ihm eine Holzschale, die aussah, als wäre sie mit Nüssen gefüllt. Er steckte eine in den Mund, leckte sich die Lippen und lächelte, dass seine Grübchen erschienen.

»Heiliger! Die sind wirklich gut«, seufzte Celeste. »John muss sie unbedingt kosten.«

»Wie geht es deinem Gemahl?«, erkundigte Lizzy sich.

»Er ist ein nichtsnutziger Schotte, der seine Verletzung ausnutzt, damit ich nett zu ihm bin. Du hast ihn mit deinen täglichen Besuchen und deiner Medizin viel zu sehr verwöhnt.«

»Und ich werde ihn weiter verwöhnen.« Lizzy nahm noch ein Gänseblümchen, legte es sich auf die Zunge und stützte ihren Kopf auf die Faust.

»Was ist mit dir, Lizzy? Machst du dir Sorgen, wie es in England steht?«

»Ein bisschen.«

Nach wie vor wusste sie nicht, was aus Lord Hollister und Buckingham geworden war, ganz zu schweigen von den Prinzen, die nun im Tower untergebracht waren. Sie hatte gehofft, ihr Vater würde ihr zumindest Nachricht schicken, dass alles zum Besten stand.

»Der ganze Clan sorgt sich um dich.«

»Mir fehlt nichts.«

»Trotzdem kann etwas nicht stimmen, wenn du hier hockst und dein Gemahl dort drüben.«

Lizzy wünschte, sie könnte jemandem von ihrem Kummer erzählen. Aber Celeste, die ihr fraglos eine gute Freundin war, konnte ihre Zunge nicht im Zaum halten.

»Einige der Frauen fürchten, es könnte Schwierigkeiten in eurem Schlafzimmer geben.«

»Nein, die gibt es ganz gewiss nicht«, erwiderte Lizzy rasch. Broc würde sie übers Knie legen, wüsste er, dass seine Manneskraft in Frage gestellt wurde.

»Was ist es dann?«

Die Wahrheit war, dass Lizzy sich bereits viel zu lange fragte, ob sie sich närrisch benahm. »Wann hast du gewusst, dass John dich liebt?«

Celeste blickte nachdenklich gen Decke. »Ich schätze, als er es mir gesagt hat.« Dann runzelte sie die Stirn. »Denkst du, dein Ehemann liebt dich nicht?«

»Natürlich liebt er mich«, entgegnete sie und sah sich eilig um, ob jemand sie gehört haben konnte.

Nun machte Celeste große Augen, stemmte eine Faust in ihre runde Hüfte und streckte den Kopf vor. »Der verdammte, eselsgesichtige Schotte hat es dir noch nie gesagt, stimmt's?«

Lizzy verneinte stumm und steckte sich eine Blüte nach der nächsten in den Mund, um nicht reden zu müssen. Derweil bedachte ihre Freundin Broc mit einem wütenden Blick und schnaubte, als würde sie sich schwören, die Sache zu regeln.

*Verflucht!*

Lizzy wurde mulmig, und sie trank einen Schluck von ihrem verdünnten Wein. »Celeste, du darfst nichts sagen. Bitte! Es ist eine sehr private Angelegenheit, und er als der Chieftain würde sich in seiner Ehre verletzt fühlen. Ich weiß, dass er mich liebt. Er muss es nicht aussprechen.«

Zwar bestätigte Celeste mit einem Kopfnicken, dass sie ihren Mund halten würde, doch sicher fände sie andere Wege, sich einzumischen. »Warte hier! Ich laufe schnell zum Cottage und bin gleich wieder da.«

Ehe Lizzy etwas erwidern konnte, raffte Celeste ihre Röcke und eilte aus der großen Halle.

Noch bevor Lizzy ihre erste Portion Honigblüten aufgegessen hatte, kam Lucy mit zwei weiteren Schalen. Lizzy rang sich ein Lächeln ab. »Sag deiner Großmutter Rae, dass ich gern ihr Rezept hätte.«

»Ja, Mylady. Ich sag's ihr morgen früh. Sie hat sich schon zurückgezogen.« Lucy gesellte sich zu den anderen, die im Kreis um Lady Juliana herumtanzten. Die Frau, auf die Broc einst ein Auge geworfen hatte, war schön, aber Lizzy erkannte ebenfalls, dass sie sehr scheu war. Sie hatte die Hände in ihrem rosa Rock vergraben und den Kopf gesenkt, so dass ihr die blonden Locken über das Gesicht fielen. Falls sie sich weiterhin so schüchtern und schwach zeigte, würde sie niemals gegen Muira bestehen können.

In diesem Moment wanderte Lady Julianas verstohlener Blick durch die große Halle und verharrte auf Lizzy. Zwar waren sie miteinander bekannt gemacht worden, aber Lizzy fiel auf, dass Lady Juliana bis auf ihren Treueschwur heute noch gar nichts gesagt hatte. Immerhin erreichte Lizzy mit einem aufmunternden Lächeln, dass Lady Juliana ihr Haupt weniger gesenkt hielt.

Muira winkte Lizzy zu ihnen. »Komm und tanz mit deiner neuen Schwester, Lady Maxwell!«

*Schwester.* »Schwester«, sagte Lizzy, die es laut hören wollte, und ihr wurde warm ums Herz. Beinahe hätte sie vor Freude gelacht. Ja, Lizzy nahm sich vor, Lady Juliana zu beschützen, bis sie stark genug war, um sich allein gegen die Maxwell-Damen zu behaupten.

Vorerst jedoch brauchte sie einen Vorwand, weil sie auf Celeste warten wollte. Deshalb steckte sie sich schnell zwei Blüten in den Mund. »Ich komme gleich.«

»Es hat keine Eile. Iss erst einmal in Ruhe.« Brocs Mutter verhielt sich genauso rätselhaft wie die Großmutter. Beide grinsten auf diese Weise, wie Broc es tat, wenn er etwas im Schilde führte. Es musste wohl am Whisky liegen. Ian stürmte in den Kreis und riss seine junge Gemahlin in seine Arme, womit aller Aufmerksamkeit wieder dem Tanz und nicht mehr Lizzy galt.

Sie nahm von ihrem Wein, als sie ein Flattern in ihrem Bauch fühlte. Es war nicht einmal nötig, dass sie aufschaute, denn sie wusste auch so, dass ihr Gemahl sie ansah. Laird Scott redete weiter, doch Broc achtete nicht auf ihn. Stattdessen beobachtete er sie aus dem Augenwinkel.

Aber sie war kein verhuschtes Reh mehr. Ein einziges Mal nur wollte sie erleben, wie ihr Ehemann die Kontrolle verlor. Vielleicht kam ihm dann über die Lippen, was er empfand. *Und vielleicht auch, dass er es bisher nicht aussprach, weil er dich nicht liebt.* Lizzy verscheuchte die ängstliche Stimme.

»Hier, das gehörte meiner Mum.« Celeste saß wieder neben ihr, atemlos und mit einem kleinen viereckigen Bündel in der Hand, das mit rotem Band zugeschnürt war. »Zieh es an, und lass ihn betteln. Dann wird er es sagen.«

»Anziehen?« Lizzy schaute auf das schwarze Samtbündel. »Ist es ein Kleid?«

Celeste griente vielsagend, zuckte mit den Schultern und beäugte die kleinen Schalen. »Darf ich John eine davon bringen? Er wartet im Cottage auf mich.«

»Ja, geh und kümmere dich um deinen Ehemann. Ich sehe morgen nach ihm.« Die letzten Worte rief sie Celeste nach, weil ihre Freundin bereits wieder auf dem Weg nach draußen war. Winkend rannte Celeste aus der Halle.

Lizzy strich über das rote Band, das den Samt zusammenhielt. Sie sollte anziehen, was immer darin war. Könnte sie ihren Gemahl verführen? Würde er verführt werden wollen? Sie hatte oft genug darüber nachgedacht.

*Heilige Maria!* Sie steckte das Bündel unter ihren Arm, nahm sich die dritte Schale mit den eingelegten Gänseblümchen und wartete, bis Broc abgelenkt war, ehe sie sich zum Nordturm begab.

Dort sprang sie die Treppe hinauf, bis sie außer Atem war. In dem Moment, da sie die Tür zu ihren Privatgemächern von innen geschlossen hatte, lachte sie. Ihr war geradezu närrisch schwindlig vor freudiger Erregung. Ungeduldig zog sie das Band auf und wickelte den schwarzen Samt auf.

Als sie sah, was sich in dem Bündel befand, fasste sie sich an die Brust. Zugleich spürte sie ein Kitzeln zwischen ihren Schenkeln. »Oh, Broderick Maxwell, du bekommst mächtige, mächtige Schwierigkeiten!«

»Die Yorker halten ihn für einen fairen und fähigen Mann. Es wäre möglich, dass Englands neuer König Frieden schließen will. Was denkst du?«, fragte Laird Scott und trank von seinem Whisky.

»Gloucester hat erst kürzlich seine Absicht erklärt, den Thron für sich zu beanspruchen«, antwortete Broc, der es nicht erwarten konnte, von Laird Scott und den Gesprächen über Politik fortzukommen.

»Ja, das könnte er durchaus tun, nachdem er verkündet hat, dass die Prinzen Bastarde sind. Wie es heißt, hat er seine Neffen in den Tower gesperrt.«

»Ach, alles bloß Gerüchte!« Broc hielt den Mann für schrecklich naiv. »Sie werden im Tower geschützt, aber ich bezweifle, dass sie Gefangene sind. Gloucester liegt ihre Sicherheit am Herzen.« Broc biss in einen weiteren Pinienkern. Warum verteidigte er seinen Feind?

Es mochte daran liegen, dass Lizzy es bis heute tat. Nachdem er den letzten Pinienkern gegessen hatte, blickte er zu der hohen Tafel hinauf, die plötzlich leer war. Nun vergaß er jedwede Höflichkeit und sah sich suchend in der Halle um. »Entschuldige mich, ich muss nach meiner Gemahlin sehen.« Er stellte die leere Schale auf den Tisch, stand auf und ließ Laird Scott bei seinen Clan-Mitgliedern zurück.

Seine Mam trat ihm in den Weg, die ihm noch eine Schale mit sirupüberzogenen Pinienkernen anbot. »Hast du Radellas neueste Rezeptur gekostet?«

*Mist!* Er schlug die Hände zusammen. »Ich habe bereits zwei Schalen gegessen.« Selbstverständlich interessierte seine

Mam sich nicht für glasierte Nüsse. »Ich vereinbarte ein Treffen mit Laird Scott und seinem Ältestenrat, um …«

Seine Mam stopfte ihm einen Pinienkern in den Mund. »Ich bin gewiss, dass alles, was du mit Laird Scott geplant hast, zum Besten des Clans ist. Aber jetzt solltest du mit deiner Gemahlin tanzen.«

Broc kaute, schluckte und musterte seine Mam misstrauisch. »Meine Gemahlin scheint sich zurückgezogen zu haben.«

»Aha?« Betont unschuldig schaute sie zur hohen Tafel, an der Lizzy fast den ganzen Abend gehockt hatte.

»Du mischst dich in meine Angelegenheiten ein.«

Eine Hand aufs Herz gelegt, starrte sie ihn mit riesigen Augen an. Das war so übertrieben, dass Broc laut loslachte. Die Frauenzimmer in seinem Clan waren mall, sein Weib eingeschlossen! Würden sie *ein Mal* sagen, was in ihren Köpfen vorging, wäre das Leben um ein Vielfaches einfacher.

Seine Mam stellte sich auf Zehenspitzen und küsste ihn auf die Wange. »Vielleicht mische ich mich ein, aber nur, weil ich es gut mit dir meine«, gestand sie in einem sanften Ton, wie er ihn noch nie bei ihr gehört hatte. Dann drückte sie ihm die Schale mit den Nüssen in die Hand und gesellte sich zu den Tanzenden.

Seit ihrer Rückkehr waren seine Mam, seine Tanten und all seine Schwestern sehr nett zu Lizbeth. Seine Gemahlin war von Menschen umgeben, die sie gern hatten. Vielleicht fehlte ihr ihre Familie. Und er hoffte, eines Tages die Leere füllen zu können, welche die Vergangenheit in ihrem Herzen hinterlassen hatte. Doch seine bisherigen Mühen, sie glücklich zu machen, waren gescheitert, und das musste schleunigst anders werden.

Fest entschlossen, sich sein Weib vorzunehmen und herauszufinden, was sich hinter ihrer finsteren Stimmung verbarg, stellte er die Schale ab und schritt aus der Halle. Er war der Chieftain, ein furchtloser Krieger, und er weigerte sich, noch einen Tag länger hinter ihr herzulaufen!

Als er die Treppe zu seinem Privatgemach hinaufstieg, kribbelte seine Haut wie bei seiner ersten Begegnung mit Lizbeth. Ihr exotischer Duft hing noch im Korridor und erinnerte ihn an ihre gemeinsame Wanderung durch den Tunnel. Sogleich ging sein Puls schneller, und er wurde erregt. Vor dem Privatgemach blieb er stehen und lehnte seine Stirn an das kühle Holz.

*Beim Gekreuzigten!* Für ein Gespräch war er wahrlich nicht in der angemessenen Verfassung. Mit geschlossenen Augen besann er sich auf die Übungen zur Beruhigung, die Bruder Mel ihn gelehrt hatte. Aber im Geiste sah er nur Lizbeth mit ihren goldenen Augen vor sich. *Rede mit mir! Erzähl mir, was dich quält!*

Er öffnete die Tür … und wimmerte. Was immer er sich zu sagen überlegt hatte, war wie weggeblasen.

Im Mondschein stand Lizbeth, in eine Robe gehüllt, die ausschließlich aus Goldbändern zu bestehen schien. Ihr langes Haar fiel ihr in dunkelroten Wellen über den Rücken bis zu ihrem herzförmigen Po hinab, der sich verführerisch unter dem Goldschleier abzeichnete.

Dann drehte sie sich um.

Broc wich in den Türrahmen zurück und bekreuzigte sich. *O Gott!*, wiederholte er dreimal stumm, ehe er etwas sagen konnte. »Wo hast du das her?«

»Von einer Freundin.« Sie strich über den Ausschnitt, der die oberen Wölbungen ihrer Brüste freigab. Deren Spitzen wirkten wie dunkle Schatten unter dem dünnen Unterkleid, das ihr nur bis zu den Hüften reichte. Als sie einen Schritt auf ihn zukam, schwang es sogar noch höher.

Er schluckte mehrmals und fasste sich an den Schritt. *Zum*

*Teufel mit ihr! Du bist der Chieftain. Du bist ein Krieger. Du bist ein starker Schotte. Benimm dich auch so!,* schalt er sich stumm, wich jedoch noch weiter zurück.

»Komm herein, mein Gemahl, und schließ die Tür!«

Seine kleine Ehefrau versuchte, kühn zu sein, doch am Beben ihres Kinns erkannte er, dass sie Angst hatte. Broc atmete tief durch und ging wieder hinein.

Nun wanderte sie um ihn herum, wobei sie ihm mit zwei Fingern über die Brust, die Schultern und den Rücken strich. Ihre Robe bewegte sich wie schillernder Rauch um sie, so dass sie aussah wie ein Engel, eine Königin … eine Göttin.

»Entkleide dich!«, befahl sie.

Er blinzelte; erst jetzt bemerkte er den Dolch in ihrer Hand. Im Geiste sah er sich ihrem Befehl folgen, doch er konnte sich weder rühren noch sprechen. Und wie lange er schon den Atem anhielt, wusste er nicht.

Dann fühlte er die Klinge an seinem Hals. Lizbeth' Hand zitterte, nicht aber ihre Stimme. »Gehorche mir!«

So hatte sie noch nie zu ihm gesprochen. »Spukt Edlynn in deinem Kopf?«

»Nein, ich bin vollkommen bei Sinnen.«

Was er von sich nicht behaupten wollte. Er legte sein Breitschwert und seinen Dolch auf den Tisch, nahm seinen Ledergürtel und die Brosche ab, die seinen *Plaid* an den Schultern hielt. Blitzschnell hatte er seine Kleidung abgelegt, ohne ein einziges Mal den Blick von ihr abzuwenden.

Sie betrachtete ihn von oben bis unten. »Zieh deine Stiefel aus, und knie dich vor mich!«

Wer immer diese Frau sein mochte, sie war auf keinen Fall bei Sinnen. »Ich knie vor meinem Gott und meinem König.«

»Und vor deiner Gemahlin.« Ihre Augen blitzten, und jeder Anflug von Ängstlichkeit war fort.

»Was hast du vor, Weib?«

»Ich habe vor, dich zu lehren, wie du mich glücklich machst.«

*Das* wollte er. Er würde sich nötigenfalls erniedrigen, um ihr Geheimnis zu ergründen. Also tat er, was sie wollte, und ging auf dem Teppich vor dem Fußende des Bettes auf die Knie. Sein schmerzendes Gemächt ragte steil auf und zuckte, als sie hinter ihm über seine Beine stieg, wobei die Goldbänder seine Waden streiften. Sie beugte sich über ihn, so dass er ihre Brüste an seinem Rücken fühlte. Der Anhänger, den er ihr geschenkt hatte, war eiskalt auf seiner erhitzten Haut.

Sie hob sein Kinn an. »Es gibt sechs Stellen, an denen eine Frau berührt werden möchte.«

»Ich bin sicher, dass ich sie alle schon berührt habe«, scherzte er, aber Lizbeth war offenbar nicht nach Lachen zumute.

»Alle bis auf eine«, flüsterte sie, fing sein Ohrläppchen mit den Zähnen ein und sog ein wenig daran, ehe sie ihn wieder losließ.

»Sag mir, welches die Stelle ist, und ich werde sie berühren!«

Zarte Seide streifte seinen Po, als sie sich um ihn herum nach vorn bewegte. »Das kann ich nicht. Du musst sie schon selbst entdecken.« Mit der Dolchspitze strich sie von seinem Kinn über seinen Adamsapfel bis zu seinem Nabel hinunter.

Er schluckte und schirmte seinen Schaft mit beiden Händen ab, weil er ihren Fertigkeiten im Umgang mit Waffen nicht traute. »Wäre es nicht einfacher, wenn du es mir verrätst?«

»Könnte sein, aber das tue ich nicht.« Sie warf die Klinge auf das Bett, nur leider nicht weit genug weg, bedachte Broc ihren gegenwärtigen Geisteszustand. Dann stellte sie eine Schale mit honiggetränkten Blüten auf den Schemel neben ihnen. Sie legte eine rote und eine gelbe Blüte auf die schmale blaue Ader an der Innenseite ihres Handgelenks und hielt sie ihm an die Lippen. »Eine Frau möchte an allen Stellen berührt werden, an denen ihr Puls schlägt.«

Ihrer Miene nach zu urteilen, war dies kein Spiel für sie. Broc leckte die Blütenblätter ab und erkannte, dass es sich um dieselbe würzige Sirupmischung handelte, die auch auf seinen Pinienkernen gewesen war.

Als Nächstes hob sie seine Hand von seinem Glied, plazierte eine Blüte auf seinem Handgelenk und nahm sie mit ihren Lippen auf. »Ich legte mein Leben in deine Hände und vertraue dir, stets meinen Leib wie meine Seele zu schützen.« Sie öffnete seine Faust und küsste die Handinnenfläche.

Anscheinend wollte sie ihm etwas mitteilen, also konzentrierte er sich.

»Wenn du mich ansiehst, schlägt mir das Herz im Hals, dass ich es in meinen Ohren höre.« Sie raffte ihr Haar zu einer Seite und legte eine Blüte seitlich auf ihren Hals.

Folgsam verwob er seine Finger in ihrem Haar und zog sie näher. Er schloss die Augen, während er ihr die süße Blüte von der samtigen Haut sog. Gleichzeitig atmete er genüsslich ihren Duft ein. Wollte sie mehr?

Sie drückte eine kühle Blüte auf die Stelle unterhalb seines Ohrs und küsste sie fort. Dann blies sie ihm sachte in die Ohrmuschel. »Du bist mein Held, mein König aller Könige, mein Retter, mein Gemahl.«

Warum hatte er nicht etwas Ähnliches gesagt? Irgendetwas Bedeutsames? Ehe er sich zärtliche Worte überlegen konnte, legte sie ein Blütenblatt auf seine Lippen.

»Natürlich möchte eine Frau geküsst werden. Manchmal sanft …« Sie liebkoste sachte seine Unterlippe und glitt mit der Zungenspitze über seinen Mund. »… und manchmal fest.« Nun neigte sie seinen Kopf und küsste ihn mit einer Inbrunst, die ihm bis ins Mark fuhr. Eine solche Leidenschaft würde er bei keiner anderen finden.

Schließlich zog sie sich zurück und legte eine Blüte auf ihre Lippen.

Er ahmte ihren Kuss nach, wie berauscht von ihrem Aroma. Die kühle Seide ihrer Robe unter seinen Händen konnte nichts gegen die fiebrige Hitze ausrichten, die seinen Leib durchströmte. Er kämpfte mit seinem schmerzlichen Verlangen, das sein Tod wäre, würde es nicht bald gestillt. Seine Waden waren genauso hart wie seine Hoden. »Ich ertrage das nicht.«

»Du musst.« Sie streifte ihre Robe ab, woraufhin sie nur noch das hauchzarte Unterkleid trug. Während er vor Sehnsucht wimmerte, schob sie sehr langsam die Träger über ihre Schultern und entblößte ihre Brüste. Nachdem sie jede ihrer Brustspitzen mit einer Blüte versehen hatte, hielt sie Brocs Kopf und zwang ihn, zu ihr aufzublicken. »In deiner Nähe fühle ich mich begehrenswert. Du musst mich nicht einmal anschauen, damit meine Brüste schmerzen.«

Ein winziger Samentropfen drang aus seinem Glied, als sie seinen Kopf an ihren Busen führte. Wie sollte er unter dieser Anspannung denken? Seine Hände glitten unter das dünne Kleid und umfassten ihre Schenkel, um sie näher zu ihm zu ziehen und eine ihrer Brustspitzen mit dem Mund einzufangen. Sie schrie auf und führte ihn rasch zu der anderen Brust, wo sie ihn nicht annähernd so lange verharren ließ, wie er wollte. Als sie sich atemlos von ihm entfernte, drückte sie ihre Knie zusammen. Trotzdem roch er ihre Erregung.

Dies hier war Irrsinn. Sie quälte sie alle beide. »Ich brauche dich.«

»Noch nicht.« Sie räusperte sich, schob die Träger ihres Kleides wieder nach oben und kniete sich vor ihn. Dann wandte sie sich seinen Brustwarzen zu, die sie eine nach der anderen mit den Blüten zusammen in ihren Mund einsog, sie sanft biss und gleichzeitig seinen Bauch unterhalb des Nabels kitzelte, dass ihm heiße Schauer durch den Körper jagten.

Er würde es gar nicht bis in sie hinein schaffen. »O Gott, Lizbeth! Bei welcher Zahl sind wir?«

»Vier«, hauchte sie und stand wieder auf. »Wir haben es fast geschafft, das schwöre ich. Nummer fünf jedoch wird für uns beide eine Prüfung. Denk lieber an Schafescheren oder etwas ähnlich Tristes.« Sie biss sich auf die Unterlippe, als sie eine weitere Blüte aus der Schale nahm.

Er wollte laut lachen und ihr sagen, sie wäre mall, aber er durfte sie nicht verletzen. Sicher sollte ihn diese Übung hier etwas lehren, nur leider brachte sie ihn vollkommen um den Verstand.

Die Füße ein bisschen weiter ausgestellt als vorher, verschwand ihre Hand für einen kurzen Moment unter ihrem Kleid, ehe sie die Seide hob und ihm ihre glitzernden Locken zeigte. »Eine Frau möchte gekostet werden …«

Dem kam er mit Freuden nach, fasste ihre Hüften und öffnete ihre Schamlippen mit seinen Daumen. Dann beugte er sich vor und strich federleicht mit der Zunge über ihre Scham. Er fand die Blüte an derselben Stelle, von der er wusste, dass Liebkosungen dort sie zum Schreien brachten.

Ihre Hände zitterten. »O Broc!« Für einen Moment gaben ihre Knie nach, doch sofort richtete sie sich wieder auf und wich zurück.

Abermals kniete sie sich vor ihn. »Und sie möchte selbst kosten.«

Mit diesen Worten plazierte sie eine Blüte auf seiner Eichel und blickte sie an. Broc hielt den Atem an. Als sie ihre Hände seitlich aufstützte, war er gewiss, dass er entweder auf der Stelle kommen oder ohnmächtig werden würde. Er packte ihr

Haar und schüttelte den Kopf. Keine Frau hatte ihn jemals mit dem Mund verwöhnt. »Nein. Ich bin nicht mehr Herr meiner selbst.«

»Und ich habe dich noch nie die Beherrschung verlieren gesehen, mein Gemahl. Du bist ein Krieger – der Beste deines Clans.« Dann bückte sie sich, nahm die Blüte mit ihrem Mund auf und tauchte ihre Zungenspitze in die kleine Öffnung, neckte und quälte sie, bis sie die Lippen um seinen Schaft schloss und sog.

»Ahhh!«, keuchte er und versuchte, an etwas anderes zu denken als das Bild vor ihm. Er dachte an Bruder Mel, an Schlachten, alles, was ihn davon abhalten könnte, seinen Samen in ihren lieblichen Mund zu ergießen. Ihre Brüste wippten gegen seine Schenkel, und das Kleid rutschte weiter vor, so dass er ihren entblößten Po sah. Was zum Teufel sollte ihn das lehren?

Seine Armmuskeln brannten, so sehr kämpfte er mit dem Verlangen, ihre Bewegungen zu kontrollieren. Er fühlte das zarte Schaben ihrer Zähne, das Flattern ihrer Zunge. Als sein Glied an ihren Gaumen stieß, entfuhr ihm ein tiefes Knurren, und Feuer schoss ihm durch den Penis. Er packte ihr Haar fester und riss sie beinahe von sich. »Sag mir, wo ich dich berühren soll!«

Sie stand auf, spreizte ihre Beine vor ihm und ließ sich zu ihm hinab, die Hände auf seinen Schultern. Broc hielt sie fest und führte sie auf sich, bis sie Auge in Auge waren. Erst jetzt nahm er die Traurigkeit und die Sehnsucht in ihrem Blick wahr.

»Es ist keine Stelle, die du mit deinen Händen erreichst.«

»Ich verstehe nicht.«

»Ich wünsche mir, dass du mein Herz berührst«, flüsterte sie an seiner Wange, während sein Glied ihren Schoß ausfüllte. Sie erhob sich einmal und ließ sich erneut hinab.

Er hielt es nicht mehr aus. Schweiß rann über seine Schläfen, und die Muskeln in seinen Schenkeln krampften. »Bei Gott!«, rief er, hockte sich auf die Fersen zurück und umschlang sie, damit ihre Bewegungen aufhörten. Sein Höhepunkt peitschte ihm durch den Leib wie ein infernalischer Eissturm.

Er kam sofort, genau wie sie.

Es dauerte eine ganze Weile, bis die Wogen, die ihrer beider Körper erschütterten, abgeebbt waren. Und immer noch kostete er das Gefühl aus, mit ihr vereint zu sein. Obgleich er sicher war, dass er sie körperlich befriedigt hatte, wusste er, dass er die Prüfung noch nicht bestanden hatte. Er küsste ihr Haar und hielt sie in seinen Armen. In diesem wie im nächsten Leben würde er für diese Frau sterben, und dennoch schaffte er es offenbar nicht, die Worte auszusprechen, die sie wieder lächeln machen konnten. »Lizzy, mein Engel, ich liebe dich, aber ich habe keine Ahnung, wie ich dein Herz berühren kann.«

Auf einmal erbebte sie unter ihren Schluchzern und drückte ihn fester an sich. »Das hast du soeben.«

Er starrte ins Nichts und überlegte. Hatte sie denn daran gezweifelt, dass er sie liebte? Behutsam hob er ihren Kopf und hielt ihr Kinn zwischen Daumen und Zeigefinger. Ihre tränennassen Augen leuchteten vor Freude. »Du bist mein Engel, die Hüterin meines Herzens. Du weißt, dass ich dich liebe.«

»Ja, ich weiß. Ich musste bloß hören, wie du es sagst.«

Er atmete erleichtert aus, dass ihr Haar aufflog. »Dann werde ich es fortan jeden Tag sagen.« Vor allem wollte er immerfort dieses Lächeln sehen. Er küsste sie sanft auf die Wange, die Nase und die Lider. »Ich liebe dich, Lady Lizbeth Maxwell, jetzt und in alle Ewigkeit.«

Sie legte eine Hand in seinen Nacken. »Ich liebe dich auch.« Dann zog sie ihn zu sich und küsste ihn auf den Mund, langsam und innig, um ihrer beider Seelen auf immer zu verbinden.

Salzige Tränen mischten sich mit dem süßen Sirup der Blüten zu einem einzigartigen Geschmack, gekrönt von Lizbeth' wunderbarem Duft. Selbst wenn Broc morgen stürbe, wäre er dem Himmel nie näher als jetzt und hier. In ihren Armen fand er eine Welt, die ganz allein für sie beide geschaffen wurde, einen göttlichen Ort, den Garten Eden. Bei diesem Gedanken wich er zurück …

»Das Paradies«, sagten sie im Chor.

Mit ihrem nächsten Lächeln spürte er, wie sie erschauderte und ihre Hüften auf ihm bewegte. »Ich weiß, dass es zu früh ist, aber ich fürchte, ich brauche dich wieder«, sagte sie errötend.

»Ach, du lüsternes Weib!«, lachte er leise und umfasste ihren Po mit beiden Händen. Wie es schien, hatte er selbst seine Manneskraft unterschätzt, denn schon fühlte er, wie er in ihr anschwoll, bis er sie erneut vollständig ausfüllte.

Sie starrte ihn erstaunt an. »Bist du so schnell wieder bereit?«

Da war dieses Kribbeln, das er verspürt hatte, bevor er ins Zimmer trat, dasselbe, das er auch im Tunnel erlebt hatte. Hier stimmte etwas nicht. Sein Blick fiel auf die Schale mit den Blüten. »Woher hast du die?«

»Tante Radella hat sie zubereitet. Warum?« Sie wiegte ihre Hüften an ihm, so dass ihr Busen sich an seiner Brust rieb.

»Ich denke, sie könnten vergiftet sein.«

Unbekümmert tunkte sie einen Finger in den Sirup und leckte ihn ab. Nachdem sie einen Moment nachdenklich gen Decke geschaut hatte, sagte sie: »Safran. Sie hat Safran in den Honig gegeben. Man benutzt ihn, um die Sinne zu erregen.«

»Verdammte Frauenzimmer! Oh, sie werden bestraft werden. Ich hänge sie alle an den Zehen auf – alle, wie sie da sind. Als brauchte ich ein Gift, um im Schlafgemach zu bestehen!«

Ihr Kichern wurde zu einem wohligen Summen, als sie die Hüften langsam auf und ab bewegte. »Es ist kein Gift, sondern ein Gnadentrunk.«

Neues Verlangen regte sich in ihm, wenn auch nicht mehr mit der schmerzlichen Dringlichkeit, so dass er den sinnlichen Genuss besser auskosten konnte. »Ich habe nicht die Absicht, gnädig zu sein, Mylady.«

»Ich ebenso wenig, Lord Maxwell. Ich ebenso wenig.« Sie ließ ihre Hüften kreisen, was ihn auf eine Weise reizte, die er bisher gar nicht gekannt hatte.

Er hielt ihre Arme hoch über ihrem Kopf und schaute ihr zu, wie sie ihrer Phantasie folgte und den Liebesakt um einige Varianten erweiterte. Nachdem er nun das Geheimnis ihres Lächelns entdeckt hatte, wollte er dafür sorgen, dass es für immer blieb. »Du bist fürwahr eine von Gottes edelsten Schöpfungen«, ließ er sie wissen. »Du solltest in feinste Seiden gehüllt und mit Edelsteinen geschmückt werden. Vielleicht rufe ich einen der großen italienischen Maler her, auf dass er deine Schönheit auf Leinwand bannt. Ich möchte dich verwöhnen und dir alles geben, was dein Herz begehrt.«

»Mein Herz begehrt nur eines: dich.«

# Epilog

*Skonóir Castle, im Spätherbst 1483*

Lizzy zögerte, das Gewicht von einem Fuß auf den anderen zu verlagern, als sie auf der dritten Stufe stand und ihren Gemahl mit zusammengekniffenen Augen anstarrte. »Im Moment mag ich dich nicht.«

»Komm schon, mein Engel! In den letzten zwei Wochen warst du immer wieder bis zur Hüfte im Wasser. Jetzt ist es an der Zeit, den letzten Schritt zu tun«, flehte Broc vom Rand des großen Steinbeckens aus. Natürlich half es, dass er nackt war. Feuer loderte in drei offenen Kaminen und brachte die Wassertropfen auf seiner nassen Haut zum Glitzern, so dass er verlockender aussah als ein Blaubeerkuchen.

Bei diesem Gedanken knurrte ihr Magen, weil sie das Vormittagsmahl versäumt hatte. Sie verschränkte ihre Arme. »Ich weiß überhaupt nicht, warum ihr dieses Badehaus gebaut habt.«

»Meine Brüder stimmten mir zu, dass es den Frauen gefallen könnte.«

»Dann sollen die anderen es genießen. Es ist selbstsüchtig, einen solchen Luxus für uns allein zu beanspruchen.«

»Sie dürfen, sobald du ganz im Wasser warst.«

*Hmmf*, machte sie. Sturer Maulesel! Sie schöpfte mit der Hand von dem lauwarmen Wasser auf und goss es sich vorn über die Tunika. In dem Badehaus war es heißer als in der Hölle. Durch die kleinen Fenster oben stoben immer wieder Schneeflocken herein, die noch in der Luft schmolzen.

Brocs Entschlossenheit, ihr die Angst vor dem Wasser zu nehmen, bedeutete eine harte Prüfung ihrer Liebe zu ihm. Sie wollte den Mut aufbringen, zu ihm hinunterzusteigen, damit er stolz auf sie wäre. Aber noch zögerte sie. Er konnte unmöglich wissen, wie schwierig es für sie war. »Wenn ich die Stufe hinabsteige, welche Belohnung bekomme ich?«

Nachdenklich bewegte er seine Arme im hüfthohen Wasser hin und her, so dass es um ihn herum schwappte. »Ich lasse dir von Tante Radella Himbeeren mit Schlagrahm auf einem süßen Teigfladen bereiten.«

Verlockend. Seit dem Sabbat sehnte sie sich nach dieser Köstlichkeit. »Hast du nichts Neues anzubieten, Schotte?«

Broc breitete beide Arme weit aus und grinste teuflisch. »Du darfst mit mir tun, was immer dir in den Sinn kommt.«

Auch das war verlockend. Sie lachte ihn an, wie sie ihn ständig anlachen musste, denn mit seinem Humor und seinem schelmischen Grinsen brachte er sie wieder und wieder zum Lächeln. »Das durfte ich heute schon.«

Er verschränkte seine Hände im Nacken und ließ seine Arm- und Brustmuskeln spielen.

»Welches Weib würde das nicht gern zweimal täglich?«, fragte er. »Ich würde dir auch gestatten, die Feder zu benutzen.«

Kichernd schüttelte sie den Kopf und bespritzte ihn mit Wasser. »Du darfst die Feder nicht als Tauschmittel verwenden. Sie ist mein Spielzeug, und ich benutze sie, wann immer es mir gefällt.«

»Ach ja? Was dann?«

»Lässt du mich Großmutter besuchen?«

»Nein.« Stirnrunzelnd nahm er seine Arme herunter. »Du weißt, dass du die Burg nicht verlassen kannst. Du trägst meinen Sohn unter dem Herzen.«

»Oder deine Tochter.« Unter Wasser tippte sie mit dem Fuß auf.

»Es ist zu unsicher. Erst im August sandte König James sein Friedensangebot an deinen Gloucester.«

»Er ist nicht *mein* Gloucester. Er ist Englands neuer König, und er wird einsehen, dass es richtig ist, den Friedensvertrag zu unterzeichnen, den dein James ihm anbot.«

»Schön. Sobald er das getan hat, besuchen wir beide Großmutter.«

Lizzy hatte schon mehrfach versucht, die Großmutter zu überreden, Brocs Einladung anzunehmen und in die Burg zurückzuziehen, aber sie war eine starrköpfige Alte, die lieber ihre Ruhe haben wollte.

Broc tauchte ins Wasser und vor Lizzy wieder auf. »Es ist nur eine Stufe, Lizzy. Vertrau mir, ich schütze dich.« Er reichte ihr die Hand.

*Tu es! Mach den Schritt!*

*Verflucht!* Ihr Magen flatterte vor Angst, als sie seine Hand nahm. Sie wusste, dass er sie nicht hineinziehen würde. Eine halbe Ewigkeit stand sie da und starrte auf ihre Zehen. *Geh schon! Heute. Jetzt!*

Ihr Fuß glitt über den groben Stein.

Sie beugte das Knie.

Und sie stieg hinab. Beide Füße flach auf dem Boden des Beckens, ging ihr das Wasser bis zur Brust. Sie rang nach Atem, aber weiterhin konnte sie klar sehen und klar denken. Sorgenfalten bildeten sich auf Brocs Stirn. »Atmest du?«, fragte sie ihn, weil er beängstigend rot wurde.

Er schüttelte den Kopf.

»Atme und nimm mich in die Arme!«

Ohne zu zögern, zog er sie fest an sich und holte hörbar Luft. »Ich bin stolz auf dich, Lizzy.«

Auch sie war stolz auf sich, doch unter Wasser zu tauchen müsste noch warten. »Lass mich nicht los!«

»Niemals.« Er küsste ihr Haar und legte eine Hand über die Wölbung ihres Bauches. »Eines Tages wirst du vielleicht mit unseren Kindern zusammen schwimmen.«

»Vielleicht.« Mit Armen und Beinen klammerte sie sich an ihn und küsste ihn. Nichts schien mehr unmöglich. Solange sie bei ihm war, seine Liebe fühlte, gehörte ihr die Welt.

Plötzlich klopfte es an der Tür, die im nächsten Augenblick geöffnet wurde. »Mylord, darf ich eintreten?«

»Nein!«, kreischte sie und klammerte sich noch fester an Broc. Sie war beinahe nackt. So gut wie jeder im Clan respektierte ihre Privatsphäre – mit Ausnahme von Smitt.

»Es ist wichtig«, erklärte er und öffnete die Tür weiter.

Broc drehte seinen Rücken zum Eingang, so dass Lizzy von ihm verdeckt wurde, und blickte über seine Schulter zu seinem Cousin. »Was ist?«

Smitt steckte den Kopf herein. »John und Ian sind auf einen Engländer gestoßen, der auf Maxwell-Grund ritt.«

»Ein Bote?«

»Das weiß ich nicht. Er behauptet, er wäre eingeladen worden, und bittet um Einlass. Ian hält ihn im Torhaus fest und schickte einen Knappen, der nachfragen sollte.«

»Warte draußen!«, entgegnete Broc. Mit Lizzy im Arm stieg er aus dem Wasser. Seine Miene sah sehr streng aus. Die Verantwortung, die er trug, lastete tagtäglich schwer auf seinen Schultern. »Mach dir keine Sorgen, Liebster! Es ist nur ein einzelner Mann.«

Er nickte und half ihr in eine schwere Robe, bevor er sich seinen *Plaid* überzog. Dann stieg er in seine Stiefel und nahm sein Breitschwert auf, das er stets in greifbarer Nähe hatte.

Kaum waren sie beide bedeckt, steckte Smitt aufs Neue den Kopf zur Tür herein. »War sie unter Wasser? Dürfen wir anderen bald das Badehaus benutzen?«

Lizzy warf ihm einen verärgerten Blick zu. »Du näherst dich dem Bad nicht, bis die kleinen Biester aus deinem Wald verschwunden sind! Nimmst du die Medizin, die ich dir gab?«

»Ja, Mylady.« Smitt schmollte wie ein gescholtener Junge und wandte sich Broc zu. »Soll ich den Engländer umbringen?«

»Nein, ich kümmere mich um ihn. Geh in die Küche und bitte Tante Radella, unserem Gast ein warmes Mahl zu bereiten und eine Flasche vom Whisky deines Dads zu holen.«

Smitt nickte und ging.

»Geh dir etwas anziehen, was deinem Rang entspricht«, bat Broc Lizzy und küsste ihre Hand. »Wir treffen uns in der großen Halle.«

»Warum?«, fragte sie unsicher.

»Weil ich nur einen einzigen Engländer auf meinen Grund einlud. Um ehrlich zu sein, hätte ich nicht gedacht, dass er kommt.«

»Wer ist es?«

»Dein Vater.«

*Vier, fünf, sechs. Hör auf! Du bist kein ängstliches Mädchen mehr!*, ermahnte Lizzy sich, glättete die Ärmel, die sie in den Händen geknüllt hatte, und beschloss, nicht nervös zu sein.

Sie schritt in der großen Halle vor dem knisternden Feuer auf und ab und rieb den Anhänger an ihrem Hals. Sie war die Gemahlin des Clan-Obersten und trug den Erben, der einst den Clan anführen würde. Lady Ives war tot und vergessen. Also, warum zählte sie?

Ihr Vater war alles, was ihr an Familie geblieben war. Sie wusste nicht, ob sie ihn, seinen Fluch oder die Neuigkeiten fürchtete, die er aus dem Tower brachte. Ihres Wissens hatte er London noch nie verlassen. Folglich konnte sie sich schwerlich vorstellen, dass er den ganzen Weg hierher, noch dazu in höchst unwirtlichem Wetter, geritten war, um sie zu besuchen.

»Lizzy.«

Sie drehte sich um, und ihr Herz schlug schneller, als sie ihren Vater sah. In seinem schweren von Schneeflocken bedeckten Pelz sah er noch größer aus als sonst. Er hatte beide Hände zu seinen Seiten geballt, die eine Faust größer als die andere, und seine rote Nase leuchtete über dem vollen dunklen Bart, in dem gleichfalls Schneeflocken und Eisklumpen hingen.

*Vater hatte nie einen Bart.* Sie neigte ihren Kopf seitlich und musterte ihn. Obgleich ihm sichtlich kalt war, leuchteten seine bernsteinfarbenen Augen warm und vollkommen klar. Das Schweigen zwischen ihnen wurde beklemmend.

Broc lehnte sich hinter ihrem Vater vor und befahl ihr lautlos: »Sag etwas!«

»Du frierst.«

»Es ist kalt in Schottland«, bestätigte ihr Vater, und es mochte sein, dass er in seinen Bart schmunzelte. »Du siehst wohl aus.«

Sogleich legte sie beide Hände auf ihren Bauch mit dem ungeborenen Kind. »Wir sind wohlauf.« Sie reckte das Kinn. »Lord Maxwells Tante gibt mir immerzu zu essen, dass ich ganz rund werde. Sie hat dir Hammelbraten mit Rotwein gewärmt«, sagte sie und wies auf den Tisch, wo eine große Tranchierplatte mit Fleisch, Töpfe mit weiterem Essen, ein Kelch Wein sowie eine Flasche Whisky standen. »Er ist mit Mandeln bestreut. Du magst doch Mandeln, nicht wahr?«

»Ja, ich mag sie.« Ihr Vater rührte sich nicht und wandte den Blick nicht von ihr. »Dein Ehemann war so überaus freundlich, mich einzuladen, aber ich werde nicht bleiben, wenn es dir nicht behagt. Ich wollte dir lediglich Neuigkeiten bringen.«

»Hättest du keinen Boten schicken können?«, platzte es aus ihr heraus, denn sie wünschte, er würde aufhören, sie anzusehen. Er war der Mann, an den sie sich aus ihren Kindertagen erinnerte: der Vater, der Figuren geschnitzt hatte und die Hand ihrer Mutter hielt, als sie im Sterben lag. Hier war er nicht der Henker, sondern ein Mann, der ebensolche Furcht zu haben schien wie sie, etwas zu sagen. Sie hatte einen Kloß im Hals.

»Ich wollte dich sehen.« Seine Hand zuckte um etwas, das er hielt.

Ein viel zu vertrauter Schmerz regte sich in ihrer Brust. Sie schluckte und blinzelte eine Träne fort. »Bitte, wärme dich und iss!« Ihre Stimme war leise, aber nicht ängstlich.

Ihr Vater zog die Brauen zusammen und drehte seinen Kopf leicht, um ihr sein besseres Ohr zuzuwenden.

Nun trat Broc hinter ihm vor. »Sie sagte: ›Wärme dich und iss!‹« Ihr Gemahl wies zum Feuer.

Endlich nickte ihr Vater, nahm seinen Pelz ab und kam über den binsenbestreuten Steinboden auf sie zu. Vor dem Kamin streckte er beide Hände zum Feuer aus, und Lizzy war neugierig, was er in der einen verbergen mochte. Ihr Vater hatte nie viele Worte gemacht wie sie auch nicht. Natürlich gingen ihr hundert Fragen durch den Kopf, aber keine von ihnen schaffte es über ihre Lippen. Schweigend standen sie nebeneinander am Feuer.

Der Schnee und das Eis in ihres Vaters Bart waren vollständig geschmolzen, bevor Broc hinter Lizzy trat und beide Arme um sie legte. Sie hielt seine Hand und blies so kräftig in die Flammen, dass sie züngelten. Er würde sie mit seinem Geplauder aus dieser bedrückenden Stille befreien.

»Solange meine Gemahlin noch nach den richtigen Worten sucht, würde ich dich bitten, mir zu erzählen, wie es Gloucester geht.«

»König Richard sorgt für einige Unruhe in den ländlichen Regionen. Vor zwei Wochen ließ er Buckingham in Wiltshire exekutieren.«

Lizzy riss die Augen weit auf. »Du scherzt!«

»Ich scherze nie, mein Kind.«

Broc küsste sie auf ihr Haar und drückte sie, womit er ihr die Kraft gab, ihre dringlichste Frage zu stellen. »Und was ist mit Lord Hollister?«

»Ich ließ ihn ins Newgate-Gefängnis bringen, wo er seinen Prozess erwarten sollte. Ich gestehe, dass ich dein Dokument recht lange zurückhielt, aber ich wollte, dass er Zeit hätte, über sein Schicksal zu grübeln. Ich gab sie ihm, auf dass er sich all jener erinnerte, die er ohne Prozess verdammte, und danach versicherte ich ihm, dass ich keine Gnade walten lassen würde.« Die Hände ihres Vaters sanken zu seinen Seiten, und er sah zu dem Breitschwert auf, das über dem Kamin hing. »Selbst nachdem ich König Richard das Pergament übergeben hatte, forderte er noch ein volles Geständnis, und das beschaffte ich ihm mit Freuden.«

Das Schweigen ihres Vaters strapazierte Lizzys Geduld über die Maßen. »Lord Hollister gestand, König Edward vergiftet zu haben?«

»Nein, aber er gab zu, an einer Verschwörung beteiligt gewesen zu sein, die Prinzen zu Bastarden zu erklären. Und sehr rasch nannte er Buckingham als den Anführer des Komplotts.« Ihr Vater drehte sich zu ihr. »König Richard verurteilte Hollister zum Tode, allerdings nicht zu einer öffentlichen Hinrichtung, und ich hoffe, der Schweinehund trägt in diesem Moment schon seinen Kopf durch die Hölle.«

Lizzy lockerte ihren Griff auf Brocs Hand und stellte unglücklich fest, dass ihre Fingernägel Kerben in seiner Haut hinterlassen hatten. Mit einem tiefen Atemzug befreite sie sich von dem letzten Rest Angst, den Lord Hollisters Fortexistenz in ihr erhalten hatte. »Es ist also vorbei.«

»Ja, es ist vorbei«, bestätigte ihr Vater, hob eine Hand an ihre Wange und wischte die Träne weg, von der sie gar nicht bemerkt hatte, dass sie dort war.

Sie wünschte, ihr Vater bliebe hier bei ihr auf Skonóir Castle. Sie wollte miterleben, wie er seinen Frieden fand. Nur hätte Muira gewiss ihre Mühe damit, denn wie übel Brocs Bruder auch verprügelt gewesen sein mochte, ehe er in den Tower kam, war es unbestreitbar ihr Vater gewesen, der ihm die tödlichen Peitschenhiebe versetzt hatte.

»Falls dich keine anderen Angelegenheiten abhalten, Lord Ives, würden wir uns freuen, wenn du Weihnachten bei uns verbrächtest«, schlug Broc vor und beugte sich zu Lizzys Ohr. »Er ist dein Vater, und du hast das Recht, ihn zu sehen. Ich kümmere mich um Mam«, flüsterte er ihr zu, als hätte er ihre Gedanken gelesen. »Alles wird gut, Lizzy, mein Engel.«

Alles *würde* gut, und zum ersten Mal glaubte sie ihm vorbehaltlos. Am liebsten hätte sie ihn juchzend umarmt, aber sie blickte nur auf und hauchte ihm ein »Ich danke dir« entgegen.

»Ich vermute, dass ich nach den Feiertagen nach Lincolnshire zurückkehren kann.«

»Lincolnshire?«, wiederholte Lizzy.

»Ja, meine Treue zur englischen Krone brachte mir unlängst Lohn ein. Der Sheriff von Lincolnshire bot mir eine Stelle als Constable an.«

Ein seltsamer Gesichtsausdruck, wie sie ihn nie zuvor bei ihm gesehen hatte, huschte über seine Züge. Stolz.

»Werden deine Dienste im Tower nicht mehr benötigt?«

»König Richard wird zweifellos einen Henker brauchen, aber der werde nicht ich sein. Er begann gerade erst mit dem, was, wie ich vermute, eine lange blutige Schlacht wird, um seine Position auf dem Thron zu verteidigen. Noch jetzt sitzen Adlige im Tower, die auf ihren Prozess warten.«

»Einschließlich der Prinzen«, bemerkte Broc. »Vielleicht könntest du den Disput zwischen meiner Gemahlin und mir beilegen. Es heißt, dein edler König lasse seine Neffen im Tower ermorden.«

»Das ist ein Gerücht, wie du sehr wohl weißt!«, entgegnete Lizbeth gereizt, denn es ärgerte sie, dass er überhaupt davon sprach. »Gloucester schwor, seine Neffen zu beschützen.«

»Beschützen, ja. Deshalb erklärte er sie dem Parlament gegenüber zu Bastarden und forderte die Krone für sich«, wiederholte Broc, was er bereits seit Monaten anführte.

»Die Dinge sind nicht immer, was sie scheinen«, mischte Lizzys Vater sich ein, der eine Braue hob und an seinem Bart zupfte. »Gerüchte entstehen bisweilen aus den simpelsten Deutungen.«

»Kannst du dich erklären?«, fragte sie unwirsch.

»Als Diener König Richards steht es mir nicht frei, die Geschehnisse innerhalb der Tower-Mauern in der Öffentlichkeit zu besprechen. Was ich sehr wohl berichten darf, ist, dass Madoc und ich einer Magd begegneten, als wir Elis und Martins Leichname abholten, um sie zu begraben. Und das war lange bevor die Sänger begannen, ihre Balladen über tragische Morde in den Straßen Londons zum Besten zu geben.«

Froh, dass sie als Siegerin aus ihrem Disput hervorging, wandte Lizzy sich zu Broc. »Es ist ein Gerücht, der Phantasie einer einzelnen Frau entsprungen.«

»Dann hast du die Prinzen im Tower gesehen?«, hakte Broc bei ihrem Vater nach, der offensichtlich nicht so schnell aufgeben wollte.

»Die letzten zwei Jungen, die ich im Tower sah, waren Geister. Mehr zu sagen, ist mir nicht gestattet.«

»Geister?«, wiederholte Broc, und Lizzy wollte ihm auf die Zehen treten, sollte er sich über ihren Vater lustig machen.

»Ja.« Ihr Vater blickte auf seine zur Faust geballte Hand. »Ich bin ein zutiefst verstörter Mann, heimgesucht von unzähligen traurigen Seelen.«

*Was zu erwarten war,* dachte sie, behielt es aber für sich.

»Wisst ihr, warum ich Vögel schnitze?«

Lizzy fand die Frage seltsam und deplaziert, aber sie wollte ihm zuhören. »Ich vermute, um deinen Verstand zu beruhigen.«

»Das ist ein Grund, doch war es vor allem meine Art, die Seele derjenigen freizusetzen, deren Leben ich nahm. Dein Großvater pflanzte nach jeder Hinrichtung einen Baum, der das Leben danach symbolisieren sollte. Ich schnitzte zwei Vögel für Eli und Martin, die sie auf ihrer Reise begleiten sollten, obwohl ich fürchte, dass sie noch nicht fort sind. Ich sah sie hinter dem Garten-Tower spielen, kurz bevor ich nach Lincolnshire aufbrach.« Ihres Vaters Augen nahmen einen abwesenden Blick an.

Broc beugte sich zu ihr. »Er ist von Sinnen.«

Daraufhin boxte sie ihm mit dem Ellbogen in die Rippen. Zum Glück ersparte das schlechte Gehör ihrem Vater seine Beleidigung. Er mochte nicht alle Sinne beieinanderhaben, aber sie hatte ihn noch nie so ruhig, friedlich und frei erlebt. Noch viel weniger hatte er jemals offen über seinen Beruf oder seine Enkel gesprochen.

»Ich weiß, dass ich weder deine Liebe noch deine Gebete verdiene«, fuhr ihr Vater fort. »Aber ich möchte dich wissen lassen, dass Lord Hollister der Letzte war.« Nun öffnete ihr Vater seine Faust, in der ein geschnitzter Vogel lag.

Sie löste sich aus Brocs Umarmung. »Falls das Lord Hollisters Seele ist, will ich sie nicht.«

»Nein, Lizzy, dies ist meine, und ich möchte, dass du sie bekommst, weil du mich befreit hast.«

Seine Worte überwältigten sie, so dass sie nichts erwidern konnte. Ihr Vater kämpfte gegen seine Dämonen und brach den Fluch. Sie wusste nicht, ob ihre Gebete ihn retten konnten, trotzdem würde sie ihm einen festen Platz in ihrem Rosenkranz geben. Gerührt schloss sie ihre Finger um sein Geschenk und hielt es an ihre Brust.

»Ich beschütze deine Seele in diesem wie im nächsten Leben.« Dann sah sie zu ihrem Gemahl auf, dessen Grinsen von entzückenden Grübchen gerahmt war.

Ihr Vater schwieg.

»Bitte, iss jetzt, Lord Ives!«, forderte Broc ihn auf, der neben seine Gemahlin trat und auf den Tisch wies.

Und schließlich setzte Lizzys Vater sich auf die Bank am Tisch, trank den Weinkelch aus und schenkte sich vom Whisky ein.

Broc zog Lizzy zu sich und küsste sie auf die Stirn. »Du hast eine große Pflicht auf dich genommen, deines Vaters Seele zu beschützen. Ich hoffe, sie hält dich nicht von der Verpflichtung ab, die du mir gegenüber eingegangen bist.«

Nun gut, wenn er mit ihr spielte, würde sie mitspielen. »Und welche Verpflichtung wäre das?«

»Deines Ehemannes Herz zu beschützen.«

Sie legte eine Hand auf seine Brust. »Ich werde bewachen, was mein ist, mit der Kraft von tausend Kriegern.«

»Schwöre es!«, verlangte er mit cinem Kuss.

»Ich schwöre es bei meiner Seele.«

# Anmerkungen der Autorin

Das menschliche Denken lässt sich unschwer von festen Konventionen abbringen.

Stellen wir uns den obersten Scharfrichter vor. Wen sehen wir? Einen Mann im schwarzen Kapuzenumhang mit einem Beil, der erbarmungslos Schuldige wie Unschuldige hinrichtet. Obgleich in unseren Köpfen zumeist das Bild eines grotesk bösen Mannes erscheint, war er keineswegs ein wahllos Richtender, sondern ein Diener des Hofes. Zweifelsohne quälte den Henker die ihm übertragene Pflicht, die ihn durchaus zu einem seelenlosen Wesen gemacht haben könnte, aber es wäre auch möglich, dass er ein sanfter Mann war, der seine Frau und seine Kinder liebte.

Zwar sind die Personen in diesem Buch fiktiv, doch manche gründen auf historischen Figuren. So wurde angenommen, dass König Edward IV. vergiftet wurde, aber es gibt keinerlei Beweise für diese Theorie; ebenso wenig wurde überliefert, wer eine solche Tat begangen haben könnte. Recherchen zufolge glauben einige Historiker, dass König Edwards Bruder, der Duke of Gloucester, ein verschlagener Schurke war, missgebildet, wie William Shakespeare ihn beschrieb. Es gibt allerdings auch solche, die sich die überlieferten Dokumente sorgfältig ansehen, bevor sie sich ein Urteil bilden.

Ein weiteres Rätsel, das Historiker über Jahrhunderte beschäftigte, war das Verschwinden der Prinzen aus dem Tower. Es wird vermutet, dass die beiden jungen Söhne König Edwards IV. im Sommer 1483 in ihren Betten erstickt wurden – im Garden Tower, der heute als »Bloody Tower« bekannt ist.

Auch für diese Morde gibt es keinerlei Beweise. Bewiesen ist jedoch, dass zwei Skelette im White Tower unter der Treppe entdeckt wurden, die zur Kapelle führt, und das fast zweihundert Jahre später, nämlich 1674.

Noch dazu gibt es jene, die behaupten, dass zwei Jungen in weißen Gewändern im Bloody Tower spuken würden. Nun kann man annehmen, dass es sich bei diesen Geistern um König Edwards Söhne handelt; es ist aber auch möglich, dass es zwei *andere* Jungen sind, deren Geister dort nicht zur Ruhe finden wollen. Die Tower-Mauern beherbergen Geheimnisse, die niemals dokumentiert wurden und folglich offene Fragen bleiben.

Wer hätte den Befehl zu einem solchen Verbrechen geben sollen? Der Onkel der Jungen, der Duke of Gloucester? Oder der Cousin des Königs, der Duke of Buckingham? Oder geschah das Verbrechen überhaupt nicht?

Es wäre auch möglich, dass der Duke of Gloucester, der von den Yorkern geliebt wurde, gar kein übler Teufel war. Vielleicht wurde er von seinen Leuten als der König aller Könige gesehen. Wäre es dann nicht möglich, dass der Duke of Gloucester, König Richard III., seine Neffen liebte und sie zu ihrem eigenen Schutz in Sicherheit brachte? Und wäre es möglich, dass diese Prinzen zu Männern aufwuchsen, die Liebe in einer Zeit der Gewalt und der Intrigen fanden?

Während Historiker diesen Gedanken gewiss als hoffnungslos idealistisch verwerfen, könnte sich eine Ritterromanliebhaberin zurücklehnen und sagen: »Könnte sein.«

# Glossar

**Scian dubh:** »schwarzes Messer«; klassischer Dolch in den Highlands, dessen Griff aus Ebenholz gearbeitet war und der meist in den Strumpf gesteckt wurde – daher auch die Bezeichnung »Strumpfdolch«

**Mo chreach:** wörtlich übersetzt: »Mein Ruin!«, vergleichbar mit: »Verdammt!«

**Peine forte et dure,** das Zutodequetschen, war eine Foltermethode, bei der ein Gefangener auf den Kerkerboden gelegt wurde und ein Brett auf die Brust bekam, das Brust und Bauch bedeckte. Auf dieses Brett wurden Gewichte gelegt, bis der Gefolterte gestand oder starb. In England war diese Bestrafung 366 Jahre lang Standard, bis 1772.

**Mesnie:** alle Angehörigen des Haushalts eines Burg- oder Lehnsherren

**Plaid:** karierter oder gestreifter Überwurf der Männer

**Arisaid:** karierter oder gestreifter längerer Überwurf der Frauen

**mall:** wurde hier verwandt für das schottische »wowf«, was so viel bedeutet wie »nicht alle Tassen im Schrank haben«

# Danksagung

Da dies mein erstes Buch ist, habe ich vielen Leuten zu danken:

Den Damen von MORWA, vor allem Peggy, Judy, Julie, Melinda, Regan, Wendy und Carol. Weiter so!

Nancy Litzau, meiner außergewöhnlichen Gefährtin und Kritikerin. Ich bin froh, dass deine Prophezeiung sich erfüllt hat.

Den Frauen bei Hearts through History für ihre Informationen und ihre Unterstützung, durch die meine Recherche solch ein Vergnügen war.

*Sie spielte ein falsches Spiel mit ihm –*
*und wurde zum Opfer ihrer Leidenschaft*

HANNAH HOWELL

# *Das Schicksal des Highlanders*

Roman

Schottland im 15. Jahrhundert: Zunächst vereint Laird Murray und Maldie nur der Hass auf einen gemeinsamen Feind – doch dann kommen sie sich näher, und Murray verliebt sich in die bildschöne Heilerin. Aber kann er ihr wirklich vertrauen?

*»Nur wenige Autoren beschreiben die schottischen Highlands so liebenswert und farbenprächtig wie Hannah Howell.«*
PUBLISHERS WEEKLY

*Das Schicksal hatte sie entzweit –*
*doch die Leidenschaft führte sie zusammen*

KAREN RANNEY

# *Ruf der Sehnsucht*

Roman

Frankreich 1782: Der Highlander Douglas MacRae und Jeanne du Marchand verbringen eine einzige, wundervolle Nacht zusammen – dann verbietet Jeannes Vater, was nicht sein darf, und lässt seine rebellische Tochter hinter Klostermauern verschwinden. Wird Jeanne den Mann ihrer Träume für immer verlieren?

KNAUR TASCHENBUCH VERLAG